LES HEUREUX DU MONDE

STÉPHANIE DES HORTS

LES HEUREUX DU MONDE

roman

ALBIN MICHEL

À Scott des Horts,
soleil de ma vie,
qui me lira peut-être un jour

« Embrasse-moi sur les lèvres.
– C'est tellement américain. »

F. Scott Fitzgerald, *Tendre est la nuit*

À Scott Fitzgerald,
1307 Park Avenue,
Baltimore
Maryland

Juin 1934
Villa America
Cap d'Antibes

Non, Scott, non !

Comment as-tu pu me faire ça ? Nous faire ça ? Faire de nous les héros de ton livre ? Tu nous as trahis. Tu as bafoué les lieux aimés. À commencer par notre plage. Tu es un monstre qui a vampirisé notre vie, nos soirées. Pourquoi parles-tu de fêtes alors qu'il ne s'agissait que de dîners ? De simples retrouvailles sur cette terrasse ombragée. Nous étions dix, peut-être douze, jamais plus de vingt ! Pieds nus sur les dalles de marbre, on dansait, souviens-toi. Gerald déteste la foule. Il aime ses amis, pas la frénésie. On était si jeunes. Notre petite bande. Hemingway, Dos Passos, Cole Porter, Picasso…

Tendre est la nuit, *« pour Gerald et Sara, tant de fêtes… »*

Je refuse cette dédicace. Je ne suis pas Nicole Diver. Gerald n'est pas Dick Diver. Tendre est la nuit *n'est pas notre histoire. Je ne veux pas de ton inspiration. Ces désœuvrements n'appartiennent qu'à Zelda et à toi-même, ne nous entraîne pas dans votre folie !*

Je t'imagine, me lisant, je te connais par cœur, tu sais. Je vois tes sourcils se lever, ce pli amer au coin de ta bouche. Ton côté enfantin, capricieux, colérique, tes débordements me détruisent et me fascinent. Toi, le doux mélange de mon fils aîné et de mon mari. Étrange, non ? Pourquoi faut-il que je te pardonne à chaque fois ? Je t'en veux terriblement.

Dix ans que nous nous connaissons, Scott. Dix ans d'une vie que nous avons inventée. Dorée, pailletée, véritable Voie lactée. Quelle insouciance ! Le plus beau mot de la langue française, j'adore t'écouter le prononcer. Ça te fait rêver, n'est-ce pas ? Mais l'insouciance n'existe pas. Voilà ton drame, Scott, nous sommes ta réalité, il a fallu que tu l'écrives. Tu as tout gâché. Gerald et moi ne faisons qu'un, Scott ! Ce qui me lie à mon mari est au-delà du rationnel, nous sommes deux âmes sœurs. Ton désir de Sara a engendré les faiblesses de Nicole ! « Votre femme ne vous aime plus, c'est moi qu'elle aime. » On se croirait dans un mauvais film. Pourvu qu'Hollywood ne s'en empare pas. Que t'est-il arrivé ? Hemingway te tourne le dos. Dos Passos te critique, Zelda est en chute libre. Tu n'as rien compris. Et surtout pas nous.

Quand nous nous sommes fiancés, le 3 mars 1915, Gerald m'a écrit : « J'ai le sentiment que nous sommes les seuls à savoir où sont enterrées les cassettes chargées d'or et de pierreries, j'ai l'impression que nous avons sollicité une place au soleil dans ce monde et qu'elle nous a été accordée. » Mes parents étaient contre. Les Murphy n'étaient pas assez riches, catholiques et irlandais. Ils me trouvaient trop vieille, vingt-neuf ans, et un sale caractère, qu'ils disaient. Je me revois traverser le salon bleu au bras de mon père au visage sévère. Aux murs, des tapisseries religieuses austères. Et, dans le bow-window, deux prie-Dieu entourant le révé-

rend Martin de la cathédrale Saint-Patrick. Gerald, au côté de son frère Fred. Il dit oui, je la veux, je réponds moi aussi. Ce n'est pas la formule. Le curé fronce les sourcils et nous bénit. Onze ans après notre première rencontre, nous sommes enfin mariés. Onze ans !

Quelques mois plus tard, nous quittons l'Amérique et la désespérante étroitesse de la vie. La certitude, la pompe, l'ennui. Nous pensons que c'est pour toujours. Nous, on veut une vie sans interdits, une union bâtie sur la culture, le talent, la littérature, la peinture, la danse… On veut être libres et heureux. Mon Dieu, comme nous l'avons été… Comme Dick et Nicole Diver. Nous avons des ambitions, nous voulons tout, sauf être nos parents. En septembre 1921, nous débarquons à Paris, vive les années folles !

La suite, tu la connais, tu l'as écrite, tant de fêtes, vraiment, Scott ?

Avec tout mon amour

Sara

1921-1928
Tant de fêtes

« J'ai l'impression que vous êtes encore là-bas sur la plage,
Nicole et vous, à l'ombre de vos parasols.
Des gens merveilleux. Les plus merveilleux
que je connaisse. Les plus merveilleux
que je connaîtrai de ma vie. »

1921

Paris

Tellement excitantes ces années-là, « l'après-guerre », comme ils disent. Tellement mutilés ces jeunes gens, sacrifiés. « La génération perdue », c'est comme ça qu'ils l'appellent, oh la vaste fumisterie ! Ils n'ont pas combattu. Et ceux qui l'ont fait n'en sont pas revenus. Alors, profitons-en, vivons à la folie, s'écrie Sara Murphy quand Gerald la demande en mariage. Virevoltons au son du jazz, surgi des ruines de la guerre ! Et l'Amérique, cette grande bringue qui prend des airs outrés à chaque fois qu'une fille découvre ses genoux. Oubliée ! Eux, ils l'adorent cette époque, ils sont le jeune ménage en vogue, on se les arrache ! Sara et Gerald Murphy dévorent Paris, sacrée chair fraîche. *Pretty* Sal, Jerry, à vous la liberté, mais quelle folie furieuse !

Ils s'installent au 2 de la rue Greuze, dans le XVIe arrondissement. Le coin est un rien conventionnel, mais pratique pour leurs enfants. Entre le Bois, le Champ-de-Mars et les jardins du Trocadéro, les bambins s'en donnent à cœur joie. Henriette, la nounou, surnommée Mamzelle, s'essouffle vite. Car ils n'ont peur de rien, ces gamins-là. Ils grimpent aux arbres, dénichent les oiseaux, trouvent toujours le moyen de ramener un animal pouilleux à la maison. Il faut les voir, alignés comme des soldats de plomb, les pieds crottés, la mine contrite, et cette chose pelée qu'ils tiennent à bout de bras.

– Mais c'est quoi ? interroge Mamzelle interloquée.

– C'est un chat, il s'appelle Félix, assure Honoria du haut de ses quatre ans.

Elle a les joues écarlates et l'air effronté des gamines trop aimées.

– Félix, tout noir, poursuit Baoth, deux ans.

Blond comme les blés, avec de grands cils qui barrent ses yeux clairs.

– Noir, continue Patrick, un an, qui répète chaque mot de ses aînés.

Droits comme des *i*, ils attendent, avec crainte et respect, l'approbation de leur père.

– Voyons cela, dit Gerald, costume en tweed coupé à l'anglaise, feutre à la main.

Il fronce les sourcils et s'agenouille devant la misérable créature.

– Voyons cela, répète Gerald, Félix, vous dites ?

– Félix, assure Honoria en hochant la tête. Comme dans *Feline Follies.*

Le chat n'en perd pas une, conscient que son avenir se joue et que l'appartement cossu et joyeux vaut mille fois mieux que le cimetière de Passy.

– Adopté, approuve Gerald, mais il faudra le laver avec soin, il est bourré de puces.

– Hourra ! s'écrient les enfants.

Une bassine, un broc, vite, devant la mine déconfite de Mamzelle. Honoria, Baoth et Patrick Murphy, pas si sages mais une éducation non conventionnelle où l'écoute et le dialogue règnent. Sara et Gerald n'ont pas oublié la raideur de leurs jeunes années. Honoria, poupée blonde tirée d'un tableau de

Renoir, est un doux mélange de ses parents, Baoth a tout pris à Sara, et Patrick est un Murphy cent pour cent.

L'endroit est gai, accueillant, avec ses cloisons tendues de papier fleuri, ses sofas recouverts de soieries indiennes et ses petits meubles anglais en acajou qui épousent les encoignures de chaque pièce. Ici règne la bohème chic. Un mélange de modernité et d'exotisme. Sur les commodes, des vases opalescents, des cendriers vénitiens. Des cadres aux nombreuses photos, découpées et assemblées sur des fonds variés. Sara se plaît à répéter cette phrase lue dans *La Chamade*, la revue fondée par Max Ernst et Jean Arp.

– Si c'est la plume qui fait le plumage…, lance-t-elle, le doigt pointé vers son *scrapbook* préféré.

– … Ce n'est pas la colle qui fait le collage, répond Honoria à genoux devant une marmite en cuivre, les mains plongées dans l'eau savonneuse.

– Collage, poursuit Patrick.

Baoth est bien trop occupé pour prendre part à la conversation, il tient fermement le chaton qui tente de s'échapper.

Des tableaux sur tous les murs. À touche-touche. Des peintres peu connus, d'autres inattendus, s'il y a bien une activité que les Murphy adorent, c'est courir les galeries. Ils sont persuadés que tout dans la vie est lié à l'art. Ils aiment la simplicité, pourchassent la culture à l'état pur, les beaux monstres et autres avant-gardistes. Il faut dire que la révolution artistique prend une multitude de formes inédites. Ici le jazz, là le cinéma, et la peinture, la danse, la mode… Tout est lié, que diable ! Qui sont ces gens ? Mais les dadas, naturellement, dadas ou cubistes, cubistes ou surréalistes ? Modernes, frondeurs, Paris, Paris la vie est là, crions-le sur tous les toits et que cela résonne jusqu'à Manhattan ! On danse de cinq heures à l'aube dans les cafés et les cinémas. Isadora Duncan offre son corps nu sur fond de temples en ruine, Kiki de Montparnasse couche avec Man Ray qui l'immortalise. On danse le fox-trot et le charleston, le tango et la java, et dans les bals canailles, on s'agrippe par les fesses, oh Paris, tu brilles et tu scintilles !

– Sal, attends-moi !

– Presse-toi, Jerry, nous allons être en retard, et je voudrais m'arrêter au kiosque pour acheter le dernier numéro de *Vogue*.

– J'arrive, assure-t-il en saisissant un parapluie au manche en bois de rose sculpté.

Lui, immense, les cheveux auburn. Dandy, mince, le front haut, irlandais des pieds à la tête. Enveloppé d'une aura mystérieuse. Il est riche, elle encore plus. Il possède l'esprit vif et l'élégance des princes. Il fleure bon les effluves orientaux d'Habanita, le tabac blond de ses Lucky Strike. Poli, intéressé par tout ce qui l'entoure, jamais affecté, il vit sa vie comme un conte de fées, après tout, c'est lui qui l'écrit. Les femmes se pincent, les hommes en sont fous. Sara, c'est lui en pire, vertigineuse, jamais scandaleuse, la coqueluche du tout-Paris ! Il la regarde tout le temps. Il ne peut s'en empêcher. Sa beauté remarquable, fraîche et délicate, son visage fin et allongé, ses yeux pâles en amande, sa chevelure mordorée caresse sa nuque, elle n'a pas sacrifié à la mode des garçonnes ! Belle, libre, curieuse de tout, cultivée et chaleureuse. Elle ne quitte jamais ses perles qui ondulent jusqu'à son nombril. Elle n'est impressionnée par rien et dit tout ce qui lui passe par la tête. Il la trouve tellement originale. Il ne sait jamais ce qu'elle va inventer. Elle a marqué chaque instant de sa vie. De caractères opposés, ils réagissent pourtant de la même manière à l'esthétisme. Il est méticuleux, réservé, elle spontanée, impulsive, parfois exubérante. Il la canalise. Lui, raide et froid, elle, sensuelle et lascive. Elle l'engloutit pour mieux le faire naître, lui permettre d'exorciser ses peurs. Gerald et Sara Murphy, le couple étincelant, brillant, que tout le monde s'arrache. Pourquoi ? Personne ne le sait et pourtant il y aurait tant à dire.

– *Pretty* Sal, cette robe est particulièrement courte, non ?

– D'une certaine mademoiselle Chanel, tu aimes ? demande-t-elle en tournant sur elle-même.

Elle fait bouffer le crêpe de Chine mauve. Bien entendu qu'il adore.

Il se met à tomber des cordes, une vraie calamité ! Ils courent, leur parapluie se retourne, vite un taxi. Mais rien à l'horizon. Et la pluie redouble. Gerald fronce les sourcils et s'énerve sur le manche de l'engin démoniaque.

– De la camelote, on s'en passera, décide-t-il en le jetant dans la première poubelle.

Elle rit à gorge déployée, une goutte roule sur sa nuque, il l'aspire et fait mine d'avaler la pluie qui coule sous son menton et s'égare entre ses seins. Une dame se retourne, offusquée. Gerald montre les dents et grogne.

– Ah ces Américains !

Ils s'esclaffent et cavalent de plus belle. L'averse redouble de violence, les passants s'abritent dans les magasins, Gerald est perdu.

– Là, chérie.

– Non, par ici, rue Pierre-Charron, et on tombera directement sur les Champs-Élysées.

La pluie s'est arrêtée. Au 21 de la rue La Boétie, un monde fou chez Paul Rosenberg. Il y a un attroupement dehors, les uns fument, les autres font de grands gestes, certains sortent en titubant, l'air perplexe, une atmosphère étrange, un bouillonnement, une apocalypse se prépare. On savoure le champagne dans des coupes de Murano, puis on les oublie sur le trottoir. Les femmes ont les cheveux coupés court et les jambes découvertes, dans leurs robes parallélépipédiques, elles discutent de sexe sans tabou. Certains hommes ne portent pas de chapeau, mais tous ont des cannes à pommeau. On s'offusque, se fâche, se réconcilie. Une jeune fille au physique ingrat émerge d'une Amilcar bleu persan. Personne n'en a encore jamais vu. Elle s'appuie sur le bras d'un play-boy à qui elle explique que c'est ce soir ou jamais, il a intérêt à lui faucher sa virginité, elle en a vu des trucs dans les lupanars de Pompéi, elle veut tout, mais alors tout ! Et tout de suite !

– Oui, Peggy, promet le play-boy.

– C'est ici, chéri, s'écrie Sara en poussant la porte vernissée.

Elle plante son regard dans celui de son mari et éclate d'un rire juvénile. Il est trempé et déteste cela. Elle le sait, s'en amuse. Tiens, Archibald et Ada MacLeish. Il est poète, immense, dégingandé, le cheveu blond et clairsemé, elle est une chanteuse d'opéra, pétillante brunette, un peu ronde, qui ne recule devant rien. Et puis Harry et Caresse Crosby. Lui, beau comme Lucifer, elle, inventrice du soutien-gorge. Leur chien se nomme Clytoris. John Dos Passos prône le courant de conscience dans son premier livre et n'en démord pas. Philip Barry n'est pas d'accord, il vient de publier une pièce et retourne en Amérique pour la tournée. Gertrude Stein exècre les dadas, sauf Tristan Tzara à qui le talent donne tous les droits.

– Mais Philip, à Broadway, on ne trouve plus une goutte d'alcool. Comment s'intitule ta pièce déjà ? C'est ici qu'il faut la monter.

– Bien entendu que je soutiens les suffragettes, les Anglaises votent, que croyez-vous ? Depuis trois ans maintenant.

– Je ne connais rien à la politique, on dit qu'elles sont toutes adeptes de Sapho.

– Idiote, tu connais quelque chose à Sapho, toi ?

– 27 rue de Fleurus, oui demain soir, à partir de six heures, il s'appelle Hemingway, très prometteur.

– Sara, tu en penses quoi ?

– *A Punch for Judy*, c'est le titre de ma pièce. À Paris, vraiment ?

– Emmeline Pankhurst a changé l'histoire, je suis pleine d'admiration. Quant aux femmes qui aiment les femmes, mais pourquoi pas ? Ma petite sœur Hoytie elle-même n'y va pas avec le dos de la cuiller…

– Tu es engagée dans les droits sociaux ?

– Sara, Sara, Sara…

– Attends-moi…

Installée sur deux niveaux, la galerie Rosenberg consacre ce mouvement assez incroyable que l'on nomme « cubisme ». Le public s'interroge sur cette modernité, des collectionneurs effrayés par l'art moderne s'en retournent furieux, les sceptiques grincent des dents devant tant d'audace. Sur chaque cloison, des toiles affolantes. Picasso, Juan Gris, Miró… Dans la grande salle aux lambris de chêne, les tableaux bénéficient de la lumière naturelle d'une verrière. Ils sont sensationnels. Gerald retient son souffle. Il s'arrête, repart. Sara a un mal fou à le suivre. Elle finit par se laisser tomber dans un énorme canapé Chesterfield.

– Te voilà, je te cherchais, s'enthousiasme Ada MacLeish. Le maître te veut !

– Qui ?

Ada agrippe le bras de son amie et l'entraîne au second étage. Ses cheveux sont couverts de brillantine, une véritable gravure de mode dans une toilette longiligne, Poiret certainement, un manteau assorti sur les épaules, et des sourcils si fins que l'on dirait deux flèches en train de se télescoper. Comme Sara, elle montre ses jambes aux petits pieds emprisonnés dans des chaussures en cuir fin, lacées sur les chevilles.

– Il veut te connaître, te dis-je, il évoque un coup de foudre, tes yeux de chat, tes épaules, ce mauve qui t'enveloppe, et tes perles, tes perles…

– Ne sois pas ridicule.

– Pablo, Pablo, nous sommes là…

– Picasso.

Il surgit devant elle, dans son pull-over en laine marine, son pantalon large à rayures, ses pieds nus dans de grosses sandales de cuir. Un beau visage émacié, aux traits réguliers. Des yeux immenses, scrutateurs. Un corps musclé, une énergie contagieuse. Une aura si puissante qu'elle en reste coite. Elle ouvre la bouche, mais n'a pas le temps de parler.

– Je suis l'inventeur de formes uniques.

– J'ai vu…

– Nous vivons à côté. C'est mieux que le Bateau-Lavoir. Ma femme Olga, je vais vous la présenter, une ballerine des Ballets russes.

– Je suis…

– Ravissante, je vais vous peindre, m'accorderez-vous votre corps ?

– Je…

– Vous connaissez Georges Braque ?

Sara est noyée dans un nuage de fumée. Ada MacLeish a disparu depuis longtemps. Tout semble irréel, incroyable. Ce génie désabusé est prêt à irradier dans sa vie, la piétiner si elle n'y prend garde. Son sourire est amer comme souvent celui des incompris.

– Toutes ces toiles, c'est ?…

– Moi. Quand je n'ai pas de bleu, je mets du rouge. J'ai voulu être peintre et je suis devenu Picasso. J'ai épousé Olga, car c'était la seule façon de coucher avec elle. Depuis, je peins les décors de Diaghilev. Elle danse. On ne baise plus. Et vous ?

Elle le fixe, bouche bée. Il est sec comme une trique et pourtant invincible. Elle perçoit une âme sensible mais la façade est si froide. Un homme en avance sur son temps ou un dieu qui garde ses secrets.

– Sal ?

Elle tourne la tête vers son mari.

– Jerry enfin, où étais-tu ?

Il est essoufflé, fébrile, inquiet. Excité.

– C'est la peinture, Sal, c'est ce que je veux faire, rien d'autre. Toutes ces toiles, où regarder, où aller, nulle part, juste vivre de tant de volupté. Rien d'autre, Sal, tu comprends, je suis conquis, fasciné… Ce sont… ce sont des ogres, ils ont dévoré le classicisme, puis ils l'ont régurgité en des milliers de petits cubes.

– Le talent à l'état pur, c'est moi Picasso !

– Et ça, c'est qui ? demande Gerald en s'attardant devant la représentation d'un rustre surdimensionné devant des machines géométriques.

– Oh, *Le Mécanicien*, Fernand Léger. Je vous le présenterai, nous devons nous voir pour les décors des *Noces*, le prochain ballet de Diaghilev.

Blême, appuyé contre la rampe de l'escalier, Gerald essuie son front moite avec un mouchoir, Sara s'agite. Picasso esquisse un sourire diabolique.

– Je suis ébahi, comme frappé par la foudre. Ahuri, stupéfait, appelez ça comme vous voulez. J'ai un kaléidoscope dans la tête. Le sens de ma vie. Je serai peintre. Je ressens ces tableaux comme s'ils venaient de moi. Couleurs, formes, l'immédiat. Cette déconstruction, ils explosent de l'intérieur, vous comprenez, Pablo, forcément, le véritable sens de la peinture est inhérent à l'objet lui-même. Peu importe les formes et les couleurs.

– Il y a un prix à payer, répond Picasso avec un air sardonique, la dépendance psychologique.

Il se tourne alors vers une femme énigmatique. Une brune aux cheveux tirés en arrière, aux yeux bridés et au petit nez moqueur. Elle a les pommettes très hautes. Russe ? Fagotée comme l'as de pique, on dirait qu'elle piétine le peuple. Émerge d'elle une sensualité ouvrière, un avant-gardisme érotique. Étrange. Une briseuse d'utopie.

– Voici Natalia Gontcharova. Elle vous guidera, assure Picasso en s'éloignant.

Ce que ressent Gerald Murphy à cet instant, c'est un choc des cultures, pas si loin de l'orgasme inattendu d'un petit-bourgeois, Dieu que c'est bon !

Natalia Gontcharova est belle et vigoureuse. Elle tire un géant qui semble émerger des geôles de Sibérie.

– Je suis la seule femme cubiste, ou la première, c'est pareil, déclare-t-elle avec une morgue de tsarine. Voici Mikhaïl Larionov, un ours mal léché que j'aime à la folie. Il m'a initiée à tout, au sexe, à la peinture, au cubisme, à l'expression de l'âme. Passez chez moi demain, 26 rue Jacob, dernier étage. Je sens en vous quelque chose de maléfique.

– Quoi ? demande Sara, inquiète.

– C'est Baba Yaga, s'amuse Larionov en disparaissant derrière sa maîtresse.

– Ah ! s'exclame Archie MacLeish, tu fréquentes les agitateurs, quelle bonne idée !

Picasso revient à la charge et entraîne Sara vers la sortie sous l'œil noir d'Olga Khokhlova. Ada MacLeish, Philip et Ellen Barry proposent un verre à *L'Alcazar*. Les Crosby y ont réservé une table, ils sont déjà ivres morts. Et si vulnérables. Une dépendance psychologique, c'est l'Espagnol qui a raison, Gerald n'est pas en état d'aller guincher, il veut rentrer, se préparer, imaginer, des pinceaux, des toiles, c'est maintenant ou jamais.

– Un atelier !

– Où ?

– Gertrude Stein a évoqué quelque chose rue Froidevaux, coupe John Dos Passos, je passe demain chez elle, il y aura Hemingway, je me renseigne.

Des couleurs et des formes qui explosent. Et puis des objets. La révolution industrielle est passée par là. À la Mark Cross Company, l'entreprise familiale, Patrick Murphy, le père de Gerald, a développé la maroquinerie de luxe associée à toutes sortes d'ustensiles modernes. Gerald a conservé, des années passées là-bas, un goût pour le beau inanimé, les mécanismes d'horlogerie, rasoirs, stylos à pompe ou autres shakers à cocktail. L'abstraction se superpose au réalisme, sur la table de nuit de Sara, une boîte d'allumettes avec trois étoiles rouge sang, un vase en forme de colombe, la cheminée rouge d'un remorqueur. L'art est autobiographique, la mathématique tellement élégante, l'aube pointe le bout de son nez, le chant d'un oiseau, rossignol ou alouette, toujours la même histoire tragique, Gerald Murphy sombre dans un sommeil profond.

1922

Houlgate – Londres – Paris

– On m'a souvent reproché d'être distant, constate Gerald en se rasant devant un grand miroir en fer forgé couvert de roses aux pétales géométriques, enserrés dans des feuilles en triangle. J'en souffre terriblement.

Ils sont à l'hôtel des *Clématites* d'Houlgate. Le temps est au plus mal, des bourrasques de vent succèdent à une pluie incessante. Les Anglais en villégiature s'y plaisent. L'endroit est à la mode depuis la Belle Époque, mais les Murphy détestent la mode et le mauvais temps. La mer boueuse, grise, semble charrier des rouleaux de vase qu'elle déverse sur un sable à gros grains.

Sara se poudre le nez par-dessus l'épaule de son mari. Elle fait glisser ses lèvres sur son dos robuste, ses épaules musclées, la ligne parfaite de sa colonne vertébrale et ses fesses rebondies comme des pommes trop vertes. Un vrai petit cul de fille. Cocteau crie partout qu'il en est fou, au risque de déplaire à Radiguet. Mais Radiguet se tape Bronia Perlmutter. Tout le monde le sait. La jeune femme se dresse sur la pointe des pieds et retire la mousse qui s'est déposée sur les oreilles de son époux.

– C'est la faute de tes parents. Ils t'ont inculqué la froideur, ils n'ont pas été fichus de te transmettre la moindre once de tendresse.

– Tu m'éveilles au plaisir, Sal, dit-il en l'embrassant. Les hommes sont fous de toi, souviens-toi Picasso chez Rosenberg. J'ai honte parfois, je me sens, comment dire ?

– De la nature sensuelle des filles à marier… Et toi tu sors d'un pensionnat papiste…

– Quelle horrible pension, Dobbs Ferry, j'ai tellement souffert. Mon frère Fred aussi. « Quand vous regardez une jeune fille, vous souillez une future maman ! Cent *Notre Père*, cinquante *Je vous salue Marie* ! » Ensuite, ils nous fouettaient, tu sais.

– Pauvre Jerry.

– Tous les hommes te désirent.

– Je suis fidèle et folle amoureuse de toi.

– Mais je ne suis pas sûr de te satisfaire, ce côté charnel, ce…

– Mama, mama, on peut aller chez monsieur Roland Garros avec Martin ?

– Mama, on peut prendre le bateau avec Martin ?

– Mama, dunes, dunes… matin…

– Oh Madame, je suis désolée, je vais les habiller.

Sara essaie d'apaiser la horde sauvage qui s'agrippe à sa chemise de nuit. Trois chérubins aux yeux pleins de sommeil, les cheveux en bataille. Honoria mène la petite bande, Mamzelle à la suite, puis Baoth, qui se mouche dans son pyjama, et enfin Patrick, surnommé P'tit Pook par son frère et sa sœur, qui tire son ours en peluche par la patte arrière… Sara jette un coup d'œil par le bow-window. Quel temps de chien ! Elle s'agenouille pour câliner ses petits. Gerald se met à quatre pattes, ils grimpent tous sur son dos en hurlant. Elle ramasse l'ours en peluche et le tend à son bébé qui la remercie avec le sourire d'un ange. La sortie risque d'être compromise aujourd'hui. Le bateau mentionné par Baoth est le bac qui permet de traverser la Dives pour atteindre Cabourg. Et Martin est un âne. La promenade du front de mer est courue, elle longe le casino, le temple protestant, les villas Belle Époque, *Les Mouettes*, la préférée de Proust, *Le Bon Gîte*, celle du chocolatier Menier…

Tout cela est formidable quand le soleil brille, sauf qu'il fait 15 °C en plein mois d'août. Gerald gèle, les enfants sont enrhumés. Ils devaient rester un mois, ils partent au bout d'une semaine. Leur meilleur souvenir restera l'âne Martin sur lequel ils sont montés à trois, serrés comme des sardines. Puis, quand Gerald a voulu s'y mettre aussi, l'âne a rué, ils sont tombés ! Quelle partie de rigolade !

– Non, on ne ramène pas l'âne Martin à Paris, s'offusque Gerald. Félix serait jaloux.

– Félix veut un ami, affirme Baoth, raide comme la justice.

– On achètera un singe, promis ! Retour à Paris, immédiatement !

– Oui, Dow-dow, répondent les enfants en chœur, usant du surnom dont ils affublent leur père.

Quatre années après la guerre, le mouvement dada remet en cause les conventions idéologiques, politiques, esthétiques. Dada est là, Dada est partout. De Zurich à Cologne en passant par Berlin, puis Paris pour le Salon de 1922. Picabia, Breton, Duchamp, Tzara, Arp, Ball… Ils sont alors tous fâchés, les surréalistes émergent et personne ne sait plus qui est qui. Cocteau lance *Le Bœuf sur le toit* et le groupe des Six fait swinguer le *Bal Bullier* de Montparnasse. Paris, nombril du monde, capitale de la gaîté, des frasques et de l'insouciance ! Chaque jour est différent, une nouvelle exposition, un récital de musique moderne, une manifestation dada, une java à la Bastille. La TSF résonne de tubes, Mistinguett enchaîne les opérettes. *C'est Paris qui danse, Paris qui jazz, Paris qui brille !* Elle fait assurer ses jambes pour 500 000 francs !

– Je n'y crois pas !

Kiki de Montparnasse est sidérée.

– Et mon cul alors, il vaut combien ?

Les Murphy sont de toutes les fêtes. Et les fêtes sont créatives et dissonantes, convulsives et décadentes, désordonnées, imbibées d'alcool ! Hier, ils dansaient rue Duroc, chez le comte de Beaumont, grimé en Cupidon rose bonbon avec des ailes en tulle dans le dos. Sa comtesse, noyée dans l'opium, n'est apparue que quelques minutes, déguisée en Walkyrie. Ah, ce détachement aristocratique à l'égard des conventions puritaines bourgeoises, divin ! Demain, ils seront chez les Crosby, quai d'Orléans, sur l'île Saint-Louis. Après-demain, chez Dos Passos et sa petite amie Katy Smith, dans leur minuscule appartement au pied du Panthéon. Ce soir, les Porter reçoivent à coups de milliers de dollars au 13 de la rue Monsieur. Leur magnifique manoir à colombages s'élève dans un verger de pommiers et de pruniers. Cole Porter est riche, mais sa femme Linda, d'une grande beauté, l'est encore plus. Avec l'aide de l'Anglais Molyneux, elle arrange un intérieur d'un goût parfait : papiers peints praline, miroirs du sol au plafond, tissus en peau de zèbre ! Et il y a de quoi faire, trois salons, un escalier d'honneur, une dizaine de chambres, une cour privative et un parc qui dévale jusqu'aux Invalides.

– Les femmes sont libres, les femmes ne demandent plus rien à personne, les femmes mènent le monde, affirme Linda Porter à Caresse Crosby et Ellen Barry.

– Hier, chez Gertrude Stein, il y avait Mireille Havet, ose Katy, la fiancée de Dos Passos.

– Oui, j'ai entendu parler de son bouquin, *Carnaval* ! acquiesce Ellen.

– Elle raconte sa liaison avec Madeleine de Limur, on la reconnaît bien !

– Je vais monter une maison d'édition, s'exclame Caresse Crosby en levant sa coupe de champagne. Moi aussi je publierai le choquant, le bestial et l'obscène !

– La frivolité est un sacerdoce, estime Étienne de Beaumont.

– Mon homme se passionne pour l'anthropologie, explique Katy.

– Et moi, pour l'alcoologie ! éclate Caresse.

Les garçonnes se veulent affranchies, libérées de la domination masculine, adieu corsets et crinolines, oubliés le mariage et la maternité ! Vive le sexe sans entrave ! Mondaines ou cocottes, elles se trémoussent dans les boîtes russes de Montmartre. Toutes plus belles les unes que les autres, leurs lèvres écarlates et leurs yeux ourlés de khôl. Chanel, Patou, Lanvin sont à l'honneur ce soir. Des robes couvertes de sequins ou de paillettes. Lamé or ou argent, brocart de soie, broderies égyptiennes et perles scintillantes. Bleues, mauves, corail, vertes, noires, roses. De plus en plus courtes pour montrer les cuisses et danser le charleston. Pierreries et plumes multicolores dans les cheveux, fleurs de lotus en laque pour retenir les châles de soie, bracelets d'esclave et perles à gogo. Les talons trépignent, on se noie dans des cocktails mystérieux à la vodka, au rhum, au whisky, la musique résonne, on célèbre la liberté, ce sont les années bouillantes !

« Dans la vie faut pas s'en faire », entonne Maurice Chevalier. Yvonne Printemps, rossignol infernal, s'éprend d'un beau monstre nommé Guitry. Et chez Cole et Linda Porter, on swingue jusqu'à l'aube. Normal, monsieur est le compositeur le plus talentueux de sa génération. Cole Porter. Le meilleur ami de Gerald. Son âme damnée. Où sont-ils ? Enfermés dans le bureau du deuxième étage. Au bout du couloir, le succès, l'expérience, l'avant-garde.

– Un projet, un ballet, Gerald. Suédois ! Toi et moi, associés à jamais.

Gerald n'a pas besoin de lui répondre, il le suivrait au bout du monde. C'est son ami. Rencontré à Yale. Drôle d'endroit où il ne s'est jamais senti à l'aise. Un soir, il s'en souvient, il regagne sa turne sinistre. Et puis, ce rai de lumière sous une porte, cette musique inhabituelle. Un type qui chante. Il entre. Oui, un type derrière son piano. Qui ne lève pas la tête. Une ampoule pendue au plafond. Une boîte de caramels sur l'instrument. Un costume à carreaux, une cravate saumon, une tête toute ronde et des yeux globuleux. Une raie au milieu et des cheveux noirs calamistrés, bien plats de chaque côté. Le gars fredonne en tapant sur ses touches. Ça monte et ça descend avec une cadence incroyable. Et cette grande bouche, qui lui barre le visage, on ne sait jamais s'il souffre ou s'il sourit. Tout en lui vibre. Un rien de ragtime, un rien de jazz, un rien de spontanéité, une vitalité, un rythme, mais c'est quoi ça, demande Gerald, c'est quoi ça ?

– Épatant !

– Tu aimes ?

– On dirait Gilbert et Sullivan en moderne, quoi !

– Je suis de Peru, Indiana, ma cousine s'appelle Desdemona, je te la présente, si tu veux.

Gerald éclate de rire devant une telle introduction, et serre la main de son nouvel ami pour la vie.

– C'est quoi ce que tu joues ?

– Ça, c'était *Bulldog*. Écoute ça maintenant, ce truc que j'ai intitulé *Bingo, That's the Lingo !*

– C'est un chef-d'œuvre !

– Je sais. J'adore ça, écrire des chansons, les chanter, j'en ferai des spectacles, tu verras. On les donnera à Broadway et dans le monde entier.

Depuis, ils ne se sont plus quittés. Il y a eu des secrets, des confréries étudiantes nichées dans ces immeubles sans fenêtres de New Haven. Que s'est-il passé ces années-là à la *Skull and Bones* ? On ne le saura jamais. Cole, résume toujours Gerald, est l'esprit le plus brillant de la promotion 1913. Dix ans plus tard, ils écriront ensemble un ballet suédois. Paris leur offre la liberté et la tolérance, ils vont s'en gaver, en abuser avec passion et une certaine indifférence.

– Vous êtes tous une génération perdue, s'exclame Gertrude Stein de sa voix de velours épais. Mais vous êtes à Paris, et c'est là qu'est le XXe siècle !

– Elle tangue, la matrone, constate Linda Porter. Orchestre et champagne, *for Christsake* ! Cole Porter joue pour vous ce soir !

Volcaniques ces années-là ! Linda s'effondre, ivre morte.

À quelque trois cent cinquante kilomètres de là, un jeune auteur vient chercher des conseils chez celui qu'il admire tant, John Galsworthy. Le maître reçoit Scott Fitzgerald dans sa maison cossue de Hampstead. Il lui raconte par le détail la saga des Forsyte qui a fait son succès. Scott est recommandé par son éditeur, Maxwell Perkins. Il vient de publier *L'Envers du paradis* chez Scribner, l'une des plus grandes maisons. Un succès inattendu pour l'écrivain de vingt-six ans. Tardif même, Scott pisse de la copie comme personne, il vend ses nouvelles au *Post* depuis des années. *Bérénice se fait couper les cheveux*, *Le Palais de glace*, *Myra rencontre les Whitney*… Pas de quoi fouetter un chat. Et pourtant, le succès est là ! Scott est sur un petit nuage, trois milliers d'exemplaires vendus en trois jours ! La presse est dithyrambique, Scott devient célèbre du jour au lendemain, il fourmille de projets, mais doute terriblement. Galsworthy, raide, racé, distant, terriblement anglais, estime qu'il est trop américain.

– Votre problème, c'est cette brutalité des manières, rêvez-vous aristocrate et votre peinture de la haute société en sera renforcée.

– Je ne rêve que de femmes qui s'enfuient.

– Conquérez-les, soyez belliqueux et construisez l'histoire autour du domaine familial.

– Oh, je suis bien trop vulnérable, attiré par la perdition.

Scott a l'élégance d'un lévrier désenchanté. Des traits fins et classiques, quelque chose de féminin. Il est accompagné par son épouse, Zelda, au prénom de bohémienne. Ada Galsworthy n'est pas choquée par le côté échevelé de cette jeune femme et sa manière de toujours tout ramener à elle.

– Je vénère les livres de Scott et ses héroïnes. J'aime celles qui me ressemblent. Comme Rosalind dans *L'Envers du paradis*. Son courage, sa prodigalité, son intrépidité, c'est moi !

– J'ai épousé l'héroïne de mes nouvelles, acquiesce Scott.

Elle boit comme un homme, possède une voix d'une douceur enchanteresse, très basse et raffinée. Elle est frivole, il est brillant. Elle a une confiance en elle incroyable, il s'angoisse pour un rien. Physiquement, ils se ressemblent comme deux gouttes d'eau. Même blondeur miel, mêmes yeux gris-vert aux longs cils, même mélange d'audace et de tragique. Elle possède un regard perçant dérangeant.

– J'adore les précipices, poursuit Zelda, ma famille passe son temps à se suicider. J'espère que Scottie ne se suicidera pas.

– Scottie ?

– Notre petite fille, elle a un an.

Ada Galsworthy en a vu d'autres. Violée pendant des années par son premier mari, ce n'est pas cette écervelée qui va la déstabiliser. Trop américaine, elle aussi. Mais le jeune homme est éblouissant dans tous les sens du terme, un oiseau rare, sa femme sera son inspiration et son tourment.

– C'est certainement une ménagère calamiteuse, souffle Ada à son époux alors que le valet de chambre referme la porte derrière le jeune couple.

– Ils sont exotiques, avec des yeux très cernés. Je ne suis pas certain que le succès soit à l'origine de leurs mines de déterrés.

Zelda veut découvrir Londres, voir les Peaux-Rouges, autrement dit les grenadiers de Sa Majesté, et George V naturellement. Mary de Teck accepterait-elle de lui prêter une de ses tiares ? Et puis les quartiers glauques, Wapping et Limehouse, on ne sait jamais, Jack l'Éventreur pourrait bien pointer le bout de son nez.

– Oh, comme j'ai peur, Goofo !

Oui, elle l'appelle Goofo, son petit chéri d'écrivain.

– Tout ira bien, Zelda, je te protégerai, ma vie durant.

Ce soir, c'est le *Ritz* ou rien. Mais toutes les chambres sont prises, Rudolf Valentino a débarqué, entraînant à sa suite une foule de journalistes et de starlettes. Les Fitzgerald rejoignent la nounou et leur bébé à l'hôtel *Cecil* sur le Strand.

– Oh, j'en ai ras-le-bol du prolétariat, s'exclame Zelda, partons !

Et le romancier et sa petite famille de s'embarquer sur le premier bateau pour la France.

– Jazz, danse et Bloody Mary, dry martini et diamants, voilà tout ce que j'attends de la vie, s'écrie Zelda en posant son pied chaussé de cuir sur le pont du navire. Dis, Goofo, tu m'achèteras une automobile ?

Elle zigzague, s'agrippe à la rambarde, perd sa cigarette, son épaule est dénudée et son mascara a coulé.

– Nous sommes des célébrités, Scott, murmure-t-elle en se redressant, des célébrités, j'adore ça, tu sais ?

– Ce n'est que le début, Zelda, rétorque-t-il en la soutenant par la taille, montre-moi un héros et je t'écrirai une tragédie.

Aimer la littérature à ce point, est-ce une tragédie ? Écrire, toujours écrire, sans espoir d'être publié, est-ce une tragédie ? Il a l'écriture souffrance, chaque mot tapé sur sa fichue Remington lui arrache des hurlements. Oui, c'est une tragédie, car il écrit avec ardeur, comme tout ce qu'il fait d'ailleurs. Écrire, c'est défier la mort. Écrire, c'est écouter le monstre en soi. Écrire, c'est être sincère. Mais ça fait tellement mal, la sincérité. Lui, ce grand gaillard viril, parfois il en pleure. Car le talent, il l'a, il le répète tous les jours à Hadley, sa femme, une rouquine charpentée comme une bûcheronne. Elle les connaît, ses fanfaronnades, elle sait bien que son homme, c'est du pain béni, un blessé, un idéaliste, un large cœur lacéré.

– Le succès, ma belle, le succès. Le galop du succès couvre tous les autres bruits. Toute ma fortune tient dans mon encrier.

Ernest Hemingway est magnifique, le cheveu noir de jais, des traits réguliers et une bouche très mobile qui s'étire d'une oreille à l'autre quand il rit. Il rit beaucoup et très fort. Hâbleur comme un Espagnol, macho comme un Italien, il fume et boit comme un trou. Il est bourré de contradictions, myope, héros de guerre, fanfaron, le meilleur copain des boxeurs et des garçons de café. Il écrit des articles et des reportages mais, ce dont il rêve, c'est d'être Fitzgerald, ce gars aux traits fins qui ressemble à une fille et qui sait mieux que personne narrer le désenchantement.

Pour l'heure, agité, énervé, Hemingway arpente les rues de Paris à la recherche de Dos Passos. Il est aussi bouillonnant que Dos est froid. Oui, il ira rencontrer ses amis Murphy, il le lui promet. Pas tout de suite, il voudrait passer quelque temps en Espagne, découvrir cette chose qu'on appelle « la corrida ». Il a lu tant d'anecdotes dans *L'Illustration.* Il est certain que ça déclenchera un truc en lui. D'ailleurs, il s'exerce tous les soirs à la véronique avec la nappe en vichy, en pivotant sur la pointe des pieds. Le ménage vit dans un appartement minable au deuxième étage d'un immeuble en stuc blanc de la rue Notre-Dame-des-Champs, juste au-dessus d'une scierie. Il n'y a pas d'eau chaude, pas d'éclairage, pas de baignoire. Hadley s'évertue à tenir l'endroit chaud et propre. Le chat, Mr Minet, passe ses journées à ronronner dans ses jambes.

– Il va me faire tomber un jour, s'exclame-t-elle.

Ernest Hemingway remonte la rue de l'Odéon, et s'arrête au numéro 12, à la librairie de Sylvia Beach, une fille de pasteur qui a fait Princeton. Il vient chercher son courrier et emprunter quelques ouvrages. Sylvia ne le fait jamais payer, Hadley est enceinte, et les articles que vend Hemingway ne suffisent pas à faire bouillir la marmite. Et puis, Sylvia Beach chérit ses compatriotes, elle voudrait tellement les aider. C'est ce qu'elle a fait avec James Joyce. *Ulysse*, ce chef-d'œuvre dont personne ne voulait.

– Car personne n'y comprenait rien, explique Adrienne Monnier, sa compagne. Et moi, je peux te le dire, Ernest, je trouve ça affreusement barbant !

Adrienne possédait le magasin en face, une jolie tête ronde, un regard perçant et des seins énormes. Beach est tombée dedans. Elles ont décidé de tout partager. La librairie, l'appartement, la passion pour la littérature. Oui, le lit bien entendu.

– *Ulysse* ? Un tirage de mille exemplaires. Tous vendus ! rétorque Sylvia. On a fait une de ces fiestas au *Bal Bullier* !

Dans l'arrière-boutique réchauffée par un poêle, Hemingway furète sur les étagères à la recherche de trésors. Sylvia Beach s'est spécialisée dans les ouvrages anglo-saxons, il faut dire que les Américains sont légion à Paris ces jours-ci. Ezra Pound, T. S. Eliot, Gertrude Stein aiment se retrouver ici. Et Dos Passos bien sûr ! Il raffole d'Hemingway, il sait qu'il le trouvera ici ou à *La Closerie des lilas*. Ces deux-là s'entendent comme larrons en foire. Ils partagent leurs difficultés à coucher les mots sur le papier. Dos Passos explique qu'il écrit la période, il doit tout connaître, tout essayer pour mieux la restituer. Il a le visage rond et les yeux aussi globuleux que Cole Porter, mais en moins précieux. Il ne croit à rien, sauf à la littérature, il déteste l'Amérique, le rêve américain et le capitalisme. Tout ce qui compte, c'est d'explorer le modernisme et de voir ce que l'on peut en tirer. Avant tout, il croit en Hemingway.

– Hem, tu es un grand styliste.

– Ça devrait suffire pour entrer dans l'histoire de la littérature !

Il arpente le boulevard Raspail avec Joyce, évoque un éventuel travail alimentaire à Hollywood, l'autre, cheveux bien peignés, lunettes sans monture et manteau informe, lui raconte ses parties de jambes en l'air avec sa femme. Une sacrée salope, Nora Joyce, qui l'eût cru ?, certainement pas Molly Bloom.

– Qui est Molly Bloom ? demande Dos Passos.

– Lis *Ulysse*, John, bon Dieu ! s'écrie James Joyce en faisant des moulinets avec sa canne.

– Une autre fois, je dîne chez les Murphy.

Printemps 1923
Paris

Qui vient ce soir ? Les Porter avec leurs copains musiciens, le groupe des Six. Et puis Dos Passos et Katy, les Crosby peut-être. Et le chien Clytoris ? Non, non, cela n'ira pas avec Félix. Gerald a évoqué la présence de Vladimir, un copain de la Gontcharova, il l'a rencontré dans son atelier ce matin même. Donc cela fait…

– Quoi, Lisette ? Treize, non cela ne fait pas treize à table et quand bien même…

– Fernand et sa femme passent, s'écrie Gerald depuis la salle de bains.

– Vous voyez, Lisette, on ne sera pas treize mais quinze !

– Je ne sais pas pour Germaine Tailleferre.

– Ok, quatorze.

– Francis Poulenc non plus.

– Gerald, s'il te plaît, laisse-moi avec Lisette. Non, mais Lisette, quoi ? Restez, s'il vous plaît…

La petite femme en robe grise et chignon serré n'en finit pas de se prendre la tête dans les mains. Écarlate, elle défait les rubans de son tablier, puis part en maugréant vers la cuisine. Et revient avec son pardessus et son chapeau mou.

– M'dame Sara, c'est point possib', ça change tout l'temps. Vous savez pas c'que vous voulez, si c'est théât' ou ben dîner, si c'est opéra ou ben souper, ou ben les deux. J'en peux p'us et les p'tits s'moquent de moi tout l'temps.

– Quoi, mes angelots ?

– Bah oui, j'comprends point quand i'parlent.

– Ils sont américains, Lisette, c'est normal.

– Bah, M'dame Sara, j'en peux p'us, elle est pas organisée vot'vie, et moi ça m'va pas, je rent' chez ma mère en Touraine, vlà l'adresse pour mes gages...

Et la porte claque. Sidérée, Sara se laisse tomber dans le canapé. Quelque chose bouillonne à la cuisine, oh mon Dieu les légumes du bourguignon mais cela ne devrait pas être à grand feu. Sara récupère le tablier de la bonne et tente de mettre de l'ordre. Le pain est dur, qu'à cela ne tienne, elle passe les baguettes sous l'eau et les enfourne. Le bourguignon, la spécialité de Lisette. Où sont les livres de cuisine ? Il faut terminer cette recette.

– Elle est partie, c'est vrai, elle est partie la bonne ?

Voici Honoria, suivie de ses deux frères. Elle sort de la nursery, les mains pleines d'encre.

– On l'aime pas, mama, tu sais, ajoute Baoth en battant des cils.

– Mais enfin, c'est quoi ces manières ? interroge Sara, piquée au vif.

– Elle nous force avec les bocolilis, répond Baoth en faisant la moue.

– L'est pâtie, l'est pâtie, bonne.

Trois petits diables et, le pire d'entre eux, c'est Patrick. Non seulement il fait tout ce que font les deux autres, mais en pire. Avec un de ces charabias. Et Sara fond. Elle donnerait sa vie, celle de ses parents, son mari, son avenir, son passé, sa fortune pour ces trois-là. Elle s'accroupit dans l'office, un peu dépassée par la tournure des événements, ils se jettent sur elle. Un câlin énorme. Henriette, la nounou, vient les récupérer. Et

Sara se colle à la cuisine, elle aime ça, quand elle a le temps, mais là rien n'est prêt. Des pleurs, quoi ? Patrick ? Son bébé arrive en titubant, le nez qui coule, car Baoth a encore pris son ours.

– C'est pas moi, c'est Félix.

Sara soupire, serre son petit garçon dans ses bras en se demandant bien où a disparu Mamzelle.

– Mais je fais couler le bain, m'dame !

Honoria barbouille les murs de sa chambre de formes géométriques qu'elle appelle « des personnages ».

– Viens voir, c'est nous, explique Honoria.

Un gribouillage rouge et noir.

Sara est sceptique. Sa fille a quelques taches de rousseur sur le nez, c'est ravissant, et des boucles qui tombent en anglaises régulières sur son front. Sara doit se mettre à la cuisine, mais n'a qu'une envie, demeurer avec ses enfants.

– J'adore tes queues de cochon, ma beauté.

– Moi, j'adore ma maman, répond la petite fille du haut de ses cinq ans en se lovant contre le ventre maternel. Dow-dow a dit que c'est beau.

– Quoi ?

– Ça, fait-elle en désignant le gribouillage.

– C'est magnifique, Honoria, mais c'est un mur et non une toile.

– Dow-dow dit que les peintures vont sur les murs.

– Oui, mais…

– Dow-dow dit que j'ai du talent.

– Mama, hurle Baoth, non, pas le bain.

Sara est à deux doigts de craquer. Elle se lève, désemparée, quand Gerald pénètre dans la chambre de sa fille, suivi par un géant aux pommettes hautes et aux yeux bridés. Il a une bouche énorme, on dirait un ogre, les enfants l'observent bouche bée.

– Je suis Vladimir Orlov, je suis votre ami.

Personne n'ira le contredire.

– T'es gentil ou t'es méchant ? demande Baoth qui émerge de dessous le lit d'Honoria.

– Je suis terriblement gentil, assure Vladimir en roulant les *r*.

– Vladimir a fui la révolution, on lui a tout pris, explique Gerald aux enfants ébahis. Il vivait en Crimée, il était enseigne dans la marine russe. Son père était le banquier du tsar, autant dire qu'il a mal fini, Vladimir et sa mère se sont enfuis. À pied dans la neige, en passant par la Suède, et ça rallonge. Ils ont débarqué en France, pauvres comme Job. Vous savez qui est Job, les enfants ?

Ils acquiescent. Et Gerald continue.

– Vladimir a tout fait à Paris, chauffeur de taxi, chanteur de charme, gigolo, aujourd'hui il est peintre, notre maison est dorénavant la sienne.

Avant que Sara n'ait eu le temps de réagir, Vladimir prend le petit Patrick dans ses bras, et Baoth par la main. Honoria laisse tomber ses crayons et suit le mouvement. Vladimir se tourne vers Sara.

– Oubliez le bourguignon, je me charge du Stroganov.

– Jerry, murmure Sara.

– Vladimir ne repartira jamais en Russie, nous l'adoptons.

– C'est quoi, gigolo ?

Une heure plus tard, les enfants sont profondément endormis. L'appartement embaume. Autour de la grande table aux lignes épurées, les Porter et le groupe des Six. Gerald transporte un fauteuil noir à la structure tubulaire argent qu'il installe dans l'encoignure de la salle à manger.

– C'est quoi, Gerald ?

– Un prototype de Marcel Breuer, formidable non ?

– Confortable, assure Cole Porter en se vautrant dedans.

– Écoutez ça, propose sa femme Linda, en sortant une

pochette de disque de son sac à main, c'est un truc incroyable que j'ai rapporté de La Nouvelle-Orléans.

Elle le dépose sur le gramophone et remonte la manivelle. Une voix s'élève, âpre, rugueuse.

– Mais c'est du jazz, non du blues, non du gospel, oh c'est tout à la fois et… du folklore, coupe Darius Milhaud.

– Chanté, constate Poulenc.

– Ça n'existe pas, s'exclame Germaine Tailleferre.

– Épatant, s'écrie Cole Porter, excité.

– Taisez-vous !

– On dirait que les paroles roulent dans sa gorge avant de fixer la mélodie.

– Il est noir, il est noir, ce n'est pas une gorge de blanc.

– Il dit quoi, là ? fait Georges Auric.

– Onomatopées, borborygmes, je ne sais pas…

– Collés sur la musique.

– Armstrong, il se nomme Louis Armstrong, plastronne Linda, fière de son effet.

– Remets le morceau et dansons, s'enthousiasme Sara.

Entrent Picasso et Olga. Il lance un *buenas tardes* à la cantonade, mais n'a d'yeux que pour Sara qui ondule au rythme de la musique. Ses cheveux roulent sur ses épaules, ses perles sautillent autour de son cou, Gerald la prend par la taille et un fox-trot, un ! Olga fronce les sourcils. Fernand Léger surgit avec sa femme Jeanne. Il parle avec ses mains, des gestes compliqués. La peinture, c'est de la piraterie, bien entendu qu'on emprunte à tout le monde, affirme-t-il en hurlant. Olga fait passer les plats. C'est délicieux. « Stroganov », précise Vladimir. Manhattan ou dry martini, Bloody Mary ou Sidecar, Gerald Murphy est le roi du shaker. Vladimir entonne des chants slaves, Léger évoque la folie furieuse de la peinture, Picasso lui répond par des perceptions brutales, Jeanne est enchevêtrée dans son mari, Sara embrasse la nuque du sien qui ne s'en aperçoit pas. Honoria se lève en pleurant, les yeux embués de sommeil, « le monsieur fait trop de bruit ». Son visage est strié par les marques de l'oreiller, dans sa chemise de nuit volantée, on dirait la princesse au petit pois. Vladimir va la coucher avec une histoire abracadabrante de lapin anglais dans un potager.

– Tu vois, Gerald, explique Léger, pris par sa pensée, on ne fait pas un clou avec un clou, mais avec du fer, c'est ça, l'art abstrait !

– Un tableau est un objet en soi, il a la même force qu'une chose de la nature, évidemment !

– Ça sonne !

– C'est Dos et Katy.

– Je voulais venir avec ce type, Hemingway, mais il est toujours fourré chez Gertrude Stein.

– Allons à la fête foraine, propose Fernand Léger en se levant, j'ai besoin de furie visuelle. Rien n'est plus puissant que les signaux, il faut les voir et les reconnaître sur-le-champ !

Il n'aime que les virées nocturnes dans les endroits populaires. Les couleurs vives, contrastées, tranchantes, souvent discordantes. La soirée se teinte d'évidence créatrice. Combien de temps cela va-t-il durer ? Personne ne sait, ce côté éphémère rend l'instant encore plus fabuleux.

Les Murphy déménagent bientôt à Saint-Cloud, dans l'ancienne maison de Charles Gounod. L'appartement de la rue Greuze est devenu trop petit depuis que Gerald se consacre à la peinture. Les enfants, les domestiques, Vladimir à demeure, non ce n'est plus possible. Sara jette son dévolu sur une villa Belle Époque en bois, avec un atelier au fond du jardin. Gerald s'y enferme de longues journées et revisite l'ère industrielle. Montres, coupe-papier, ciseaux, tire-bouchons s'exhibent sur des toiles surdimensionnées aux vastes aplats de couleur. Les objets sont glorifiés. Ils en deviennent énigmatiques. La Gontcharova est fière de son élève. L'inspiration de Léger est flagrante, ce dernier s'en félicite. Tant de fêtes, tant d'amis, toujours. Georges Auric et Arthur Honegger, Darius Milhaud, Francis Poulenc, Germaine Tailleferre. Et puis Igor Stravinski et son impétuosité, Erik Satie et son humour décalé, Arthur Rubinstein... Saint-Cloud résonne de mille notes. Hoytie Wiborg, la petite sœur de Sara, s'incruste, on s'en passerait. Elle en pince pour Misia Sert qui a déjà du mal à garder son mari. Misia l'a surnommée « l'emmerdeuse ». Elle se présente ainsi : « Sara, en mieux. »

– Au lit, les enfants, s'écrie Mamzelle. Demain, y a l'école.

Personne ne l'écoute. Henriette sait qu'elle n'arrivera à rien tant que Gerald n'aura pas entonné la chanson des pirates. Mais la chanson sans l'habit, ce n'est pas possible.

– Dow-dow le pirate, Dow-dow le pirate ! hurlent trois monstres en pyjama de laine.

Gerald a attaché une corde à la balustrade. Il s'élance depuis le premier étage, un couteau coincé entre les lèvres, une boucle de Sara à l'oreille droite, un foulard noué sur la tête et une chemise savamment déchirée !

Mamzelle s'en balance bien des pirates mais, ce qui la choque, c'est l'école publique. Des bébés si mignons, mélangés à la populace, ah, si cela ne tenait qu'à elle !

Belleville, place du Combat.

Un grenier surchauffé. Des inconnus revêtus de longues blouses tachées et des panneaux immenses que l'on dresse en les faisant pivoter avec une corde. Il y a eu un incendie dernièrement, tout a brûlé. On accumule les retards, il faut recommencer, allez ! La Gontcharova relève ses cheveux avec une barrette, ça lui fait un palmier au-dessus de la tête, étrange. Larionov est à quatre pattes sur une bâche, les cris de Diaghilev font trembler les murs, il en perd son monocle.

– Nous sommes en retard, nous sommes en retard, la première est dans quatre jours ! Allez vous faire foutre chez les bolcheviques, vous allez voir, ça ne va pas être la même mélodie ! Quelle bande de fainéants !

Mondain et plastronnant, sa pelisse en fourrure de Sibérie et brandebourgs par tous les temps, il ressemble comme deux gouttes d'eau au général Dourakine. Les petits Murphy en ont une peur bleue. Roublard, intransigeant, il n'a pas un sou vaillant, use de sa canne pour taper sur les danseurs récalcitrants, c'est le monstre russe dans toute sa splendeur. Cet homme, superstitieux en diable, ne passe jamais sous une échelle, déteste les chats noirs et porte des amulettes autour du cou. Une cartomancienne lui a suggéré de faire attention à l'eau, depuis il n'a jamais plus mis les pieds sur un bateau. Sa troupe le surnomme Chinchilla, une mèche blanche traverse sa chevelure. Seul Boris Kochno, secrétaire et amant, parvient à calmer ses nerfs. Il porte un cache-col de soie blanche et des gants immaculés. C'est un mélange de charme et d'ironie, sa conversation touche au génie, il pleure comme une jeune fille, puis tonitrue…

– Je ne pense qu'à l'avenir, mais l'avenir, c'est dans quatre jours !

– Dehors, hurle Natalia, sinon tu pourras t'asseoir sur tes décors.

– Étonne-moi, Natalia !

– Dégage de mon laboratoire artistique !

– J'aime cette femme, assure Diaghilev en montrant du doigt Sara, j'aime son mari, ils sont adoptés.

Quiconque s'intéresse à la compagnie en devient membre. Les Murphy apportent une aide effective, mais aussi financière. Entre Diaghilev et eux, c'est pour la vie. *Les Noces*, ils y participent tous, Stravinski, Kochno, Picasso… Les Ballets russes ont porté les premiers sur scène un art décoratif théâtral neuf. Gerald le comprend très vite. Sara est de toutes les répétitions. Stravinski chante d'une voix extatique, il reproduit toute la sonorité symphonique de son œuvre, il est à deux doigts d'en crever. La chorégraphie est confiée à Nijinska, la sœur du célèbre danseur qui pourrit dans un asile en Suisse, schizophrénie radicale. On sent l'inspiration des icônes russes et l'archaïsme des rites anciens slaves. Sur scène, quatre pianos, deux harpes, harmonium, cymbalum, clavecin et percussions.

– La vie, c'est demain, la vie, c'est *Les Noces* !

– Je veux du bleu outremer et du rouge égyptien, je veux de l'or et de l'argent, je veux du noir comme le frac des danseurs de tango et du rose poudré. Je veux du vert émeraude, de l'iceberg et de la canicule, tu entends, Natalia !

– Un art grand et sérieux ne peut pas être national !

– Je suis contre l'Occident qui vulgarise nos formes, celles de l'Orient, et qui nivelle tout !

Natalia est une guerrière, Larionov l'aime à en mourir, ces deux-là ont bien failli finir dans les geôles de Sibérie. Dos Passos rejoint la troupe. Il ne parle jamais beaucoup.

– Les maquettes sont là, explique Natalia, il suffit de reproduire ce que l'on voit.

Gerald se jette sur les pinceaux à poils souples.

– Mais qu'est-ce que vous fichez sur ces échelles de dix mètres ? Vous perdez un temps fou, trouvez-moi des manches à balai, on les fixera aux pinceaux, cela ira beaucoup plus vite.

Il faut chauffer les pots de colle, mélanger la peinture, choisir les meilleures teintes, l'étaler sur d'immenses panneaux à même le sol. Les Russes ne ressentent pas la couleur de la même manière, l'évocation est parfois difficile à traduire pour leurs amis américains. Il fait une chaleur de bête. On s'arrête toutes les demi-heures pour aller boire une bière à la brasserie en face.

– J'veux de la vodka, j'veux du caviar ! hurle Larionov.

C'est la pagaille la plus complète. Tout n'est que confusion. Picasso, Braque, Derain, Kochno, ils travaillent tous jour et nuit. La princesse de Polignac n'en croit pas ses oreilles, s'énerve :

– Ce n'est plus un chantier, c'est un salon ! Que fichent-ils tous à Belleville, c'est bien la peine d'avoir un hôtel particulier avenue Henri-Martin. Heureusement que Proust est mort, sinon il y serait aussi, à Belleville ! Conduisez-moi là-bas, ordonne-t-elle à son chauffeur. Belleville, vous ne savez pas ? Belleville, les cartes routières, cela existe, enfin Gino !

Le chauffeur ne s'en remet pas, quand elle est furieuse, sa patronne ressemble de plus en plus au poète Dante. Il s'y connaît, il est toscan. Elle a les maxillaires si prononcés que certains la surnomment Casse-Noisette. Pour une lesbienne, ça la fout mal.

Le jour de la première à la Gaîté-Lyrique, les décors cloués sur les immenses cadres de bois sont merveilleux. Merveilleux, mais à l'envers. Personne n'a rien remarqué, sauf eux. Stravinski pousse la musique à son extrême. Des *Noces* de sang. Des silhouettes bondissantes. Un sentiment de perte et d'impuissance, ils sont russes, apatrides, ivres de liberté ! Un succès considérable selon *Le Gaulois*. Un cadeau du ciel, approuve *Le Figaro*. Stravinski, pur génie avant-gardiste, est enfin reconnu.

– Eh quoi, hurle Diaghilev, je veux une fête et des litres de vodka !

Une fête ? Gerald a pensé au cirque Medrano. Mais Diaghilev est fâché avec les Fratellini. Sara trouve une péniche. Amarrée face à la Chambre des députés. Il faut des fleurs, des milliers de fleurs multicolores pour décorer l'endroit. Sauf que le marché de l'île de la Cité est fermé le dimanche. Il n'y a que des oiseaux en cage. Alors que mettre en centres de table ? Canaris ou perroquets ? Et pourquoi pas des mainates qui balancent des gros mots ?

– Oh oui, mama, des mainates ! s'écrie Baoth accroché à la robe de sa mère.

– Pourquoi t'ai-je emmené, toi ?

Sara est effondrée.

– Parce que tu m'aimes, répond le petit garçon, tu m'aimes plus que les autres.

Elle rit, elle adore ses enfants, mais Baoth, mon Dieu, Baoth ! A-t-on le droit ? Pour lui, elle donnerait le monde, le soleil de sa vie. Le petit garçon gambade devant elle quai Saint-Augustin, dans ses culottes courtes, avec son gilet cintré.

– M'attends pas, mama. J'y vais, chantonne-t-il en disparaissant sous un rideau de fer.

– Baoth !

Elle s'affole, se précipite.

Un monsieur en blouse grise fixe les grilles de sa boutique, un marchand de joujoux.

– Vous ouvrez le dimanche ? Mon fils est entré…

– C'est pour la poussière, ma jolie dame. Oui, j'ai vu, le jeune homme est très occupé avec un train et ses wagons.

– Des joujoux, mama, des joujoux partout, s'écrie Baoth assis sur une locomotive.

– Allez, mon petit gars, fais-toi plaisir, dit le marchand en souriant.

Elle a une illumination.

– Je prends tout.

– Pardon, m'dame ?

Oui, les jouets, c'est mieux que les fleurs.

– Tout, les voitures, les poupées, les trains, les guirlandes, les maisons, les cerceaux, et les cubes, tous les cubes. Je prends tout, mon chauffeur est garé là, je vous dois combien ?

– Vous avez tant d'enfants ?

– Si vous saviez, de grands enfants qui se chamaillent tout le temps...

– Je pensais avoir tout vu, ma p'tite dame, quand j'étais apprenti aux *Nouvelles Galeries* à Tours chez M'dame Duthoo. Ah oui. Et puis j'ai rencontré cette jolie fille qui voulait monter à la capitale et voilà comment je me retrouve à Paname avec une grande dame qui achète mon magasin.

– Et la jeune fille ?

– Les jeunes filles, m'dame, ça devient des filles et ça disparaît, confie le marchand d'un air mélancolique.

Baoth n'en revient pas. Tous les jouets sont chargés dans la Bentley. Il n'y a plus de place pour sa maman et lui. Ce n'est pas grave, ils iront à pied jusqu'à la Chambre des députés. Tous ces jouets, il a toujours su qu'il était le préféré. Mais qu'est-ce qu'on va bien pouvoir faire des poupées ?

On n'a jamais vu ça sur une péniche. On n'a jamais vu ça de mémoire d'homme. Ni d'enfant d'ailleurs. Tous sont fascinés par les pyramides de jouets en centres de table. Des Teddy Bears et des Kewpies, des dînettes et des animaux en papier mâché, des chevaux à bascule et des voitures mécaniques, des tracteurs à vapeur et des soldats de plomb.

– Ah non, pas lui, s'écrie Diaghilev en jetant une figurine par-dessus bord.

– Il aime pas les soldats, Chinchilla ? demande Honoria.

– Pas Napoléon, chérie, rétorque Gerald en souriant.

Cocteau a enfilé l'uniforme du capitaine. Ivre mort, il fait le tour du bateau en hurlant dans la lampe-tempête :

– On coule, on coule, un homme à la mer, vite des bouées !

Étienne de Beaumont est accompagné par son épouse Édith

et ses pipes à opium. Ils adorent cette société composite qui n'a de cesse de leur rendre hommage. Anita Loos, la meilleure scénariste du moment, et son mari John Emerson leur tiennent la jambe. Du champagne et encore du champagne.

– Je travaille sur un truc épatant, explique Anita.

– Un scénario ? glapit le comte.

– Non, un livre. *Les hommes préfèrent les blondes.*

– Quel mauvais titre, estime la comtesse.

Un air outré passe sur son visage auguste.

– Son mari préfère les hommes, lui souffle Cole Porter.

– Les Fitzgerald ont débarqué à Paris, annonce Dos Passos.

– Paris attire, Paris inspire, chantonne Blaise Cendrars, être parisien, ce n'est pas être né à Paris c'est y renaître… Non, ce n'est pas de moi, mais de Guitry !

– Oui, je les connais, assure Dos Passos, cette flamme étrange qui illumine les pupilles de Zelda.

– C'est quoi cette fête encore, les fous ont pris possession de l'asile ? s'étonne Winnie de Polignac.

Sara est ravissante ce soir. Tout le monde se tue à le dire. Gerald l'aime. D'amour. Et ça, personne n'y peut rien. Archie MacLeish évoque un bouquet peint par Renoir, il la trouve bouleversante.

– Je pourrais la dessiner les yeux fermés si j'avais quelque talent, je ne peux que chanter sa beauté à travers mes vers.

– Mes souvenirs font la grimace à chaque coin de rue. Je ne sais plus si je vis l'année présente ou l'année passée, explique Dos Passos.

Il faut dire qu'il a été ambulancier pendant la guerre, ça marque.

– Kochno adore exister dans l'ombre des maîtres.

– Qui est son maître ? demande Tristan Tzara.

– Moi, répond l'ogre Diaghilev.

– Il est très beau, magnifique, souffle Cole Porter, je vais lui composer quelque chose.

Il part en fredonnant *I've Got You Under My Skin.*

– Pas mal, oui, c'est pas mal ça…

– J'en ai marre de tous ces Américains qui écrivent, explique Cocteau à Dos Passos. Vous feriez mieux de lire Radiguet !

– Depuis ma première communion, c'est le plus beau jour de ma vie, assure Misia Sert, déjà consumée.

– Non, la vie en couple n'implique pas la fidélité ! convient Picasso en cherchant Sara du regard.

Les Murphy deviennent pour tous leurs amis un modèle, celui de la bohème chic et de la vie parfaite. Tous veulent capturer leur manière d'être. « Murphyesque », dit-on… Ce qui signifie, les plaisirs de l'existence, associés aux choses simples, loin de toutes conventions. Leur force créative transforme chaque chose en art. Le soleil se couche derrière les tours de Notre-Dame, Kochno a décroché la couronne de laurier du plafond et en coiffe Cocteau.

– Je veux mon buste au Louvre à côté de celui de Richelieu, je le mérite, n'est-ce pas ? estime Winnie de Polignac.

– Avis de tempête, on coule ! hurle Cocteau avant de passer par-dessus bord.

James Joyce traverse le pont de l'Alma, les mains dans les poches, l'air plus renfrogné que jamais. On dit qu'il se pique de sadomasochisme, de culottes souillées et de relents intimes. Sa femme, une rouquine à la voix grave, le récupère au petit matin au *Fouquet's*, un bistrot infâme des Champs-Élysées. Man Ray a persuadé Duchamp de rentrer à Paris, Hemingway dévore le dernier bouquin de Fitzgerald en jurant ses grands dieux qu'un jour il fera mieux, Dos Passos est sombre, sombre… Leur but à tous n'est pas de changer le monde mais de le rendre meilleur.

Sara chante. Erik Satie tombe amoureux, Picasso est jaloux, Gerald si sûr de lui. Ils sont flamboyants et fantasques. Ils sont beaux et pleins d'espoir. Ils font des courses de voitures cours La Reine et se moquent des chauffeurs de taxi qui ressemblent tous à Nicolas II. Leurs nuits sont pailletées de strass, les fume-cigarettes font plus d'un mètre de long, et les sautoirs de perles tressautent sur les seins des garçonnes. La lumière se teinte de bleu et de rose.

Été 1923

Cap d'Antibes

– Houlgate ? Ah non alors ! s'écrient-ils en chœur. Jamais plus !

Ils sont venus par le Train bleu, de nuit, avec une dizaine de malles. Les enfants ont adoré la voiture-lit en acajou massif, les couchettes superposées avec leurs couvertures damassées, la petite lampe près de l'oreiller et les étoiles sur l'épaisse moquette de laine. Et puis les rails luisants qui renvoient la lumière rouge, jaune et verte des signaux, les mouchoirs imprégnés d'eau de Guerlain pour la toilette du soir et les pampilles des appliques en cristal qui oscillent à chaque tournant. « Premier service », la sonnette résonne dans la luxueuse pénombre pour annoncer le petit déjeuner. À peine le temps d'avaler un chocolat dans le bar-salon aux boiseries somptueuses, ils sont arrivés. Vladimir et Mamzelle ont suivi par la route nationale avec la Bentley.

André Sella, l'élégant propriétaire de l'*Hôtel du Cap*, est désemparé. Cette petite famille est sympathique. Mais son hôtel est fermé. De juin à octobre, comme la plupart des établissements.

– Pourquoi ?

– Mais parce qu'en été, ma jolie dame, il n'y a pas un chat. Les aristocrates britanniques ne viennent qu'en hiver.

– Nos amis Cole et Linda Porter nous ont dit tellement de bien du cap d'Antibes l'été, plaide Sara en sortant une lettre de son sac à main.

Elle la déplie, cherche un passage puis lève le doigt.

– C'est ici, écoutez : « Trente degrés à l'ombre, des cascades de pins jusqu'à la Méditerranée, des eaux d'améthyste, des concerts de cigales et des sables brûlants. »

– « Et le calme des plages désertes », poursuit Vladimir en lisant par-dessus son épaule.

– Cigales, entends cigales, cigales, baragouine Patrick en gigotant dans les bras de son père.

Les Porter louent le château de la Garoupe, au bout du chemin des Contrebandiers, à la pointe du cap. Une villa blanche, longue et luxueuse, entre végétation et minéral, avec des fenêtres en demi-lunes et un escalier de pierres irrégulières qui mène à la mer. Ils y oublient l'extravagance et la clameur parisiennes.

– Nos amis nous rejoindront, assure Gerald, une bande formidable, vous n'imaginez pas. Nous ferons de cet endroit le centre du monde !

– Mais vous n'avez aucune d'idée de la manière dont fonctionne un hôtel, rétorque André Sella. Je ne peux conserver trente femmes de chambre, dix cuisinières, quatre chauffeurs pour une seule famille.

– Deux familles ! S'il vous plaît, nous restons aussi, réplique un Chinois, dans un costume cintré ivoire, qui essuie ses lunettes cerclées d'écaille.

Il s'incline devant les Murphy.

– Je suis Zao Qian Wu. Merci pour votre initiative.

– Monsieur est diplomate, explique André Sella, il descend chez nous chaque année et part à regret, c'est vrai, dès la fin du mois de juin.

Quatre jeunes Chinois avec des épuisettes et des chaussons de satin brodés d'idéogrammes pénètrent en file indienne dans le hall. Suivis par une femme aux cheveux lisses et tirés, dans une tenue en soie turquoise à manches courtes, avec un col montant qui porte de minuscules boutons sur le côté. Elle ferme son ombrelle de papier et se dirige à petits pas vers l'escalier de fer forgé.

– Je suis très ami avec Foujita, explique Gerald à Zao Qian.

– Un Japonais, réplique ce dernier, rien à voir avec notre céleste Empire. Merci encore, nous restons donc.

– Non, attendez. Je vais chercher mon père, lui seul peut décider, s'écrie l'hôtelier.

Sara laisse errer son regard. D'immenses peintures compliquées dans des cadres dorés rendent hommage à la Méditerranée. Par terre, des dalles de marbre noir et blanc à la découpe géométrique.

– Quel chic, j'adore ça, Jerry, regarde.

Des fauteuils recouverts de toile de Jouy, des canapés moelleux aux tons pastel et des tables en pitchpin sont disposés dans le salon. Rose pâle, jaune, vert amande, bleu clair, c'est une farandole de couleurs. Colonnes ioniques, lampes à pied de bronze et abat-jour d'organza créent une ambiance douce et sereine. Au portemanteau, un chapeau colonial et une canne. Gerald s'en saisit aussitôt et entreprend quelques pas de fox-trot.

– Je veux rester ici, mama, supplie Honoria en tirant sur la robe sa mère.

Oh oui, l'endroit est magique, et comme posé délicatement au sommet de la colline. Une allée d'orangers, de palmiers et de lauriers-roses conduit à une crique rocheuse baptisée Eden Roc, juste en surplomb des eaux idylliques de la Méditerranée. Là, une piscine d'eau de mer surgit du basalte.

– La balançoire, y a une balançoire, je veux rester, mama, viens, P'tit Pook s'écrie Baoth.

Les enfants s'échappent en courant, Mamzelle à leurs trousses. Ils croisent un gentilhomme d'un certain âge et le saluent avec cérémonie. Ce sont des bambins bien élevés, ils ont compris que leurs vacances dépendaient de ce monsieur important. Fringant dans son costume croisé, le front haut, de faux airs d'acteur italien, Antoine Sella salue les nouveaux arrivants.

– Vous souhaitez vous installer ici, m'explique mon fils. Bon, il est vrai que la saison est terminée. C'est assez mal vu l'été.

– Oh, les convenances, si vous saviez, soupire Gerald avec un sourire en coin.

Sara ouvre grands ses yeux de chat. Comme une supplique. Le diplomate chinois réapparaît et se joint à eux.

– Mes chers amis, je réfléchis tout haut, confie Antoine Sella.

L'homme est d'une élégance rare, il a l'allure des derniers seigneurs. Sa complicité avec son fils est évidente. Une famille à l'ancienne, avant les outrances du siècle de la guerre.

– Il est possible de garder l'hôtel ouvert, mais sans le personnel. Vous contenteriez-vous d'une femme de chambre, d'une unique cuisinière pour les petits déjeuners et d'un chauffeur ?

– C'est parfait, les enfants, nous restons ! s'exclame Gerald en faisant sauter Patrick dans ses bras.

– La famille Zao Qian vous remercie humblement.

– Mais, pour vous nourrir, il faudra…

– Nous achèterons des tomates au marché et des olives, des oignons, du pistou, assure Sara, souriante.

Elle s'imagine déjà avec ses paniers d'osier dans les rues du vieil Antibes.

– Cigales, mama ? Acheter cigales ? bafouille Patrick.

– Mama, il y a un cimetière là-bas, chantonne Baoth, juste là, derrière les fleurs qui piquent.

– Oui, mon petit garçon, répond Antoine Sella, l'air sérieux. Un cimetière de chiens et une roseraie.

– Il y avait des noms sur des pierres hautes, je sais lire, explique Honoria : Quick, Killy, Gun Smoke, Norton, Lulu, Capitaine Toto, et puis Boy.

– Je croyais que c'étaient des enfants, annonce Baoth d'une voix tremblante.

– Les enfants ne meurent jamais, mon amour, jure Sara en s'agenouillant devant son fils. Viens dans mes bras, trésor joli.

– La femme de mon associé a enterré ses fox-terriers, explique Antoine Sella. Puis c'est devenu un rituel, nos amis, nos employés ont continué. Pour le petit déjeuner, croissants au beurre, chocolat chaud et marmelade d'Écosse, cela vous convient-il ?

C'est le soleil qui les réveille à travers les lattes des persiennes. Les cigales et le son haut perché des oiseaux. Sara sort tête nue, en robe de lin blanc fluide, souriante. Elle peint ses ongles en rouge, l'unique femme de chambre est horrifiée. Gerald porte une marinière, un pantalon léger et des espadrilles. Il adore la mode des pêcheurs ! Ce matin, ils vont chercher les MacLeish qui arrivent par le train de midi. La route longe la mer azur, on croise parfois une Hispano-Suiza ou bien une Panhard & Levassor. C'est la baie des Anges, illuminée par un soleil brûlant. Antibes s'y prélasse, ravissant petit port de pêche avec ses remparts, son Fort-Carré, ses ruelles pavées, ses maisons roses, ocre, parfois rouges. Il y a du linge étendu aux fenêtres, des parasols bariolés sur les balcons, des matrones aux gros bras qui commentent le temps : « Ah, le mistral, on s'en passerait bien ! » Délicieux, cet accent méridional. Des jeunes filles tressent l'osier en babillant. Là, juste au coin du café de *L'Estérel*, la rue monte, tournicote et débouche sur une place rectangulaire bordée de pins parasols. Des boutiquiers agglutinés, des étals colorés, des épices, des olives noires parfumées à l'ail ou au pistou, de la lavande, du café, du poivre. Des fleurs partout. Œillets, jasmins et l'odeur entêtante du mimosa. Et ces petites marchandes de violettes en costume provençal, qui deviendront les modèles des plus grands peintres. Au détour d'une venelle, une église jaune citron, Notre-Dame-de-l'Immaculée-Conception, puis un théâtre de poche ouvert une fois par semaine. La minuscule gare surgit derrière des bosquets de lauriers-roses. On dirait un jouet posé là, qu'une main d'enfant déplace au gré de ses envies. Archie MacLeish fourmille d'enthousiasme. Ses souvenirs d'enfance resurgissent. Bien entendu qu'il connaît le cap d'Antibes, ses parents y louaient une villa à l'aube du siècle.

– Et la plage ? demande Ada, excitée.

– Elle n'existe pas encore, déclare Gerald, d'un air préoccupé, nous vous attendions, nous allons l'inventer.

Au début, c'était un promontoire sauvage, insalubre, panaché de pins. On pouvait marcher longtemps, on ne rencontrait jamais personne. Quelques pêcheurs. Une lavandière. Ou deux. Et soudain une crique festonnée. Près de vingt mètres de long, des galets par milliers, un lit d'algues d'épaisseur certaine. Une eau limpide. Et toutes ses nuances de bleu. Gerald est sidéré. Un paysage farouche. Une sauvagerie qui surprend. Les montagnes en arrière-plan, les oliviers séculaires, les essences rares sur la frange du littoral. Les falaises de calcaire chatouillées par l'écume. Et ce chemin difficile, étroit. C'est à lui, il se l'approprie immédiatement, cette baie, une légende, cette plage, la sienne. Oui, la sienne. Alors, il instaure un rituel. Car toute chose se mérite, c'est ce que lui a appris son père. Chaque matin, il descend à pied accompagné de Sara et des MacLeish. Les enfants, Vladimir et Mamzelle suivent en voiture avec le matériel. De nombreux sacs de jute, des pelles et des râteaux. Et des chapeaux, des maillots de bain, des parasols et des sandwiches. Ils dégagent l'endroit, retirent les galets à la main, un à un, ils râtissent le varech, la salicorne et autres ficoïdes. Les journées sont parfois torrides, une véritable fournaise. Mais l'eau de la baie est turquoise, ils y plongent et s'y ressourcent. Au bout de plusieurs jours, ils découvrent un sable fin comme du mica, de la poussière d'or, des miettes de nacre, un nuage de douceur sous les pieds nus. L'anse est baignée de soleil jusqu'au crépuscule.

– C'est là que nous souhaitons être, explique Gerald, ce coin nous appartient.

– Nulle part ailleurs, acquiesce Sara en enduisant ses enfants de lait à brunir.

Ils sont déjà dorés et hochent la tête d'un air entendu.

La plage de la Garoupe. Gerald Murphy l'a inventée. Et, chaque jour, il la bénit, comme le pape, place Saint-Pierre, a ce geste bienveillant et protecteur à l'intention de ses fidèles.

C'est la première rencontre de Mamzelle avec la Méditerranée. Son corps robuste est emprisonné dans un tablier blanc empesé. Elle fait preuve de prudence et de curiosité, elle se poste au bord de l'eau et fixe la vague, comme si cette dernière allait la dévorer. Elle porte un parapluie pour se protéger des rayons du soleil.

– Mamzelle, c'est beau, le bronzage, zézaye Honoria.

La fillette a une marque blanche sur les fesses. Elle adore claquer l'élastique de sa culotte, cela fait hurler de rire ses frères.

– Encore, Honoria !

– Cor, Noya !

Clac ! Mais quelle bonne blague ! Il y a de la citronnade et des canapés au concombre coupés en triangle, c'est la vie simple, la bohème. Sara fait essayer à Ada son pyjama, cette chose incroyable inventée par Gabrielle Chanel. Un pantalon large et léger, resserré à la taille et aux couleurs chatoyantes. Elle a noué une chemise sous ses seins et ses éternelles perles à l'orient argenté se balancent à chaque mouvement.

– Oh, je veux le même !

– Venez, les filles, rejoignez-nous !

Gerald, en short blanc et bonnet de nageur, s'appuie sur une canne en bambou. Il donne des ordres aux enfants, la main passée dans une ceinture d'étoffe orangée. Car c'est l'heure de la leçon de gymnastique. Trois blondinets cuivrés dans leurs maillots à bretelles répètent avec sérieux les mouvements de leur père. Ils ont la tête protégée par des chapeaux à larges bords, on dirait des champignons de Paris.

– Levez les bras, allez, sur la pointe des pieds maintenant, pliez les jambes en serrant le ventre et on se penche en avant.

– Oui, Dow-dow.

– Le dos est plat.

– Plat moi, plat Dow-dow.

– Non, Patrick, pas allongé par terre, lève-toi ! Oh Sal, ce n'est pas sérieux, regarde ton fils !

Sara pouffe de rire, tant de fêtes, tant de bonheur, tant de soleil. Oh, comme elle les aime ses petits ! Elle les rejoint et termine avec eux l'exercice physique quotidien.

On se souvient que Picasso les aimait. Surtout elle, Sara. De là à ce qu'elle lui écrive, il n'y a qu'un pas. Après tout, ils ont promis à Antoine Sella de remplir son hôtel. En refermant la lettre de Sara, Picasso a cette révélation, comme échappée d'un décor de Diaghilev : des baigneuses en maillots de bain rayés, jouant au volant ou bien étendues sur le sable, allongeant leurs jambes fines. Des corps disloqués. Des femmes éventrées. Ces images qui s'empilent les unes sur les autres dans un décor infernal. Il les superpose, un bric-à-brac, un collage cubiste intellectuel. Il rêve de Sara, Olga l'ennuie. Sara démembrée, cul par-dessus tête, un visage de face, un nez de profil, des contours d'angles vifs. Oui, Picasso se précipite et installe sa petite famille à l'*Hôtel du Cap*. Sa mère, la *señora* Ruiz, sa femme Olga et son bébé Paulo. Quelle joyeuse bande, les Sella ont bien fait de rester ouverts, ils s'en félicitent chaque jour.

Ada MacLeish succombe à l'aura du peintre. Elle le trouve terriblement sensuel et humain. Archie, lui, est persuadé qu'il possède un côté noir. Gerald évoque les multiples facettes du génie désabusé.

– Il est si vif et intelligent, souligne Sara, j'aime son sourire, il révèle l'amertume de l'incompris.

– Les dieux gardent jalousement leurs secrets, estime Ada.

C'est un père aimant et sensible pour son petit garçon Paulo. L'enfant est magnifique, son visage reflète la douceur, les enfants Murphy l'adoptent immédiatement. Il a quelques mois de moins que Patrick et ne s'exprime que par onomatopées. Mais cela n'a pas l'air de les gêner. Les yeux immenses du peintre mangent son visage régulier, son corps est sec et musclé. Il fait patauger son fils dans les vaguelettes sous le regard inquiet de la *señora* Ruiz, toute de noir vêtue. Elle lui dit quelque chose en espagnol, personne ne comprend. Le petit garçon court vers Olga qui roupille, alors il se précipite dans les bras de sa grand-mère.

– Mama ne parle pas un mot d'anglais ni de français, Olga ne fait aucun effort, elles s'ignorent superbement, en résumé, elles se détestent.

Tout le monde éclate de rire. La grand-mère continue son monologue, l'enfant ne l'écoute pas, il se laisse dévorer de baisers. Olga se lève et va chercher de la citronnade. On devine ses seins minuscules sous son maillot de bain, les danseuses ont le corps qui s'abîme vite. Sara sent le regard de Picasso sur ses épaules, elle y fait glisser son collier de perles, il les effleure d'un geste doux.

– Tu ne devrais pas les porter au bord de la mer.

– C'est très bon pour la nacre de prendre le soleil. D'ailleurs, le joaillier Jacques Cartier m'a raconté avoir vu aux Indes un esclave noir dont l'unique tâche consistait à porter les perles sur sa peau satinée pour en entretenir l'orient naturel.

– Olga, veux-tu venir avec nous ? Nous avons un canoë, s'enquiert Vladimir.

Elle acquiesce avec un curieux sourire. C'est une femme de peu de mots.

Vladimir, Olga et les enfants embarquent dans le canoë.

– C'est parti pour la traversée de la Méditerranée, déclare Gerald.

On ne voit bientôt que quatre chapeaux qui dépassent, Olga en figure de proue et Vladimir, un foulard noué sur le crâne, qui entonne les chansons de pirate préférées des enfants. La *señora* Ruiz s'est endormie en plein soleil, la bouche ouverte. Gerald et Archie MacLeish râtissent la plage. Picasso n'en finit pas de dessiner Sara. Du matin au soir. Cela en devient presque embarrassant. Il fait une fixation sur son cou, ses épaules, son profil.

– C'est la première fois que ma mère vient en France, explique-t-il.

– Elle aime ?

– La France oui, Olga non.

Le bébé Paulo joue avec Patrick. On dirait deux quilles qui tombent toutes les cinq minutes. Et se mettent à hurler. Des bandits en goguette. La *señora* Ruiz n'en perd pas une miette, son petit-fils, c'est la prunelle de ses yeux. Picasso laisse tomber son carnet de croquis.

– C'est étrange, raconte-t-il à Sara, à Paris je ne dessine jamais de faunes, de centaures ou de héros mythologiques, on dirait qu'ils ne vivent qu'ici.

– Ils sont cachés dans les rochers là-bas, juste sous la maison des Porter.

– Je vais faire de toi une baigneuse pour l'éternité, tourne-toi un peu.

– Oh Pablo, l'éternité vraiment ?

– Je cache sous mes traits rigides l'âme de la vérité classique, d'où l'éternité qui s'ensuit.

A-t-on déjà évoqué la mégalomanie de l'artiste ? Égocentrique à outrance, égotiste ravagé. Olga descend du canoë, traverse la plage et s'en va. Sans un regard pour quiconque.

– Elle boude ? demande Sara, gênée, en allumant une cigarette.

– Non, répond Picasso, elle est tellement mystérieuse que l'on imagine que cela cache quelque chose. On tente d'aller plus loin, et là on comprend qu'il n'y a rien. Mais alors rien du tout. Olga est une ravissante coquille vide.

Gerald laisse tomber son râteau. Dubitatif, il observe la silhouette qui disparaît. Il vient poser les lèvres sur le bras de sa femme. Il la serre contre lui. Il trouve qu'elle possède un charme magnétique, la maîtrise parfaite des manières du vieux monde.

– Tu as pris un coup de soleil, souffle-t-il dans son oreille.

Il enduit son corps d'huile de Chaldée. Son regard tombe sur le phonographe et les disques préférés de Sara, éparpillés sur une natte.

– Viens, dansons.

Il remonte la manivelle, elle se met à chanter.

– On devrait vivre nus, assure Gerald en la prenant dans ses bras.

– Oh oui, répond Picasso en fixant Sara.

Une mèche noire tombe sur son visage, il la repousse.

– Mets ton chapeau, Paulo !

– Nous, nous allons donner une fête, propose Sara. Nous apporterons tout, un rôti, des tartes, du champagne, du chianti, de la musique.

– Boire en plein soleil, voilà ce que j'aime, reconnaît Vladimir.

– Et nous danserons, et nous chanterons ajoute Sara. Tu danseras, Pablo ?

« *The Mad Beach Tea Party* ». C'est comme ça qu'ils l'ont appelée. Ils ont lancé des invitations. Partout. Et ils sont tous venus. De Paris, Biarritz, Deauville, du Touquet ! L'*Hôtel du Cap* est plein. On aère les chambres, on secoue les courtepointes, on astique les pieds des lampes. *The Mad Beach Tea Party*, c'est aujourd'hui, c'est déguisé, c'est sur la plage. Rolls-Royce, Bentley, Bugatti, Farman sont garées sur les hauteurs. La journée est brûlante, le soleil au zénith, les échos du jazz résonnent. On s'enivre, on picore, des nappes sont étendues, mille petits plats sont disséminés çà et là, les seaux à glace sont calés dans le sable, champagne, chianti, Clacquesin et vodka à gogo.

– On va se baigner ? propose Archie MacLeish.

– Non, je bronze.

– Où est le lait, que diable ?

Ada farfouille en vain dans son sac de toile.

– Bien entendu que c'est chic d'être bronzé.

– Pas moi.

– Oh Olga, quelle rabat-joie !

La *señora* Ruiz est ravie dès que l'on s'attaque à sa belle-fille. Sara lève la tête et regarde les enfants au loin qui sautillent dans les vagues.

– Tu aimes cet endroit ? interroge Ada.

– Oui, Gerald l'a inventé ! atteste Vladimir.

– Tu ressembles aux modèles du Greco, assure Picasso à Gerald. Cette musculature allongée. Je me demande finalement si je vais faire poser le mari ou la femme.

Si son désir pour Sara crève les yeux, il ne peut s'empêcher de s'attarder sur le corps parfait de Gerald. Picasso est un séducteur, son charisme, sa force physique contrastent avec la beauté éthérée de Gerald. Cocteau fait une apparition sans Radiguet qui travaille à son nouveau livre. Ils louent au Lavandou une petite maison, sans eau ni électricité.

– Tiens, le farfadet, murmure Picasso.

– Baoth, quel drôle de nom, s'étonne Cocteau. Et pourquoi pas Heurtebise ?

– Cela veut dire « *the boy* », c'est du gaëlique, répond Gerald avec fierté.

– Le portrait de Jocaste.

– Quoi ?

– Pardon, de Sara !

– J'en suis encore plus fier.

Mais qui voilà, devinez qui, devinez quoi ? Les sœurs Wiborg, surnommées Charybde et Scylla, car elles sont toujours à l'origine de mille problèmes. Même si Olga est plus sage qu'Hoytie. Plus classique, moins calamiteuse. Hoytie aime les femmes, elle le revendique haut et fort. Certes, le saphisme est en vogue, mais Hoytie est déchaînée et saute sur tout ce qui bouge. Les Barry débarquent ainsi que les Beaumont qui ont une villa sur les hauteurs de Cannes.

– Normalement, nous venons en mars.

Ils se veulent à l'avant-garde de l'esthétisme et se montrent fidèles à une vieille tradition de l'aristocratie française, encouragent les artistes de leur temps et leur mode de vie bohème. Chacun est déguisé. Gerald noue un foulard de pirate sur son œil, Étienne de Beaumont a accroché des pampilles aztèques sur un turban, Olga porte son tutu, Ellen Barry un immense chapeau blanc avec des cocardes, Picasso un borsalino, Édith de Beaumont est en maillot de bain brodé de perles, et la *señora* Ruiz ne quitte pas sa coiffe d'Andalouse. On prend des poses pour les photos, sur la plage, dans le canoë de Gerald, devant les vaguelettes. Picasso serre Sara contre lui, toutes les occasions sont bonnes. Son visage félin, son corps bronzé, ses épaules dégagées, offertes au soleil. Ses perles scintillent, la nacre est rose ou argent, cela dépend des rayons. Elle est émouvante. Même la petite Honoria est pantoise.

– Tu es si belle, mama.

– Il suffit d'une touche de rouge à lèvres géranium de chez Helena Rubinstein et de deux gouttes de parfum Lanvin, déclare Hoytie, regarde-moi, Honoria !

– Nan, mama est plus belle.

Oui, Sara est bouleversante, délicate et forte en même temps. Un côté aérien, une écharpe en soie volette sur ses épaules dorées et se mêle aux fleurs de bougainvillier qu'elle a piquées dans sa chevelure. On dirait un personnage de roman. Sur les nappes, des guirlandes de lierre et des palmes, des assiettes de couleur, des olives, des petits oignons, des amandes décortiquées, des tranches de pâté et des baguettes. Elle a le sens du détail, de l'élégance. Esther Murphy, la sœur de Gerald, fait une arrivée fracassante avec un livre dans ses bagages, celui dont tout le monde parle, Scott Fitzgerald, *Les Heureux et les Damnés.*

– C'est sorti l'année dernière, c'est merveilleux, tu vas adorer, Sara !

– Oh, j'avais lu *L'Envers du paradis*. Formidable ! Tu le connais, je crois.

– Bien sûr, je les ai rencontrés, sa femme et lui, l'an dernier, à New York.

Esther est une femme élégante, autoritaire et douée d'une remarquable intelligence. Mais Dieu qu'elle est laide ! Elle souhaite écrire un essai sur Edith Wharton et fréquente assidûment les écrivains. Sara étend un plaid sous une des tentes et s'allonge pour bouquiner. Il est flagrant qu'entre Picasso et Olga rien ne va plus. Il est flagrant qu'il trouve Sara à son goût. Il la peint du matin au soir. Cette *Femme en blanc*, c'est elle. Resplendissante, apaisée, disponible pour ses enfants. La joie de vivre incarnée.

– La vie avec Sara, c'est la fête à longueur de temps, reconnaît Picasso. Olga, oh ! Olga est un petit animal égoïste et tendre.

Gerald est-il jaloux ? Dieu qu'Ada MacLeish chante bien ! Phil et Ellen Barry se sont abrités sous les parasols rayés. Elle esquisse au pastel un portrait de son mari. Lui est plongé dans sa revue de presse, sa deuxième pièce, *You and I*, se joue à guichets fermés à Broadway. Les eaux sont calmes et bleues comme du cristal. On nage jusqu'à l'entrée de la crique et on revient. Il faudrait un plongeoir flottant. Gerald offre du sherry frappé et Sara des amuse-gueules extraordinaires. Ils sont tous saturés de sel et de soleil. On dort, on se roule dans le sable, on se promène nus. Gerald déteste ces maillots de bain à bretelles noires que portent les hommes. Il finit par retirer son slip à rayures. Suivi par Étienne de Beaumont et Vladimir.

– Nous aussi, nous aussi, font les enfants qui se précipitent dans l'eau.

Horrifiée, la *señora* Ruiz va se plaindre auprès de son fils qui n'en a cure.

– Je n'en perds pas une, lance Cocteau de sa voix aigrelette. Ah, si monsieur Bébé était là…

Mais Radiguet est resté à la villa *Croix-Fleuri*.

– Il travaille, je travaille, il mange, je mange, soupire Cocteau, nous n'échangeons pas dix paroles, je suis en tête à tête avec le silencieux, vive les vacances !

Noëlle Murphy, la belle-sœur de Gerald, fume comme un pompier. Son mari, Fred, est enfermé à la Pitié-Salpêtrière. Les séquelles de la guerre et une perforation de l'intestin ne laissent guère d'espoir.

– Fred a été recollé en revenant de la guerre, mais cela se décolle à nouveau.

– C'est assez dégoûtant, estime Ellen Barry.

– Est-ce que les paradis naturistes valent les paradis artificiels ? interroge Hoytie en se mettant nue à son tour.

Sara rappelle ses enfants. Trois petits diables dorés se réfugient dans ses bras. Picasso regarde ses mains. Ses mains de mère. Ses mains de femme. Ses mains d'amante. Il se demande si elle caresse son mari de la même manière. Depuis les rochers, Archie MacLeish fait des plongeons extraordinaires. Il a bien un charme d'Écossais, ce gars-là ! Et une carrière de star du football, du temps de ses jeunes années à Glencoe, Illinois. Gertrude Stein et Alice Toklas sont de la partie, elles ont le béguin pour cet endroit, mais restent habillées. Gertrude, aussi large que haute, est enroulée dans une étole sombre. Alice, sèche comme un coup de trique, semble craindre le soleil et dissimule sa coiffure à la Jeanne d'Arc sous un chapeau qui lui donne un air de sorcière.

– Ouf, murmure Philip Barry.

Stein est venue proposer un échange à Picasso, elle a repéré chez Paul Rosenberg un tableau de lui qu'elle adore.

– Je le veux, Pablo.

– Achète-le, répond-il avec un rire sardonique.

– Non, je te l'échange contre ce vieux portrait que tu as fait de moi et qui ne me satisfait pas.

– Pourquoi ?

– Parce que tu l'as faite grosse, Pablo, grimace Alice Toklas, Gertrude n'est pas grosse.

– Elle est grosse la dame, mama.

– Tais-toi, Baoth.

– Que dit le petit ange ? s'inquiète Gertrude.

– Rien, répond Vladimir, Baoth va faire ton portrait, Gertrude.

– Quelqu'un a un miroir ? J'ai l'impression d'être aussi rouge qu'un indien sioux, soupire Cocteau. Monsieur Bébé est blanc comme un linge, lui !

La nuit tombe, le soleil se noie dans un incendie, demain est un autre jour. Il y aura toujours des bougainvilliers qui s'accrochent aux pierres des murets, de hauts pins parasols, des aloès géants et des figuiers de Barbarie. Et des feux d'artifice, des poèmes, des tableaux, des livres, des bambins et des femmes au visage triangulaire.

Un jour, un homme aux yeux tristes regardera tout cela avec envie, cynisme aussi. Dans l'air saturé de parfums, il se souviendra du bonheur qu'ils avaient inventé. De cette pure évidence de bonheur. Il butera sur les mots, car il n'en existe pas d'autre. Bonheur. Il en ressentira un choc si grand que cela bouleversera sa vie. Alors, il écrira un livre, le plus beau des romans, le plus incompris. Et puis il mourra de chagrin.

– On rentre, les enfants, vite, il est tard, allons nous coucher.

Automne 1923

Venise – Cap d'Antibes

Les Ballets russes lancent une mode. Dont les Suédois s'emparent sans vergogne. Rolf de Maré est riche, homosexuel, collectionneur d'art, enthousiaste. Fou amoureux du danseur Jean Börlin, un beau gosse blond et élancé, formé par Fokine. Maré lui jure son amour, s'agenouille, baise sa main et lui promet un ballet *jazzy*. *Within The Quota* doit changer la donne, c'est d'une limpidité ! Rien de tel que le roi du jazz pour la musique, vive Cole Porter ! Jean Börlin se charge de la chorégraphie et les Murphy héritent du livret, des décors et des costumes. Ils laissent leurs enfants aux bons soins de Vladimir Orlov et Mamzelle Henriette, et filent à Venise retrouver les Porter.

Ah, les splendeurs de la Sérénissime, l'éblouissante vision ! Un ciel incandescent, une ville chargée d'histoire, l'atmosphère des songes les enveloppe d'un voile opaque. La cité des eaux est chaude et sensuelle, c'est l'été. Bourdonnante des cris de garçons de café et des cloches qui résonnent dans chaque ruelle. Lourde d'une odeur lacustre, du glissement furtif des gondoles, de la foule de touristes à l'assaut de la basilique.

– J'aime ces eaux plates, avoue Cole Porter en écarquillant les yeux. Je suis un promeneur paresseux.

Son sourire s'étend jusqu'aux oreilles.

– Pas moi, répond son épouse.

– Venise transfigure les détails de notre vie, renchérit Cole.

– Un monde en arrêt, suspendu à un événement sans nom, Venise est inerte.

Linda est sinistre depuis leur arrivée. Ravissante, fine, les lèvres ourlées d'un rouge brun, la coupe courte de garçonne, le sourcil épilé, Linda Porter est magnifique, mais d'un taciturne ! Les Murphy sont désarçonnés. Les photos prises *piazza* San Marco sont édifiantes. Gerald, panama, canne en malachite, costume Norfolk, couve sa femme du regard, Cole Porter, un œillet blanc à la boutonnière, fait un clin d'œil à un inconnu, Linda pleurniche. Mais pourquoi ? se demande Sara.

Les Porter louent le *palazzo* Papadopoli, une merveille baroque du XVIe siècle sur le Grand Canal, surmontée de deux obélisques, symbole des *capitani da mar.* Chaque pièce est décorée d'un style différent, on passe de fantaisies chinoises à des exubérances rococo, de Tiepolo à Véronèse, d'un escalier de marbre monumental à des passages dérobés. Dans la beauté mourante de la nuit, les Murphy s'accoudent au balcon, joignent leurs mains et tutoient le passé. Au petit matin, ils se rendent au Lido en *motoscafo* avec leurs amis. Une tente les attend pour déjeuner sur la plage. Le gondolier, qui semble bien connaître Cole, prépare tout avec soin. Ils sont ici pour travailler, un bien grand mot, selon Linda. Ils évoquent le ballet, le sens du récit, la manière de l'adapter aux personnages. Sara a mille idées pour les costumes, elle veut jouer le stéréotype, la caricature, qu'ils soient reconnaissables au premier coup d'œil. Gerald acquiesce, Cole note les différentes introductions, Linda a l'air détaché. Les eaux sont moins irisées qu'à la Garoupe, estime Gerald, mais attrayantes tout de même. Il fait lourd, ce monde semble enveloppé d'une douce matière morte, ils décident de se baigner pour s'en débarrasser. Linda reste sur la plage quand les trois autres s'élancent. Et Gerald va si loin que le maître nageur s'en mêle.

– *E pericoloso, ritorna.*

– *L'amore e pericoloso*, répond Gerald entre deux mouvements de crawl.

Cole éclate de rire. Linda est en colère et personne ne comprend pourquoi. Elle quitte la plage et rejoint le *Grand Hôtel des Bains* sans explication. Cole et les Murphy l'y retrouvent devant un thé, seule dans le hall, le regard absent. Cole s'en moque. Il aperçoit un piano et se précipite. Il entonne quelques mesures de *See America First.* La musique surprend d'abord, la chanson encore plus. Quelles subtilités effarantes dans la mélodie ! Il tient l'auditoire sous son charme.

Au crépuscule, on se rend sur la *piazza* San Marco. On croise au *Florian* Misia Sert et Natalie Paley, Henri de Régnier, Gabriele d'Annunzio... Au pied humide des palais vétustes, d'étranges ballets se jouent sur les eaux noires de la lagune. Des gondoliers, ceints d'une large ceinture aux couleurs des familles qu'ils servent, attendent.

– Mais quoi ? demande Sara.

– L'amour, répond Linda, l'air mauvais ! *L'amore e pericoloso !*

Linda Porter n'en peut plus. Elle sait pour les maîtres-queux et autres valets mignons. Cole a toujours aimé les hommes, les femmes aussi sans réel déplaisir. Mais, à Venise, la nuit est sans commune mesure. Ces gens qui manient si bien la rame, pour quelques dollars, acceptent d'autres jeux. Avant, la tendresse existait, Cole s'endormait dans les bras de son épouse. Aujourd'hui, ils font chambre à part. Linda est jalouse de la famille parfaite des Murphy, furieuse que Sara ne voie pas ce qui cloche en Gerald, car quelque chose cloche, elle en est persuadée.

D'ailleurs, un soir, un peu éméchée, elle lui fait des avances, il la repousse. Personne n'a jamais repoussé Linda Lee Thomas, la plus jolie fille de Virginie. Et Sara, agacée, se décide à partir.

– Je te rejoins dans deux semaines, promet Gerald en l'accompagnant à la gare, j'avance assez vite avec Cole. Nous travaillons bien.

– Deux semaines, c'est long. Dis, Jerry ?

– Oui, Sal.

– Tu ne me quitteras jamais pour une autre femme ?

– Jamais, mon amour, je te le jure sur la tête de nos enfants.

– Serre-moi fort, oui, là, j'ai envie de toi.

Après huit ans de mariage, Gerald est toujours autant surpris des exigences charnelles de Sara, elle a besoin d'être collée à lui, de le toucher, de s'en nourrir. Il se force un peu, non, elle ne s'en rend pas compte.

Et pour un gondolier ? La quitterait-il pour un gondolier ? Sara Murphy ne s'est pas posé la question. Elle rentre par le Train bleu, soulagée mais frustrée d'avoir été abandonnée pour Cole.

– Quand il ouvre la bouche, j'ai toujours l'impression que des triangles et des carrés vont sortir en vrac plutôt que des mots ! Je déteste les triangles et les carrés, avoue Vladimir.

Il y a ce nu. Nu avec un collier de perles. On découvre les rondeurs d'une femme, ses cheveux relevés en chignon, cette indolence, cette insolence. Certes, c'est un croquis, mais ce n'est pas Olga. Alors, qui ? On est en droit de s'interroger. A-t-elle succombé ? Gerald comble-t-il ses attentes ? Sara est d'une beauté convulsive. Sensuelle, désirable et avide en même temps. Frénétique. La femme en blanc, la baigneuse, et puis les trois Grâces. Une mère et son enfant. Tous ces tableaux, ces esquisses portent la marque de Sara Murphy. Cette jeune femme sous un parasol, ce dos dénudé, ces bretelles de maillot de bain qui glissent sur les bras et ce collier. Oui, cette image, tous l'ont vue, tous l'ont reconnue, c'est elle, Sara. Tellement paisible, sereine, érotique. Et ce superbe visage impassible, ces yeux en amande attentifs et sérieux, cette anémone dans la lumière argentée, c'est elle. Et lui ? Pablo l'Espagnol, le cannibale, dominateur et félin, doté d'un charisme extraordinaire. Comment aurait-elle pu résister à tant d'animalité ? Et Gerald dans tout cela ? Il sait que le peintre est plus viril que lui. Il en souffre. Pourtant, son mariage crée un rempart qui le protège de sa faiblesse, cette faiblesse qu'il n'avouera jamais à Sara. Faut-il réellement percer les mystères ? Épuiser le désir ou se concentrer sur l'avenir ? Et l'avenir, c'est quoi ? Les boucles d'Honoria, cinq ans, le teint cuivré de Baoth, quatre ans, et Patrick, si sérieux du haut de ses deux ans. Non, personne ne saura jamais ce qu'a fait Sara Murphy quand elle est rentrée seule de Venise, un soir d'août, et qu'elle a retrouvé Pablo Picasso.

Ils l'ont achetée sur un coup de tête, ils l'ont achetée pour leurs enfants. Ils ne l'ont pas payée très cher, car elle est si petite. Sise chemin des Ondes, sous le phare de la Garoupe, et la chapelle aux ex-voto. Là où ils aiment à se promener, quand vient le soir. Il y a ce cadran solaire sur un promontoire. Ils se tiennent la main. Le monde est à l'arrêt. Ils plongent dans l'âme de l'autre. Notre-Dame-des-Amoureux, c'est ainsi qu'ils ont baptisé la chapelle séculaire, c'est leur sanctuaire. À quelques encablures à peine, ce chalet noyé dans un jardin exotique avec une vue plongeante sur la mer, un jardin luxuriant, une terrasse ombragée. La maison est sans prétention, elle appartenait à un officier français, attaché militaire au Proche-Orient, qui en avait ramené toute une quantité d'essences rares. Palmiers, dattiers, érables d'Arabie aux feuilles blanches, poivriers, oliviers, citronniers donnant des fruits en toute saison. Ils vont faire des travaux, raser le chalet, ériger une construction plus moderne avec une terrasse devant la chambre, et les eaux azurées pour horizon.

– On va faire quoi ici, Dow-dow ? demande Honoria en triturant ses couettes.

– On va inventer notre vie, répond Gerald, on l'appellera « la Villa America ».

Tout scintille au soleil, la mer, ses reflets, l'horizon, les rochers. L'enfance ensoleillée des petits Murphy est lumineuse.

– Je suis né heureux, mama.

– Moi aussi.

– Moi si.

– Petit Jésus, faites que je reste petit, supplie Baoth.

– Et que je garde mon cheval à bascule, ajoute Honoria.

– Moi si, fait Patrick.

Gerald nettoie sa plage, chaque jour, sans lassitude. Les enfants pataugent dans les vagues avec Mamzelle. Sara coud, allongée sur la couverture provençale, en gros coton. Ce qui existe entre elle et Gerald est au-delà du charnel. Ce charnel dont elle est avide et qu'il a parfois du mal à ressentir. Pourquoi ? demande-t-elle. Pourquoi ? réplique-t-il. Il ne sait pas. S'il n'a pas la réponse, l'Espagnol ne l'aura pas non plus. Il est rentré à Paris avec sa famille. Au *Café des Pêcheurs*, sur le port, Vladimir sirote un pastis en songeant aux baigneuses de Picasso. L'air embaume l'eucalyptus et le mimosa. À la radio, Mistinguett chante *La Java*, l'affaire Seznec défraie la chronique judiciaire, l'eau de la Méditerranée est aussi pure qu'un saphir de Golconde. Dans les yeux des femmes et le regard des hommes, Gerald voit se refléter la beauté de Sara. « Nous ne faisons rien de remarquable, sinon nous amuser », écrit-elle à Dos Passos. Les monstres ont envahi la plage, ils violent les baigneuses, ils les éventrent. Quel cauchemar conjugal ! On appelle cet endroit « la baie des Anges », on y raconte que chaque jour est une fête. C'est l'heure américaine, un hydravion de la marine zèbre le ciel de Saint-Raphaël, on se croirait presque dans un roman qui n'est pas encore écrit, oh non, la nuit n'est pas tendre.

1923-1924

Paris

Ils viennent de New York comme de Londres, d'Amsterdam, de Rome, Madrid, et même de Stockholm. Car une conspiration innovante s'est donné rendez-vous ici. Cubisme, dadaïsme, surréalisme, ils en font tous partie, vive l'École de Paris ! Peinture et musique, danse et joaillerie, mode, architecture ! Ils sont singuliers et inclassables. Ils investissent *Le Dôme* et *La Closerie des lilas*, ils se retrouvent dans l'arrière-salle de *La Rotonde* ou chez Winnie de Polignac. Qu'ils soient pauvres ou riches, ils sont heureux, habités par une énergie, un élan vital incroyables. Dans les ateliers gelés des peintres, dans les studios glacés des écrivains, les chambres misérables des poètes, la fête est là ! Les bals masqués succèdent aux bals masqués, le jazz swingue à tout-va, la création artistique bouillonne comme nulle part ailleurs. Aucun préjugé chez ces gens-là, mais un de ces enthousiasmes enivrants ! Oui, de Stockholm aussi ils débarquent, de l'île de Gotland, du lac Mälar ou de l'Uppland ! Sacrés Vikings ! Et tout le monde en parle ! *Within the Quota*, le ballet suédois par excellence. Rolf de Maré en est le créateur. Il offre la chorégraphie à son gigolo Börlin. Cole Porter est à la composition, orchestration Charles Koechlin, Sara Murphy est aux costumes et Gerald aux décors. La première a lieu le 25 octobre 1923, au théâtre des Champs-Élysées. Et fait la une du *Paris Herald*.

Tous les Américains de Paris sont présents. Mais c'est quoi l'Amérique vue de la France ? Et par deux expatriés ? C'est *Within the Quota*, ça a trait à la loi d'immigration de 1911, et c'est ce soir pour notre plus grand plaisir ! Une satire complètement folle. Un jeune Suédois, avec ses habits trop courts, démodés et son baluchon, débarque à New York, découvre les gratte-ciel, la statue de la Liberté et croise toute une foule de stéréotypes plus farfelus les uns que les autres : une héritière, un agent du fisc, un gentleman noir qui fait des claquettes, une *flapper*, un cow-boy et, pour finir, Mary Pickford elle-même ! L'œuvre euphorique et pleine de brio dure quelque quarante minutes. Cole Porter y acquiert ses lettres de noblesse. *Swing baba swing*, c'est du jazz mon gars, ça monte dans les aigus et puis ça descend. Aucun répit, allez, tu mêles le ragtime au blues avec un rien de *boogie woogie*. Improvise, syncope et contretemps, c'est du ternaire mon garçon, deux croches au rythme inégal, *go* oui *go go go*, chorus en place, phrasé et *afterbeat* ! Le Suédois avale tout cru New York et puis Paris par la même occasion, c'est un succès, un choc, une déflagration ! Parmi les spectateurs au bord de la convulsion, Rudolf Valentino, John Barrymore, Charlie Chaplin, Elsie de Wolfe et son mari Charles Mendl… Mais quelle claque, ils sont sidérés, hystériques et applaudissent à tout-va !

– Ils ont pris de mon beige, Charles, je te le dis, c'est mon beige dans les décors, là !

On fête le succès au *Select*, ouvert depuis peu sous la vague appellation d'*American Bar*. Les Américains sont partout, le taux de change est fascinant ici, 1 dollar pour 19 francs, il faudrait vraiment être complètement idiot pour s'en priver ! On boit des spécialités d'outre-Atlantique et puis des Bloody Mary, vodkas martini, Gin Fizz, Manhattan, Mint Julep et autres Daïquiri, Old-fashioned pour moi, le bar reste ouvert toute la nuit et illumine les soirées du quartier. Tous les copains sont là.

Sara a les joues écarlates, le champagne ou l'excitation ? Elle porte une robe, avec des fils de soie suspendus, qui laisse entrevoir ses jambes élancées.

– Allez, Sara, danse-nous un *shimmy* là, *shimmy*, *shimmy*, Sara ?

Le beau Cole se met au piano et c'est parti. Elle se déhanche comme personne, ses perles sautent sur ses épaules, le rythme est syncopé, les notes tendent vers le blues. Picasso est fasciné, Olga part en claquant la porte. Linda Porter a retrouvé le sourire. Quelle effervescence, Gerald serre sa femme contre lui, embrasse sa nuque en trinquant avec Robert Delaunay.

– Toi, tu es une machine qui marche à l'heure de l'abstraction, constate son épouse Sonia, ces décors, c'était incroyable !

– Murphy, le seul vrai peintre américain de Paris, acquiesce Fernand Léger. Tchin !

Légèrement ivre, son verre se fracasse dans les éclats de rire de la compagnie.

– Et Rolf, où est Rolf ? Hé le Suédois, où es-tu ?

– Il est parti border son Börlin ! s'écrie Cole Porter en roulant des yeux. Allez, j'offre une tournée générale à la santé du Viking et de ses amours ! Champagne !

Cole, toujours si fringant et sophistiqué, a un charme fou et attire les regards des hommes. Soudain, Sara se sent gênée, sans trop savoir pourquoi.

– Je vais me coucher, les enfants se lèvent tôt demain, explique-t-elle en refrénant un bâillement.

– J'aimerais avoir des enfants, tu as une de ces chances, toi. Tu as fait comment ? demande Linda Porter en ajustant son chapeau cloche devant le miroir sorcière en laiton.

Gerald resserre le nœud de sa cravate Charvet, il enveloppe sa femme dans son manteau de petit-gris et l'entraîne au-dehors. Le temps s'est refroidi. Il jette sa cape sur sa veste en cachemire, et fait valser sa canne à pommeau. Il la brandit en l'air et la coiffe de son chapeau. Sara incline la tête sur son épaule, elle sait qu'il aime passer sa bouche sur ses cheveux, ils décident de rentrer à pied en coupant par le jardin du Luxembourg. Les prostituées du coin de la rue sourient sur leur passage. Un ivrogne court derrière le tramway et manque de se faire écraser par celui qui arrive en face.

– La chance que j'ai, soupire Sara, je t'aime pour toute ma vie.

Ils sont dorénavant installés dans un charmant appartement, au numéro 1 de la rue Gît-le-Cœur. L'immeuble date du XVIe et fait l'angle avec le quai des Grands-Augustins. Ils possèdent deux étages, le troisième pour eux, le quatrième pour les enfants, Vladimir et Mamzelle. La vue est plongeante des Tuileries à l'île Saint-Louis. Il y a une serre sur le toit, où Gerald installe son atelier avant de le déménager au 69 de la rue Froidevaux. Ses toiles sont gigantesques, il a besoin d'espace. On croise rarement chez eux leurs semblables. Les Murphy ont un profond mépris pour leurs riches compatriotes qu'ils trouvent assommants. Ils détestent tout ce qui a trait à l'ordre social américain, et d'abord les écoles et les universités.

– Honoria chérie, puis-je te demander de me promettre quelque chose ? prie Gerald en couchant sa fillette.

Il passe sa main sur son front et dégage les boucles blondes. Dieu, qu'elle ressemble à sa maman !

– Oui, Dow-dow.

– Épouse qui tu veux, sauf un garçon qui sort de Yale.

– Un clown du cirque Medrano, je peux ?

– Bien entendu, princesse.

Sara sourit et se penche vers les petits lits en bois. Elle n'est jamais aussi belle que quand elle regarde ses enfants. On dirait une vierge nordique. Elle se souvient de cette histoire que lui racontait sa nounou à Cincinnati. *Boucle d'or et les trois ours.*

Une cabane dans la forêt. Trois bols, trois cuillers, trois chaises, trois lits de tailles différentes. Toute sa vie est là, dans cette chambre aux meubles de couleurs vives, peints par Vladimir. Les lits, les commodes, l'armoire, la table et les mini-fauteuils sont ornés de guirlandes de fleurs. On se croirait dans une datcha au bon vieux temps des tsars. Les poupées sont couchées dans leurs berceaux capitonnés, les locomotives à l'arrêt, la dînette empilée dans le buffet miniature et les soldats au garde-à-vous sur l'étagère. Patrick marmonne dans son sommeil en serrant Teddy Bear, Baoth tend les bras vers sa mère. L'amour fou qui lie cette famille. La communion de Sara et Gerald. Les mêmes sensations au même instant. Les secondes passent trop vite, ils les dévorent ensemble.

Tous les matins, dans la salle de bains jaune pâle, Gerald se frotte le cuir chevelu avec l'Élixir du Barbier, un rituel, d'une importance considérable.

– Pourquoi, Dow-dow ? demande Baoth dont la frimousse apparaît sous le lavabo.

– Pour ne pas devenir chauve, répond Honoria.

– C'est quoi chauve ? coupe Patrick.

– Mais que faites-vous là ? Vous êtes cachés ? s'étonne Gerald.

– Nous voulons apprendre les choses de la vie, poursuit Baoth en se redressant, et Mamzelle ne veut pas.

– Elle nous force à faire des dictées. C'est bête, grimace Honoria.

Gerald éclate de rire. Voir grandir ses enfants le remplit de joie. Ils sont curieux de tout. Et là dans leurs pyjamas en pilou, les cheveux en bataille, ils sont à croquer. Bientôt, ils retourneront au cap d'Antibes, il espère bien leur apprendre à sauter depuis le plongeoir de l'*Eden Roc*.

– Gerald a un côté terriblement dandy, fait Honoria en minaudant.

– Qu'est-ce que tu dis ? demande-t-il en rebouchant le flacon.

– C'est madame Porter qui dit ça tout le temps, répond Honoria perplexe devant l'air incrédule de son père.

– Qu'est-ce qu'elle dit d'autre ?

– Elle dit : « Gerald a un côté terriblement dandy et on sait bien pourquoi », enchaîne Baoth en faisant semblant de tenir une cigarette.

Cela ne le fait pas rire du tout, il met les enfants dehors.

– Mamzelle, c'est une salle de bains, pas la nursery, récupérez vos énergumènes ! Et comment vous savez ça, les enfants ?

– On passe notre temps cachés sous les tables, on écoute tout ce que disent les grandes personnes, on en connaît des secrets, déclare Baoth avec un sérieux à faire frémir.

Trois blondinets, inséparables. Plus Teddy Bear collé à Patrick. Et Félix le chat, sans arrêt dans leurs pattes.

À six ans, Honoria se donne des airs. Elle sermonne ses frères, telle une petite maman. Elle ne veut plus de gouvernante, elle souhaite prendre sa suite.

– Je vais épouser monsieur Fratellini, Dow-dow est d'accord, et je vais élever mes frères quand tu seras morte, assène-t-elle à sa mère, médusée.

– Tu vas surtout venir avec moi, nous allons chez les Crosby. Caresse doit me donner les coordonnées d'une nouvelle cuisinière.

– Et Vladimir ?

– Je ne suis pas cuisinière, s'écrie le Russe en aidant les bambins à s'habiller, je suis un ami qui adore vivre avec vous et prendre en charge la maison.

– Bah, on veut voir Clytoris. Alors on vient, explique Honoria en tirant sur son bonnet de laine.

Et Vladimir de les conduire à Montparnasse, où les Crosby

possèdent une ravissante maison XVIIIe de trois étages derrière le cimetière. Avec une cabane au fond du jardin dans laquelle Caresse a remisé ses enfants, Poleen et Billy. Sara juge cela assez choquant, la cabane fait la taille d'une roulotte de bohémiens et les enfants ne sont pas plus vieux que les petits Murphy. Mais Caresse déteste le désordre. Vladimir laisse la voiture rue Froidevaux. Et la troupe descend la rue Boulard en file indienne. Sara sonne devant un portail de fer forgé émeraude. Un maître d'hôtel se précipite.

– Votre maîtresse est là ?

– Non, mais Monsieur oui, là-haut, fait-il en pointant son doigt vers les cimes.

Ils lèvent la tête de conserve. Harry Crosby à cheval sur l'arête de la toiture, la chemise ouverte jusqu'au nombril, est en train de boire du champagne en parlant aux oiseaux.

– Monte, Sara, rejoins-moi. Hé, salut, Vladimir, les gamins !

– On arrive, s'écrie Baoth.

– Mais ça ne va pas !

Sara refrène son fils aîné et suit le majordome à l'intérieur.

– Oh Clytoris, qu'il est mignon !

Les Crosby sont imprévisibles, fragiles et instables. Lui a fait Harvard, neveu de J. P. Morgan, il a refusé d'entrer dans la banque familiale au désespoir de ses parents. On dit que la guerre l'a traumatisé, il n'en parle jamais. Mais tout le monde sait qu'il était sur le front et a failli y passer. Depuis, il se consacre à la poésie et à l'art sous toutes ses formes. Et sa femme, rebaptisée Caresse, le suit dans toutes ses fantaisies. Il l'a épousée, il la connaissait depuis deux heures. Le problème est qu'elle était déjà mariée. Ça non plus, il n'en parle jamais. Dans le hall, entre colonnes de grès et boiseries, un squelette avec une capote au bout de la langue.

– C'est mon côté byronien, explique Crosby, redescendu sur terre par l'opération du Saint-Esprit.

– Je viens pour…

– Les références des cuisinières, oui, bien entendu, Caresse a tout laissé ici pour toi. Au fait, tu as rencontré les Fitzgerald ?

– Non, pas encore.

– Ils sont à Paris pourtant…

Harry Crosby raccompagne la petite famille à la voiture. Vladimir porte Patrick qui n'arrive pas à suivre le rythme des adultes.

– Je vais épouser monsieur Fratellini, explique Honoria en agitant la main par la vitre de la voiture. Il a un frère, si cela intéresse Poleen…

Les Murphy sont en prise directe avec l'élan vital de leur temps. Ils sont grisés par les lumières de la ville, l'ère industrielle, le cinéma, le music-hall, l'invention des machineries, le grand escalier descendu par des meneuses de revue au pas chaloupé… Strass, paillettes, plumes, ils vivent l'époque avec fièvre et surexcitation, intensité et vertige. La vitesse est l'emblème de cette modernité. Chaque jour est différent, il y a une tension et une stimulation dans l'air presque tangibles. Sans cesse une nouvelle exposition, un récital de musique moderne, un bal masqué chez les Beaumont. Ils règnent sur Paris depuis toujours, semble-t-il. On dit, « c'est le siècle des Beaumont », comme il y eut auparavant un siècle des Lumières. Lui est homosexuel, la chose est courante, on murmure qu'il serait le modèle du héros du prochain roman de Radiguet, à paraître dans quelques mois. Mais Radiguet est mort, une fièvre typhoïde mal diagnostiquée, il avait vingt-trois ans. Et Cocteau crie partout sa douleur.

– On m'a opéré sans chloroforme, je ne m'en remettrai jamais.

Georges Auric le console en roulant des boulettes d'opium qu'il fait passer à Édith de Beaumont.

Les Beaumont ont une passion pour les mondanités, ils

reçoivent façon grand style. Des artistes avant-gardistes et des aristocrates fauchés, des bourgeois décadents et des écrivains incompris. Décors par Picasso, Derain ou Murphy. Musique par Auric ou Cole Porter. Événement exceptionnel pour parterre de talents. Car un bal est régi par certaines règles. Le comte aime à réunir quelques amis proches et décider d'une date. Puis il laisse filtrer l'information afin qu'elle coure dans tout Paris, établit la liste de ceux qu'il n'invite pas, et s'enquiert de l'avis d'Édith qui acquiesce à tout, totalement éperdue devant son époux.

– Alors, mon chéri, Grand Siècle ou *Contes* de Perrault, bal colonial ou bal de la mer ? Et si on fêtait les rois et les reines ?

C'est une femme un peu lourde, au regard doux et triste. Elle pose pour Marie Laurencin et Man Ray. On la dit lesbienne, c'est déjà ça. Lui, immense et mince, les yeux exorbités et le teint rose. Ils n'ont pas d'enfants, ils préfèrent les écrivains. Ils auraient adoré que Proust meure chez eux, ils ont failli donner un bal pour son enterrement. L'abbé Mugnier s'est empressé de les en dissuader, il affirme connaître les limites du Bien et du Mal. Qui n'ont rien à voir avec la bienséance. Ah, ces curés !

– Non, cela sera l'automobile, cette fois-ci, Édith.

– Chez nous ?

– Plutôt à *La Cigale*, vous savez, cette boîte en vogue de Montmartre.

– Tant mieux, je n'ai pas aimé, l'été dernier, avoir à transformer la maison en aquarium pour la fête des poissons. Toutes ces méduses, ces anguilles, c'était effrayant !

– Quels sont les critères de sélection pour être reçu ? s'enquiert André Derain.

– Talent, beauté, position sociale, avant tout, esprit !

– Qui dessine les costumes, Marie Laurencin ou Chanel ? demande Picasso.

Les entrées sont réglées comme un ballet, c'est Boris Kochno qui s'y colle cette fois-ci. Gerald et Sara Murphy sont sensationnels. Elle est enveloppée de celluloïd et chausse sur le bout de son nez pointu des lunettes de chauffeur de voiture. Ses perles font cinq tours de cou. Va-t-elle suffoquer ? Lui porte un collant qui ne cache rien de son anatomie, une tunique de métal, un rétroviseur à l'épaule et un radiateur en guise d'armure. Vive les chevaliers des Temps modernes ! Man Ray les immortalise, Sylvia Beach applaudit. C'est la consécration ! La maîtresse de maison est en victoire de Samothrace et le comte resplendit en mécanicien couvert de cambouis, il balance alentour ses yeux bleus globuleux comme des éclairs de foudre.

Pour le buffet, on repassera, comte et comtesse picorent et considèrent la nourriture comme accessoire, d'ailleurs, la plupart du temps, la pièce montée est en carton-pâte. On se rattrape avec champagne et cocktails, les breuvages multicolores soulèvent mille curiosités, on ne veut surtout pas savoir ce qu'il y a dedans. Tout le gratin révolté est là. Révolté et alcoolique !

– Chanel est ici ?

– Les fournisseurs, et puis quoi encore ? glapit le comte.

On s'en souviendra longtemps du 7 février 1924. Il y a des embouteillages monstrueux devant le Grand Palais. La rue est en pleine réfection, on enlève le bois pour poser des pavés ronds. Et on en profite pour installer des réverbères électriques devant l'édifice. Et puis, il y a cette manifestation de cheminots, on n'avance pas. Heureusement, les Murphy, en side-car, parviennent à contourner les obstacles. Les enfants suivent avec Vladimir dans la nouvelle voiture. Une Avions Voisin et sa cocotte. Cocotte ? Oui, un bouchon de radiateur aux lignes épurées et stylisées, un clin d'œil à ces jeunes filles que Gabriel Voisin lorgne avec concupiscence. Comment les Murphy auraient-ils pu passer à côté ? Un torpédo gris perle d'une élégance rare qui peut atteindre cent kilomètres à l'heure ! Vladimir est fier de la conduire !

– Une danseuse de luxe et combien ruineuse ! Fascinant pour un émigré russe.

– T'es pas émigré russe, t'es un Murphy comme nous, estime Baoth qui a bien compris que ce pauvre Vladimir était seul au monde.

– Attention, je me gare, poussez-vous, mais c'est quoi ça, les cheminots ? Ah, du communisme, ils veulent du communisme, mais allez donc chez les bolcheviques, croyez-moi vous allez en revenir vite ! Hé, la Russie, c'est par là !

Il klaxonne en faisant de grands gestes, les manifestants s'écartent poliment, voilà, une place, juste devant le Grand Palais. Un cheminot dégage même le passage. Il cale un bout de cibiche au coin de sa bouche et fixe l'automobile d'un air dubitatif.

– Jamais vu des comme ça, mon bon m'sieur !

– C'est une Avions Voisin, regardez, vous reconnaissez les ailes turquoise du scarabée et ça, c'est la cocotte !

– Sacrément bien roulée !

Vite, il est temps de rejoindre les autres sous la voûte de l'édifice Belle Époque. Aujourd'hui, c'est l'ouverture du Salon des artistes indépendants. Gerald y participe avec une toile intitulée *Boatdeck*. Six mètres de haut ! Un hymne à la beauté dynamique des cheminées et des manches à air d'un transatlantique de la Cunard. L'*Aquitania*. Des cheminées immenses. Rouge et noir. Un fond bleu, l'océan se devine à perte de vue. La fumée monte vers les nuées. Les fils du télégraphe. Les sirènes, les cabines des officiers, les ventilateurs comme les gueules béantes d'un ogre. Tout est gris, noir, blanc et rouge. C'est majestueux et vivant. C'est cubique et opaque. Terriblement inspiré de Fernand Léger. Avec l'accord de Fernand Léger. La toile est gigantesque. Il a fallu cinq hommes pour l'installer. Un tableau si monumental qu'il n'entre pas dans la salle réservée aux Américains. Et se retrouve donc au pied du grand escalier de fer d'inspiration classique. On ne voit que cela. Les photographes se pressent pour l'immortaliser. Mais c'est quoi ? *Boatdeck* donc. Les dents grincent, certains peintres français sont furieux, les Français sont toujours furieux, jaloux. Les protestations sont si fortes que les murs résonnent de colère, et le comité des Indépendants se réunit, Paul Signac à sa tête. Lui-même est pour le retrait de la toile, mais le comité vote pour. Et puis, comme le précise le *Herald*, *Boatdeck* est le seul tableau que l'on ne peut arriver à voir tant la foule est agglutinée devant. Gerald est au sommet de son art, ah quand la célébrité s'en mêle ! Les Murphy ne sont plus seulement des mécènes, Gerald est le peintre en vogue du moment. Il est photographié sous la rotonde, devant son tableau, dans un costume à rayures avec un chapeau melon, on dirait un banquier à l'air sibyllin. Il cherche Sara. Il cherche ses enfants. Sans eux, il n'est rien. Les voilà !

– Oh, Jerry, c'est le plus beau ! s'enthousiasme Sara.

– Dow-dow, on peut faire une photo tous ensemble ?

Trois petits enfants avec leurs bonnets enfoncés jusqu'aux oreilles, leurs écharpes nouées sous le cou, leurs manteaux à martingale. Ils se tiennent bien droits devant le tableau de Dow-dow. Ils sont si fiers. Même s'ils ne comprennent pas pourquoi il n'a pas peint le reste du navire. Et les poissons. Et les requins. Et les phoques. Et la mer. Et, et, et… Teddy Bear, Félix le chat, la poupée Kewpie… Des cheminées de paquebot se dressent vers le ciel, un transatlantique de la Cunard s'expose, c'est une explosion, un déchaînement, quel triomphe !

– C'est la consécration de l'esthétisme !

– Des cheminées ?

– Ces lignes, ma chère, ces lignes !

– Qu'est-ce qu'ils disent, Dow-dow ?

Gerald est interviewé pour le *New York Herald Tribune*.

– Je suis désolé, mon tableau est trop grand ou bien les autres sont trop petits, oui, il y a un problème, c'est certain !

– C'est ton père qui va être content !

– Oh, Esther, oui enfin fier de moi ! grimace Gerald.

Esther Murphy, pétillante en diable, est accompagnée d'un Chinois très jeune et maigrichon. Elle s'est découvert des penchants saphiques dernièrement, mais pourquoi traîne-t-elle avec un étudiant miséreux ?

– J'avais rendez-vous avec les Fitzgerald, tu les as vus ? Je les ai invités à dîner chez vous la semaine prochaine. Ils sont sensationnels. C'est d'accord, Sara ? demande-t-elle en se penchant pour embrasser son beau-frère et sa belle-sœur. Vladimir, comment vas-tu ? Et les trésors jolis, oh quelle famille ! Les photographes s'en donnent à cœur joie. Tiens, je vous présente Zhou Enlai.

– L'est bizarre, laisse échapper Honoria.

– Non, je suis chinois.

– Tu es joli, tu es peintre ?

– Je suis un révolutionnaire.

– Oh non non non, je te déteste alors !

Elle lui donne un coup de pied et va se perdre dans la foule, poursuivie par sa mère et le Chinois qui n'y comprennent rien.

– Je suis russe, explique Vladimir, je lui ai raconté la révolution, elle doit penser que vous allez violer ses parents et ses frères, puis leur couper la gorge, leur ouvrir le ventre et les vider de leurs entrailles.

– N'importe quoi !

– Non, affirme Vladimir, c'est ce que les bolcheviques ont fait à ma famille.

Un grand garçon débonnaire, presque un géant, surveille la scène depuis l'étage. Sa tête est emprisonnée dans un bandage, une mèche brune balaie son front, il a le regard enfoncé et déterminé, il est habillé comme l'as de pique. Un monument de virilité. Insatiable et violent. Primitif et alcoolique. Seul. Il se demande qui est l'avorton jaune citron avec Gerald Murphy. En fait, il s'en fiche un peu. Il part demain en Espagne, Gerald lui a avancé l'argent du voyage, il est comme ça, Gerald, c'est un seigneur. Ernest Hemingway aimerait avoir l'avis de son ami sur une croûte qui a attiré son œil. Il descend l'escalier de fer, en boitillant, un petit tableau à la main.

– Ernest, qu'est-ce qui t'arrive ?

– Un ennemi invisible m'a attaqué au milieu de la nuit. Je lui ai transpercé le buffet, vieux !

Sa voix nasillarde jure avec son corps robuste. En fait, il a reçu sur la tête la lucarne des W.-C., traumatisme crânien.

– Regarde, je viens d'acheter ça pour Hadley, tu en penses quoi ? souffle Hemingway. Je suis myope, j'y vois rien. Gertrude me l'a conseillé, mais elle est partie où cette carne ?

– Une esquisse d'un Espagnol, Joan Miró, *La Ferme.* Inconnu au bataillon, déclare Gerald en retournant le tableau.

– Ça me plaît ! Et puis Gertrude y croit, et puis c'est un Espagnol !

– Si Gertrude le dit !

Hemingway lève le bras et disparaît dans la foule. Gertrude Stein a une influence quasi hypnotique sur lui. Elle admire aussi beaucoup Gerald. Il faut dire qu'on ne peut plus ouvrir un magazine sans y lire son nom. Il est la réponse américaine au travail de Picasso et de Fernand Léger. Après *Boatdeck*, voilà *Rasoir* : trois objets qui s'imposent, un rasoir Gillette qui rampe vers un stylo plume Parker et une boîte d'allumettes Three Stars. Entre réalisme et abstraction, il présente les objets du quotidien de manière audacieuse, à grande échelle, comme une publicité commerciale. Gerald apprend à voir ce qui est visible et ce qui ne l'est pas. Mécanismes d'horlogerie, stylos, boîtes à cigares, tire-bouchons se mêlent dans d'immenses toiles aux vastes aplats de couleur. Il glorifie les objets de la vie courante, ces ustensiles de l'après-guerre, comme une ode à l'Amérique de la révolution industrielle ! Le progrès technique bouleverse les temporalités chez les peintres, et même chez les écrivains. La gloire est en route, et les réputations sulfureuses, en marche. Tout est à réinventer.

1924

Paris – Pampelune

Quand on parle du loup, du renard et de la libellule, des oiseaux de paradis, les Fitzgerald. Esther les convie rue Gît-le-Cœur. Où les Murphy les accueillent avec un enthousiasme teinté de curiosité. Il faut dire que leur réputation n'est plus à faire. Dans quelle fontaine ne se sont-ils pas baignés ? Sur quelles tables n'ont-ils pas dansé ivres morts ? Quelle cave n'ont-ils pas vidée ? Les Murphy sont attirés par leur folie chatoyante. Ils sont beaux et brillants, éblouissants même. Si harmonieux. Un charisme, une sensualité, un côté enfantin, on leur pardonne tout. Ils le savent et s'en réjouissent. Ils se ressemblent. Même blondeur, mêmes traits fins, un petit nez, une bouche en bouton de rose. Voici une petite fille et un premier de la classe. Scott est d'un classicisme, d'une netteté, ses cheveux partagés au milieu du crâne sont ramenés en arrière avec l'ombre d'une ondulation. Il a des yeux vert vif, un air féminin. Doux et mélancolique. Comme Gerald d'ailleurs. Zelda souffle pour dégager ses cheveux. Une vraie garçonne avec ses boucles soyeuses, un hâle doré, des joues qui rosissent et des yeux de faucon transparents, immobiles. Un regard étrange, rêveur, mais sans tristesse, fixe et direct. Elle a la sauvagerie, l'étrangeté d'une Comanche aux aguets. Belle comme le jour qui file, elle a cette confiance des esprits dévastateurs et un charmant accent du Sud.

Les Fitzgerald adorent les Murphy. Ils voient en eux leurs doubles, en plus conventionnels. Un couple doré qui fait fi de tout mais conserve certaines valeurs. Ils incarnent cette remarquable décennie française. Et Scott Fitzgerald est doué pour saisir les saveurs de son temps, il cherche la quintessence de l'époque à travers les individus. Quelque chose est en train de naître, une harmonie incroyable, un lien indéfectible se tisse entre ces quatre-là. Rien ne pourra le briser, jamais. Et ce babillage qui n'en finit pas. Zelda, sa robe turquoise, son nez poudré, elle est un vrai moulin à paroles.

– Oh, ce voyage interminable sur le *Minnewaska* ! Paris est tellement meilleur marché que Manhattan. Nous avons débarqué avec dix-sept valises…

– Tous les volumes de l'*Encyclopedia Britannica*, coupe Scott en saisissant délicatement la cigarette que lui offre Gerald.

– Et Scottie.

– Pardon ?

– Dix-sept valises et Scottie. Nous sommes installés à l'*Hôtel des Deux Mondes*, avenue de l'Opéra. Nous donnons sur une cour abyssale aux reflets bleutés. Très étrange, il y a ce truc, un bidet. Je croyais que c'était une baignoire pour enfants. Oh, Scottie a adoré ! Comme son lit d'appoint. Comme les sonnettes des domestiques qu'elle a toutes tirées. Je voulais partir dans le Midi, mais Scott est en train d'écrire un livre. Tout est si compliqué, plus tard peut-être. Oui, bien sûr, je porte du fard à joues, tu aimes, Sai-ra ?

Elle a une manière très particulière de prononcer Sara, d'une voix traînante et sensuelle.

– Nous allons être les meilleurs amis du monde, je le sens, commence Scott, esquissant un sourire ravageur. Je pense aussi que la poésie est la seule chose qui vaille la peine d'être étudiée. À Princeton, ils n'étaient pas d'accord. J'aime tellement Rupert Brooke, je suis inconsolable.

– Quand nous nous sommes connus, Goofo était un jeune lieutenant et moi un fantôme au doux parfum, n'est-ce pas ? C'était une nuit radieuse, une nuit de douce conspiration, même les arbres étaient d'accord.

– Goofo ?

– Scott, reconnaît Zelda, c'est son petit nom, j'adore les petits noms.

Elle sourit en plissant les yeux.

– Quel âge as-tu, Scott ? interroge Sara.

– Vingt-huit ans, pourquoi, je fais plus ? répond-il, inquiet.

– Non, je me demandais juste pourquoi tu écrivais des histoires aussi tristes, poursuit-elle en plongeant son regard dans ses yeux clairs et humides.

Il grimace, avale son whisky sec.

– Parce que je suis avide de gloire, parce que j'aime Zelda à la folie et qu'elle est ma meilleure héroïne, parce que la frontière est si mince entre fiction et réalité…

Il baise la main de sa femme qui ne s'en aperçoit pas.

– C'est très difficile de trouver un appartement qui convienne à une petite fille. Et c'est très difficile de trouver une nounou pour une petite fille. Et c'est très difficile de…

Sara n'écoute plus. Elle regarde Scottie qui joue avec Patrick. La fillette a pris le meilleur de chacun de ses parents. Elle a la peau cuivrée de son père, la couleur de cheveux et les yeux étirés de sa mère. Quand elle se met à pleurer, Scott fouille dans sa veste et lui tend quelques pièces de monnaie, ce qui la fait sourire, ce qui la fait taire.

– Je veux danser, chantonne Zelda, je suis une véritable danseuse, oh ! Sai-ra, qui me conseilles-tu comme professeur, ou comme école ?

– Je vais chanter pour toi, promet Vladimir qui se met au piano.

Il entonne *Les Yeux noirs*, *Kazatchok* et puis, à la demande générale, *Kalinka*.

Sa voix de gorge emporte tout sur son passage, et c'est la Russie tout entière, exaltée, romantique et sauvage, qui déferle rue Gît-le-Cœur. Zelda balance ses sandales à lanières dorées au bout de la pièce et se met à onduler. Elle possède la grâce d'une ballerine et traverse le salon en flottant. Quand elle tournoie, ses boucles scintillent comme des clochettes. Scott la rejoint dans son ballet céleste, ils semblent investis d'un pouvoir merveilleux et mystérieux. On dirait bientôt qu'ils volent en cadence, emportés par la mélodie. Les enfants interdits voient Scottie se lever et imiter ses parents en tenant sa robe par les ourlets. Patrick, Honoria et Baoth n'attendaient que cela, ils connaissent la valse des cosaques, Vladimir la leur a apprise. Gerald bat la mesure contre son verre, Vladimir entonne *Korobeïniki*, Sara monte sur la table en tapant dans ses mains, ce soir ils sont tous russes, épiques et mélancoliques ! Il ne manque que Pouchkine, Gogol et quelques âmes mortes.

– Chez nous, chanter, c'est respirer, explique Vladimir, nous somme spontanés et exubérants de nature.

– J'adore ça, reconnaît Zelda en vidant sa coupe de champagne. Nous allons nous plaire ici.

– Peut-être même allons-nous être heureux, ajoute Scott avec un sourire en demi-teinte.

– Tu fais quoi, toi ? demande Honoria en grimpant sur les genoux de Zelda. Et lui ?

Elle montre Scott.

– Disons, répond Zelda en agitant son éventail à plumes, disons que Scott fait des romans et moi je fais sensation.

– Et Scottie ? poursuit Honoria, en passant son doigt dans les boucles de Zelda.

– Oh, elle fait sensation aussi, hier soir elle a bu mon Gin Fizz en pensant que c'était de la limonade, elle était encore plus pompette que Scott ! C'était drôle !

– Drôle, répète Scottie en tapant dans ses petites mains, daddy, mummy drôles.

Cette petite Scottie. C'est leur drame et leur salut. Ils l'adorent, mais ils ont peur de tout rater avec elle. Comme deux adolescents, terriblement touchants, mais étincelants. Du plus profond de leur cœur, ils aimeraient y arriver.

– Nous sommes des égotistes romantiques, reconnaît Scott en riant. J'en ai fait un roman, personne n'en a voulu.

Ils ont besoin de maturité. Ils vont la trouver chez les Murphy, ils aiment déjà cette famille qu'ils sont en train de former. Scott est fasciné par la beauté de Sara. Il ne peut la quitter des yeux. Quelque chose de magique en elle, il sait ce que c'est. Elle ressemble à Zelda, en plus mûre, et sans la folie.

– Je vais faire de toi une héroïne, précise-t-il en baisant sa main.

Elle éclate de rire.

– Il faut que tu rencontres Hemingway.

– Qui est-ce ?

– Quelqu'un qui t'admire énormément, Scott.

– Où est-il ?

– À une corrida.

Ce n'est un secret pour personne, Hemingway bouffe de la vache enragée en tentant de vivre de sa plume. Poussé par sa femme Hadley, une rouquine plutôt robuste aux lèvres minces et aux yeux ronds très pâles, il pisse de la copie pour le *Toronto Star*. Hadley est une fille de Saint-Louis, elle a huit ans de plus que lui, elle est pianiste et joue Rachmaninov sans passion. Ils se rencontrent dans un rade de Chicago, sur un air de jazz. Il est ivre mort et trinque avec son copain Dos Passos. Hadley le redresse quand il roule par terre. Puis elle soigne ses plaies. Il tombe fou amoureux de son instinct maternel. Elle quitte les siens pour le suivre en France. Elle l'aime passionnément, elle est prête à tous les sacrifices pour son homme qu'elle appelle Tatie. Émotive, dépendante, obéissante, Hadley se saigne aux quatre veines pour lui offrir une machine à écrire portative Corona. Puis elle range tous ses manuscrits dans une valise, qu'elle oublie dans le train. Elle croit en son talent, dur comme fer. Ils vivent chichement avec leur bébé Bumby au-dessus d'une scierie, au 113 de la rue Notre-Dame-des-Champs. L'appartement n'est guère confortable, humide et glacial, le soleil pâle perce difficilement à travers les vitres. Le petit pleure beaucoup, il a mal aux dents et mâchouille à longueur de journée un hochet offert par Alice Toklas. Il y a mieux pour travailler. Alors, Hemingway part traîner à la librairie de Sylvia Beach, puis écluse des vermouth-cassis à *La Closerie des lilas*. Ou dans l'arrière-salle du *Dôme*. Il termine ses journées chez Gertrude Stein à qui il voue une admiration sans bornes. Pound accepte de relire ses manuscrits en échange de cours de boxe. Il faut dire qu'Ernest a un sacré droit. La castagne, c'est son truc. Il est le meilleur ami des garçons de café et des prostituées. Tous l'adorent, hommes, femmes, enfants, chiens, il les attire comme un aimant. Est-ce dû à sa stature de catcheur ? Un robuste gaillard, c'est rassurant. Ou bien à son regard noble et brave ? C'est un grand timide attiré par le bruit et la fureur, fasciné par Fitzgerald et James Joyce. Il voudrait être les deux. Il est en train d'écrire d'ailleurs. Mais il a un mal fou. Il est sur le point de renoncer à son travail de correspondant étranger. Il a un problème, l'écriture difficile, l'écriture tourmentée. C'est un travailleur acharné, un perfectionniste. Il boit énormément, il mange comme un ogre, il lit tout ce qui tombe sous sa main, il crie à qui veut l'entendre qu'un monde sans culture est un monde irrespirable. Il a un mal fou. Le mot juste. La phrase adéquate. La sincérité. Ça le ronge, il n'arrive à rien. Il mène Hadley à la baguette, il veut qu'elle le suive partout, qu'elle laisse Bumby à une Française plantureuse, une nounou quoi ! Hadley n'en peut plus des errances de son mari. Et puis, il passe son temps à se plaindre. Elle est fatiguée ! Il veut découvrir la corrida, il rêve d'Espagne, mais qu'il y aille ! La rouquine est persuadée que ça lui fera le plus grand bien.

– Quitte-moi s'il le faut, Tatie, supplie Hadley, mais écris, écris, mon amour, tu es fait pour cela.

– Pars, lui souffle Gertrude Stein. L'effort, c'est la mort. File respirer la rumeur du monde. Va vers une langue aussi dépouillée que possible.

– Tire-toi, Ernest, suggère Ezra Pound, tu as du talent, mais ce n'est pas ici qu'il s'épanouira.

– Si c'est l'Espagne, vas-y, je te paie le voyage, assure Gerald Murphy.

– *Bye bye*, chaton à plumes, Hash chérie, crie Hemingway en montant dans le train de Paris-San Sebastian, gare de Lyon.

Il a les joues rouges et ses yeux lancent des éclairs, tant il est excité. Hadley essuie une larme, Bumby dans ses bras. Un bébé énorme, tout rond avec des pommettes écarlates et le poing dans la bouche. Il n'a pas un an et déjà gazouille : « Papa, papa. »

– *Bye bye*, papa, chantonne Hadley en agitant le bras de son fils.

Le Sud-Express s'ébroue. Hemingway rejoint son acolyte Bob McAlmon dans le wagon des troisièmes classes. Un homme insaisissable, caustique, écrivain lui aussi. Très prolixe, il pond de la poésie, des nouvelles, quelques romans. Découvreur de talents à ses heures, c'est lui qui a tapé le monologue de Molly Bloom, quand aucun dactylographe ne voulait le faire. En attendant l'éternité, ou l'absence d'éternité, McAlmon sort les bouteilles de whisky de dessous la banquette, et les deux copains se mettent à biberonner en évoquant la corrida. L'obsession d'Ernest. C'est Gertrude Stein qui lui en a parlé la première fois. De son torero adoré, Joselito, mortellement encorné dans l'arène en 1920.

– Tiens, regarde, lui a-t-elle dit en pointant son doigt sur une photo, Alice et moi assises au premier rang dans l'arène de Valence.

Depuis ce jour, il ne songe qu'à ça. Hadley est persuadée que ça va le débloquer. McAlmon aussi, c'est pour ça qu'il accepte de l'accompagner. Même en troisième classe.

– Je veux écrire avec des couleurs d'incendie et du sang, des hurlements et de la sueur, j'ai envie de guerre, de peur et de courage, je dois sortir du journalisme, tu comprends, Bob ?

McAlmon est imbibé d'alcool. Tous ces écrivaillons sont en train de le pomper. Et si son œuvre c'était de découvrir les génies, les aider à avancer, mieux, les publier ?... McAlmon oublie d'écrire, Hemingway fait taire sa peur. Ils s'endorment dans les hamacs en ronflant comme des sonneurs. Le train fonce dans la nuit, avale les kilomètres. Ils se réveillent le temps d'un arrêt en gare. La locomotive est trépidante, les rails luisent et, dans les tournants, on aperçoit des signaux multicolores, dont on se demande bien ce que cela peut être.

Fin de matinée, Pampelune. C'est une journée suffocante. La ville fortifiée est en pleine effervescence avec ses danseuses de flamenco tourbillonnantes, ses bars ouverts, ses putes qui font claquer leurs talons noirs sur le trottoir et la musique assourdissante des orchestres. Ils n'ont pas dessoûlé depuis la veille. Il fait une chaleur de bête. Tout d'un coup, le canon retentit, c'est le lâcher des taureaux. Un grondement de tonnerre, les voilà, leurs sabots résonnent sur les pavés, les maisons vibrent, une odeur de sueur animale s'élève. McAlmon est pétrifié. Sale et ivre. Hemingway ne vaut guère mieux. Des jeunes gens, avec des mouchoirs rouges noués autour du cou, courent avec les taureaux terrifiés, ils les frappent de leurs journaux roulés, ils leur tordent la queue, les animaux paniqués perdent pied dans les virages et s'écrasent contre les murs, se brisent les os. Ils ont la tête basse, les yeux exorbités, ils galopent vers l'arène brûlée de soleil, encornant tout ce qu'ils trouvent sur leur passage, ils seront tous morts d'ici à la fin de l'après-midi. Les Espagnols les fouettent avec des baguettes de noisetier en hurlant. Certains sont piétinés, des amateurs forcément.

– *Toro, toro !* crie une voix avinée dans un café.

Hemingway est frappé par la ferveur des hommes. Ils sont de tous âges, portés par la même ardeur, plus rien n'existe sauf le combat. Les deux compères se retrouvent assis au troisième rang, sans comprendre vraiment comment ils sont arrivés là.

– J'ai soif, dit McAlmon.

– Plus le temps, Bob, répond Hemingway qui a repris ses esprits.

Quand le premier taureau charge, la corne droite bien en avant, la tête tordue sur le côté, un air démoniaque, et renverse le picador, McAlmon se lève d'un bond en hurlant, *olé* ! Hemingway est fasciné. Quand le cheval perd ses entrailles et a bien du mal à trotter jusqu'à la sortie, McAlmon s'accroupit et vomit entre ses pieds. Hemingway n'en perd pas une. Le matador a l'air d'un adolescent, il se déplace avec tant de grâce qu'on dirait qu'il danse. Il a une manière bien à lui de positionner ses pieds pour inviter le taureau à charger. C'est magnifique. Les banderilles multicolores ne sont rien d'autre que des harpons acérés. Le sang ruisselle sur la peau noire et brillante de l'animal. Irréalité de la scène, indifférence de la foule, ce regard fixe de la bête sanglante, et la cruauté de la mise à mort qui acquiert une signification tragique. Le poignard tranche la colonne vertébrale. Quel coup fatal ! Magistral ! Les oreilles et la queue, quel trophée, *viva España* ! La tragédie est grandiose et émouvante.

Hemingway est frappé par le cérémonial, les prouesses du torero au visage poupin, une intensité folle bouillonne en lui, il s'embrase littéralement. Encore, encore une corrida !

– Allez, Bob, on y va, vieux !

Hemingway est mordu. Madrid, Séville, Grenade. Voilà Marea, un torero qui n'a peur de rien. Il est sauvage, basané et maigre, il est implacable. Il s'est fait encorner l'an passé, mais reste en scène et parvient à porter l'estocade avec un poignet qui a doublé de volume.

– Voilà le genre d'homme que j'admire, *viva Marea* ! Généreux, fier et mordant ! Mal embouché et grand buveur ! C'est tout moi !

– Tu iras loin, Hem, car tu as un de ces talents pour attirer l'œil du public !

Ils font la tournée des bars, s'enivrent, explorent les dancings et boivent encore. Un soir, Hemingway se tape Vicky, une pute superbe et plantureuse croisée la veille dans un cabaret. McAlmon n'a pas demandé le prénom de la sienne.

Dans les arènes enflammées, Hemingway découvre la métaphore de l'écriture, le soleil est meilleur dans la mort, le soleil est le meilleur torero, sans le soleil le torero est comme un homme sans ombre. Hemingway a trouvé son épiphanie. Il a compris. Il a besoin de la mort en face, la mort violente. Courtiser le danger et la violence, un mécanisme littéraire s'enclenche. Il le vit comme un combat, mi-risque, mi-accomplissement. Il vibre comme la lumière en mouvement. Hemingway a réussi. Il rapporte à Hadley une mantille noire, il a emprunté l'argent du cadeau à McAlmon. Quand il débarque rue Notre-Dame-des-Champs, elle est en train de tricoter des chaussons pour Bumby.

– J'ai le cœur rayé de rouge sang, Hadley.

– C'est bien, écris, Tatie.

Il reproduit avec la nappe les passes apprises à Pampelune. Puis se jette sur sa machine. Un torrent de mots surgit. Écrire à n'importe qui mais écrire, à lui peut-être, au monde entier, il doit écrire. La mort violente, la mort inévitable, la mort formidable, la mort préhistorique. C'est viscéral, il est insatiable. Le cliquetis envoûtant de la machine réveille Hadley. Les petits marteaux de fer frappent le ruban sans discontinuer, le retour tonitruant du chariot, la nouvelle feuille de papier, il est cinq heures du matin.

Il est cinq heures du matin. On sonne chez les Murphy. Tout le monde dort. On sonne encore. Gerald finit par se lever en tâtonnant. Vladimir cuve sa vodka. La cuisinière fait des rêves érotiques. Sara se réveille à son tour.

– Jerry, va voir, c'est peut-être important.

Des coups et des coups sur la porte en demi-lune du 1 rue Gît-le-Cœur. Des hurlements maintenant. Gerald, Sai-ra… Oui, on les appelle, mon Dieu, que se passe-t-il ? Gerald descend quatre à quatre en nouant la ceinture de sa robe de chambre, enfilée à la hâte. Boum, boum contre la porte. Gerald, Sai-ra et puis Dow-dow… Bien entendu, c'est eux ! Il découvre les Fitzgerald sacrément éméchés, assis par terre sur le trottoir.

– Nous venons vous dire au revoir, nous partons demain pour l'Amérique ! hurle Scott en éclatant de rire.

Il ne termine pas sa phrase d'ailleurs. Il grimpe les escaliers avec une agilité étonnante pour quelqu'un dans son état. Suivi de Zelda, pieds nus, une cigarette coincée dans la bouche, une coupe vide dans sa main aux ongles peints.

– Nous partons tout de suite, nous embarquons sur le *Lusitania*, explique Zelda en pénétrant dans l'appartement.

Elle tombe, se redresse en s'adossant au mur.

Sara écarquille les yeux, à court de repartie.

– Je vais faire un café, vous allez réveiller tout le quartier, enfin !

– Viens voir, te dis-je !

Zelda, échevelée, la prend par le bras et traverse le salon en trébuchant contre la table bouillotte.

– Regarde, Sai-ra, tu vois, là, fait-elle en pointant son doigt vers la Seine en contrebas.

Sara ne voit qu'un fleuve aux eaux dormantes.

– Quoi, il n'est pas là ?

Furieuse, Zelda ouvre la fenêtre et se penche dangereusement. Elle manque même de passer par-dessus. Gerald et Sara se précipitent. Le troisième étage tout de même. Scott est écroulé de rire sur le tapis, accoudé à un fauteuil.

– Bah, il est parti, reconnaît Zelda penaude, le *Lusitania* est parti. Viens, Goofo, on rentre à la maison.

Ils repartent comme ils sont venus. Deux silhouettes ivres mortes et titubantes qui manquent de se faire renverser par une voiture de livraison.

– Des visiteurs angéliques qui flottent dans un brouillard alcoolisé. Pourquoi ne puis-je m'empêcher de les adorer ? s'étonne Sara en cherchant le sommeil dans les bras de son mari.

Paris s'enflamme à nouveau. Au *Bal Bullier*, l'avant-garde artistique internationale lance une opération de charité pour ces pauvres Russes blancs, chauffeurs de taxi, ouvreuses de cinéma, couturières, autrefois ducs et comtesses. C'est Gontcharova et Larionov qui organisent la fête. Chacun doit imaginer un décor qui servira de stand. Quatre jours de gala. Quatre jours de folie, création artistique, danse, alcool, outrances en tout genre.

Tout Paris est là. On doit même fermer les portes à clé car la foule se presse. Picabia, Braque, Gris, Matisse, Brancusi, Satie, Stravinski, Diaghilev, Prokofiev, Pound, Kessel... La plupart sont déguisés. Fernand Léger est en locomotive, Foujita, nu et couvert de tatouages de lotus bleu, est accroché à une cage dorée. Ça ripaille et ça bamboche, le jazz est là, Paname s'enflamme, Cole Porter avale son piano, Zelda fait des entrechats, elle porte des sandales confectionnées par Raymond Duncan, le frère d'Isadora. Tristan Tzara déclame des poèmes pendant que des nuées d'oiseaux mécaniques s'élèvent au-dessus de lui. Tout est décoré par les artistes en vogue, même les bouteilles de champagne. Picasso, Sonia Delaunay, Derain, ils ont tous habillé un stand de leur génie créateur, on y vend des bibelots et de la vaisselle, des masques et des éventails ! Monumental et futuriste, le décor de Gerald ! Des boîtes en quinconce censées représenter des gratte-ciel et leurs néons lumineux, des centaines d'ampoules clignotent.

Ils se jettent dans un fox-trot endiablé, Vladimir chante la complainte de la mère Russie. Sara danse, *shimmy shimmy*, Zelda danse. Elles portent des robes frangées en brocart d'or, aux perles scintillantes, ultra-courtes. On aperçoit même leurs jarretelles. Bijoux de tête et fume-cigarettes, elles dansent le charleston les jambes écartées, leurs bras arqués en avant puis en arrière. Le rythme est volcanique, ils sont tous déchaînés, *hot jazz*, *black bottom* et *boogie woogie*. Cole Porter tape sur son piano comme si sa vie en dépendait, il est à deux doigts de la syncope, Fernand Léger joue *Saint Louis Blues*, on fait un bœuf, de grands coups de crayons rouges et jaunes zèbrent la nuit. La nuit ou le jour ? se demande Scott Fitzgerald. Il faut que je note cela, songe-t-il en griffonnant sur des bouts de papier. Orchestre et champagne, les années folles électrisent Paris. « Un ouragan de folie amoureuse », écrit encore Scott Fitzgerald. Je n'ai jamais rencontré une fille aussi belle que Nicole. Qui est Nicole ?

Été 1924

Cap d'Antibes

L'endroit le moins cher et le plus beau au monde. Là où les plages sont désertes, les femmes portent des chapeaux fleuris à larges bords et des ombrelles frangées en soie, les hommes sont en costume blanc, ils flânent sur les jetées qui longent les eaux turquoise d'Antibes à Juan-les-Pins.

Les Murphy ont investi à nouveau l'*Hôtel du Cap*. Cette année, les Sella ont conservé leur personnel, les hôtes se pressent, voici Rudolf Valentino et Natacha Rambova, et puis Douglas Fairbanks et Mary Pickford, les MacLeish et Dos Passos qui n'a toujours pas épousé Katy Smith.

– Et les Fitzgerald ?

– Pas encore arrivés, cela se saurait !

– Les Picasso ?

– Ils louent à Juan-les-Pins.

La chaleur de la journée s'attarde sur la terrasse. Gerald invente de nouveaux cocktails chaque jour. Ils ont bientôt tous le dos brûlé. Sara étrenne un kimono audacieux, bleu de Prusse et vert émeraude, Paul Poiret certainement. On les imagine descendant vers la plage et souriant au photographe qui les immortalisera, l'éternité a besoin d'amants mordorés. La Côte d'Azur est américaine pour quelques années encore, elle tolère tous les excès.

Deux paniers percés débarquent à la gare de Hyères dans la lumière aveuglante de midi. Un nombre incalculable de malles et « la petite », comme l'appelle Scott. Plus Lillian Maddock, une nurse anglaise, à l'accent cockney prononcé. Il faut dire que la chaleur est implacable, un souffle tropical s'échappe des pins d'Alep.

– On se croirait à Palm Beach.

Un porteur se précipite avec son chariot à bagages chromé. Il s'incline devant eux.

– Je veux le meilleur hôtel de la ville, déclare Zelda en vérifiant son rouge à lèvres dans son miroir de poche.

Elle décide de tout, elle est la grande organisatrice de leur vie, un rien capricieuse certes, et la principale source d'inspiration de son romancier de mari. Il est pendu à son bon vouloir. Du moment qu'elle le laisse écrire. Le créateur et sa muse.

– C'est le *Grand Hôtel des Bains*, madame, le voiturier est là. Hé toi, approche, du travail pour toi !

– Chaud, enlever manteau, zézaye Scottie.

Il faut dire que la pauvre enfant est couverte comme en hiver, miss Maddock, forgée au crachin britannique, ne connaît rien à ces tropiques. Ils se serrent tous dans une Citroën cabriolet rouge et noir, les malles suivent dans une autre voiture. Le soi-disant *Grand Hôtel* est une sombre gargote, mais c'est le seul qui soit ouvert. Les Fitzgerald sont dépités. La nurse est horrifiée. La gamine en sueur. L'endroit est un four, infesté de punaises de lit et totalement insalubre. Scottie est couverte de piqûres.

– Dégoûtant, estime miss Maddock.

– Enlever pull, fait la petite fille en grattant ses bras.

Les Fitzgerald louent une voiture et partent explorer les environs à la recherche d'une villa.

– Je cherche un endroit calme pour écrire un livre, explique Scott à l'agent immobilier.

L'imbécile ne comprend rien, les maisons sont soit trop petites, soit trop grandes, et la plupart ne possèdent pas de cabinet de toilette. Ils finissent par trouver quelque chose sur les collines de Saint-Raphaël, à Valescure. La *Villa Marie*, une demeure d'inspiration mauresque au toit de tuiles rouges qui se dresse au milieu d'un jardin de rocailles et d'oliviers centenaires. Deux chambres, deux salles de bains, un salon de style Louis XV, une salle à manger au plafond peint de cupidons et guirlandes et un logement pour les domestiques. Sur la terrasse ombragée, des géraniums prolifèrent dans d'énormes jarres vernissées bleues et vertes. Citronniers et orangers embaument. Un bassin de poissons rouges et un bac à sable font la joie de Scottie. Les Fitzgerald achètent une Renault six cylindres jaune vif. Et prennent à leur service Jeanne, femme de chambre, Marthe, cuisinière, et Gaston, jardinier. Ils sont venus en France pour économiser et repartir d'un bon pied. Disons que cela partait d'une bonne intention. Disons que tout n'est jamais comme l'on souhaiterait que cela soit. La nounou voudrait du lait frais, mais pas du lait de vache. Et puis des œufs de caille. C'est pour la petite, c'est pour sa santé. C'est vrai que les vaches françaises sont toutes tuberculeuses ? La cuisinière ne sait pas conduire, le jardinier ne fait pas les courses, la femme de chambre a mal aux pieds, une piqûre de guêpe sous la plante.

– Oh là là, soupire Zelda, à quoi sert le personnel, si nous devons tout faire nous-mêmes ?

Il fait une chaleur de plomb, une véritable fournaise ce pays. Un peu de fraîcheur ne leur ferait pas de mal, un peu de vent s'il vous plaît. Ils roulent à tombeau ouvert dans la Renault décapotée. Ils découvrent la côte avec ravissement, les pics grenat de l'Estérel tranchent avec l'azur de la mer. Quelle est la meilleure plage pour une fillette ? Et des pâtisseries, il y en a ici ? Un casino peut-être ? Et le marchand de spiritueux ? La voiture tombe en panne à Fréjus. À défaut de trouver un garage, Zelda se réfugie au *Café du Port*.

– Oh Goofo, regarde qui est là, fait-elle en pointant le doigt vers une silhouette massive qui sirote une anisette.

– Vlad l'Empaleur, répond Scott, notre sauveur !

Vladimir est venu chercher des pigments de peinture pour Gerald qui déteste les tubes déjà mélangés. Le marchand de couleurs de Fréjus est réputé pour ses cônes séchés que Vladimir dissout dans un liant. Du rouge cochenille et du brun momie, du lapis-lazuli et du vert émeraude. Le Russe reconduit les Fitzgerald à travers les collines riantes de Valescure jusqu'au portail en fer gris perle de la *Villa Marie*. Vladimir se gare devant l'entrée et Zelda sort en trottinant sur la pointe des pieds comme si elle était Giselle. Tutus vaporeux, tulles et tarlatanes, où êtes-vous ? Ils sont accueillis par la cuisinière qui a préparé un en-cas sur la terrasse. Le Russe accepte avec joie un cocktail coloré mais déteste les questions insistantes de ses hôtes.

– Tu vis chez les Murphy à quel titre ? Domestique ou amant de Madame ?

– Ils vont t'adopter ? Nous, on adorerait se faire adopter.

– C'est quoi ces navires que l'on voit au loin, Vladimir ?

– L'escadre de la Marine nationale installée en rade de Saint-Raphaël. Je file, répond Vladimir en se levant brusquement.

Ah, ces gens-là, pas franchement son *shot* de vodka !

– Demain, nous venons pique-niquer à la Garoupe ! crie Zelda en agitant le bras alors que l'Avions Voisin effilée disparaît dans l'allée de pins parasols.

Il n'y a qu'une quarantaine de kilomètres entre Antibes et Saint-Raphaël. Scott lance à toute allure la voiture sur la route défoncée de la corniche. À chaque virage en épingle à cheveux,

Zelda tourne vers son mari son interminable fume-cigarette en ivoire et réclame du feu. Nurse Maddock menace de démissionner, Scottie applaudit à tout-va. Puis, soudain, une baie qui s'ouvre, un débarcadère, une bergerie qui émerge d'un champ d'œillets, un éclair de lumière scintillante entre deux zones d'ombre, Scott ralentit, miss Maddock respire enfin… puis il repart sur les chapeaux de roues, le vent chaud roule sur la peau des Fitzgerald, le soleil est brûlant, tout est si romanesque.

– Drôles daddy, mummy, trop drôles !

Ils retrouvent enfin les Murphy et leurs amis à la Garoupe où tous sont abrutis par le soleil de midi. Le sable est doux au toucher, le bruit des vagues meurt sur la grève et les berce, ils sont plongés dans une délicieuse léthargie. Sauf Gerald qui pose son râteau et applaudit l'arrivée de Zelda.

– Voici la plus belle fille d'Alabama, lance-t-il avec un regard admiratif.

Elle rayonne dans un pantalon bouffant d'inspiration orientale avec un turban à franges orange et or.

– Voilà l'écrivain à succès, ajoute Sara.

Fitzgerald rougit. Il se remet en question en permanence et puise le sel de son œuvre en Zelda. Elle est son inspiration et son drame. Sans elle, il ne peut écrire, avec elle, c'est le chaos total. Alors quoi ? Ils se noient dans l'alcool, cela aplanit les dissonances.

– Oh Sai-ra…

Vraiment, Sara adore cette façon maniérée qu'a Zelda de prononcer son prénom.

– Nous sommes passés à l'*Hôtel du Cap*, nous vous cherchions. Il y avait des hommes à peau sombre, nous avons décidé que c'étaient des princes. L'endroit est totalement au-dessus de nos moyens. Voilà pourquoi nous demeurons dans notre cabane de Valescure.

Scott porte un costume clair et un panama. Il s'assied sur la chaise longue à côté de Sara et fixe ses chevilles. Il est assez fétichiste, c'est lié au sexe chez lui. Quand il était petit, il cachait ses pieds qu'il associait à sa propre nudité. Leur vue le remplit de dégoût et d'horreur. Il ne nage pas et porte chaussures et chaussettes sur la plage. Mais, quand il s'agit des petons d'une femme, il est dans tous ses états.

– Puis-je caresser tes pieds magnifiques, Sara ?

– Ça le fait jouir, explique Zelda en faisant glisser son pantalon sur ses jambes fuselées.

Elle porte un maillot de bain couleur chair, on dirait qu'elle est nue, c'est troublant.

– Vous savez danser la Carmagnole ? Le jardinier nous a appris, c'est une danse révolutionnaire.

– Oh non, pas encore la révolution ! s'écrie Honoria.

– Pas révolution, pleurniche Patrick en fixant Scottie.

Honoria se saisit de la main de la petite fille et l'entraîne vers la mer pour patauger dans les vagues. Scottie a plaqué un sourire sur sa bouche. Elle est aux anges, fascinée par les enfants de son âge. Elle tend les mains et touche les petits Murphy pour vérifier qu'ils sont bien vivants.

– Ami, ami, ami.

– Oui, répond Baoth très sérieux, nous sommes tes amis, Scottie, c'est comme des cousins.

– Cousins, répète Patrick.

– Nous avions un ami l'an dernier très gentil, poursuit Baoth, il se nommait Paulo, il va venir je crois très bientôt, n'est-ce pas, mama ?

– Polo ?

– Paulo, Scottie.

Nurse Maddock n'en perd pas une. C'est heureux, car les parents de la petite ont la tête ailleurs. Certains diraient même qu'ils se donnent en spectacle. Cela fuse en tous sens. Murphy et MacLeish ont le bec cloué. Inconscience, provocation, comment définir l'attitude de ce couple captivant qui danse sur un volcan du matin au soir ?

– J'ai passé la soirée à raser la nuque de Zelda pour donner meilleur aspect à ses cheveux courts et elle dit que je la néglige !

– On a décidé de peindre la Côte d'Azur en rose, annonce Zelda. Vladimir nous a présenté le marchand de couleurs de Fréjus.

– J'essaie de terminer mon livre, c'est difficile, *Trimalcion à West Egg*.

– Le héros s'appelle Trimalcion ? s'étonne Gerald en servant à chacun un verre de son nouveau cocktail à la grenadine.

– Non, Gatsby. Le titre est un hommage au *Satyricon* de Pétrone.

– Oublie l'hommage, déclare Gerald, quel mauvais titre !

– Oh Scott, s'il te plaît, tais-toi, insiste Zelda, tu nous ennuies ! Trimalcion, Gatsby, on s'en fiche, non ? Je vous ai dit que je me suis fait avorter ? La faute à Goofo !

– Mon fils est parti dans les toilettes de l'hôtel avec les pilules du docteur, voilà pourquoi je suis dépressif.

– Scottie est adorable, une adorable petite sotte, déclare Zelda. Oh oui, j'en suis folle, je suis juste terriblement déçue que ce soit une fille. J'espère qu'elle sera idiote. C'est ce qu'il peut arriver de mieux à une fille. Être une idiote pour la vie. Pauvre petite fille.

– Qui est la petite fille ? coupe Sara avec un regard vif et méprisant.

Zelda fait mine de ne pas entendre, Scott se lève et saisit la main de sa fille. Il descend avec elle vers la mer. La petite est déjà bronzée et ses cheveux presque blancs. Elle pointe le doigt vers le canoë de Gerald.

– Partir grand bateau, daddy ?

– Non, mon amour, nous allons faire un château.

Il retire ses chaussures et sa veste qu'il plie avec soin et pose sur ses souliers. Mais il garde ses chaussettes. Nurse Maddock noue un grand chapeau sur la tête de Scottie. Elle se laisse faire gentiment, c'est une enfant si facile. Scott prend un seau qu'il remplit de sable mouillé. Les petits Murphy rejoignent ce monsieur bizarre.

– Pourquoi t'es pas en maillot, papa de Scottie ? demande Baoth en considérant les chaussettes en fil d'Écosse.

– Tu peux tout nu aussi, Dow-dow est toujours tout nu, continue Honoria.

– Coti, Coti, Coti jolie Coti.

Oh, Patrick est vraiment sous le charme. Les deux enfants courent sur leurs jambes potelées un peu trop raides, on a l'impression qu'ils vont tomber. Scottie sort de sa poche deux cuillères qu'elle a trouvées, on ne sait où. Elle en donne une à Patrick, ils se mettent à frapper le seau en fer avec force, on ne s'entend plus. Le chien des MacLeish file à l'autre bout de la plage, la queue entre les pattes. Scott continue, imperturbable. Il construit des tours, huit exactement. Il érige des murs, il découpe des créneaux à la pelle. Honoria et Baoth sont bouche bée. Oui, ce monsieur est très drôle. Il creuse les douves, un passage sinueux et la mer s'infiltre soudain.

– Oh !

Puis il regarde Honoria et demande :

– As-tu une poupée, ma jolie ?

Honoria part en courant sous la tente, à l'autre bout de la plage. Elle en revient avec une figurine en porcelaine, des cheveux rêches comme le crin d'un cheval, une robe en satin rose et, surtout, des yeux ronds comme des billes.

– Tiens, papa de Scottie, c'est Googlie, tu fais attention, d'accord ?

– D'accord.

Puis, se tournant vers Baoth :

– Tu as des soldats, mon garçon ?

À son tour, il file vers la tente rayée et revient avec deux soldats de plomb.

Scott remonte ses manches, il est à genoux dans le sable, au-dessus du château fort. Gerald le rejoint, impressionné. Les enfants ne le quittent pas des yeux, ils l'observent en silence.

– Écoutez-moi bien, les enfants. Il y a cette princesse, princesse Googlie. Elle est prisonnière du château. Gardée par un dragon monstrueux. Heureusement, les chevaliers vont la délivrer. Ils vont combattre le dragon.

Les enfants sont tout ouïe.

– Ces chevaliers vont devoir tuer le dragon, pour la sauver. Mais attention, les deux chevaliers se détestent. L'un d'entre eux est le prince charmant, l'autre est le fils de la sorcière.

Les enfants se penchent au-dessus du château. La poupée est plantée en haut de la tour intérieure.

– Dagon, dagon, pleurniche Scottie, veux dagon !

– Oui, on veut le dragon, coupe Baoth, il est où ?

– Bien entendu.

Fitzgerald se prend la tête entre les mains et fait mine d'être dépassé, il croise le regard de Gerald qui court vers les rochers. Il cherche quelque chose, mais quoi ? Un dragon, vraiment ? Un dragon, tout de même, cela ne devrait pas être compliqué. Il revient, le bras tendu, la paume fermée. Il prend l'air terrifié, les enfants sont sidérés.

– Hooo, chantonne Honoria, fascinée.

– C'est quoi, Dow-dow ? interroge Baoth.

– Do-do, bafouille Scottie.

– Non, Dow-dow, explique Patrick.

Gerald glisse la main au cœur du château et l'ouvre. Un scarabée un peu aveuglé en sort et se met à ramper partout. Les enfants piaillent d'excitation. Honoria tient le siège avec Googlie. L'eau s'infiltre partout. Il faut ériger des ponts. Gerald et Baoth tentent d'avancer avec les soldats, Scottie est sur les genoux de son père et applaudit tout en poussant de petits cris. C'est une réussite, cette journée, n'est-ce pas, les enfants ? Ils sont passionnés par le conte merveilleux et jouent sous le regard bienveillant de nurse Maddock. Scott récupère le scarabée et le dépose délicatement sur les pierres qui bordent le chemin du littoral.

– Voilà, il est mort, vous pouvez délivrer princesse Googlie.

– Tu es formidable, Scott, avec les petits, félicite Ada MacLeish.

– C'est parce qu'il est sobre depuis deux jours, constate Zelda en boudant, j'ai l'impression que cela fait un siècle ! Que c'est barbant !

Il allume une cigarette, passe la main dans ses cheveux, il paraît captivé par la baie de la Garoupe.

– Un bleu féerique, comme dans les tableaux de Maxfield Parrish.

– Une véritable fournaise, oui, allez, le dernier à la baille…

Ils se précipitent dans les eaux cristallines. Sauf Scott. Zelda pousse des cris d'orfraie, Gerald ondoie sous l'eau, stupéfiant, personne n'en a jamais eu l'idée. Ils nagent jusqu'à l'entrée de la crique. Il faudrait installer une bouée au large pour se reposer, songe Scott. Assis sur la plage, il prend des notes sur des carnets à spirale, il observe, parfois il émet des remarques.

– Une bouée, vous voulez dire un plongeoir flottant ?

– Absolument.

Il écrit « un plongeoir flottant ».

Sara est fascinée par la lueur étrange du regard de Zelda, l'insistance de celui de Scott. Ces deux-là ont une relation en miroir. Tendue. Ils sont venus en France pour oublier les outrances américaines, pour reprendre leur souffle. Pourtant, on frôle la catastrophe à chaque seconde.

Zelda s'ennuie. Scott est plongé dans l'écriture de son nouveau livre, *Gatsby*, il n'y a que cela qui compte, il en oublie même de se raser. Zelda s'ennuie beaucoup. À Valescure, il n'y a pas mille trucs à faire. Zelda s'ennuie terriblement. Elle passe ses journées seule et tente d'apprendre le français en lisant *Le Bal du comte d'Orgel*, un dictionnaire à la main. Tous les matins, elle descend à la plage, nage et bronze, Scottie joue dans le bac à sable du jardin et miss Maddock tricote des écharpes. Zelda marche, elle veut retrouver une silhouette parfaite, elle aime son apparence. Elle arpente la promenade de Saint-Raphaël dans une robe rose saumon, une fleur piquée dans les cheveux. Elle est d'une beauté frappante.

– Je travaille, ne m'attends pas pour te coucher, amuse-toi, ne fais pas de bruit. Pourquoi tu ouvres la fenêtre là, tu vois bien que tu me déranges ? Oui, ma faculté de concentration n'est pas exceptionnelle, mais enfin, Zelda, c'est dur d'écrire un roman, crois-moi !

Elle sait. Elle s'ennuie. Elle lézarde au soleil toute la journée, les journées se suivent et se ressemblent. Elle fait des châteaux de sable avec Scottie, joue à la poupée, pêche les poissons du bassin à l'épuisette.

– Veux voir Pook, Pook, mummy, Pook, Pook.

– Oui, bientôt, chérie, bientôt.

Mais Zelda est fatiguée, elle ne veut pas conduire seule sur plus de quarante kilomètres. Elle plonge sa cigarette dans le café. Ça fait un bruit charmant. Comme une noyade. Oh oui, elle s'ennuie à mourir.

La base aéronavale de Fréjus fourmille de beaux et jeunes officiers. Zelda les croise dans les restaurants et les bars des environs, elle s'en fait des amis, disons qu'ils s'enivrent ensemble. La plupart ne sont pas mariés et Zelda est souvent la seule femme du groupe. Oh, elle adore ça et minaude à loisir ! Elle siffle un porto au *Café de la Flotte* et s'exerce à parler français. Elle balance ses longues jambes au soleil. Il y a René Silvy, le fils d'un notaire de Cannes, Bobby Croirer qui a combattu à Verdun et Édouard Jozan, un jeune lieutenant de vingt-cinq ans, héritier d'une famille bourgeoise de Nîmes. Les trois officiers sont reçus partout et emmènent Zelda avec eux. Tout est pour le mieux, la jeune femme a enfin de la compagnie.

– J'ai rencontré des aviateurs, annonce-t-elle à Scott pendant le dîner.

– Que dis-tu de Johanna ? Pour la meilleure amie, la championne de golf ?

– Ils étaient magnifiques dans leurs uniformes blancs.

– Non plutôt Jordan, oui, très bien.

– Tu aimes ma bouche, Scott ? Regarde, c'est un nouveau rouge à lèvres.

– Jordan, parfait…

Il se lève et retourne à sa Remington, dans le coin du petit salon.

Édouard Jozan est un jeune officier à la peau tannée, au regard de braise. Il a les cheveux noirs et bouclés, il pourrait poser comme modèle pour un sculpteur italien. Édouard, Zelda. L'attraction est immédiate. Elle s'ennuie, il a besoin d'exister. Qui résisterait d'ailleurs à une telle allumeuse ? Elle lui explique où elle vit, là-bas sur les collines de Valescure, avec son mari, un écrivain américain. Bien sûr qu'il a du succès. Lui, il s'en fiche un peu. Il ne lit que des livres qui ont trait à l'aviation. Mais cette femme le fascine, sa cascade de cheveux blonds sur son front, sa nuque rasée, son air détaché.

Jozan est là pour quelques mois.

Ils flirtent à la plage. Elle remonte joyeusement la manivelle du Victrola, le jazz est là.

– Regarde-moi, Édouard, regarde-moi danser !

La plage de Saint-Raphaël, la plage du Veillat, le front de mer, le boulevard Félix-Martin. Ils se promènent main dans la main, il la fait rire, elle l'admire. Il lui raconte la guerre, comment il s'en est tiré, mais pas son meilleur ami dont l'avion s'est écrasé. Soudain, la vie de Zelda prend un tour beaucoup plus amusant, elle est convoitée, flattée, invitée même à des réceptions officielles.

Et Scott travaille. Il imagine des soirées fabuleuses, une demeure de légende à West Egg, des fêtes données pour une fille qui n'y va jamais, une fille qui s'ennuie dans son mariage, une fille qui a oublié le passé, ce jeune lieutenant pas assez riche, pas assez chic. Et Scott s'emporte pour Gatsby, Daisy, Tom Buchanan. Il le voit, son roman en miroir, il les sent, ces personnages dramatiques, et celle par qui le scandale arrive, une autre femme qui s'ennuie aussi, au premier étage du garage de son mari. Pourquoi toutes les femmes s'ennuient-elles ? Celle-là veut un chien, un appartement, des fourrures. Quels sont ces châteaux lumineux au loin, les immeubles de la 5e Avenue peut-être ? Mais, pour y accéder, il faut traverser une vallée noire et crasseuse, grise, floutée. Tant mieux, car les gens y sont tellement laids. Les yeux du docteur Eckleburg ?

– Scott ?

Les yeux du docteur Eckleburg et le regard halluciné de Myrtle, oui Myrtle, c'est suffisamment vulgaire. Trop maquillée, la bouche écarlate, les dents tachées par le tabac et le rouge de…

– Scott, je sors !

Et lui, le mari, il ne lève jamais la tête, sauf quand passe la voiture. Elle est jaune, elle roule à tombeau ouvert, un bolide traverse la vallée des Cendres. Et ce coup de volant, ce corps qui se fracasse. Le sang souille l'aile de la voiture. Vite, partir loin de la vallée des Cendres, il faut la quitter, mettre Daisy en sûreté, elle peut compter sur lui. Tout ce qu'il a fait dans sa vie a toujours été pour elle, il n'aime qu'elle, elle est son héroïne, la femme de sa vie, rien n'existe qu'elle, elle l'aime, bien entendu qu'elle l'aime, il en est persuadé, n'est-ce pas Nick qu'elle l'aime, qui n'aime pas Scott, Gatsby, qui ? Daisy, vraiment Daisy, Zelda ?

Scott lève la tête. Il a mal au crâne. On dirait que la machine a crépité toute seule, le ruban encreur vient de rendre l'âme. Il tape sans fautes de frappe à la cadence de soixante-quinze mots par minute. Un bruit de mitraillette, une frénésie, le ding qui signale l'arrivée au bout du chariot. Daisy, Zelda, Myrtle, Jordan, Daisy, Zelda, Myrtle, Jordan… Zelda, Zelda…

Zelda savoure une bouillabaisse dans un restaurant de Fréjus. Elle est au bras d'un athlète musclé, bronzé, brun, viril, le contraire de son mari. Il l'amuse, il la fait rire, il l'emmène au cinéma, à la plage, au restaurant, il est disponible pour boire des Mint Julep au *Café du Port*. Elle adore nager avec lui. D'ailleurs, elle ne va plus à la Garoupe ces temps-ci. Trop loin. Tant pis pour Scottie, mais Scottie joue avec Maddock, on la paye assez cher, celle-là ! Édouard est investi d'une autorité naturelle, il fait face à tout, elle aime sa sensualité. C'est un pilote. Un pilote de chasse. Il l'emmène visiter les hangars de la base. Il lui raconte le contact, cet instant de grâce d'une rare intensité quand l'avion touche la piste à l'atterrissage. Il s'arrête devant un biplan à ailes égales et décalées.

– C'est mon avion, précise-t-il en caressant le fuselage de bois d'un Nieuport-Delage. Un moteur Hispano-Suiza de six cents chevaux.

– Je veux monter dedans, emmène-moi faire un tour, chéri.

Elle est ravissante dans sa robe de soie frangée grenat. Elle porte une couronne de marguerites, piquées sur un ruban. Ses ongles sont écarlates et sa bouche maquillée. Elle est pomponnée comme si elle était reçue chez les Beaumont. Elle ouvre des yeux comme des mirettes, elle parle vite. Jozan s'en amuse, Jozan s'en repaît.

– C'est un monoplace, Zelda, tu vois bien, explique-t-il d'une voix posée.

– Et ça, les fusils ? Tu t'en sers ?

Elle bat des cils comme une poupée.

– Deux mitraillettes, bébé. S'il le faut, oui.

– Je peux monter dedans ?

– Si tu veux, chérie. Viens.

Il l'aide à se glisser dans le cockpit. Tous ces cadrans partout, ces interrupteurs. Elle ressent une poussée d'adrénaline, une excitation, quelque chose de chaud embrase ses sens. Elle pose ses mains sur le manche, oh là là, cette décharge électrique !

– Aide-moi à sortir, ordonne-t-elle. Oh, c'est du tonnerre, Édouard chéri !

Il lui tend les bras, elle s'y effondre, il la retient et la presse contre lui. Sa peau caramélisée, ses yeux qui s'étirent quand elle est heureuse et ce nez qui plisse. Un baiser, une explosion, le désir, son bassin si dur contre ses cuisses, comme elle a envie de son aviateur français ! Zelda Fitzgerald est amoureuse.

Souvent, ils prennent la petite Renault jaune de Zelda et partent pique-niquer dans l'arrière-pays. Un jour, ils croisent Vladimir.

– Tiens, c'est Vlad l'Empaleur, explique Zelda, et Jozan éclate de rire.

Pas Vladimir qui a entendu les rumeurs et se contente de baisser la tête. Zelda et Édouard ne se cachent plus, ils explorent la région, découvrent des parcs d'attractions, s'enivrent dans les buvettes, dansent au casino. Un soir, à Monte-Carlo, ils croisent les Murphy et les MacLeish. Édouard tient Zelda par la taille. Elle rayonne. Sara va vers eux mais Gerald la retient.

– Reste là !

– Scott travaille comme un damné et elle se conduit comme une traînée !

– On ne sait pas ce qu'il y a entre eux.

Dans une robe en lamé franges or et argent, une plume ceinte sur le front et un fume-cigarette télescopique, Zelda scintille, elle sourit à ses amis, naturelle.

– Sai-ra, je te présente Édouard Jozan qui a la gentillesse de me sortir car Scott travaille. Il s'est enfermé dans la réclusion la plus totale et une chasteté complète, ajoute-t-elle tout bas. Sai-ra, tu imagines ! Je sais ce que tu penses, Édouard est ma nounou. Et puis, je prends ce que je veux de la vie, tu comprends, ce que je veux. Tu crois qu'il se gêne, Scott ? Sa vie, il l'invente, il se cache derrière chacun de ses personnages, il s'amuse, et moi ? Si seulement j'avais le droit d'écrire. Mais il me l'interdit, tu sais. Au revoir, Sai-ra, *bye*, Dow-dow.

Et elle leur tourne le dos.

– Elle a fait d'énormes progrès en français, avoue Sara à son mari alors qu'ils regagnent le cap d'Antibes.

Zelda adore quand Édouard presse son corps contre le sien, c'est un homme de bronze, d'argent, d'airain, il est dur et fort, cela la change de son mari. Soudain, elle découvre l'amour physique, le sexe, le sexe enfin, avec un mec qui en a. Et, quand il la plaque sur le sable de la plage, quand il remonte la main sous sa robe effilochée, quand il attrape son sexe à pleine main, s'en empare, et la dévore à pleine bouche, Zelda Fitzgerald songe, oh là là, il était temps !

Est-elle amoureuse ? Pas sûr, mais elle est séduite comme jamais. Scott n'est pas un fou du sexe, il a besoin de l'intellectualiser. Il a des doutes sur la taille de son attribut. Il aimerait en parler, mais ne sait pas avec qui. Scott aime les héroïnes inatteignables, celles qui sont bien au-delà du plaisir et de la jouissance. La femme idéale se nomme Daisy Buchanan. Éthérée, lointaine, pure. Un jour, elle s'appellera Nicole Diver et cela sera le début de la fin. Pour l'heure, Zelda se roule dans la fange et Scott observe Daisy, égoïste et froide, alanguie derrière les voilages du salon d'East Egg.

Zelda raconte à Édouard qu'elle a connu des officiers avant lui. Quelques-uns. Ils voulaient la séduire et passaient en rase-mottes au-dessus de la maison de son père, le juge Sayre, à Montgomery. Cela mettait Scott dans une de ces rages ! Ils n'étaient même pas mariés. Jozan ne se le fait pas dire deux fois. Elle lui plaît tant, cette femme enfant. Elle est vive, enjouée, capricieuse, c'est bien de cela qu'il s'agit, le caprice d'un été. Et Jozan n'en finit pas de tournoyer au-dessus de la *Villa Marie*, il se permet mille acrobaties. Zelda sort de la maison en agitant les bras, lui envoie des baisers. Loopings, vrilles, boucles et chandelles, l'avion bourdonne, puis pique sur la villa, Jozan est un dieu ailé.

– Tu l'as vu, tellement épatant !

– Oui, Zelda, fiche-moi la paix, je travaille, tu comprends ?

– Plage, mummy, Scottie aller plage, mummy.

Tout le monde est au courant. Sauf Scott apparemment. Vladimir les aperçoit à Fréjus main dans la main, Gerald à Vence. Archie MacLeish à Nice. Cocteau à Menton, Picasso à Juan-les-Pins. On les a croisés à dix heures du soir au *Café de l'Univers* de Hyères. La lune était ronde, on y voyait comme en plein jour, elle était collée contre lui et lui murmurait des secrets à l'oreille. On jase de Nice à Cannes, de Saint-Tropez à Menton. Oh, cette jeune Américaine n'est pas farouche ! Est-elle amoureuse ? Va-t-elle quitter son mari ? Elle est si disponible et légère.

C'est un matin comme les autres, non, c'est le 13 juillet 1924. Il a travaillé très tôt, il décide de la surprendre. C'est vrai, la pauvre chérie, il ne s'est pas beaucoup occupé d'elle ces derniers temps. Il est midi, il descend sur la plage par un chemin ombragé en tenant la main de sa fillette, déjà brune comme une mulâtresse. Il lui dit qu'ils vont manger une glace sur la promenade, Scottie est ravie.

– Ensuite, on se baignera tous les trois, ma chérie.

– Pook, voir Pook.

– D'accord, nous allons chercher mummy et nous irons rendre visite aux Murphy, tu retrouveras ton ami Patrick.

La petite fille serre son père contre elle. Comme elle l'aime ! Le ruissellement argenté ondule vers la terre, il y a de l'amour dans l'air brûlant. Quand ils arrivent sur la plage de Saint-Raphaël, mummy est allongée à côté d'un monsieur, ils sont à moitié nus et très conspirateurs, la tête penchée l'un vers l'autre.

Une dispute éclate. Violente. Jozan s'éclipse. Scottie écarquille les yeux.

– Oui, j'ai couché avec lui.

– Si tu revois ce type, je te plaque.

– Si j'abandonne Édouard, tu abandonnes Gatsby.

– Non, tu n'as pas le droit de demander cela, Zelda.

– J'ai besoin d'exister, Scott, je l'aime, je veux divorcer.

– Tu ne sortiras pas d'ici, je te l'interdis.

Et le lendemain…

– Il a demandé à être muté, il quitte la base. J'ai reçu une lettre, je la déchire en mille morceaux, mille morceaux de lui. Je veux être au centre de ta vie, Scott, je t'aime.

– Tu es mon héroïne, Daisy.

– Daisy ?

– Tiraillée entre deux hommes.

– Qui choisit-elle ?

– Le fric.

– Alors, ça se termine bien.

Scott a gagné, Zelda est redevenue cynique, Scottie n'a pas tout compris, mais elle est rassurée.

C'est le dernier soir pour certains d'entre eux. Le crépuscule est majestueux. Ils dînent autour de la piscine de l'*Eden Roc.* La terrasse en arrondi est bordée d'une rambarde de cuivre à laquelle sont accrochées des bouées de sauvetage. Un escalier creusé dans le basalte descend jusqu'à la mer. Des griffes de sorcière courent sur les pierres irrégulières. Dans les cabines de bain rayées de bleu et blanc, les serveurs élaborent un repas savoureux. Mais il faut courir jusqu'aux cuisines pour les plats chauds, le sport n'a jamais fait de mal à personne. Les femmes ont la peau caramélisée, elles portent des robes en soie, des plumes, des perles, des bandeaux couverts de strass sur leurs cheveux crantés. Molyneux, Poiret, Chanel, Jeanne Lanvin, Patou… Leurs boucles d'oreilles sont imposantes, leurs bracelets lourds et leurs talons carrés. Les hommes sont en smoking. Nous sommes chez les heureux du monde. Sur la Riviera, le bonheur est impatient et la légèreté euphorique.

– Les travaux de la *Villa America* progressent, explique Sara à Ada MacLeish.

– Le toit de tuiles a été retiré pour construire un étage supplémentaire et une terrasse, poursuit Gerald.

– Sai-ra, quel endroit magique, quelle paix ! s'exclame Zelda.

– Vous vous faisiez rares, concède Sara en trempant ses lèvres dans le champagne.

– Oui, Scott m'a enfermée *Villa Marie*, pour me punir, je suis tombée amoureuse d'un officier de l'Aéronavale, lance-t-elle, l'air de rien, en faisant allumer sa cigarette par Cole Porter.

Gerald et Sara se regardent, sidérés. Cette manière d'aborder les choses, aussi franche. Scott en rajoute.

– Je l'ai provoqué en duel, il est mort ! Six pieds sous terre, je vous assure. À cinq heures du matin sur la plage de Saint-Raphaël, devant le front de mer.

– J'ai eu tellement peur pour Scott, un duel au pistolet, tu imagines, Sai-ra !

Sara comprend soudain qu'ils jouent un jeu, un numéro, ils inventent une vie que Scott traduit dans ses romans. Il a choisi de laisser croître cette histoire. Pour alimenter son récit. C'est sa touche de désastre. Car il bloque. Il se dit génial, mais il bloque. La douleur du héros pour la jeune femme qui s'ennuie, mais enfin tu crois quoi, Sara ? Que tout sort de sa petite tête ? Scott Fitzgerald est un voleur de vies, il s'est emparé de celle de Zelda, bientôt, cela sera ton tour, si tu n'y prends pas garde !

La perte des illusions donne une telle couleur au monde qu'on n'a nul souci que les choses soient vraies ou bien qu'elles soient fausses. Cole Porter a envie de rugir. Il vide son verre et prie le serveur de faire apporter le piano. Les Dos Passos partent en Espagne demain rejoindre les Hemingway. Les MacLeish rentrent à Paris. Philip Barry et sa femme Ellen regagnent New York, la pièce de Philip est le succès de Broadway. Esther Murphy a terriblement mauvaise haleine. Elle raconte son aventure avec Nathalie Barney mais n'a rien contre le mariage.

– Est-ce que toutes les lesbiennes puent de la gueule ? demande Linda Porter.

– Non, pas la sœur de Sara, Hoytie est une virago qui embaume le magnolia.

Vladimir est en grande conversation avec la femme de Rudolf Valentino. Elle lui raconte sa vie d'avant sous le nom de Winnie Hudnut, elle ne couchait qu'avec des hommes mariés, c'était vertigineux. Depuis qu'elle a changé de nom, ils l'épousent.

Il y a des sardines grillées et des tomates provençales, du poulet à l'ail et aux figues. Sara se penche vers Gerald et lui chuchote quelque chose. Il se lève, remonte la manivelle du phonographe et la musique d'Al Jolson s'élève. Le piano est installé. C'était compliqué de le descendre jusque-là, l'instrument pèse trois tonnes. Porter remercie bien Tristan et lui glisse un mot et un billet dans la poche de son pantalon.

– Vous avez des amis matelots ?

C'est parti pour une fête étourdissante, la voix sensuelle de Cole s'élève, pas besoin de tendre l'oreille, c'est *I'm an Anesthetic Dancer* et puis *My Cozy Little Corner in the Ritz, Old-Fashioned Garden* et *Bring Me Back My Butterfly* ! Pour soutenir le moral des troupes, c'est le meilleur, il a même été récompensé durant la guerre. Le soleil a laissé des traînées sombres dans le ciel. On aperçoit le faisceau lumineux blanc du phare de la Garoupe. Comme une menace surgie des ténèbres, qui attire les phalènes avant de les projeter dans l'obscurité. Une lumière mobile menaçante, songe Scott qui ne la quitte pas des yeux.

– Pourquoi blanche, pourquoi pas verte ? murmure-t-il tout haut.

– Car le blanc suffit aux nuits sereines, estime Gerald.

– Il n'y a rien de plus sexy qu'un homme qui possède sa propre plage, déclare Sara en caressant son mari.

Il lui embrasse la main.

– Moi aussi, je veux être embrassée, s'exclame Zelda en se levant.

Elle se jette sur Sara interdite.

– Zelda est une nageuse fantastique, assure Scott à Rudolf Valentino.

– Oui, je vais vous montrer, coupe-t-elle.

Et, devant l'assemblée ébahie, elle laisse glisser sa robe, retire sa culotte, depuis les rochers elle saute dans la nuit. Scott est terrifié, il tremble de tout son être. Cela fait près de trente pieds de haut. Il ne peut la laisser agir ainsi, elle lui vole la vedette, c'est lui l'écrivain connu tout de même. Il jette sa veste par terre, son pantalon, sa cravate, sa chemise. En chaussettes et caleçon, il se précipite à son tour dans l'obscurité totale. On entend plouf et puis plouf. Ils remontent, blêmes et frissonnants, tout ruisselants, par l'escalier de pierre, en se tenant par la main comme si de rien n'était. Ils se rhabillent et s'asseyent à table devant l'assemblée éberluée. *The Sea is Calling*, entonne Porter.

– Mais enfin, hurle Sara, vous auriez pu vous tuer !

– J'adore les précipices. Et nous ne croyons pas en l'instinct de conservation, assure Zelda en trempant sa cuillère dans la mousse au chocolat.

Elle est pâle, ses yeux valdinguent en tous sens.

Le vent se lève, le mistral. Les aiguilles de pin volettent partout et couvrent la piscine d'un épais tapis brun. Les collines boisées sont orangées. C'est un feu sur les pentes du mont Boron. Attisé par le mistral. L'odeur d'eucalyptus brûlé est repoussante.

– Est-ce que l'on risque quelque chose ? demande Sara effrayée.

– Je ne crois pas.

Gerald est indécis. Zelda est prise d'un rire hystérique. On entend les sirènes des pompiers au loin.

– Ici, ici, crie Zelda, j'ai le feu au cul !

Elle titube, se tourne vers son mari.

– Des flammes, il fallait des flammes pour que tout finisse. Alors, Scott, on va le trouver dans *Gatsby* aussi, cet incendie ? Tu crois que l'on va s'en sortir ? Après tout, danser dans les flammes, j'en rêve. Voici le spectacle de notre amour, tu écris et moi je danse dans le feu, oh comme je l'aime notre avenir, Goofo !

– Qui est cette ravissante jeune femme ? s'émeut Rudolf Valentino, je l'ai croisée avec un officier à Cannes, il y a un mois, il me semble.

– Mais pourquoi êtes-vous tout le temps à fleur de peau ? ose Gerald.

– Tu prends un verre, assure Scott en bafouillant, puis le verre prend un verre, puis le verre te prend, c'est tout simple.

– Tu prends le verre, Dow-dow, coupe Zelda en se levant, tu portes un toast, et tu retires ta culotte et tu la jettes au milieu de la table. Et j'espère qu'on mourra tous dans le cercle de marbre.

Ils sont ivres morts, ne tiennent pas debout et se mettent à ramper sous la table en balbutiant des propos incohérents.

– Gerald… Je n'en peux plus de ce jeu de massacre, supplie Sara.

Gerald fait préparer une chambre à l'hôtel pour le couple infernal qui s'y écroule.

– Pour une fiesta, c'était une sacrée fiesta, épatante, déclare Rudolf Valentino en prenant congé de ses hôtes.

– *Something's Got To Be Done*, entonne Cole Porter avant de refermer son piano et de sauter dans sa Bugatti.

Au beau milieu de la nuit, on frappe à la porte des Murphy. Ils se regardent, soupirent, quel est le problème maintenant ? Gerald ouvre et tombe sur l'écrivain prometteur, verdâtre et tremblant. Le costume froissé, le cheveu en bataille, il sanglote.

– Elle est morte, arrive-t-il à prononcer entre deux gémissements.

– Quoi ?

– Elle a avalé toute une boîte de somnifères, elle est morte, alors je vais me suicider aussi, mais je n'ai plus de…

Gerald et Sara se précipitent. Zelda gît par terre au milieu de cadavres de bouteilles, le peignoir de l'hôtel laisse entrevoir sa nudité, elle a la bouche ouverte et respire encore. Gerald la fait vomir en introduisant la main entière dans sa bouche. Sara lui tape dans le dos. Elle éructe, gémit. Ce n'est pas suffisant. Sara vide dans son gosier une bouteille entière d'huile d'olive. Zelda vomit encore. Et puis elle rit, elle est incohérente. Gerald la fait marcher de long en large toute la nuit pour l'empêcher de s'endormir. Sara s'assied sur le lit à côté de Scott, il est perdu.

– Tu aimes Zelda et elle t'adore, arrêtez ces enfantillages, si elle avait voulu partir avec Jozan, elle ne serait pas là aujourd'hui.

– Ils ont eu une connaissance charnelle l'un de l'autre !

Le choix des mots fait sourire Sara. Elle comprend qu'elle ne doit pas s'amuser au lit, la petite Zelda. Mais qui s'amuse véritablement ? songe-t-elle.

– Oh, j'ai une migraine épouvantable, soupire Zelda, bien sûr que je l'ai trompé, avec John Sellers, Stephen Parrott ou George Nathan !

L'un et l'autre sont dans un état de confusion mentale épouvantable.

– Elle ne me considère pas comme un homme, poursuit Scott en pleurnichant dans le giron de Sara. Je ne la satisfais pas. Je ne suis pas certain de savoir satisfaire une femme.

– J'ai été mise au monde par toi, Scott, comme si tu avais passé commande de moi. Je t'ai été livrée, il faut que tu assumes maintenant, supplie Zelda à genoux devant son mari. Je suis enfermée à l'intérieur de toi. Je n'ai aucun moi autonome sinon celui qui vit en toi. Je t'adore, je t'idolâtre. Que fais-tu de moi, Scott ? Regarde-moi, j'aime l'alcool sur tes lèvres, je chéris tes rêves, tes hallucinations les plus extravagantes. Je t'aime.

Ils sont seuls au monde, les yeux de l'un rivés dans ceux de l'autre.

– Allons nous coucher, ma chérie.

Quelques jours après, Sara Murphy ouvre son courrier. Une lettre pliée en trois, l'écriture ronde de Zelda.

Chers Sara et Dow-dow,

Merci mille fois pour la plus belle des soirées, recommençons bientôt.
Mille baisers,

Zelda et Scott

« C'est l'âge des mirages, des excès et de la satire, écrit Scott à son éditeur Maxwell Perkins. Le roman est fini. Voici *Gatsby le Magnifique*. J'estime que mon livre est le meilleur roman américain qui a jamais été écrit. Il contient quelques passages scabreux, j'espère que cela ne vous fera pas tiquer. J'ai passé un été convenable. J'ai été malheureux. Mais enfin, mon travail ne s'en est pas ressenti. Je crois que j'ai atteint l'âge adulte. Il m'a fallu trois minutes pour concevoir ce livre. Pour l'écrire, ces trois derniers mois. Zelda m'a énormément aidé. »

On n'entendra jamais plus parler d'Édouard Jozan. Certains diront qu'il s'est répandu sur sa liaison, d'autres qu'il nia tout adultère. Il paraît qu'il fit une carrière brillante et termina vice-amiral de la flotte française d'Extrême-Orient. Cette année-là, sur la Côte d'Azur, tout l'alcool a été bu.

1924-1925

Paris

L'hiver est glacial, les fontaines gèlent et les écrivains désertent les terrasses chauffées des cafés. Rive gauche, l'air qu'on respire n'est pas le même qu'ailleurs. Il suffit d'arriver à Montparnasse pour sentir un souffle de liberté et un élan créateur. Nous sommes très pauvres, mais très heureux, reconnaît Ernest Hemingway. Il a trimbalé sa Corona et ses idées noires dans l'arrière-salle du *Select*. Il écrit, il écrit encore, stimulé par Gertrude Stein, Sylvia Beach et la robuste Hadley. Le fantomatique Man Ray fait poser Kiki dans son atelier de la rue Campagne-Première, sur son dos nu, il peint les deux ouïes d'un violon. C'est d'un érotisme torride. L'idole de Fitzgerald, c'est James Joyce. Il le considère comme le maître de la littérature moderne. Gertrude Stein, elle, le vomit. On boit. On boit à toute heure, pour passer le temps et pour le plaisir, pour l'inspiration et pour l'amour, on boit du champagne et du bordeaux, du sherry comme les Anglais et du whisky comme les Irlandais, on boit du schnaps comme les Allemands et des cocktails comme Gerald Murphy. On déjeune chez *Michaud* à l'angle de la rue Jacob et de la rue des Saints-Pères, à la brasserie du *Lutetia* ou bien au *Trianon* de la gare Montparnasse. À *La Closerie des lilas*, Blaise Cendrars vide une bière au bar. Il a un visage de boxeur et un manteau râpé. Hadley Hemingway et

Sara Murphy rejoignent Gertrude Stein et Alice Toklas dans un coin sombre. Elles sont venues à pied depuis leur petite maison de la rue de Fleurus, en traversant le jardin du Luxembourg pour aérer Basket, leur caniche nain. Alice a apporté une locomotive pour Bumby. Le petit garçon, qui apprend à marcher, se dresse pour attraper le wagon posé sur la table.

– Il te faudrait quelqu'un tout de même, Hadley, conseille Sara, une bonne nounou française.

– On m'a recommandé une Picarde que je vois demain, une certaine Marie-Cocotte.

– Je préfère me payer un tableau qu'une nurse, s'exclame Gertrude, l'air dégoûté.

Elle est habillée comme une paysanne du nord de l'Italie ou de la Corse. Une robe infâme, longue et noire. Ses cheveux, remontés en deux tresses sur le haut du crâne, adoucissent son visage massif. Elle parle sans cesse. Alice Toklas acquiesce et fait sauter Bumby sur ses genoux. Elle en est folle de ce petit gars.

– Je vais lui broder un abécédaire.

– Le problème avec Ernest, poursuit Gertrude sans écouter les autres, c'est qu'il est bourré de préjugés quant à l'homosexualité ! L'acte homosexuel chez les mâles est répugnant et laid, c'est vrai. D'ailleurs, ils le reconnaissent eux-mêmes, ils se droguent pour copuler ! Mais chez les femmes, c'est magique, n'est-ce pas, Alice ?

– Je reprendrais bien un peu d'eau-de-vie, déclare Sara. Toi aussi, Hadley, cela te fera du bien. C'est quoi cette petite mine ? Non, ton mari ne te trompe pas avec une aristocrate anglaise. Lady quoi, lady Duff, quel nom !

Un coupé de ville Farman flambant neuf passe sous la statue du maréchal Ney. La lumière est changeante cet après-midi, la façade du *Bal Bullier* est déjà dans l'ombre.

– Je dois rentrer, déclare Hadley, il faut encore que je fasse bouillir les tétines et les biberons.

– Il dort toujours avec toi ? demande Sara en caressant le front du bébé.

– Non, Bumby est un grand garçon qui passe la nuit dans son lit cage avec Mr Minet, notre chat.

– Chat chat, bafouille l'enfant potelé.

Ils ont emménagé au cinquième étage d'un immeuble bourgeois du 14 rue de Tilsitt, près des Champs-Élysées. L'appartement est sinistre, sombre. Meublé de manière vieillotte avec de lourdes draperies qui ne laissent guère passer le jour. Le papier peint du salon est or et violet et cela sent le moisi. C'est bientôt Noël, ils ont installé un sapin couvert de boules, de maisonnettes et autres oiseaux de paradis en verre transparent. Cela apporte quelque gaîté. Ils se font photographier devant avec Scottie. On a promis à la petite fille de l'emmener chez son ami Patrick, alors elle sourit, bien qu'un peu effrayée par le flash de l'appareil photographique.

– Tu fais quoi, daddy ?

Scottie a quatre ans maintenant et un accent cockney prononcé, comme Lillian Maddock. Son père ouvre devant elle un recueil recouvert de maroquin écarlate.

– Tout ce que j'ai écrit, chaque roman, chaque nouvelle, est répertorié dans cet album. Avec sa date de parution et l'éditeur, ou bien le journal qui l'a publié.

La petite fille ne sait pas lire, cela tombe bien, elle n'aurait pas compris.

– Daddy, mon daddy, je veux ça.

Elle désigne un compotier regorgeant de mandarines. Scott les épluche et jette les pelures dans la cheminée, elles se consument en dégageant un doux parfum. Ce n'est pas du luxe. L'appartement n'est pas très propre, il y a des verres sales disséminés un peu partout. Le visage de la fillette rougeoie dans les reflets des flammes. On dirait que ses joues énormes vont avaler ses yeux clairs.

– Encore, daddy, s'il te plaît, chuchote-t-elle en se lovant contre son père.

Il caresse ses cheveux.

– Il ne reste que des marrons. Mais oui, tu vas voir, cela va être encore plus drôle, on va les faire griller et on va en offrir à ta maman !

– Oh, mummy fait dodo, mummy a mal à la tête.

Il faut dire que le matin Zelda cuve la cuite de la veille, l'après-midi Zelda court les boutiques de lingerie et les médecins, le soir Zelda a la migraine, et la nuit tout devient exotique. Zelda boit au *Meurice* et à Montmartre, au *Crillon* et au *Ritz*. Scott la suit et même, souvent, la précède. Scottie a compris que ses parents étaient des camarades de jeu, elle ne leur en veut pas, et puis sa nounou souscrit à tous ses désirs.

Dans son studio frisquet de la rue Froidevaux, Gerald Murphy réfléchit. Il a passé les derniers mois à travailler sur *Rasoirs*, il veut aller de l'avant, vers quelque chose de différent. Plus stylisé, minutieux. Vladimir emploie le mot « mécanisme ». Gerald s'interroge. Il a faim, quelle heure est-il ? Il extrait de sa poche sa montre, offerte par Sara le jour de leurs fiançailles. Il se laisse tomber sur une chaise de paille, la tête entre les mains. Le soleil pâle du matin vient caresser le boîtier en or. Cette finesse. Ce souci des détails. Il est fasciné par le mouvement des aiguilles. Il se souvient de son père extrayant sa montre à gousset de son gilet et l'examinant comme si elle était porteuse de vérité. Mais oui ! C'est ça ! La montre du chef de gare, et celle du patron de l'usine, la montre de l'amant éploré, celle de la directrice de l'école. Le temps magnétique et celui de l'instant précis. Le temps qui nous échappe et celui qui s'arrête.

Comment le représenter ? Le temps des amours, des fuites, celui de la conscience. Pourquoi cela revient-il tout le temps ? Comme si Gerald avait quelque chose à cacher. De qui ? De lui-même peut-être ? Le temps de le découvrir. Il commande du gris et du jaune, des pointes d'orange, du miel et du doré, du noir et puis du blanc. Un châssis immense, près de deux mètres sur trois. Vladimir a compris. Il apporte les pots de peinture. C'est l'exactitude que l'on représente aujourd'hui, c'est la justesse, la genèse de l'idée. C'est graphique et architectural, froid et symbolique. La fragmentation, la multitude des points de vue, la nature sans cesse changeante, mouvante et pourtant sincère.

– Ce cœur qui bat, Vladimir, regarde, ce mystère, je veux l'exprimer. La dynamique du cubisme. Le temps qui gronde. Et si l'art n'était qu'une manière de se dévoiler ? Parfois, je ne comprends pas moi-même ce que je recherche, murmure-t-il en retirant sa blouse tachée de peinture.

– Peut-être les ténèbres, comme Fitzgerald. Tu es beaucoup plus proche de lui que tu ne veux l'admettre.

Vladimir Orlov possède une sensibilité exacerbée. Et puis, Gerald est son meilleur ami, il voit en lui, ce que Gerald a du mal à admettre. La déconstruction, l'âme de la montre, oui, la véracité. C'est parfait pour le Salon des indépendants qui s'annonce.

Le 10 avril 1925, *Gatsby le Magnifique* est dans toutes les librairies américaines. À Paris, chez Sylvia Beach, chez Brentano's, chez Galignani où la belle Danielle compose une vitrine entière… La couverture est frappante. Le bleu profond de la nuit, deux yeux perçants jaune vif, une larme effilée comme une lame de couteau et une bouche peinte en rouge sang. En bas, une ville étincelante, scintillante, un collier de perles d'or.

Gatsby Le Magnifique. Scott a le cœur serré. Son bébé. Son meilleur livre.

Les premières critiques sont excellentes. Scott reçoit des télégrammes de toute part. Willa Cather, Sinclair Lewis, et puis,

« Voici le premier pas de la fiction américaine depuis Henry James – Amitiés – Stop » T. S. Eliot.

« L'ai trouvé des plus intéressants, le préférant à *L'Envers du paradis.* Stop » Galsworthy.

Gertrude Stein l'avoue bien volontiers à qui veut l'entendre : « Ce livre est bon. »

Et John Peale Bishop écrit : « Tu as défriché un sol vierge. L'avenir t'appartient, mon vieux copain ! »

Edith Wharton envoie un bristol : « Voulez-vous et madame Fitzgerald prendre le thé dimanche prochain ? »

Cela ne suffit pas, Scott doute de tout, de tout le monde. À deux heures du matin, la rue Bonaparte est balayée par les giboulées, il débarque à l'*Hôtel Saint-Germain* où crèchent Janet Flanner et sa petite amie. Il est ivre mort et grimpe l'escalier quatre à quatre. La minuterie s'éteint bien avant le troisième étage. Il frappe à toutes les portes, se fait insulter avant de tomber dans les bras de Janet endormie.

– Pousse-toi, Solita, ordonne-t-elle à sa compagne.

Scott s'effondre sur le lit, et la supplie du regard.

– Tu possèdes un sens authentique du tragique, et ton Gatsby est l'anti-héros le plus pur que j'ai jamais rencontré. Bien entendu que cela va marcher, tu es un génie.

Le 6 mai 1925, c'est au *Dingo Bar*, au 10 de la rue Delambre, qu'ils font enfin connaissance. Ici officie Jimmie Charters, exboxeur de Liverpool, devenu le roi du shaker. Un artiste sourd-muet traîne au bar et tire le portrait des clients pour quelques pièces. Il croque une fille immense qui écrase sa cigarette sur le sol en damier. Elle se nomme Duff, quel drôle de nom, lady Duff. Elle éclate d'un rire de gorge à chaque parole d'Hemingway. C'est une aristocrate anglaise, longiligne, ravissante, au cou long et blanc. Elle porte les cheveux courts, rejetés en arrière, comme un garçon. Elle est vêtue d'un chandail en jersey et d'une jupe en tweed qui met en valeur sa taille fine et fait ressortir son côté androgyne. Insaisissable et perverse, indépendante et hautaine. Hemingway la rencontre par le biais de son cousin et amant, Pat Guthrie, alcoolique et bisexuel notoire. Hemingway travaille, mange, respire corrida. Elle aussi. Il est fasciné. Ils flirtent ouvertement. Lady Duff est sacrément belle, c'est certain ! Soudain, il tourne la tête. Gerald Murphy vient de pénétrer dans le bar accompagné d'un beau garçon au visage de jeune homme. Très mince dans son costume de chez Brook Brothers, il a l'œil vif, la bouche délicate et troublante.

– Fitzgerald, enfin ! s'écrie-t-il en lui ouvrant les bras.

L'un a vingt-cinq ans, un charisme du tonnerre, il se bat avec sa machine à écrire tous les jours que Dieu fait. L'autre en a vingt-huit, quelques beaux succès, de l'argent qu'il dépense sans compter et une épouse désaxée.

– Hé Jimmie, un vermouth cassis pour mes amis, glapit Hemingway.

– *Corned beef* ou beignets de poulet ?

– Un whisky soda pour moi !

Ils s'installent sur les tabourets. Lady Duff s'éclipse sans un regard. Scott est auréolé du succès de ses précédents livres, il attend le retour des ventes de *Gatsby*. Il est un peu tendu. Hemingway est déchaîné.

– J'ai une telle admiration pour toi, s'écrie Hemingway. J'ai adoré *L'Envers du paradis*, *Les Heureux et les Damnés*. Scott, tu es mon mentor, tu vois. Devant ma machine, je pense à toi, à ton succès, c'est ça que je veux être, toi !

– Moi, vraiment ? Tu parles, si tu savais ! J'ai lu ta nouvelle

Le Village indien dans la *Transatlantic Review*. Bravo ! Tu écris quoi là ?

– Un bouquin sur la corrida avec une héroïne à damner les saints, souffle-t-il. Pas fini. Mais je viens de terminer *Torrents de printemps*. Tu accepterais de le lire ? Et toi, Gerald ?

– Je te recommanderai chez Scribner. Mon éditeur, Maxwell Perkins, est un type épatant.

– Ton talent est aussi naturel que les dessins poudrés sur les ailes d'un papillon.

– Mais qui te dit que je sais voler, Ernest ?

Gerald commande une bouteille de champagne. Mais Scott ne tient pas l'alcool et plonge doucement dans l'ivresse. Il a une légende, un mythe à nourrir. Il ne sait pas encore que sa vie débridée va bientôt masquer son œuvre. Sous ses manières enjouées, Hemingway sent percer l'angoisse naissante. Gerald essaie d'entraîner Scott à l'extérieur, ses questions deviennent personnelles et gênantes.

– Hadley, ta femme, je rêve de la rencontrer, tu as couché avec elle avant le mariage ?

Hemingway est décontenancé, il ne s'attendait pas à ça. Il pensait avoir une discussion enflammée sur la réalité, cette manière de la dépeindre, des phrases courtes ou alambiquées, de l'usage de la métaphore ou pas. Soudain Scott change d'attitude, se referme sur lui-même, devient gris cendre. La peau de son beau visage se tend et apparaît une tête de mort sinistre. Hemingway se recule, interdit.

– Ça lui arrive tout le temps quand il boit, explique Gerald, juste avant de sombrer dans l'éthylisme, je vais le mettre dans un taxi. Viens, Scott.

Mais Fitzgerald sort de sa torpeur, s'appuie au bar, fixe Hemingway et implore d'une voix sourde :

– Puis-je te montrer mon pénis ? J'aimerais savoir s'il est

normal. Ma femme, tu sais, elle dit que... Bon, tu comprends. Tu veux bien ?

Hemingway éclate de rire et les deux hommes partent en direction des water-closets, sous le regard éberlué de Gerald. Ils en ressortent quelques minutes plus tard, fringants comme deux larrons en foire. La carrure d'Hemingway enveloppe Fitzgerald qui sourit comme un enfant.

– Tout est normal, Gerald, Ernest vient de le confirmer.

– Mais oui, bien entendu ! fait l'autre en lui tapant sur l'épaule.

– Parce que ma femme a fait la connaissance charnelle d'un officier français, qui s'est écrasé dans son avion, il y a quelques mois. Non, je l'ai tué en duel. Non, Zelda l'a étranglé, non...

Gerald n'en a que trop entendu, il prend son chapeau et part sans demander son reste. Hemingway comprend que son nouvel ami, le grand écrivain, est malade. Il ne connaît pas la cause de son tourment. Il n'a pas encore rencontré Zelda.

Il suffit d'un coup d'œil circulaire dans le salon douillet de la rue Gît-le-Cœur. Hemingway déteste Zelda et l'antipathie est réciproque. D'abord, il la trouve vilaine. Elle a la gueule de bois, sa permanente est ratée, ses cheveux sont brûlés. Certes, elle a de jolies jambes et son allure éthérée est captivante, mais quelle tête de pioche ! Cela démarre au quart de tour, et ce n'est que le début.

– Tu dois être fière de lui, Zelda, non ? tente Hadley.

– Je veux qu'il s'occupe de moi, sinon je m'ennuie.

– Donc tu es jalouse, et capricieuse, reconnaît Hemingway.

– Non, je peux écrire aussi.

– Non, tu ne peux pas, Zelda, coupe Scott, furieux.

– J'ai tellement aimé *Gatsby*, soupire Katy Smith, la petite amie de Dos Passos.

– Mais ça ne se vend pas, Maxwell Perkins l'a dit à Scott, assène Zelda.

Dans la nursery, au quatrième, l'orage gronde aussi. Marie-Cocotte, la nurse de Bumby, ne s'entend pas avec Lillian Maddock. Elles se chamaillent sur la manière de se faire respecter, la recette de la crème caramel et l'usage du bicarbonate de soude. Mamzelle a bien du mal à départager les deux furies qui en viendraient aux mains. L'une jure en cockney et l'autre en picard ! Honoria décide de s'occuper des enfants. Elle a sept ans dorénavant. Patrick et Scottie sont inséparables et le bébé Bumby, rond comme un ours en peluche, ne quitte plus Baoth.

– Tu parles drôlement, dit Baoth à Scottie.

– Nan, pas du tout, je parle bien avec ma nounou tout le temps.

– Et avec ta maman, tu parles ?

– Non, elle est trop bue tout le temps.

– C'est pas grave, si elle parle mal, Scottie est jolie, défend Patrick, je vais la marier.

– On dit maman a trop bu, Scottie, explique Honoria.

Honoria décide d'adopter cette petite dont personne n'a cure, ses parents sont impossibles, c'est Dow-dow et mama qui le répètent tout le temps.

– Santa m'a offert ce livre, explique Honoria à Scottie. *A Little Cookbook For A Little Girl.*

Honoria entraîne Scottie dans le couloir et ferme la porte derrière elles. Elle ouvre un placard, monte sur un tabouret, se met sur la pointe des pieds et attrape deux tabliers. Puis la boîte à cirage.

– Il faut toujours porter son tablier, Scottie, avant de faire un gâteau.

– Mais oui ! répond Scottie en plongeant les doigts dans le cirage.

Elle adore les enfants Murphy, elle aimerait tant être leur sœur.

– Moi, Santa m'a donné la poupée Monique et une malle avec sa garde-robe. Je te la montrerai, Noria. Enfin, c'est pas Santa, c'est daddy, on est allés ensemble au *Nain bleu*. Il a dit on fait semblant. Moi je fais très bien semblant, et toi ?

À l'étage du dessous, la conversation fuse autour de la table ronde. On entre, on sort, on s'incruste et on disparaît. Dos Passos et Hemingway sont copains et leurs femmes très liées, c'est agréable, il n'y a aucune compétition.

– Il faut toujours voir les choses par leur côté plaisant, explique Gertrude Stein à Fitzgerald. Non, je déteste Joyce, et je ne comprends pas ton engouement pour ce charlatan. C'est de la camelote prétentieuse. Comme Huxley d'ailleurs, un cadavre celui-là. *Chrome Yellow*, quelle bêtise ! Quant à Ezra Pound, je ne veux plus en entendre parler, il a cassé une chaise chez moi.

– Oh Gertrude, interrompt Hemingway, Ezra est l'homme le plus généreux et le plus désintéressé que je connaisse !

– Ça n'en fait pas un écrivain.

Marie Laurencin est en rose des pieds à la tête. Ses cheveux sont maladroitement ramenés dans un turban en chiffon. Elle tente de croquer Zelda, mais cette dernière bouge tout le temps. Elle en fait une esquisse d'une dureté incroyable. Puis s'en excuse.

– C'est à force de vivre avec des poètes. Quand j'étais avec Apollinaire, j'éprouvais un mal physique, il prenait tout, il savait tout, il changeait l'eau en vin. C'est fatigant, le génie.

– Je ne me remets pas de la mort d'Anatole France, coupe Fitzgerald. J'éprouvais à son égard une telle admiration.

– Un jour, on s'est assis devant chez lui et on a attendu toute la journée, Scott voulait un autographe, quel ennui !

Heureusement, on avait des cigarettes et de la gomme à mâcher.

– Les Juifs ont engendré trois génies : le Christ, Spinoza et moi, explique Gertrude Stein.

Tout de même, elle a de ces seins ! songe Hemingway. Dommage que ce soit la vieille bique qui les bouffe. Gerald observe Sara, sa peau laiteuse, ses cheveux d'or, la douceur de son sourire, cet amour qui les unit, ils n'ont pas besoin de paroles. Mais il n'est pas très disponible en ce moment. Toute la journée à son atelier, il travaille comme un fou. *Montres*, sa toile s'intitulera *Montres*. Immense, une ode au purisme de l'esthétique industrielle. Gerald se veut le chantre du précisionnisme. Il est fasciné par la multiplicité, la complexité, le mouvement mécanique, il a la tentation de saisir l'éternité.

– Resservez du champagne à mon mari, s'exclame Zelda. Au moins, il n'écrira pas ce soir !

Elle part dans un fou rire et se balance d'avant en arrière comme une cinglée. Scott allume le fume-cigarette de Sara.

– Tu es la plus belle fille au monde, je vais faire de toi mon héroïne.

– Tu me le dis à chaque fois, chéri.

– Sal, ne l'appelle pas chéri, s'il te plaît !

– Il y a une justesse impitoyable dans tes jugements, Gertrude, tu peux tuer un homme, tu sais.

– Je ne cherche qu'à le faire sortir de lui-même. Je ne dis pas aux gens ce qu'ils doivent écrire, ni comment il faut l'écrire, je leur dis de regarder les choses telles qu'elles sont. Et toi, Ernest, tu ne regardes pas les choses de la même manière que Scott ou Dos. Vous êtes différents, vous êtes trois écrivains qui allez marquer notre temps.

Les yeux magnifiques de Gertrude Stein contrastent avec son visage massif. Alice Toklas parle tapisserie avec Hadley et Katy, c'est son truc, la tapisserie, elle en fait des coussins et dessus de table, elle les encadre même, mais Gertrude les vire, pour accrocher un Picasso, un Léger ou un Monet à la place.

– Gertrude ne se trompe jamais, admet Gerald. En matière de peintres comme d'écrivains.

– Avec *Gatsby*, Scott, tu as créé le monde contemporain en littérature, comme Thackeray l'avait fait avec *La Foire aux vanités*.

– Alors, le meilleur de l'Amérique se trouve à Paris, nous ! déclare Dos Passos en mettant un bras sur l'épaule de Fitzgerald et l'autre sur celle d'Hemingway. Je viens de rendre *Manhattan Transfer* à mon éditeur, j'attends son retour.

– Personne n'a réussi à faire évoluer la langue anglaise depuis Shakespeare, à part moi et peut-être, dans une certaine mesure, Henry James, poursuit Gertrude.

– Mais quelqu'un va la faire taire, la grosse gouine ? soupire Zelda.

Elle est furieuse, Scott ne s'occupe pas d'elle. Il est attiré par Hemingway, il faut dire que l'homme dégage une force hors du commun. Puisque Scott l'adore, elle le hait. Entre ces deux-là, l'inimitié est totale. Sara songe que Scott a enfin trouvé un ami, avec qui il peut partager ses tourments littéraires, pourvu que Zelda ne gâche pas tout.

Elle voudrait faire une bêtise, mais quoi ? Elle se souvient de cette soirée chez Ring Lardner, à Hollywood. Scott avait ramassé les bijoux de chaque invité, puis les avait plongés dans une casserole remplie de sauce tomate bouillante. C'est elle qui avait fait le service, ensuite. Mais Scott ne semble pas prompt aux frasques ce soir.

– Je veux rentrer, déclare Zelda en se levant brusquement.

C'est ce jour-là qu'Ernest Hemingway commence à mépriser Scott Fitzgerald. Ce jour où il accepte de faire le voyage jusqu'à

Lyon, pour y ramener la voiture des Fitzgerald en rade dans un garage. La route est plus gaie à deux.

Scott n'est pas au rendez-vous à la gare. Ils finissent par se retrouver à Lyon dans un hôtel miteux. Hemingway est dans une colère folle. Certes, la Renault est réparée, mais il n'y a pas de toit.

– Oh ! Zelda l'a fait découper pour pouvoir rouler plus vite.

– Et la pluie ?

– Il ne pleut jamais en France.

Scott n'a pas le temps de terminer sa phrase qu'un orage s'abat sur eux. Trempés jusqu'aux os, ils s'arrêtent dans un hôtel à Chalon-sur-Saône. Fitzgerald a une bronchite, Hemingway le soigne en se maudissant d'avoir entrepris ce périple.

– Je vais mourir, Ernest. Peux-tu demander à Sara de prendre soin de Scottie et Zelda ?

– Tu sais, Scott, la plupart des alcooliques crèvent d'une pneumonie. Tu es alcoolique ?

Ils repartent le lendemain, en s'arrêtant dans les coteaux bourguignons, ils arrivent à Paris ivres morts. Le whisky citron, ça soigne tout !

– Oh Tatie ! fait Hadley quand elle voit la tête de son mari.

– Une catastrophe ambulante, ce type ! répond-il en allumant un cigarillo. La seule chose qui puisse sauver Scott, c'est de quitter cette folle !

Au fond de son lit, Sara s'attelle à la lecture de *Torrents de printemps* et s'endort immédiatement. Gerald récupère le manuscrit dactylographié sur la table de nuit et s'endort aussi. Le lendemain, il lit *Gatsby*. Quand il referme le livre, il songe qu'Hemingway va vraiment détester Scott. Parce qu'un talent comme ça, c'est impensable. La sensibilité de Scott a quelque chose de prodigieux, elle a trait à l'amour, à l'interdit, on dirait une faiblesse. Celle de Gatsby, celle de Nick, celle de Daisy. Cette manière qu'il a de toucher au désastre…

– Zelda cristallise tous les drames, déclare Gerald à Sara, mais Scott les peint comme personne.

Et pourtant ! Six mille exemplaires vendus, pour un tirage de soixante-quinze mille c'est loin d'être un succès. Scott a le cœur brisé, Zelda les traits tirés. Les ventes de *Gatsby* ne décollent pas et la critique est peu enthousiaste. « Médiocre », voilà le mot qui ressort. Maxwell Perkins se veut rassurant, mais on n'atteindra jamais les chiffres des *Heureux et des Damnés*.

Il est temps de filer au *Grand-Duc*, ce cabaret de Pigalle, tenu par Ada Smith, une métisse surnommée Bricktop. Elle a le cheveu roux flamboyant et des taches de rousseur héritées de son père. Elle n'a pas de voix mais la personnalité la plus maudite qui soit. Scott en est toqué. Zelda lui offre ses perles. Les Fitzgerald virevoltent sur un manège qui ne s'arrête plus. Ils courent après leur apogée, mais il est derrière eux.

– Attends-moi, Scott, attends-moi.

Le vent mordant traverse le manteau trop léger de Zelda. L'aube naissante démasque le pont des Arts, on croise toujours les mêmes pêcheurs au petit matin. Ils taquinent le goujon et le font frire sur place. Scott achète une poignée de friture, enveloppée dans du papier journal froissé. Il ne voit pas la critique dithyrambique de Cocteau sur *Gatsby*, « un livre céleste, chose la plus rare du monde ».

– C'est tellement simple d'être heureux, Zelda.

– Oui, mais ce n'est pas ce que nous voulons, Goofo, fait-elle en se léchant les doigts.

Été 1925
Cap d'Antibes

Ils sont riches et beaux. Ils s'habillent avec chic, se passionnent pour l'art, ils ont un don pour recevoir et trois adorables bambins qu'ils mettent au cœur de leur existence. Lui, imperturbable avec son visage doux et impassible. Elle, d'une beauté surannée presque figée. Ils ont décidé d'inventer leur vie et de l'installer sous la lumière orangée de la Riviera. Scott Fitzgerald les observe, tel un anthropologue. Il les examine, les étudie, il se les approprie. Il ne sait pas encore ce qu'il va en faire. Mais il va le faire.

– « *Elle avait dégrafé le haut de son maillot de bain. Ses épaules et son cou d'un brun rouge tirant sur l'orange, brillaient au soleil, rehaussant l'éclat velouté de son collier de perles…* »

– Que dis-tu, Scott ? demande Sara en remontant ses bretelles comme si les mots de son ami la griffaient.

– Je prends des notes, *pretty* Sal.

– Scott, s'il te plaît, ne l'appelle pas *pretty* Sal, s'agace Gerald en lui tendant du sherry glacé dans un verre en cristal.

– Oui, Dow-dow.

Personne ne peut résister à ce couple insupportable, surtout pas les Murphy. On les dirait saisis d'un bonheur impatient. Il faut se presser de vivre tant que le soleil irradie sur la plage. Assis en tailleur sur une natte en paille de jonc, Scott Fitzgerald cherche l'ombre ou l'inspiration. Il porte un costume de lin, un chapeau de paille trop grand pour lui. Il a gardé ses chaussures, ses chaussettes, il précise qu'il ne reste pas, et pourtant, il est là depuis deux heures, il observe Sara.

– Dans mon nouveau roman, vous êtes mes héros. Paris est une maison de fous. Ici, tout ira bien, je suis prêt à oublier Gatsby pour me consacrer à Dick et à Nicole.

– Tu m'en vois ravie, assure Sara en se levant pour planter un parasol à côté de lui, mais n'en fais pas trop. Je ne suis pas certaine de vouloir te servir de modèle.

– Je t'aime, *pretty* Sal.

– Tu aimes toutes les femmes, Scott, s'amuse-t-elle en soupirant.

Elle cherche les enfants du regard. Ils sont installés sous une tente. Honoria et Baoth font de grands gestes, Bumby et Paulo Picasso creusent des trous dans le sable. Scottie et Patrick regardent leurs aînés avec intérêt. Ils ont les cheveux mouillés et la peau couverte de sel, ils sont bronzés et insouciants. Scott est fasciné par ce qu'il voit. La couleur de ses yeux change avec son humeur, on ne sait jamais vraiment s'ils sont bleus, verts ou gris. Quand il est amoureux, il semblerait qu'ils soient bleus. En cet été brûlant de l'année 1925, Scott Fitzgerald décide qu'il est fou de Sara Murphy. Il va lui offrir une bande d'amis légendaires, un mari torturé et une maison incroyable. Fiction, réalité, tout est mêlé, il ne sait pas encore que cela détruira leur amitié. Scott voit en Sara une femme insatisfaite qui refuse de l'admettre. C'est le désastre annoncé et ça le prend aux tripes. Il va écrire la légende des Murphy.

– Pourquoi as-tu coupé tes cheveux, Sara ? Tes taches de rousseur ressortent, j'adore ta peau qui brunit.

Elle soupire et s'enduit le corps de crème, la journée est caniculaire. Les enfants ont une mission : dès qu'un inconnu s'approche, ils lancent du sable et des algues pour le faire fuir à jamais. Gerald est le chef de la plage, c'est lui qui accepte ou non les nouveaux arrivants. Il croise le regard d'Hemingway qui se fiche de lui. Deux hommes à l'opposé l'un de l'autre. Mais qui s'apprécient. Gerald est gêné par la virilité débordante d'Ernest, Ernest s'en amuse et raille sa préciosité, sa manière de se mettre en scène. Chef de la plage, et puis quoi encore ? Scott se met à mâcher des billets de 100 francs, les uns après les autres, il les enfourne dans sa bouche, puis les crache et les enterre dans le sable.

– Daddy fait pousser des sous, s'écrie Scottie, daddy est riche, riche, riche.

Sara se retourne et constate le manège de Scott.

– Tu es complètement malade, c'est de l'argent !

Scottie comprend que son père a encore fait une bêtise, elle se jette sur lui et l'entoure de ses petits bras cuivrés. Il n'y a pas un souffle de vent, la lumière est aveuglante, la plage paraît presque blanche. Il se passe quelque chose entre ces trois couples, comme une attraction-répulsion assez frappante. Scott veut Sara et Gerald. Hemingway veut Sara et déteste Zelda qui se jette à sa tête tout en le haïssant. Hadley est perdue, Gerald est ailleurs. Mais jamais loin de Scott. Dans les paniers en osier, à l'ombre des parasols, de la limonade et des biscuits sucrés à foison, des cocktails aux fruits et du sherry rafraîchi. Les Picasso sont revenus, ils sont installés à la *Villa Belle-Rose* à Juan-les-Pins, les Beaumont à Cannes, et les Hemingway chez les Murphy. Quel endroit idéal que la Garoupe, loin de toute mondanité ! Marinières, maillots de bain rayés, pyjamas Chanel, chapeaux, foulards de soie et fume-cigarettes. Zelda se lie avec Olga Picasso qui lui raconte ballets et intrigues de cour, une folle envie de danser couve en elle.

– Me recommandes-tu quelqu'un, Olga ?

– Oui, madame Egorova, bien entendu. Elle te donnera des cours.

– C'est une Troubetskoï, avise Étienne de Beaumont.

– Elle reçoit rue Caumartin, un dernier étage, au-dessus de l'*Olympia*. Marche, suggère Olga, marche, Zelda, que je te voie évoluer.

Zelda s'élance vers les vagues et revient, repart, va piquer une pomme dans une corbeille, c'est vrai qu'elle se déplace avec une grâce inouïe. Elle porte un maillot de bain bleu vif, ses épaules sont chocolatées et ses cheveux ondulés platine. Elle jette un coup d'œil rapide à sa fille qui patauge dans une flaque avec Patrick et Bumby.

– Cette petite ressemble de plus en plus à une Égyptienne, je me demande si on ne s'est pas trompés à la naissance. Scottie, viens voir mummy.

La fillette arrive en courant, elle a les mains pleines de sable et écarte ses doigts pour s'en défaire. Du coup, elle s'en met sur le nez, c'est une catastrophe. Patrick éclate de rire.

– Mummy, mummy ?

Hadley observe Scottie s'approcher de sa mère.

– Oui ?

– Est-ce que tu peux m'acheter deux frères, comme Pook et Bumby ?

Elle a les yeux ronds comme des billes, on dirait une poupée Googlie.

– Ton père déteste les bébés, il m'a fait avorter deux fois, va jouer, file.

Hadley Hemingway se lève, écœurée. Elle prend la main de Scottie et rejoint les autres enfants.

– C'est quoi avorter, maman de Bumby ?

Les Murphy ont inventé la Garoupe et le cap d'Antibes, les bains de soleil et la Côte d'Azur. En fait, on a l'impression que les Murphy ont inventé tout ce qui est élégant, spirituel, artistique, chic et civilisé. Mais pas les Fitzgerald. Et si c'était eux qui allaient inventer les Murphy ?

En fin d'après-midi, les enfants prennent une leçon de natation à la piscine de l'*Eden Roc*. On apprend à nager sous l'eau, à faire des sauts périlleux depuis le plongeoir, on s'entraîne à la nage papillon et au crawl. Monsieur Jolivet, le maître nageur, est roux comme Gerald, avec des poils frisés sur la poitrine, un maillot moulant noir et des lunettes de soleil opaques. On ne voit jamais ses yeux.

– Mummy a trop fatiguée, elle est dormie toute la journée, explique Scottie quand il lui demande pourquoi elle est toujours accompagnée par Gerald et non par ses parents, pourtant descendus à l'hôtel.

– Scottie, tu nages divinement bien, mais tu fais des fautes à chaque mot !

– Elle parle très bien, coupe Patrick Murphy, en l'entourant de ses bras, c'est mon amoureuse.

– J'ai son amoureuse, assure la fillette avec un sourire jusqu'aux oreilles.

– Je suis son amoureuse, Scottina, c'est mieux, déclare Scott qui débarque à la piscine.

Si les Fitzgerald sont descendus à l'*Hôtel du Cap*, c'est parce que Scott a touché un peu d'argent pour *Gatsby*. Pas grand-chose mais suffisamment pour le dépenser le temps d'un été. Oui, il écrit. Du soir au matin. Il tourne les pages de son carnet, il regarde autour de lui, il énonce comme pour lui-même : *« C'est à mi-chemin de Marseille et de la frontière italienne, un grand hôtel au crépi rose, qui se dresse orgueilleusement sur les bords charmants de la Riviera. »*

Ses yeux s'attardent sur la baie des Anges, la mer azur à perte de vue.

Au bout du chemin des Ondes, un portail en fer forgé, une plaque de fonte peinte par Gerald. Les mots *Villa America* s'étalent sur des étoiles dorées et une bannière rouge et blanc.

Quand les Murphy emménagent, ils pensent que c'est pour toujours. On croit souvent que c'est pour toujours. La maison est nichée au cœur d'un jardin merveilleux, de plus de sept hectares. Héliotropes et mimosas poussent à l'état sauvage et descendent en terrasses jusqu'à la mer. Des bougies bordent le petit chemin caillouteux, on les allume à la nuit tombée, entre chien et loup. Les mandariniers et les citronniers donnent des fruits toute l'année, ce versant de la colline est protégé par les vents. Lauriers-roses, iris, giroflées, pivoines multicolores s'enchevêtrent dans les massifs. Sara engage un jardinier italien, Joseph Revello, pour s'occuper du potager, des tomates et des courgettes, des tournesols, des dattiers et des figuiers de Barbarie. Les Murphy ont transformé le toit de la maison en solarium, avec vue plongeante sur la mer. La villa est ocre, de style mauresque, les persiennes jaune vif.

Les enfants courent partout, ils sont très excités. Bien entendu qu'il y a de la place pour des animaux. En plus du chat Félix, voici un perroquet et un chiot dont on cherche le nom désespérément.

Au rez-de-chaussée, un salon, une salle à manger et une immense bibliothèque avec un gramophone. Gerald a rapporté de Paris sa collection de disques, de Bach à Wagner, de Liszt à Cole Porter. À l'étage, trois suites et un bureau. Des miroirs dessinés par Brancusi, des tables en acier tubulaire, des coussins et des canapés en satin, un minimalisme fascinant. Les carreaux de la cheminée sont en verre mercure, un éléphant taillé dans le corail trône sur le manteau. Le linge de table est jaune et bleu, la faïence provençale et, pour les dîners, on sort les verres de Murano auxquels Sara tient tant. Elle installe des meubles en rotin à l'extérieur comme à l'intérieur, dont elle fait peindre les pieds en vernis noir. Le soleil traverse la maison de part en part. Le salon s'ouvre sur une terrasse à balustres, en marbre italien avec des dalles noires et blanches comme celles d'un échiquier.

Un immense tilleul argenté donne de l'ombre à cet endroit idyllique. La nuit, c'est le royaume des rossignols. On prend tous les repas dehors, sur des tables de bistrot. Comme dans les cafés du vieil Antibes. C'est d'ailleurs là que Gerald les a chinées. Sara suspend des lanternes japonaises aux palmiers qui bordent la terrasse. La villa est noyée dans un mirage de fleurs, une exubérance naturelle d'iris et de giroflées, d'asters et de zinnias. Tout est d'une folle perfection, un mirage de calme et de soleil.

Disséminées derrière les aloès géants et les pins d'Alep, de petites maisons d'hôtes ploient sous le jasmin et les bougainvilliers. *La Bastide*, une ancienne étable, avec son toit de tuiles rondes et la *Ferme des Orangers*, que les enfants rebaptisent la *Ferme des Dérangés*. Et puis une chaumière permet de loger les domestiques, Joseph Revello, sa femme Baptistine, la cuisinière Ernestine et le chauffeur Albert. Ajoutons à cela une écurie pour l'âne Martin, qui n'est pas le même que celui d'Houlgate mais les enfants veulent le croire, on ne les détrompera pas. Plus une cabane que l'on appelle « la maison d'Honoria ». À l'intérieur, tout est miniature : la vaisselle, les meubles. Honoria y entraîne Scottie pour fabriquer des cookies délicieux à la terre et aux algues qu'Ada MacLeish et tante Hoytie se feront un plaisir de goûter. De l'autre côté du chemin, une véritable ferme avec trois vaches, une dizaine de poules et quatre biquettes. Le fermier Amilcar apporte chaque jour du lait pour les enfants, des œufs frais et du fromage. On accède à la mer par un sentier sablonneux, bordé de griffes de sorcière. Cela sent la sauge, le thym et la lavande.

– Notre maison, Jerry, soupire Sara, notre maison enfin ! Comme nous allons y être heureux !

Les MacLeish ont loué la villa voisine, les Hemingway sont à demeure ainsi que Vladimir. Le jardin est si grand que Joseph embauche deux nouveaux jardiniers, italiens comme lui, avec un sens des couleurs. Car ce que souhaite Sara, c'est une poésie multicolore. Tous les matins, elle choisit les fleurs qui orneront chaque pièce. Tiens, voilà monsieur Trasse, le barbier d'Antibes. Il vient égaliser les cheveux de Gerald. C'est essentiel car, en fait, des cheveux, il n'en a pas tant que cela.

Le matin, Gerald est le premier à descendre. Il prend son petit déjeuner, puis s'enferme dans son atelier au bout du jardin. Une annexe aux pierres roses, avec des rosiers grimpants sur les murs. Quel nom va-t-il donner à cette toile ? Deux ou trois colombes. Il ne sait pas encore. Et puis des colonnes plutôt doriques. Une dizaine de nuances de gris. Gris pâle, gris bleu, gris rose. Un temple ou bien une cage. Et cette petite chapelle qu'il adore, Notre-Dame-des-Amoureux, tout en haut du chemin du Calvaire. Il songe à Sara qui noircit ses cils devant sa coiffeuse. Gerald est méticuleux, il s'essaie à diverses ébauches, et même parfois à des maquettes préliminaires. Les enfants jouent quelque part, Gerald est heureux. Il aime Piero della Francesca, son Annonciation, la perspective, les colonnades. Il peint sans songer à demain. *Colombes*, c'est Sara sous toutes ses formes. La douceur de Sara, la finesse de Sara, sa beauté, sa tendresse.

Il est midi, Sara a préparé des sandwiches aux œufs pochés avec du maïs frais, saupoudré de paprika, et des tomates du jardin, cuites à l'huile d'olive et relevées d'ail. On boira du vin de Cassis. Qui attend-on déjà ? Bob Benchley, sa femme Gertrude et leurs deux enfants, ils dormiront à la *Ferme des Dérangés*. On installe les Dos Passos à *La Bastide*. Dottie Parker sera dans la maison, mais sans le singe Mistigris relégué à l'étable avec l'âne Martin. Hemingway est parti en Espagne en confiant sa famille aux Murphy. Il travaille sur un livre, la corrida, Pampelune. Il paraît que lady Duff est du voyage, Hadley refuse d'y penser. Tout est si calme et le ciel bleu ardent. Il est temps de fermer les paniers à pique-nique et de descendre à la Garoupe. On charge tout dans les voitures, la Renault et la Farman, et puis la petite Bugatti que Gerald vient d'acheter, oh il manque le backgammon ! Soudain, un coup de klaxon.

– Sara, Sara, hou hou, me voilà !

Sara se retourne et découvre, horrifiée, sa petite sœur Hoytie, la pimbêche, sans-gêne et mal élevée. Elle descend d'un taxi, croule sous les malles. Chapeau Greenaway, pantalon de soie, chemise rayée à dos nu et fume-cigarette, elle arrive en terrain conquis.

– Je prends quelle chambre ?

– Je ne t'attendais pas.

– Adapte-toi, ma vieille, d'autant que j'ai convié toute une bande de copines.

– Certainement pas, Hoytie ! Pour qui te prends-tu ?

– Ta sœur ? La marraine de ta fille ? Ça suffit pas ?

– Ma sœur n'a pas à lancer d'invitations. Puisque tu t'incrustes, on va essayer de te trouver un endroit, mais je ne veux pas de tes « copines ».

– Oh, mais je ne m'incruste pas, je repars !

– Ton taxi vient de disparaître dans le virage.

– Je repars à pied, salut.

Naturellement, elle reste. Antisémite, lesbienne, menteuse, elle traite tout le monde de sale Juif, à tout bout de champ ! Elle fauche les jupes en lin de Sara et les casquettes de jockey de Gerald. À la plage, Picasso la snobe, Hadley l'ignore et Zelda a la migraine.

– Mais que fais-tu avec ces gens, soupire Hoytie, ma pauvre Sara ?…

– Quoi ?

– Ils sont tous juifs !

– Je suis fou de Sara, mais de cette hétaïre, certainement pas, s'indigne Picasso en rangeant ses croquis. Olga, rentrons, cette fille est pire que la Fitzgerald !

– Pourquoi Dottie appelle Mr Benchley Fred, alors qu'il s'appelle Bob ?

– Parce que Dottie ne fait rien comme tout le monde, explique Sara à sa fille.

– Parce qu'il est juif, c'est tout !

Les cocktails de Gerald contiennent du nectar de fleurs, des fruits secrets et autres ingrédients obscurs. Il cherche du cyanure pour cette timbrée d'Hoytie. Et Picasso, à la *Villa Belle-Rose*, se jette sur une toile intitulée *Le Baiser*. *Le Baiser*, vraiment ? On dirait plutôt la strangulation d'une furie par un homme, un homme en proie à l'avidité de jouir.

– Les enfants, au rapport ! hurle Gerald.

Ils arrivent en courant et se mettent à la queue leu leu. Une bande de gamins bronzés en maillots de bain en éponge.

– Écoutez-moi, nous avons reçu une lettre aujourd'hui, quelque chose de très singulier.

Les enfants écarquillent les yeux. Ils ne prononcent pas un mot.

– Une carte au trésor, regardez.

Il étale sur le sable un parchemin vieux comme le monde, avec des traces de sang séché. On y distingue la mer, une île, des chemins escarpés certainement, et une croix qui marque le trésor.

– Oh !

– C'est un secret, parlons bas, venez près de moi.

Ils l'entourent et se penchent sur la carte. Vladimir et Sara suivent cela de loin en souriant.

– Nous partons demain dès sept heures. Vos parents sont prévenus. Il y aura ma *pretty* Sal, miss Maddock, la maman de

Bumby, le papa de Nat et Bobby, Vladimir et moi. Nous emportons un paquetage, car nous allons camper sur l'île des pirates. J'ai très peur du dragon, il faudra être calme, je peux avoir confiance en vous ?

Ils ont des étoiles plein les yeux. Et puis des animaux mystérieux. Des coffres rutilants. Des joyaux étincelants.

– C'est quoi le trésor ? demande Baoth.

– Des bijoux précieux, des saphirs et des émeraudes.

– Et des rubis ? s'écrie Scottie.

– C'est où l'île des pirates ? interroge Patrick.

– Et le dragon, le vilain dragon s'inquiète Paulo.

Naturellement, ils ne ferment pas l'œil de la nuit. Naturellement, ils sont profondément endormis au petit matin. Naturellement, ils sont prêts en cinq minutes. On se serre dans deux voitures, nurse Maddock ne trouve pas l'idée fameuse mais, s'il y a un souci, on peut compter sur elle. Zelda aurait été un problème, Sara et Hadley sont bien d'accord. Olga Picasso et Gertrude Benchley ont donné leur bénédiction. Les deux voitures filent à vive allure vers le port de Cannes, la route est escarpée, mais déserte. Huit petits enfants avec leurs marinières, leurs espadrilles, leurs foulards de pirate et les bras bien haut au-dessus de la tête qui hurlent à chaque virage en épingle à cheveux.

Gerald, Bob Benchley et Vladimir sont au port depuis une heure. Ils préparent le *Picaflor*, un sloop de compétition un peu démodé que Vladimir a restauré. Sa passion, c'est la voile. Il est architecte naval et le meilleur barreur au monde. Sara et Hadley chargent les paniers en osier, miss Maddock installe tout dans la cale. C'est déjà encombré avec le campement, on passera plusieurs nuits sur place.

– L'île des pirates s'appelle Sainte-Marguerite. Elle compte un prisonnier célèbre. C'était le frère jumeau du roi Louis XIV, commence Gerald.

– C'est qui ?

– Le plus grand roi de France avait peur que son frère lui fauche sa couronne. Alors, il l'a fait enfermer dans la prison de Sainte-Marguerite, poursuit-il.

Les enfants, fascinés, écoutent, assis en tailleur, sur le pont. Gerald a noué un foulard rouge sur son crâne, un bandeau lui barre le visage, un mousquet pend à sa ceinture, il a coincé un cigarillo au coin de sa bouche.

– Et, pour ne pas qu'on le reconnaisse, car il ressemblait comme deux gouttes d'eau au roi, on a fixé un masque de fer sur son visage, conclut-il d'une voix spectrale.

– Même pour dormir ? demande Nat Benchley.

– Bien entendu !

– Il est toujours là-bas ? interroge Paulo.

– On le dit... Mais nous sommes armés, n'est-ce pas ?

Les enfants sont terrifiés. Patrick serre la main de Scottie, Nat celle d'Honoria et Bumby ne quitte pas les genoux de sa mère. Le vent souffle fort ce matin, il pousse le sloop vers l'île, la traversée se passe sans la moindre anicroche. On accoste dans un endroit d'une sauvagerie incroyable. Cyprès, cèdres du Liban, citronniers pullulent. On monte avec tout le barda jusqu'au fort, la chaleur est encore supportable. Vladimir dresse deux immenses tentes qui proviennent des surplus de l'armée. Puis les enfants, leurs pelles et leurs gourdes, partent en expédition sous l'égide du pirate en chef, Gerald Murphy lui-même. Bang, fait le mousquet quand il presse la détente !

– Quoi, il était chargé tout ce temps-là ! s'alarme Sara.

Ils explorent le fort de Richelieu, visitent terrifiés la cellule du Masque de fer, apprennent qui étaient Richelieu, Vauban, Louis XIV, Abd el-Kader et Bonaparte. Ils suivent pas à pas la carte, ne s'écartent jamais du chemin annoncé. Ils ont trop peur de voir surgir cet homme au visage d'acier. Huit amis à la queue leu leu. Huit petits anges que rien ne vient détourner de leur but. Huit enfants sages et concentrés. Les uns derrière les autres. En shorts et polos, en espadrilles et chapeaux. On s'arrête pour boire, on s'inquiète de savoir si le dragon a été aperçu. Heureusement, Vladimir est là, il a survécu à la révolution, il est capable de défendre la troupe.

– Peut-être qu'il s'est envolé ailleurs ? estime Patrick qui vient de s'égratigner sur les rochers.

– Tu saignes, constate Scottie, apeurée.

– Je suis blessé, mais je suis un homme !

– C'est ton sang sur la carte ?

– Mais comment il tient le masque de fer, il est collé sur sa figure ?

La nuit tombe bientôt et toujours pas de trésor.

– Retournons au campement en restant groupés, ordonne Gerald.

Les enfants sont terrifiés et excités, épuisés mais heureux. Hadley fait griller des ailes de poulet et des épis de maïs.

– Oh, j'espère que ce n'est pas Dottie ! s'écrie Paulo Picasso.

– Quoi ? demande Bobby Benchley.

– L'un des poulets de la ferme s'appelle Dottie Parker, car il lui ressemble un peu et on l'aime tellement, explique Patrick.

– Oh, soupire Sara, en serrant son petit garçon dans ses bras, non ce n'est pas Dottie, je te le promets !

Elle roule des yeux ronds à Gerald, Bob Benchley et Vladimir partent dans un de ces fous rires. Hadley sonne l'heure du couchage. Miss Maddock est horrifiée, elle n'a jamais dormi à la belle étoile, qui plus est à côté d'un géant russe qui ronfle comme un sonneur. Bumby s'endort contre sa maman. Baoth est pelotonné dans les bras de Sara. Au milieu de la nuit, Patrick se réveille.

– J'ai entendu le dragon, j'ai entendu le dragon, où est Scottie ?

La petite fille dort profondément près de sa nounou, Patrick est rassuré. Le lendemain, la fine équipe explore les abords de l'île, va nager dans les calanques à l'eau cristalline, pêche des poissons qu'elle fait griller sur un feu, mais toujours pas de trésor au crépuscule. Nouvelle nuit sous les étoiles, nurse Maddock est au bord de la crise de nerfs. Il y a des moustiques et des araignées. Et puis le sol est dur comme de la pierre.

– C'est de la caillasse, déclare Hadley, il faut le reconnaître.

– J'espère que cette fois-ci sera la bonne, je n'en peux plus.

Le soleil les réveille, ils sont à nouveau sur les caillebotis et parviennent enfin à l'ouest de l'île, cet endroit que l'on nomme « la pointe du Dragon ». Ils y découvrent un four à boulets dont il va falloir explorer les cavités.

– Et si le dragon était là ?…

– Et s'il y avait du feu à l'intérieur ?…

– Et s'il y avait un volcan dedans ?…

Ils y découvrent enfin le coffre incrusté de perles et rempli de bijoux… de pacotille. Ils ont les yeux qui pleurent, qui plissent, qui brillent. Ils crient, ils rient, s'embrassent. Ils ont vécu l'aventure de leur vie. Cela se fête, non ? Alors on ne rentre pas, une nouvelle nuit sous les étoiles de Sainte-Marguerite, on inviterait presque le Masque de fer à chanter autour du feu, tant cela est excitant !

– Tu es formidable, Jerry, murmure Sara en se lovant contre son mari, tu as cette âme d'enfant.

– Disons que je me souviens de mes rêves.

– Ton père était épouvantable avec toi, n'est-ce pas ?

Sara est radieuse, son mari a une imagination fertile, ses enfants vont merveilleusement bien. Certes, Gerald ne la touche pas beaucoup, « la connaissance charnelle » qu'évoque Scott semble loin derrière eux, mais cette connivence, cette complicité, cette tendresse valent toutes les parties de jambes en l'air.

On embarque sur le *Picaflor*, il est temps de rentrer à la *Villa America*. Huit mini-matelots épuisés sont accroupis autour du coffre et se partagent les joyaux. Sauf que le grain s'en mêle. C'est étonnant, si près du continent. Voilà des creux de dix mètres. La mer est en furie. Terrorisée, Sara descend les enfants dans la cabine. Hadley vomit, Bumby pleure, il se rend compte qu'il se passe quelque chose d'étrange. Les vagues sont hautes, la mer se creuse.

– C'est pire que tout quand on est enfermé, hurle Hadley, j'ai le cœur retourné.

Miss Maddock est verdâtre et serre Scottie contre elle.

– Moi j'étouffe, crie la petite fille, je veux voir les vagues.

– Je peux aller aider les hommes ? demande Paulo Picasso, sûr de lui.

– Personne ne sort de cette cabine, sinon vous allez passer par-dessus bord, hurle Sara.

Elle vomit à son tour dans les paniers en osier.

Scottie serre la main de Patrick. Dehors, c'est la tempête !

– J'ai passé mon enfance sur le yacht de mon grand-père, sur la mer Noire, hurle Vladimir agrippé à la barre, les bateaux n'ont aucun secret pour moi, je peux te dire que celui-ci va tenir le coup, Gerald.

On se sent tout de même très près de chavirer. Le *Picaflor* n'a pas de moteur, pas de place pour virer. Finalement, le port se rapproche et les trois hommes parviennent à redresser le voilier. Au loin, des lumières vertes et rouges apparaissent. Terre, enfin ! Des silhouettes. Une accalmie, le bateau accoste. Ils sont trempés jusqu'aux os. Quelle aventure !

– Ce sont des Américains, s'écrie une jeune fille sur la jetée. Regardez, ce sont des Américains, ils ont ce quelque chose en plus, mais quoi ?

La passion, mademoiselle, la passion du bonheur, voilà ce que nous avons, nous saupoudrons nos journées de poussière d'étoiles, prends-en de la graine, jolie Française ! Honoria ne quittera plus son collier de rubis. Jamais elle n'imaginera, pas plus que ses amis, que tout a été préparé minutieusement, très longtemps à l'avance, par Gerald et Vladimir. Que la recherche du parchemin dans les boutiques parisiennes a été ardue, que les abords de l'île ont été visités, les chemins de traverse aussi. Que les femmes étaient dans le coup, évidemment.

– Moi, je te rends ma part du trésor, explique Scottie, en tendant le bracelet en verroterie à Sara.

– Mais pourquoi ?

– Je veux te l'échanger.

– Oh ! j'accepte avec joie, contre quoi ?

– Je veux Pook.

Les Murphy sont riches. Les Murphy sont beaux. Ils sont libres et non conventionnels. Leur villa est un paradis qui embaume la lavande et les pommes de pin. Leurs enfants ont l'air de sortir d'un conte de James Barrie, le créateur de *Peter Pan*. On dîne sous le tilleul face à la mer, les lampions scintillent dans la brise du soir. Le piano a été avancé sur la terrasse pour Cole Porter, l'immense parasol acheté à Sienne est ouvert. Le crépuscule est là, le soleil se couche en s'agrippant aux feuilles des arbres, une lumière bleu et rose se dépose dans le jardin. Sur le bar, Sara a installé des bols en grès contenant des rondelles d'orange, de citron, des oignons et des olives. De la menthe et des cerises, de l'ananas en tranches. Gerald prend les commandes, c'est l'heure des cocktails. On dirait un chimiste ou bien un magicien. Il mesure, il jauge, il mélange, il secoue. Sara se penche vers le gramophone et la musique de Satie surgit. Gerald se tourne vers sa femme. Il sait qu'elle a tant de peine depuis la mort de son ami, en juillet dernier. Son fantôme flotte, son visage allongé, sa barbe en pointe, son pince-nez de travers, son sourire moqueur. *La Belle Excentrique* aurait pu être composé pour elle, elle pousse le son au maximum.

– Je veux aller au cinéma, *Fanfan la Tulipe* vient de sortir. Qui vient avec moi demain ? demande Hoytie.

– Tu sais, répond Vladimir, Antibes est un village endormi, je ne suis pas certain que les derniers films y soient donnés.

Scott et Zelda Fitzgerald sont époustouflants ce soir. De chic et d'ivresse. À peine arrivée, Zelda disparaît pour aller prendre un bain. Mary de Caraman-Chimay et Marie de Poix sont venues avec les Beaumont. L'une est l'épouse d'Alphonse de Riquet, l'autre d'Henri de Noailles. Elles cumulent les titres de princesse, comtesse en France et en Espagne, et bien malin celui qui saura s'y retrouver. Hemingway est revenu d'Espagne plus enjoué que jamais et confiant dans ses écrits. Les Dos Passos sont ravis de retrouver les Benchley et Dottie Parker. Les MacLeish ne tarissent pas d'éloges sur la pièce de Philip Barry, donnée à Broadway. Sara est assise à côté d'Hemingway, Scott ne le supporte pas. Pire que ce machisme exacerbé, cette virilité suintante est un camouflet à l'encontre de Gerald et de lui-même. Car c'est eux que Sara trahit en discutant si longtemps avec Ernest. Il lui raconte son prochain livre, *Le soleil se lève aussi*. Quand Fitzgerald interroge Hadley à ce propos, elle se ferme puis reconnaît :

– C'est un très bon livre, mais je déteste le personnage féminin. Il est inspiré de cette garce, lady Duff.

L'alcool s'en mêle, les Fitzgerald étincellent, pourvu qu'ils ne s'enivrent pas.

– Je suis le dernier des romanciers pour longtemps maintenant.

Dos Passos, qui n'a pas l'oreille d'un sourd, se penche vers la comtesse.

– Il est sympathique, mon copain, n'est-ce pas ? Il y a au moins cinq écrivains assis à cette table.

– Pourquoi buvez-vous autant ? s'étonne Édith de Beaumont.

– Car cela me rend bavard, c'est ma manière de plaire aux gens.

– Vous ne vous rendez pas compte que vous devenez gênant ? s'étonne la comtesse.

– Non, je suis merveilleux, je me rends compte que vous ne m'oublierez pas.

La lumière pâle du phare de la Garoupe balaye la soirée. Sara porte une robe couleur champagne, on dirait une déesse grecque, éthérée. Ou bien Madame Butterfly. Pour Scott, c'est la madone des Vikings, pour Gerald, Déméter, et Hemingway songe qu'il la serrerait bien dans un coin sombre. Il est foudroyé par sa vulnérabilité. Ses perles flottent autour d'elle. Son fume-cigarette fait cinquante centimètres de long. Gerald papillonne, il passe de l'un à l'autre en vérifiant que tout est pour le mieux. Zelda flamboie dans une robe à gouttelettes de perles de verre. Scott est ivre et blafard. Chez les Murphy, on sert des mets exquis et naturels, des plats provençaux avec des fruits et des légumes du jardin. Sara et Gerald portent une attention particulière au plaisir de leurs hôtes. Mais la tendresse qu'ils ont à l'égard des Fitzgerald et de leur excentricité commence à leur peser, la tolérance amusée n'est plus de mise. Les Fitzgerald ne perdent pas une occasion de mal se tenir. Les petits Murphy viennent dire bonsoir. Honoria dans une chemise de nuit qui semble dater du XIXe siècle, Baoth si plein de santé et Patrick, d'une surprenante délicatesse. Cole et Linda Porter arrivent pour le dessert. Des étoiles tombent dans les assiettes, Zelda croise ses jambes trop haut, c'est indécent. Elle se jette sur Hemingway qui n'en demande pas tant, Scott s'énerve. Il est fier du charme qu'elle exerce sur les hommes mais l'idée d'une, comment appelle-t-il cela déjà, d'une « connaissance charnelle » avec un autre homme le révulse.

– Et si on allait finir la soirée au *Welcome*, à Villefranche ? lance Zelda.

Ses yeux sont fixes, impénétrables, soudain elle est terrifiante.

– N'as-tu jamais eu envie de coucher avec un homme ? demande-t-elle à Dos Passos. Parce que Scott a envie de coucher avec Hemingway.

Mary de Caraman-Chimay ouvre la bouche comme une carpe. Hadley n'en croit pas ses oreilles, pourvu qu'Hem n'entende pas. Zelda lance son plus beau sourire. Sa beauté est enivrante, ce soir. Sa manière de se déplacer, dérangeante. Son style n'appartient qu'à elle. Elle cueille une fleur du jardin et la pique négligemment dans sa chevelure dorée.

– À moins, poursuit-elle, que ce soit Hemingway qui ait envie de coucher avec Scott !

– Moi, je coucherais bien avec Zelda, ose Hoytie.

Hemingway plonge dans le décolleté de Sara, il ne voit qu'elle, il n'écoute qu'elle.

– Je suis alcoolique, assure Scott à la comtesse.

Cette dernière frissonne en le regardant. Il s'énerve. Sara est toute à Hemingway. Pour qui se prend-il celui-là ? Scott le présente partout comme le prochain écrivain dont on parlera, et il n'a même pas voulu lui montrer quelques pages. Sara éclate de rire. Voici qu'elle pose la main sur son bras. Où est Gerald ? Occupé à concevoir un nouveau cocktail, il ne voit rien. Scott est consterné, comment le faire réagir ? Il allume sa cigarette et jette l'allumette dans le cendrier sur le rebord du muret. Mais oui, c'est cela, il attrape le cendrier et le balance sur Gerald pour attirer son attention. Mais le cendrier atterrit dans le saladier de mousse au chocolat et éclabousse la robe de la comtesse. Ne tenant pas compte de son regard effaré, Scott cueille des figues, il rampe derrière la terrasse et vise une nouvelle fois Gerald. Ce qui est certain, c'est qu'il ne sera jamais une star de base-ball. Gerald ne voit rien et Scott ne remarque pas que Sara se lève et marche droit vers lui. Il se saisit d'une autre figue, cette fois-ci il vise si bien que Gerald en lâche son shaker. Il lève la tête et fixe Scott. Scott Fitzgerald est amoureux de Sara. Mais de Gerald aussi. Il est fasciné par le désir qu'ils suscitent, leur perfection, leur bonheur et cette sérénité qui émane d'eux. Les Murphy sont la personnification de tout ce que Zelda et lui ne seront jamais. Un soleil noir s'abat sur Scott Fitzgerald. Il attrape un verre de Murano et le jette par terre.

– Mais enfin, Scott ?

Sara est interdite, elle y tient comme à la prunelle de ses yeux. Il le sait.

– Quoi, tu ne dis rien ? Alors, tiens et tiens !

Il empoigne le verre de la comtesse, puis celui d'Hoytie, d'Hadley Hemingway. Il les aurait tous fracassés si Ernest ne s'était pas jeté sur lui. Plaqué à terre, sous le regard incrédule des autres. Zelda part dans un rire nerveux.

– Des Juifs, ils sont juifs, explique Hoytie à Linda Porter.

– Moi aussi, connasse !

Insolence ou insouciance, cette liberté de ton n'est plus tolérable. Les Murphy en ont leur claque de l'écrivain génial et de sa poulette hystérique.

– Sara, embrasse-moi, Gerald, pardon, bafouille Scott en se relevant, je vous aime. Tous les deux.

– Va-t-en, Scott, emmène Zelda. Vous êtes interdits de *Villa America* pendant six semaines, assène Gerald froidement.

– Oh, une punition, mais j'adore ça ! déclare Zelda en suivant son mari. Mes plumes, que je n'oublie pas mes plumes.

– Partout où nous allons, partout où nous passons, quelque chose se perd. Nous laissons toujours quelque chose derrière nous, bredouille Scott en esquissant un vague au revoir.

Les Murphy sont furieux. La soirée est gâchée. Cole Porter ouvre le piano. S'il y a bien un moment pour jouer *Make Everyday A Holiday*, c'est maintenant !

– Ma sœur m'a fichue dehors, explique Hoytie à la comtesse de Poix qui récupère sa Rolls et son chauffeur, tous les hôtels sont fermés, alors je dors sur la terrasse.

Les Fitzgerald partent la tête basse dans la torpédo Delage qu'ils viennent de s'offrir. Mais ils sont tellement défoncés qu'ils arrêtent la voiture et s'endorment… sur la voie ferrée. Ils sont réveillés au petit matin par le train de marchandises qui dessert la côte.

– Blonds comme des anges, endormis comme des bébés, assure le sergent de ville.

Ils ont échappé à la mort par miracle.

1925-1926

Paris – Schruns

Le Ciro's, c'est le jeudi, *Maxim's* le vendredi, samedi on va au *Bœuf sur le toit* mais, le clou du moment, c'est l'apparition spectaculaire de Joséphine Baker au théâtre des Champs-Élysées ! Noire comme de l'ébène, nue sous son régime de bananes, les seins qui pointent, la coupe garçonne, l'accroche-cœur collé à la gomina, les dents éclatantes et le sourire ravageur, elle fait fureur ! Avec son serpent Kiki, son léopard Chiquita et son clarinettiste Sidney Bechet, la belle affole les foules. Elle est si fine, élancée, grimaçante à souhait, elle se trémousse, la gisquette est d'un érotisme torride ! Rolf de Maré la consacre avec son nouveau ballet, la Revue nègre. C'est la déferlante du jazz et du charleston ! Tout Paris est là pour la première. Anciens et nouveaux riches, aristocrates et débauchés, écrivains et peintres, Robert Desnos, Francis Picabia, Blaise Cendrars. Les Murphy et les Fitzgerald, les Dos Passos, les Beaumont… Zelda est fascinée, elle a grandi en Alabama où règne la ségrégation. Elle est éblouie par le talent, la liberté, l'enthousiasme, la folie furieuse de la Vénus noire. Cette fille vient de Saint-Louis, elle a dix-neuf ans, quand elle s'élance sur scène avec son truc en plumes, c'est une véritable furie, elle louche, croise les genoux, irrévérente à souhait, sensuelle en diable. Du jamais-vu ! La légende noire est née.

– Qui sait danser le *black bottom* ? hurle Joséphine dans son microphone.

– Moi ! s'écrie Zelda. Je peux aussi secouer les seins en public.

Et elle grimpe sur la scène.

– Mon Dieu, elle se déshabille, chuchote Gerald à Sara.

Zelda, nue jusqu'à la taille, gesticule de façon grotesque. Scott applaudit, les Murphy, horrifiés, quittent la salle.

Les Hemingway, eux, préfèrent les bals musettes du faubourg du Temple, là où un homme n'a qu'à siffler une femme pour l'inviter à danser.

– Oh, tes trucs d'ouvriers, très peu pour moi ! assure Scott. Ça pue le fauve et la sueur, c'est d'un cru !

– Moi, j'adore, répond Zelda en poussant sa bouche en avant, ça développe mes bas instincts, cette vulgarité criarde, comme si j'en venais.

Hemingway part dans un fou rire, il s'étrangle et se tape sur les cuisses.

– Comme si tu en venais ! Mais tu t'es vue, Zelda Sayre, avec ta robe en mousseline de soie bleu nuit et tes brillants à tous les doigts ?

– Et toi, le macho professionnel, si ça se trouve, t'es qu'une tapette avec du poil sur la poitrine !

Elle le déteste, le trouve imbu de lui-même et surestimé. Elle le rend responsable de l'alcoolisme de Scott, ivre mort au deuxième verre. Hemingway, lui, peut en écluser vingt avant de tanguer.

– La seule chose qui puisse te sauver, mon pote, assure Hemingway en se levant, c'est la mort de ta femme !

Et il fracasse son verre sur la table du bistrot.

La tour Eiffel brille de mille feux ce soir. L'aviateur Collot essaie de passer entre ses pieds et s'écrase tragiquement. À trente-deux ans, il termine carbonisé dans son Breguet. Rue du Montparnasse, un ébéniste crapote sur le pas de la porte de son échoppe. Chez son voisin tonnelier, on travaille aussi le bois. Les livreurs à la charrette à bras transbahutent les œuvres des peintres. Montmartre grouille de poulbots, plus sales les uns que les autres. Les diamantaires de la rue La Fayette échangent leurs pierres sous le manteau. Et Pauline Pfeiffer débarque dans la vie des Hemingway.

Jinny et Pauline Pfeiffer, deux petites choses, fines et garces, malignes comme des singes et belles à faire peur. Brunettes aux cheveux courts et à la frange sexy. Elles sont originaires de Piggott, un trou perdu de l'Arkansas. Jinny saute sur Hemingway. Provocation de lesbienne. Pauline ne l'aime pas plus que ça, elle le trouve grossier. Disons qu'elle préfère Hadley dont elle devient la meilleure amie. Pauline est rédactrice pour *Vanity Fair*, *Vogue*, parfois les deux, elle s'occupe de mode et porte les dernières créations de Chanel. Pauvre Hadley, avec ses gilets tricotés et ses chaussures crottées, elle ne fait pas le poids. Pauline passe son temps à la scierie, elle s'occupe de Bumby, Hadley lui confie ses frayeurs, lady Duff, qui prend toute la place dans le nouveau roman d'Ernest, elle lui parle de lui, son mari, elle l'a dans la peau, elle a tellement peur de le perdre.

– Pauline est sensationnelle, explique Hadley à Sara Murphy.

Les deux femmes se retrouvent au *Select* pour un chocolat chaud.

– Es-tu certaine qu'elle soit une amie ? Elle n'est pas mariée, elle a un fiancé, tu crois ?

– Pauline ne s'intéresse pas aux hommes.

– Ah parfait, elle est lesbienne ?

– Pas du tout, sa sœur Jinny est lesbienne. Pas elle. Pauline n'éprouve aucun intérêt pour Ernest, si c'est ça qui te titille, il est trop rustre pour elle. Elle est si raffinée. Moi, je fais office de vieille provinciale à côté. En plus, j'ai huit ans de plus qu'Ernest, tu sais ?

– Et moi, cinq de plus que Gerald, répond Sara, ce n'est pas ça le problème.

Hadley est une chic fille, une godiche quoi, heureuse de voir Pauline faire partie de leur vie. Fraîche, pleine de vie, enjouée, Hemingway a le sentiment qu'elle comprend quand il évoque l'écriture. Comme une Gertrude Stein, en plus gentille. Et tellement plus belle, avec ses yeux noisette qui émergent sous sa frange bien taillée. Hemingway est fâché avec Gertrude. Trop dirigiste à ses dires, on n'en saura pas plus. Quelle importance, il y a Pauline maintenant. Ernest la surnomme Pfife. Pour Bumby, elle devient tante Pfife et elle choisit d'appeler Ernest Papa. Elle convainc Hadley de se remettre au piano.

– Entraîne-toi, ma chérie, je m'occuperai de Bumby et Ernest, il est important que tu laisses tes instincts créateurs t'emporter. Tu devrais donner un récital. Rachmaninov, Hadley, songe à Rachmaninov.

La jolie Pauline a enfin une famille. Elle n'aura de cesse de la faire éclater.

– Quand elle parle d'eux, explique Sara à Gerald, en rentrant rue Gît-le-Cœur, on la dirait propriétaire du couple, elle a les yeux qui scintillent.

– Il est amoureux d'elle ?

– S'il ne l'est pas encore, il le deviendra. Elle est vive, intelligente, alerte. Et, le pire, c'est que je n'arrive pas à lui en vouloir, je l'adore, elle est tellement pétillante et plus amusante que cette pauvre Hadley.

Le ski est devenu à la mode. Les Murphy et les Dos Passos rejoignent les Hemingway à Schruns, une bourgade coquette du Tyrol autrichien, au cœur des cimes enneigées du Montafon.

De minuscules chalets de bois et pierre croulent sous un épais tapis blanc. Dans les ruelles à peine éclairées, des guirlandes de houx et des branches de sapin pendent des réverbères. On se croirait dans une carte postale de Noël. Le village paraît endormi, soudain les cloches de l'église tintent, on distingue des rires, des enfants se cachent, des boules de neige fusent. À l'hôtel *Taube*, il y a des poêles en faïence dans chaque pièce, des oreillers en plumes, des édredons en piqué rouge et blanc, et des tapis en peau de chèvre. On y boit du kirsch chaud, on s'y régale de tartes à la myrtille. Et, le soir, on chante, au son de l'accordéon, des chants montagnards autrichiens. Les femmes entreprennent de grandes balades avec les enfants vers les lacs gelés. On croise des chamois, des écureuils, on cherche les marmottes. Hemingway, skieur aguerri, entraîne Gerald et John Dos Passos vers les sommets. Ils remontent les pentes en se servant de peaux de phoque. La grande excursion mène à la *Madlener Haus*, un immense club de ski. Hemingway se veut le meilleur. Gerald s'y essaie. Perfectionniste, il a décidé de devenir très bon en quinze jours. Sa manière de slalomer, jambes bien serrées, taille inclinée, est incroyable. Hemingway fonce tout schuss droit devant lui. Ces deux-là sont en compétition. Gerald est prêt à tout pour impressionner Hemingway. Il veut sa reconnaissance sur un terrain qui n'est pas le sien, la virilité. Avec Gerald, tout est affaire de style. Avec cette brute d'Hemingway, ça passe ou ça casse. Dos abandonne, le ski, non, ce n'est pas son truc. Il met des heures à gravir les versants, en soufflant et en suant. La seule chose qu'il aime, c'est jouir de la vue. Baoth suit son père partout, un véritable athlète ! Il est si léger qu'il combine les techniques de son père et celles d'Hemingway. À sept ans, c'est un vrai champion.

– Dow-dow, regarde, s'exclame Baoth en désignant Dos assis sur ses skis, qui glisse comme sur un toboggan.

– Oh non, Dos ! s'exclame Gerald en éclatant de rire.

– C'est la meilleure méthode que j'ai trouvée, avoue Dos Passos, pas fier.

Il est tombé un mètre de neige ce matin, un soleil glacial perce depuis les sommets. Pauline Pfeiffer est arrivée. Aussi à l'aise sur les pistes que dans une scierie. Et toujours des tenues incroyables.

– Elle est fascinante, juge Sara, en resserrant l'écharpe de Patrick, tout lui réussit.

– Tais-toi, chérie, voici Hadley, dit Gerald en se levant pour accueillir les Hemingway à la table du petit déjeuner.

Bumby est habillé en petit Autrichien, avec une culotte de peau, de grosses chaussettes et des croquenots.

– Il est si content d'avoir retrouvé sa tante Pfife, précise Ernest en faisant sauter son fils dans ses bras.

Le petit garçon éclate de rire puis va se cacher derrière les jambes de sa mère, poursuivi par Honoria.

– Ernest est en grande forme, précise Hadley à la cantonade, il se remet à écrire, la présence de Pauline est bénéfique.

– Tu viens ? Nous partons en calèche explorer les alpages.

Bumby tape dans ses mains, les petits Murphy sont terriblement excités, ils ont aperçu les poneys avec leurs grelots et les carrioles peintes.

– On va acheter une luge, tu sais, Bumby ? s'écrie Baoth.

– On a repéré un endroit pour glisser, juste derrière l'hôtel, précise Patrick.

– Pauline et moi partons sur les crêtes, lance Hemingway, nous avons prévu de redescendre à la lueur des flambeaux. Viens, Pfife.

La frange de Pauline dépasse sous sa toque de fourrure. Elle porte un pantalon fuselé et une veste en renard argenté. Quelle silhouette ! Hemingway a enfoncé un bonnet de laine jusqu'aux yeux, il charge les deux paires de skis sur son épaule. De loin, de dos, comme ça, ils ont tout du couple romantique. Il n'y a qu'Hadley pour ne pas voir l'étrangeté de la situation. Sous un soleil éblouissant, les calèches s'ébranlent, les sabots des petits chevaux frappent le pavé. Ça glisse sur le pont qui traverse la Litz, les enfants ont les joues écarlates, emmitouflés sous les couvertures en peau de bête. La route serpente dans la forêt. Gerald commence à se lasser de l'Autriche, sa peinture lui manque, la chaleur, la mer, mais surtout les plaisanteries chaleureuses de son ami Vladimir.

Pauline, pelotonnée près de la cheminée qui crépite, dévore le manuscrit d'Ernest en poussant de petits cris d'admiration. Sara et Katy se regardent, elle le fait exprès ou pas ? Même Hadley semble agacée. Quand Hemingway pénètre dans le salon, rouge et essoufflé, elle se jette sur lui.

– C'est drôle, touchant, brillant, bravo, Papa, tu es le plus grand écrivain de ta génération.

Encore, songe Dos Passos, décidément, ses copains ont un de ces ego !

Ce soir, la lune est pleine, Ernest, le visage buriné, observe Pauline, ravissante dans son cachemire. Il soupire, les yeux brillants :

– Que j'aimerais avoir une fille qui te ressemble, Pfife, tu es merveilleuse.

Sara croise le regard de Katy.

– J'ai un cadeau pour toi, déniché avant ton arrivée.

Devant sa femme et ses amis, il lui tend une paire de pantoufles, en peau de mouton, doublées de fourrure.

– Je les porterai jusqu'à ma mort, Papa, répond la jeune femme, ses beaux yeux ourlés de larmes.

Gerald travaille sur deux nouvelles toiles, qu'il présente à l'automne avec succès au Salon des indépendants, *Laboratoire* et *Nature morte avec fleurs*. Un style presque diaphane aux couleurs douces, aux lignes courbes, presque fantomatiques. Avec *Manhattan Transfer*, John Dos Passos atteint enfin la gloire qu'il mérite. Son rythme est frénétique, ses personnages multiples, son écriture nerveuse. Il invente un style, le roman social, et marque une rupture dans la littérature de cette époque. Fitzgerald lui reconnaît un talent fou, mais préfère Hemingway qu'il recommande vivement à son éditeur.

« C'est le Shakespeare des Temps modernes », écrit-il.

Grâce à Scott, Maxwell Perkins, chez Scribner, accepte le manuscrit.

– J'envisage de le dédier à Bumby, Hash chérie. Un jour, il sera fier de m'avoir pour père, déclare Hemingway.

– Moi aussi, je suis tellement fière d'être ton épouse.

Pauline Pfeiffer a trouvé une famille. Elle est la meilleure amie, la gentille tante et bientôt la maîtresse attitrée. Tout est pour le mieux dans le meilleur des mondes, estime Ernest Hemingway en relisant les épreuves du *Soleil se lève aussi*.

Été 1926

Cap d'Antibes – Pampelune

La Côte d'Azur est devenue affreusement à la mode. On construit des palaces et des casinos de Cannes à Saint-Tropez, de Menton à Monaco. L'*Hôtel du Cap* affiche complet, de petites cabines de bain ont fait leur apparition autour de la piscine de l'*Eden Roc*.

– C'est devenu l'annexe du *Bœuf sur le toit* et l'endroit le plus infernal au monde ! piaille Jean Cocteau depuis Villefranche, en écarquillant ses yeux de dieu égyptien.

– Il n'y a personne à Antibes, sauf moi, Zelda, les Valentino, les Murphy, les Crosby, Mistinguett, Rex Ingram, Dos Passos, Alice Terry, les MacLeish, Charlie Brackett, Maud Kahn, Esther Murphy, Marguerite Namara, E. Phillips Oppenheim, le violoniste Mannes, Floyd Bell, Max et Crystal Eastman, Orlando, l'ancien président du Conseil, Étienne de Beaumont, bref exactement l'endroit où l'on peut vivre en sauvage, riposte Scott Fitzgerald.

Cet été, les Hemingway sont accueillis chez les Murphy à *La Bastide*. Mais Bumby tousse énormément et le docteur diagnostique une coqueluche. Terrifiée par la contagion, Sara leur demande de partir. Les Fitzgerald laissent aux Hemingway la *Villa Paquita* qu'ils louaient à Juan-les-Pins et qui ne leur convenait pas, trop humide et bourrée de chauves-souris, selon Zelda. Ils jettent leur dévolu sur la *Villa Saint-Louis*, une ravissante maison néo-normande qui s'ouvre sur un mirage. Le massif rougeoyant de l'Estérel, les îles de Lérins et les flots argentés à perte de vue. Scott ne descend pas à la plage, ou si peu, Zelda a du mal à sortir de son lit. Chaque jour, Vladimir vient chercher miss Maddock et Scottie pour aller à la Garoupe.

– Nous sommes merveilleusement situés, explique Scott à Vladimir. Tu vois, on donne sur le bord de mer et le casino est à quelques pas. Quel merveilleux été nous allons passer !

Zelda se lève avec la gueule de bois.

– Il y a trop de gens et trop de choses à faire ici, soupire-t-elle en s'étirant.

Ses cheveux sont froissés par le sommeil, son teint brouillé et ses yeux peinent à s'ouvrir, il est trois heures de l'après-midi.

La maison ne désemplit pas. Un matin, Zelda trouve Anita Loos et son amant dans le salon, elle ne se souvenait plus les avoir invités. Le lendemain, ce sont les Crosby, dans son propre lit...

– Oh, je suis fatiguée, je m'en vais ! hurle-t-elle à Scott qui ne l'écoute pas.

Elle fait ses malles qui restent devant la maison. Le soir, elle se prépare pour aller au casino, elle a oublié sa furie matinale et cherche ses toilettes partout, s'emporte contre la bonne, qui est une voleuse, la renvoie en l'insultant avant de réaliser que ses affaires sont dehors, en attente d'être chargées sur l'Hispano-Suiza.

Des choses tournent dans sa tête. Et cela la fait tourner elle-même. Quand Scott lève le nez de sa machine à écrire, c'est pour la trouver, hagarde, le peignoir de soie ouvert, en train de virevolter dans le hall inondé de lumière.

– Mummy danse, mummy danse dans sa tête, daddy, viens voir, s'écrie leur petite fille inquiète.

Zelda alterne la mer et le soleil, le whisky et le champagne, le bonheur et la souffrance.

– Dis-moi, Goofo, tu m'aimes encore ? demande-t-elle, effondrée sur les marches de la terrasse.

Son maquillage a coulé, deux lignes noires barrent son visage. Elle farfouille dans sa poche à la recherche d'une cigarette. Il lui donne du feu, l'aide à se relever, elle s'appuie sur lui. Puis se met à tambouriner sur son torse en serrant les poings comme une gamine capricieuse.

– Je veux partir, je déteste cet endroit, je te déteste, Scott. Tu n'aimes rien de ce que j'aime. Tu es indifférent à tout ce qui n'est pas l'écriture ou l'alcool.

– Arrête, je t'aime, Zelda, je t'aime, arrête cela, je t'en prie.

Elle le repousse, se mesure à lui.

– Oui, je suis dingue, j'ai l'esprit qui claque dans mon cerveau, mais je m'enthousiasme pour mille choses.

C'est le moment que choisit Sara pour arriver. Magnifique, bronzée dans sa robe-chemise blanche, elle vient réconforter son amie.

– Oh, Sai-ra… ! Tu as vu notre nouvelle voiture ?

Scott retourne désespéré à sa machine à écrire. Un couple maudit, deux soleils noirs, que va-t-il arriver à Scottie ? Sara en est malade.

À la *Villa Paquita*, les Hemingway sont en quarantaine, coqueluche oblige. Sara et Ada MacLeish viennent leur rendre visite tous les jours, dans la petite torpédo Citroën pamplemousse d'Archi. La route du bord de mer est bordée de lavandes en fleur, cela sent délicieusement bon. Et les oliviers bourgeonnent, merveilleuse saison.

– Je déteste conduire cette automobile, j'ai toujours l'impression qu'elle va s'emballer.

Ada a le plus joli sourire au monde et Sara l'adore. Sa voix est claire et chantante comme du cristal. Les Fitzgerald sont venus en voisins. Tout va bien dans le meilleur des mondes.

– Nous avons apporté le shaker, gazouille Zelda, ravissante dans son crêpe de Chine rose pâle.

– Et l'alcool, assure Scott en sortant un panier d'osier rempli de divers flacons.

Hadley a installé des chaises longues, on s'assied à bonne distance, de peur d'être contaminé. Pauline est toute dorée, Hadley plus pâle, c'est une rouquine. Ernest est torturé. Il aime Pauline, il aime Hadley, il aime Bumby. Lui, ce qu'il voudrait, c'est que tout le monde vive en bonne entente. Comme il hait les conventions ! Elles sont l'apanage des riches. Il le ressent bien, le jugement muet des Murphy. Mais de quel droit ? Il n'arrive pas à choisir, on ne va pas en faire une maladie. Et puis Hadley est énervante. Elle ne se bat même pas. Hemingway en veut à tout le monde de tant aimer Pauline.

– Je me balance de la coqueluche, poursuit Scott en embrassant Hadley, il n'y a que le désespoir qui tue.

– Comment va Bumby ? demande Sara.

– Beaucoup mieux, mais il se plaint de ne pas voir tes enfants.

– Le médecin précise qu'à la fin de la semaine il ne sera plus contagieux, assure Pauline.

Que ferait-on sans Pauline ? Elle est drôle et pétillante, toujours disponible. Tous l'apprécient de plus en plus. Sara s'en veut de l'aimer tant, elle devrait soutenir Hadley, elle en est incapable.

Ils dînent ce soir à *La Colombe d'or*, un petit restaurant de Saint-Paul-de-Vence que Fernand Léger leur a recommandé. Le village médiéval est charmant et très escarpé. La vue sur la vallée du Loup est grandiose. Ils ne la voient pas. Ils ne sont bien ni les uns ni les autres. Vacillants, la mine glauque, la conversation bancale. Zelda a le regard terne, celui de Scott part dans tous les sens. Sara est à deux doigts de quitter la table. Gerald la retient. Alors oui, il y a cette histoire de roman, Sara ne veut plus en entendre parler. La terrasse est bondée, l'odeur des figuiers enivrante. Une femme rit trop fort. Paul Roux, le propriétaire, s'assure du confort de chacun. Lui, ce qu'il aime, ce sont les artistes, les peintres surtout. Picasso est son grand copain. Matisse aussi. *« Ici, à* La Colombe*, on vient à pied, à cheval, ou en peinture. »* Il est fier de son enseigne tout juste posée à l'entrée de la maison.

– Tu as déjà conduit une Isotta Fraschini, Gerald ? lance Scott.

– Non, pourquoi ? demande-t-il en cherchant le garçon des yeux.

Il voudrait des cigarettes.

– Dick Diver conduit une Isotta !

– Goofo, peut-on scier le serveur en deux pour voir comment cela fait ? interroge Zelda en fixant le pauvre jeune homme d'un air égaré.

Elle joue avec les salières, envoie des miettes de pain dans l'assiette des convives de la table voisine. Une grosse dame aux cheveux rouges se retourne. Scott reconnaît Isadora Duncan, entourée d'Eugene McCown et de son amant René Crevel.

– Je croyais qu'elle était morte, chuchote Gerald.

Scott est saisi. Il éprouve une folle admiration pour elle. Il connaît tout des drames qui ont émaillé sa vie. Il ne voit pas la silhouette alourdie par l'alcool ni les poches creusées par le chagrin. Non, Scott regarde une jeune fille, à moitié nue sous ses voiles grecs. Provocatrice, harmonieuse, un ange. Il se lève avant que Zelda ou les Murphy aient pu réagir et se jette aux pieds de la danseuse. Un chevalier servant, son esclave si elle le désire. Tout, il acceptera tout d'elle. Isadora caresse son front. Il est à genoux, pose ses lèvres à l'intérieur de sa paume, elle l'appelle « mon centurion ». Elle porte un toast de champagne tiède à sa gloire, il est captivé. Il la dévisage comme si elle était la *Pietà* de Michel-Ange.

– Mais qu'est-ce qu'il lui raconte ? murmure Gerald en se penchant vers eux.

Sara est interloquée, Zelda horrifiée.

– Qu'est-ce qu'il lui trouve, à cette vache laitière ?

– Ses enfants se sont noyés, tous les deux, il n'y a pas si longtemps, pauvre femme, chuchote Sara.

– Ce n'est pas une raison pour tripoter mon mari.

– Ce n'est pas méchant, Zelda, ne sois pas ridicule, gronde Sara.

– Ridicule, moi ? Alors, d'accord.

En se levant, elle renverse sa chaise et part, spectrale ! Gerald et Sara se regardent, épuisés, dépassés par les frasques de ce couple de dingues. Soudain, un hurlement et un bruit sourd. Ils se précipitent. Zelda s'est jetée du haut des remparts. Allongée, comme disloquée et complètement égarée, en sang, la robe déchirée. Scott accourt, la prend dans ses bras, il sanglote, tout à fait dégrisé. Gerald tient sa tête entre ses mains, Sara nettoie les plaies avec sa serviette de table. Zelda tremble, les yeux dans le vague, exsangue. Ils retournent doucement vers la voiture. Zelda bafouille :

– Qu'allons-nous faire de nous-mêmes, Goofo ?

Sara est blême. Elle aide Zelda à s'asseoir.

– Oh Sai-ra !...

– Tu aimes Zelda plus que moi, Sara, n'est-ce pas ? demande Scott, livide.

– Ta femme est malade, répond-elle.

Gerald pose sa cape sur ses épaules, la serre contre lui. Scott se met au volant. Il fixe les Murphy, si fragiles dans l'obscurité menaçante.

– Cette existence est idyllique, n'est-ce pas ?

– Zelda fait des crises d'hystérie et ce n'est pas uniquement l'alcool. Scott, tu dois la montrer à un médecin.

– Tu sous-entends que je suis folle, Gerald, c'est cela ? Je le sais bien, hurle Zelda, et elle se met à rire.

Des chiens hurlent à la mort dans la vallée, c'est la pleine lune.

Les Hemingway entraînent les Murphy à Pampelune pour la *feria*. Ils acceptent aussitôt, ils ont besoin de prendre un peu de distance avec les Fitzgerald. Ils descendent à l'hôtel *Quintana* sur la *plaza del Castillo*, en plein cœur de la ville. Les Murphy et leurs malles, Hemingway et ses femmes. La nuit est chaude, poussiéreuse, ils arrivent en pleine procession de San Fermin, le patron de la Navarre. Son cortège baroque et multicolore part de la cathédrale San Lorenzo, puis se faufile à travers les ruelles exiguës. Des milliers de gens se poussent pour vénérer les reliques du saint. Il est escorté par la fanfare, les fifres, les cornemuses et les danseurs. « *Viva, viva, San Fermin* », braille la foule en délire. C'est un mélange de rite païen et de foi catholique fervente. Assis au bar du *Gaucho*, au coin de la *calle Estafeta*, ils boivent du xérès et croquent des amandes grillées. Ernest parle avec tout le monde. En espagnol. Les gens sont excités, en sueur, ils sont venus de loin, parfois même à pied. Ils sont tous en blanc, un foulard rouge noué autour du cou et des espadrilles aux pieds. La plupart vont dormir à la belle étoile. Ernest raconte la légende de Fermin, le fils du Romain. Sara est suspendue à ses lèvres. Il explique que la journée du lendemain est dédiée au lâcher de taureaux dans la ville, puis à la corrida. Ernest commande du vin blanc, des tapas et de la tortilla, des anchois qui baignent dans l'huile et du pain à l'ail. Ils sont entourés par une foule d'Espagnols avinés, qui frappent des mains, tapent des pieds en hurlant : « *Dansa charleston, dansa charleston, Americanos.* » Ernest crie plus fort que tout le monde et martèle la table.

– *Dansa, dansa charleston !*

Un petit orchestre de cuivres s'approche et s'essaie à une pâle imitation de jazz. Un saxophoniste s'en mêle. Portés par la foule, les Murphy se lèvent, et c'est parti pour un charleston endiablé ! Ils sont déchaînés, les bras en opposition aux jambes, le poids du corps en décalé, et on twiste des genoux, et on balance un *kick*, on grimace et on se contorsionne !

– *Viva charleston, olé !*

Ils sont applaudis par la foule, agglutinée. Les castagnettes marquent le tempo. Et ça swingue, et ça secoue, c'est l'ère du jazz, la danse est folle, le rythme saccadé, c'est celui de la rébellion et de l'émancipation.

– *Viva España y la libertad !*

Sara et Gerald rentrent à l'hôtel exténués, avec l'impression d'avoir vécu dix vies.

– Demain, c'est le lâcher de taureaux, il va falloir que tu coures, Gerald, explique Ernest en les raccompagnant jusqu'à leur chambre.

On ne résiste pas à Hemingway. Jamais.

Le jour suivant, il fait un soleil de plomb. La corrida sans soleil, ça n'existe pas. Les Murphy descendent déjeuner, traversent un patio et passent devant les chambres des toreros. Ils jettent un œil indiscret. Les portes sont entrouvertes. Nicanor Villalta et El Niño de la Palma attendent leur heure, allongés sur leur lit, entourés de cierges, de fleurs et d'icônes.

Hemingway est dans le hall, son foulard écarlate noué sur le crâne. Panama, chapeau de chez Brooks ? Le choix a été difficile pour Gerald, qui finalement porte une casquette de golf. Gerald a toujours peur du jugement d'Hemingway, peur d'être pris pour un couard ou un dandy.

– Bravo, Gerald, c'est exactement ce qu'il fallait porter. Tu es prêt ?

– Nous allions prendre le petit déjeuner…

– Mieux vaut avoir le ventre creux. Viens, poursuit Ernest en le tirant vers l'extérieur. Puis, se tournant vers Sara : Monte au balcon, beauté, tu vas en avoir plein les mirettes !

– Ma gabardine, bafouille Gerald, en saisissant son imperméable.

La rue n'est plus une rue, mais un boyau, un flux en plein débordement. La foule cavale devant les taureaux effrayés que l'on mène à l'arène, devant, à côté, derrière. De jeunes garçons fougueux frappent les animaux avec tout ce qui leur tombe sous la main. Terrifiés, les taureaux foncent, rien ne peut les arrêter. Parfois, quelqu'un tombe, il est piétiné ou encorné. Terrorisé, Gerald espère sortir vivant de cette vaste bêtise.

– Regarde le visage des gens, Gerald. Plus ils ont l'air d'avoir peur, plus les taureaux sont prêts, alors cours !

Plaza del Castillo, Sara est agrippée au balcon. Elle n'est pas certaine de vouloir que Gerald participe à cela. Elle préférerait avoir l'esprit libre pour observer Ernest. En bas, Gerald distingue les soubresauts, le bruit du troupeau, comme des convulsions, des saccades qui s'amplifient. Il n'a plus le temps de penser, la foule le submerge, suivie par une vague noire menaçante. Il perd connaissance et se retrouve alpagué en arrière par un Hemingway hilare.

– Tu l'as échappé belle, mon vieux, pourquoi tu es resté planté là ?

Gerald ne sait pas quoi répondre, il est choqué, il se sent privé de sa virilité, il a failli y passer et Ernest s'est fichu de lui. Il croise le regard de Sara, là-haut à la fenêtre et, ce qu'il y lit l'achève. Une pitié condescendante. Il a juste envie de s'asseoir et de pleurer, mais ses larmes sèchent vite, Ernest le pousse dans l'arène.

– C'est la tradition, mon vieux, tu dois faire une ou deux passes si tu veux être accepté par les gens d'ici…

– Je me fous des gens d'ici !

Sara vient d'arriver avec Pauline et Hadley. Ses talons claquent alors qu'elle s'installe dans les gradins. Avec sa robe en soie bleu pâle, on dirait une madone. Elle attrape le soleil dans ses brillants, on dirait une cocotte. Il fait une chaleur inimaginable. Pauline a pensé aux éventails, bénie soit-elle.

– Je suis certaine que tu vas t'en sortir, Jerry, je te regarde, s'exclame Sara.

Elle s'adresse à lui comme à un petit garçon. Ce n'est pas du tout ce qu'il a envie d'entendre.

– Ne t'inquiète pas, juge Ernest, ce sont des taurillons d'un an, des amuse-gueules. Tu sais quoi ? agite ton imperméable, sers-t'en pour la véronique, comme ça, olé, mon vieux, olé !

Gerald est tétanisé. Une haine folle l'étreint. Hemingway veut le ridiculiser devant Sara. Tous ces jeunes gens qui virevoltent autour des animaux, puis se rabattent derrière les barrières de sécurité, comme s'ils s'envolaient. Des animaux, non, des monstres de puissance ! Il ne voit pas leurs yeux, il cherche leur regard. Gerald entend à peine la voix d'Hemingway qui rugit :

– Saute, mais saute, bon Dieu, saute !

Ce galop tête baissée, les cornes dirigées vers son ventre, une locomotive à toute vapeur, le diable…

– Saute, imbécile !

Ernest se jette devant Gerald et le fait basculer vers le mur d'enceinte. Il a le temps de ramasser sa gabardine, effectue une véronique de face, le taureau s'engouffre dans l'imperméable et contourne Ernest. Gerald grimpe sur le marchepied, trébuche et tombe dans les gradins. On dirait un vieillard, il est livide. Sara l'aide à se relever et lui caresse le visage.

– Ce truc n'est pas pour moi, Sal, je suis désolé.

– Ne t'inquiète pas, Jerry, je sais tout cela.

Pendant ce temps-là, Ernest ravit la foule, c'est lui le héros ! Il cabriole, bondit, tourbillonne, on dirait qu'il danse avec l'animal. Il tape du pied, le provoque, olé ! Entre deux volte-face, il jette un coup d'œil à Gerald, l'air de dire, « tu vois, mon pote, c'est facile ». Puis, à Sara :

– Pour toi, ma belle. Olé !

La passe est magnifique, le taureau le frôle, Hemingway se cambre puis déploie l'imperméable, le public l'ovationne.

– *Olé el Americano !*

Le taureau s'élance. Hemingway l'esquive en bondissant au-dessus des cornes de l'animal, il se retrouve sur son dos. L'animal rue et balance son fardeau dans les gradins. Il se relève en riant sans une égratignure. Hadley et Pauline sont blêmes. La corrida peut commencer. Hemingway rejoint ses amis au troisième rang. Places de choix pour avoir une vision d'ensemble.

– Le soleil est le meilleur torero, précise Hemingway à Sara. Tiens, ta gabardine, Gerald !

C'est le *paseo* au son du *paso doble*, le défilé de tous les participants. Des hommes en habit de lumière, des chevaux aux yeux bandés, des piques longues de près de trois mètres avec une pointe en acier, des banderilles terminées par des harpons. Hemingway explique à Sara les *matadors* et les *peones*, les *picadors* et les *banderillos*, le *paseo* et les *tercios*, et puis, soudain, il mugit :

– Maintenant !

Le taureau entre en trombe. Près de cinq cents kilos de rage et de muscles. Il était confiné dans le noir le plus complet dans une cellule. Soudain, le voilà en plein soleil, il est aveuglé, il défaille. Les picadors s'en donnent à cœur joie, ils testent la bravoure de l'animal avec leurs lances, le torero fait des passes spectaculaires, le public exulte, le sang coule, un cheval est acculé contre la barrière puis encorné, il se vide de ses entrailles.

Nicanor Villalta fait face, le taureau charge, il tente de débarrasser son dos ensanglanté des banderilles, il est atteint de folie furieuse. Villalta joue avec le taureau, le frôle, dans une danse de la mort impeccable, les passes de muleta sublimes. Hemingway s'égosille. Puis c'est l'estocade, le matador plante son épée, l'animal s'affaisse sur les genoux et bascule. Les oreilles et la queue pour Villalta. Le public est déchaîné. Mouchoir blanc, on passe au deuxième taureau et El Niño de la Palma entre en scène.

– Pourquoi l'animal meurt-il en silence ? demande Sara, les mains fermées sur les perles qui entourent son cou.

– On lui a coupé les cordes vocales, reconnaît Hemingway.

C'est dur et magnifique. Sara se sent avide de sang et de sexe. Gerald est frappé par la ferveur des Espagnols. Ils vivent là quelque chose de quasi religieux. Les Murphy sont incapables d'en parler, c'est bestial et sacré, c'est sale et pourtant sublime. C'est d'une cruauté, si loin de ce qu'ils ont bâti ensemble. Plus tard, ils dévalisent la ville, les enfants les réunissent toujours. Une guitare pour Baoth, un tambour pour Patrick et une robe de danseuse de flamenco pour Honoria. Ils achètent des olives farcies aux anchois, du *turrón* et du chorizo.

– Tu as eu peur pour moi, Sara ? demande Gerald dans la moiteur de la nuit.

– Oui, Jerry.

– Et pour Ernest ?

– Oh non, j'étais excitée.

Le lendemain, ils s'en retournent à la *Villa America*, à leur vie élégante. Gerald est soulagé.

Pour fêter leur retour, ils donnent un dîner au casino. Caviar et champagne. Le propriétaire des lieux, Édouard Baudoin, veut faire de Juan-les-Pins le Miami de la Côte d'Azur. Mais personne en France n'a de caviar à cette époque de l'année. Qu'à cela ne tienne ! Gerald affrète un avion, et Vladimir Orlov en rapporte plusieurs kilos des rivages de la Caspienne. Sara est magnifique dans sa longue robe fluide aux lignes classiques, un lamé ombré deux tons, brodé de perles fines, de chez Patou. Gerald, en smoking, discute avec Archie MacLeish et Vladimir. Il va de-ci de-là, s'assurant que chacun ne manque de rien. Il est dans son élément. Tout doit être parfait. Lisse. C'est une nuit délicieuse, les bouteilles se vident, les coupes tintent. Tant d'amis se pressent. Montey Woolley, un vieux copain, professeur d'art dramatique à Yale. Et voici les Mendl, sir Charles et sa femme Elsie de Wolfe. Comme la plupart des couples formidables, il est homosexuel, elle est lesbienne. Son accent anglais les fait hurler de rire ! Picasso vient avec Man Ray. Les Benchley et Dottie Parker sont là, quelle joyeuse bande ! Hemingway raconte la corrida de Gerald, avec une série d'onomatopées agaçantes. Il est mal élevé, se sert de caviar par louches entières, fait des plaisanteries douteuses sur le sexe. Quand les Fitzgerald arrivent, la catastrophe est en marche. Zelda a l'air d'un fantôme, Scott est ivre mort.

– Ils ne cesseront jamais, soupire Gerald.

– Ils ont l'air aussi malheureux l'un que l'autre ! estime Hadley.

– La première fois, se souvient-il, j'ai songé qu'ils étaient le couple d'Américains le plus beau et le plus glamour que j'aie jamais rencontré.

Spectrale dans sa robe en mousseline de soie, Zelda a piqué une énorme rose sur son épaule.

– On dirait que tu es née dans mon jardin, déclare Gerald en souriant.

Ernest se rapproche de Sara. Elle joue avec ses perles.

– Peut-être que tout dépend de toi.

– Comment ça ? demande-t-elle en le fixant.

Il la prend par le bras, puis plaque sa main sur le bas de ses reins.

– Dansons.

Il la tient tout contre lui, elle sent le poids de son corps, sa fougue, sa virilité. Il y a quelque chose d'obsédant en lui, quelque chose de dément. S'il le voulait, il pourrait l'étouffer. Elle se demande à quoi tient l'amour. Elle pense à Gerald qui déserte son lit et ne sait plus comment s'en excuser. Là, cette présence physique la trouve… comment dire… disponible ?

– On pourrait tout avoir, chuchote Hemingway à son oreille. Je laisse tomber Hadley et Pauline, elles finiront ensemble, c'est la mode. On part loin, toi et moi. On s'installe en Floride, tu aimes le soleil, on ira à Key West, on achètera une maison, Sara, tu la vois, notre vie ?

Elle le repousse, reprend son souffle. Elle est en sueur, elle se raccroche à ses enfants. Ses trois bambins, Gerald, la famille idéale.

– Tu es fou, j'aime mon mari.

– Il ne te baise pas, répond-il en levant les yeux au ciel.

– Comment tu le sais ? répond-elle à brûle-pourpoint.

Puis elle se reprend.

– Comment peux-tu dire ça ?

Cette pression sur son dos, elle a chaud, elle a envie d'ouvrir la bouche. Il est robuste, buriné, rien ne lui résiste. Sa tête tourne, elle ne sait plus, elle s'égare. Ils ne sont pas seuls. On les observe. Ada MacLeish dévisage Scott. Il est écarlate, furieux. Alors quoi ? Ernest a jeté son dévolu sur Sara. Ça ne lui suffit pas, deux femmes ? Scott avale son champagne cul sec. Il se fait resservir immédiatement. Il la fixe. Elle est magnifique, si stable. Douce, légère. Mais droite, équilibrée. Belle.

Scott est au-delà de toute logique. Il aime Sara. Il aime Gerald. Ernest va les lui prendre. Ernest va tout lui prendre. Ses amis, son succès.

Depuis cette soirée à Saint-Paul-de-Vence, les Murphy se sont éloignés. La faute à Zelda, envahie de noirceur. Sara est le soleil de sa vie. Gerald son modèle. Il veut le leur dire, il va l'écrire. Un livre pour eux. Personne n'y comprendra rien, ils ne verront que Scott et Zelda. Mais lui sait bien ce qu'il en est. En réalité. Il connaît Sara, il connaît surtout Gerald. Non, il n'a pas peur d'Hemingway. Ce qu'il craint, c'est le cœur déchiré de Sara. Comment réagira-t-elle quand elle comprendra tout ce qu'elle a perdu ?

– Quoi, Scott, mais enfin, que fais-tu ?

Il est à genoux devant elle et se met à ramper dans tout le casino.

– Oh chéri, tu nages ? déclare Zelda, attends-moi j'arrive !

Elle ondule derrière lui. Un hydravion bourdonne dans le lointain. L'image de Jozan s'impose. Tout concourt à l'effondrement psychique du couple. Gerald relève Scott qui s'appuie au bar. Hemingway est le centre des attentions, il est beau, bronzé, il raconte la corrida, la *feria* de Pampelune. Ses dents blanches ressortent, son énergie, sa sensualité, il évoque la mise à mort. Scott est écœuré. Pourquoi Sara est-elle collée contre lui ? Scott voit le chaos. Il est le chaos, il est le désastre. L'imminent ratage, il l'a en lui, il voudrait le crier mais il ne peut pas. Ils le regardent tous. Sara, Gerald. Et puis Zelda, Zelda qu'il voit seule, hurlante, Zelda que l'enfer dévore. Eux déchirés, anéantis, séparés. Hemingway, Hadley, Pauline, seuls, chacun de leur côté. Toutes ces morts violentes, elles sont là, il s'en repaît. Seul devant sa machine face à ses démons. Il va leur prouver que la nuit n'est pas tendre ! Il l'écrit, le cataclysme. Il le connaît bien, il l'a en lui, il le tutoie, l'effondrement. Tout ce qu'il veut, tout ce qu'il demande, Dieu, je t'en conjure, protège Scottie, protège ma petite fille chérie. Les autres seront annihilés. Disparus. Ces pensées éparses qui se fracassent, on dirait un tableau de Picasso. La tragédie n'est pas la mort, songe Fitzgerald, c'est la vie. Ils ne le savent pas, je vais le leur montrer. La tragédie, c'est le conflit entre le rêve et la réalité, entre la vérité et les illusions de chacun. Mais qui sommes-nous ?

– Viens, Zelda, dansons.

Il lui tend la main, elle monte sur le bar et oscille entre les coupes et les bouteilles. Elle tourne comme un derviche, ivre de vie. Elle ne regarde ni à droite ni à gauche, elle tourne. Possédée, complètement absorbée. Elle piétine cendriers et carafes, elle se blesse. Elle trébuche, tombe. Il doit l'aider. Il attrape tout ce qui traîne sur le bar et se met à le balancer en hurlant. Des flûtes à champagne, des flacons de cristal à la volée. On s'enfuit, les Murphy sont anéantis. Gerald essaie de l'arrêter. Scott se retourne vers lui, le visage tendu.

– Est-ce que tu couches avec ta femme, Gerald, dis-moi, est-ce que tu couches avec elle ?

Hemingway éclate de rire, puis finit par immobiliser Scott, qui se redresse et lui envoie un direct dans la mâchoire. L'autre ne s'y attendait pas et lui donne un coup de tête vengeur. Assommé, Scott Fitzgerald. Quant à cette pauvre Zelda, elle jette ses derniers feux.

Hemingway est ravi, son livre sort à l'automne. Hadley demande le divorce. Pauline s'installe à demeure. Picasso trompe Olga avec la toute jeune Marie-Thérèse Walter. Il a oublié Sara Murphy. Gerald conduit sa petite Renault, Sara a les cheveux mouillés et du sel sur la peau, elle sent le vent lui caresser le cou. La mer est d'un bleu absolu, Sara n'a jamais été plus radieuse, elle ne sait pas encore que c'est l'un des derniers étés de sa belle vie. Qu'a dit Scott avant de sombrer l'autre soir, c'était magnifique ? Il faut que Gerald le retrouve. Oui, c'est ça, *« ils étaient encore au meilleur de l'amour, ils étaient remplis d'illusions généreuses l'un vis-à-vis de l'autre, d'illusions tellement démesurées… »* Ah, ce talent de Fitzgerald, sa profondeur, la beauté de son esprit, sa nature affectueuse… quand il n'est pas ivre.

1926-1928

Paris – Hollywood – Key West

Ce soir, les Murphy entraînent Ernest et Pauline chez la princesse de Polignac, la fille de l'inventeur de la machine à coudre. Elle reçoit dans son hôtel particulier de la rue Henri-Martin. Une représentation d'*Œdipe roi*, revue et corrigée par Cocteau, sur une musique de Stravinski. Et puis l'or des lambris, le vermeil et le cristal, les meubles Louis XVI et la vaisselle de Sèvres. Non, décidément, Hemingway n'a rien à faire ici. Tous ces riches désœuvrés le dégoûtent. Il balaye le salon d'un regard méprisant et comprend que la plupart des amis de Gerald sont sexuellement ambigus. Cole Porter, Étienne de Beaumont, Cocteau… Il paraît que le mari de Winnie de Polignac était homosexuel. Il est mort peu de temps après leurs noces. Du goût exquis des aristocrates.

Hemingway est fasciné par la personnalité trouble de Gerald. Il n'a jamais rencontré quelqu'un comme ça. Gerald est athlétique, c'est un excellent marin, un nageur expérimenté. Il n'est pas si mauvais à ski, non plus. Et puis, subtil et vif d'esprit, généreux, un talent fou. Sa femme est merveilleuse et ses enfants ont toutes les qualités. Alors, qu'en est-il de son intimité ? Pourquoi se ferme-t-il si souvent ? Sa conduite à Pampelune, sa peur panique était compréhensible mais, au lieu d'en rire, il en a pris ombrage. Il avait honte. Étonnant. Comme s'il cachait quelque chose.

Il n'y a pas qu'Hemingway qui baye aux corneilles. Fernand Léger, raide et taciturne, soupire et se tord le cou pour apercevoir l'heure sur la pendule de la cheminée. Sa femme, Jeanne, une dévoreuse d'hommes, porte une robe blanche très décolletée. Elle s'ennuie, mais elle s'ennuie… Elle se met à se gratter dans tous les sens, son bras est bientôt écorché. Elle se penche vers Ernest :

– C'est bourré de puces dans cette baraque, non ?

Fernand Léger ne sait plus où se mettre.

Le 22 octobre 1926, Scribner publie *Le soleil se lève aussi*. Le succès est foudroyant. Les six mille exemplaires sont vendus en quelques jours. Jake Barnes devient l'anti-héros par excellence. Quant à lady Duff, pardon lady Brett, elle incarne la figure culte des femmes émancipées. On ne parle plus que d'elle. Ah, lady Brett, épatante, tous les hommes en sont fous ! Hadley a été totalement exclue de ce livre. De la première page à la dernière. Ernest ne se rend pas compte du mal qu'il lui fait. Il l'a oubliée. D'ailleurs, il a épousé Pauline Pfeiffer.

Scott est conquis, il l'écrit à Maxwell Perkins.

« La *feria*, la partie de pêche, les personnages secondaires sont fort réussis. Quant à la dame, je ne l'aime pas, car je n'aime pas l'original ! »

Le triomphe du *Soleil* aura raison de l'amitié de ces deux-là, mais l'amitié a-t-elle seulement existé ? Du point de vue de Fitzgerald, oui. Il s'est démené pour Hemingway, il s'est senti investi, il lui a présenté son éditeur Scribner. Pauvre Scott, il ne s'en remet pas. Même s'il n'a jamais eu beaucoup d'illusions. Il est déçu. Il a cru en l'homme. Hemingway est un sale type. C'est tout. Fitzgerald sombre dans l'oubli. Comme ce pauvre Jay Gatsby.

– Enfin, s'étonne Zelda, c'est quoi ce bouquin, des combats de taureaux, des tueries de taureaux, des courses de taureaux ? De la merde de taureau, oui !

Lady Duff est folle de rage de se voir décrite comme une nymphomane alcoolique.

Grace Hemingway, la mère d'Ernest, lui envoie : « J'espère, mon chéri, que tu écriras, un jour, quelque chose qui te survive, je t'aime tendrement. »

Dos Passos explique à Gerald :

– Où que je l'ouvre et en lise quelques lignes, celles-ci paraissent très bonnes. C'est seulement après en avoir lu une page que le fond commence à lâcher.

Sara est dithyrambique, Ernest est l'écrivain de cette génération. Et elle est loin d'être perdue.

Les Hemingway emménagent au 6 rue Férou, dans un appartement fraîchement repeint, à l'ombre de l'église Saint-Sulpice. Il y a une chambre à coucher spacieuse, un salon-salle à manger et un petit bureau pour Ernest. Ils partent en lune de miel à Pampelune où il fait une chaleur infernale. À l'hôtel *Perla*, ils croisent le peintre Waldo Peirce, Harry et Caresse Crosby. Harry passe ses nuits à boire de l'absinthe et termine au bordel. Caresse l'accompagne la plupart du temps. Ils sont en train de monter une maison d'édition et proposent à Ernest de publier son manuscrit, *Torrents de printemps*. Il accepte. Même s'il méprise leur fortune trop facile et la manière dont il la dépense. Voilà la différence essentielle avec Fitzgerald, l'un adore les riches, l'autre les honnit, mais tous deux en abusent à loisir.

Gerald peint tout l'hiver, et l'année suivante aussi. Comme s'il était happé par un génie créateur. Comme s'il sentait que cela allait s'arrêter, mais sans imaginer pourquoi. *Bibliothèque* enflamme la critique. La moitié d'une mappemonde, un buste d'Emerson à demi occulté, quatre livres reliés, des lambris, un pilastre et cette monstrueuse loupe inquisitrice. C'est le bureau de son père, ce sanctuaire glacial qu'il haïssait. C'est là qu'il lui a annoncé que Pitz, son petit chien, ne serait plus le bienvenu dans la maison mais enchaîné dans la cour. Pitz qu'il tuera quelques mois plus tard d'un coup de revolver dans la gueule, l'animal devenait dangereux. C'est ici aussi que Gerald a osé évoquer son amour pour Sara Wiborg. Son père a donné un violent coup de poing sur le bureau, la mappemonde s'est fracassée par terre. *Bibliothèque*, une composition dans les gris bleu, les gris vert, dans les noirs. Toute l'ambiance du conservatisme victorien. Et puis *Cocktail*, l'incroyable *Cocktail* avec sa boîte de havanes reproduite à l'identique, son shaker, son citron, son tire-bouchon… Le plateau d'alcools de la maison de son père à New York. Gin-vermouth. Et les cinq cigares phalliques. Il y aura aussi *Guêpe et poire.* La guêpe effrayante se gorge du fruit. Deux profils. Comme si les sujets étaient disséqués. La rondeur du fruit est féminine, plaisante. Anéantie par l'animal vorace. Des couleurs triomphales mais illusoires. La mort est dans les détails. Cruauté, sexe, terreur, viol, alcool, famille. C'est une iconographie terriblement personnelle que celle de Gerald Murphy. Une enfance, un mariage, c'est violent et dérangeant, comme si quelque chose de terrifiant se cachait sous son existence rangée, sa vie rêvée dorée, élégante et policée. Gerald Murphy triomphe trois années de suite au Salon des indépendants. On le prend en photo devant ses toiles avec son épouse et ses trois merveilleux enfants. Il ne sait pas encore qu'il ne touchera jamais plus un pinceau de sa vie.

Les Fitzgerald débarquent à Hollywood. Sur un coup de tête. Ils sont à sec. Ils ont bu tout leur argent. United Artists propose à Scott d'écrire le scénario d'une comédie, *Lipstick.* Pour 12 000 dollars. À ce prix-là, qui hésiterait ? Et puis, la Californie, c'est un peu la Riviera. Ils laissent Scottie et miss Maddock à Washington chez les parents de Scott. Ils descendent à l'hôtel *Ambassador* sur Wiltshire Boulevard. Zelda passe ses journées à nager dans la piscine de l'hôtel, elle s'ennuie ferme. Leurs voisins se nomment John Barrymore et Pola Negri, Mary Pickford et Douglas Fairbanks. C'est chez eux, d'ailleurs, dans leur somptueuse villa Tudor *Pickfair*, qu'ils font la connaissance d'une starlette de dix-sept ans. Lois Moran est la protégée de Samuel Goldwyn. Elle ne sort jamais sans sa mère, c'est amusant. Une gamine menue et suave, blonde, le teint pâle, les yeux azur, un bonbon. Et Lois sait ce qu'elle veut. Scott Fitzgerald !

– Inintéressante, résume Zelda en balançant sa cigarette dans la piscine.

Scott a du mal avec les horaires du studio. À trente ans, ses mauvaises habitudes sont ancrées bien profondément. Lui, ce qu'il aime, c'est flirter avec Lois. Il en est assez toqué. Il l'emmène faire un tour de gondole à Venice Beach, ils se promènent sur la jetée de Santa Monica. Zelda s'agace. Pour se venger, elle jette les vêtements de son mari dans la baignoire et y fiche le feu. Lors d'une fête chez Constance Talmadge, Scott rencontre un jeune prodige, un certain Irving Thalberg. À vingt-sept ans, l'homme dirige la Metro-Goldwyn-Mayer. Il est marié à Norma Shearer, la star du studio, une brune aux yeux clairs et à l'air mutin. Elle est raffinée et sophistiquée, dans ses manières, sa façon de hocher la tête. Sa coiffure crantée est ceinte d'un bandeau en diamants.

– La première fois que j'ai vu Irving, je l'ai pris pour le grouillot, explique-t-elle en riant. Il était tout mignon, assis sur sa chaise derrière ce bureau trop grand, j'ai pensé qu'il était là pour trier le courrier. Je lui ai demandé où se cachait son patron, il a souri, a répondu : « C'est moi et nous allons faire du bon travail ensemble. » Il avait l'air d'un gamin. Alors, tu sais quoi ? Zelda, je l'ai épousé !

Sa robe terriblement courte est ornée de perles et de dentelle. Elle accorde une importance folle aux moindres détails. Costumes, maquillages, décors, Norma Shearer est une professionnelle, comme son mari. Thalberg, c'est un charme étrange, une beauté extraordinaire, il est généreux et fascinant, si intelligent. Il souffre d'une malformation cardiaque, mais possède un tel appétit de vivre. Il apprend à Scott la décision, la manière de présenter les choses, utiliser le doute de l'autre comme une arme, raconter dix fois la même histoire sous dix angles différents et être le meilleur à chaque fois. Chaque jour, il imagine cinquante films, cinquante bons films.

– Souviens-toi de cela, Scott, les honneurs faits à soi-même ne valent pas la peine. Tout ce qui compte, c'est que tu ne trahisses jamais ton art.

Il plaque la main sur ses cheveux gominés.

– Je ne t'oublierai pas, tu as tout du personnage de roman.

– Certainement, ma santé est défaillante, je ne ferai pas de vieux os, dramatiquement parlant, c'est très bon. Si tu écris mon histoire, Scott, fais en sorte qu'elle devienne un grand film, un succès !

Au bout de huit semaines, United Artists rejette le scénario de Scott, et les Fitzgerald ont dépensé plus d'argent qu'ils n'en ont gagné.

– Quelle aubaine ! s'exclame Zelda. J'ai envie de printemps à Paris, de rues animées, de vin et de petites terrasses de café, rentrons chez nous, Goofo.

Ils louent à l'angle des rues de Vaugirard et Guynemer. L'immeuble a vue sur le jardin du Luxembourg. Paris a changé, les étrangers ont envahi la capitale et la bohème chic des années vingt s'est évanouie. À peine arrivés, ils trouvent un télégramme de Lois : « Hollywood entièrement paralysée après votre départ. Bootleggers au chômage. *Cotton Club* fermé. Drapeaux en berne. Meilleur souvenir. Lois. » Et des lettres ridicules. « Mon chéri, idiot, troublant, adorable Scott, vous me manquez scandaleusement. » Zelda les jette par la fenêtre et les regarde voleter jusqu'à la rue Bonaparte.

Le premier dîner est pour les Murphy, évidemment. Scottie porte sa plus belle robe et des rubans pour maintenir ses anglaises.

– Pook, Pook pour la vie, s'écrie-t-elle en arrivant rue Gît-le-Cœur.

Le petit garçon est bien coiffé avec sa raie sur le côté, il la serre dans ses bras. Il a sept ans, Scottie six, ils savent déjà ce qu'est l'éternité. Patrick lève la tête et croise le regard de sa mère, il a dans les yeux un bonheur confiant, une gratitude insolente. Sara est troublée, comme un mauvais pressentiment, un nuage lourd qu'elle écarte au plus vite. Pourquoi les Fitzgerald sont-ils poursuivis par un soleil noir qu'ils jettent à la tête de ceux qui les côtoient ? Toxiques, vraiment ? Et si cela venait des Murphy ?

Honoria observe avec fierté la table dressée dans la salle à manger. La nappe a été brodée par Sara, cet été, à la Garoupe. Oiseaux de paradis et fleurs exotiques, palmes et arabesques, le soleil a laissé des traces, le tissu est parfois décoloré. Honoria a aidé la bonne à faire les bouquets, des branches aux couleurs d'automne, des pommes de pin, des airelles, des mûres, des feuilles de chêne. Et une forêt de bougies. Les verres en cristal scintillent. Les assiettes sont dorées à l'or fin. Honoria a dix ans, des cheveux coupés court sous les oreilles et des yeux bleus transparents comme son père. Avec ses frères, elle va à l'école de la République et s'y plaît énormément. Les Murphy, une entité, cinq personnes unies et préservées. De tout. C'est leur force.

Rien ne peut les atteindre, ils sont ensemble. À jamais. Comme tout est harmonieux, songe Honoria, en déplaçant un vase un rien bancal, Seigneur Jésus, faites que cela dure toujours.

– C'est merveilleux de vous revoir !

Sara serre Zelda dans ses bras, elle repousse une mèche folle.

– Oh, Sai-ra !

– Sans vous, l'hiver a été calme, trop calme, déclare Gerald. J'ai inventé un nouveau cocktail, le Bailey ! précise-t-il en se redressant.

Il est fier comme un pape.

– Cole Porter en est fou, il l'a importé à Venise, précise Sara, guillerette.

– Nous ne revenons que pour cela, assure Scott en saisissant le verre que lui tend Gerald.

Il a minci, ses yeux se sont creusés. Quant à Zelda, elle a perdu ses rondeurs, cet aspect juvénile de petite fille boudeuse. On dirait qu'ils sont revenus de tout. Et surtout de loin. Ils vont vers nulle part.

– Gin, pamplemousse, citron vert, menthe et un zeste de Riviera. Au début je l'avais appelé : « Jus de quelques fleurs ». Mais Cole a insisté pour Bailey, plus cosmopolite selon lui.

– Gatsby aurait adoré, assure Scott en y trempant ses lèvres. À boire tout l'été ! Et plus encore !

Zelda éclate de rire. Ses ongles sont rongés, elle a le teint brouillé et le cheveu filasse. C'est fou comme cette fille peut changer du tout au tout ! Les Murphy ne le montrent pas, mais ils sont atterrés par la transformation survenue chez leurs amis.

– Scott a adoré Hollywood.

– C'est faux. J'ai détesté. Hollywood est une cité tragique, explique Scott. Il n'y a que des belles filles. Les serveuses sont belles, les femmes de chambre sont belles, les actrices sont belles, les secrétaires sont belles, c'est d'un ennui !

Les enfants débarquent en hurlant. Ils sont déguisés en Indiens et font le tour de la table en tapant sur leur bouche, hou hou, hou hou. Vladimir a peint des signes de guerre sur leurs jolies frimousses, ils ont des plumes piquées sur la tête et des pagnes en peau autour de la taille. Scottie est resplendissante, elle crie plus fort que tout le monde, le tomahawk brandi comme une menace. Baoth mène la danse, « une danse de la pluie », précise-t-il.

– Mais j'ai rencontré un jeune prodige, un certain Irving Thalberg. Je vais écrire un livre. Après le vôtre. Il avance bien.

– On ne va pas revenir là-dessus, s'énerve Sara.

Scott pose des questions agaçantes, il continue avec cette idée fixe. Les Murphy ne le prennent pas au sérieux. La conversation prend un tour irritant. Sara se fâche, elle pensait que l'expérience hollywoodienne leur mettrait du plomb dans la tête, mais c'est pire que tout. Exaspérée, elle pose son verre, prend son menton dans ses mains et fixe son ami.

– Scott, tu ne comprends rien.

Personne n'a jamais osé lui dire un truc pareil. Interdit, il écrase sa cigarette et adopte l'air dépassé d'un enfant que l'on est en train de gronder. Il passe sa main sur ses cheveux, les plaque en arrière, il attend la suite.

– Tu es centré sur toi. Tout passe par ton prisme, tu ne vois rien de ce qui ne te concerne pas. Tu es imperméable aux sentiments des autres. Tu n'écoutes personne. Tout ce qui n'est pas ta vision du monde t'est étranger. Tu ne comprends ni Zelda ni Scottie, et pourtant tu les aimes. Tu ne nous comprends pas plus et tu veux faire de nous un roman. L'égotiste romantique, oui, c'est toi.

Gerald serre le bras de son épouse, elle y va un peu fort tout de même.

– De toute façon, cela ne marchera pas, cela ne marche plus, gazouille Zelda. Tu n'as plus aucun succès. *Le soleil se lève aussi* a fait autant en trois mois que *Gatsby* en trois ans. Tu es mort, Scott Fitzgerald, adieu le grand écrivain. Moi, je vais écrire un livre, assène-t-elle brusquement.

Gerald en laisse tomber la carafe de bordeaux.

– Certainement pas, rétorque Scott sèchement.

– Mais si. Je vais raconter Édouard Jozain, soupire-t-elle en reculant sa chaise.

Elle étend ses bras en arrière et bâille à se décrocher la mâchoire.

– Tout est dans ma tête, là, fait-elle en se frappant le front.

– Non, maman, s'il te plaît, je ne veux pas que tu écrives, pleurniche Scottie en jaillissant de dessous la table.

Les enfants étaient cachés et fumaient le calumet de la paix, paraît-il. Un mégot de cigarette trouvé dans un cendrier, Patrick sort à son tour en toussant comme un damné.

– Jozan, il s'appelait Édouard Jozan, Zelda, si tu ne te souviens plus de son nom, c'est encore plus grave que ce que je croyais. Non, mummy n'écrira pas, explique-t-il à Scottie en la prenant sur ses genoux. Il ne faut pas fumer, chérie, à six ans, on ne fume pas, ce sont des choses de grandes personnes.

– Justement, les grandes personnes font de drôles de choses, enfin pas drôles du tout en fait, estime Honoria.

Mamzelle s'en mêle, il est l'heure de se coucher. Naturellement, Scottie reste dormir. Ils filent tous dans la nursery en poussant des cris de guerre.

– Il faut qu'on vous raconte Hollywood, commence Zelda, de plus en plus éméchée.

– Zelda, je t'en prie…, coupe Scott en lui lançant un regard furieux.

– Vous nous avez vraiment manqué, soupire Gerald. J'en avais oublié vos disputes.

– Pour se venger d'Édouard Jozan, poursuit Zelda, en se

levant, Jozan, c'est ça… Scott s'est jeté la tête la première dans une relation avec une enfant.

– Quoi ? interroge Sara.

Zelda fait le tour de la table en décrivant la jeune fille, ses mimiques, sa mère, son culot. Les Murphy sont consternés. Zelda trébuche, d'une maigreur à faire peur, elle flotte dans sa robe Patou. Scott essaie de la faire taire, en vain.

– Les ennemis sont partout, invisibles. Paris ne sera jamais plus le même, glapit Zelda, le regard fixe.

– Il y a un aspect de ma femme qui m'est devenu inaccessible, précise Scott, déphasé, c'est pour ça que je me suis jeté sur Lois.

– C'est pour ça que j'ai déjà des pains d'épice sous les yeux. Et j'ai vingt-huit ans.

– Non, tu es une femme du monde, tu as des soucis, un enfant.

– Arrête, Sai-ra, de te foutre de moi. Je ne suis pas complètement idiote, malgré ce que semble croire mon mari. Je suis immonde, je me sens immonde, je ne fais que pleurer et boire. Scott ne fait qu'écrire, douter, boire. Moi, je voulais que l'on ait une maison à nous. Je voulais que Scottie ait une ravissante chambre japonaise avec des fleurs de cerisier et une mignonne table à thé avec un paravent, je voulais…

– Voici le dessert !

Un sourire barre le visage de Baoth. Il est en pyjama et tient à bout de bras un plat de gaufres croustillantes. Il le dépose au milieu de la table, comme si c'était un trésor, il n'aperçoit pas l'air sinistre des adultes.

– C'est Honoria qui les a faites, poursuit-il, promis je vais me coucher, mama, fait-il en serrant sa mère contre sa poitrine. Je t'aime, mama. Comme je t'aime !

Sara soupire. Cet instant de grâce lui fait un bien fou.

– Gerald a trouvé un moule, j'en rêvais, avoue-t-elle, en croquant dans la pâte sucrée.

Scott est un alcoolique invétéré, Zelda imprévisible. On dirait qu'il la provoque. Ils ont chacun investi un univers dans lequel se perdre, un univers séparé. Dans le taxi, en rentrant chez eux, il a la malencontreuse idée d'être honnête.

– J'ai invité Lois Moran à venir nous rendre visite, dit-il en allumant une Chesterfield.

Zelda se penche par la fenêtre et fait glisser la montre en diamants et platine que Scott lui a offerte pour leurs fiançailles. Elle la laisse tomber dans une ruelle de Saint-Germain-des-Prés.

– Dès demain, je retourne chez Egorova.

Lioubov Egorova a déménagé dans le Xe arrondissement, au 27 de la rue des Petits-Hôtels. Ses cours coûtent une fortune, Zelda est l'élève la plus âgée, et la moins douée. La plus assidue. Elle souffre, elle danse, elle sue. Elle est exténuée par sa vie, elle a les pieds abîmés, les muscles déchirés. Elle est sous dépendance psychologique et physique. Elle est obsédée par Egorova, se demande si elle n'est pas amoureuse d'elle. Zelda déteste les homosexuels. Les femmes homosexuelles, c'est pire, ça la dégoûte. Elle rêve d'Egorova, elle a envie d'Egorova. Elle se touche en pensant à Egorova. Elle se hait. Elle est de plus en plus maigre, toute étincelle a disparu de son regard, elle est devenue anorexique. Scott travaille à son roman, les Murphy, la *Villa America*, Dick Diver, Nicole et puis cette petite Lois, oui cette petite Lois Moran, elle s'appellera Rosemary, une actrice, une nymphette, une fille qui fiche la pagaille, mais cela ne sert à rien, car rien ne sert jamais à rien. Scott en est persuadé aujourd'hui. Rien ne peut les sauver. Il faut juste continuer d'écrire. « *Tout un monde qui est le mien, un monde d'amour, de beauté, de sécurité s'est sacrifié à lui-même ici dans un ouragan de folie amoureuse.* »

Entre Scott et Zelda, rien ne va plus. Ils se parlent à peine, il boit, elle danse. Elle a des ombres noires sous les yeux, lui aussi.

– Tu traînes tous les soirs dans les bars.

– Tu traînes toute la journée dans un studio de danse.

Le taux de change qui avait attiré tant d'Américains à Paris n'est plus. Ils sont nombreux à penser que leur retour aux États-Unis est inévitable. Les MacLeish l'annoncent aux Murphy qui sont désespérés. Mais la carrière d'Ada est là-bas, et le père d'Archi ne va pas très bien.

– Je veux que mes enfants soient élevés comme de petits Américains, explique Ada à Sara qui ne comprend pas pourquoi.

Les Hemingway quittent Paris aussi. Sans regret. Pour Key West, la dernière d'un chapelet d'îles situées au large du golfe du Mexique. Le bout du monde. Un endroit loin des tumultes avec un minuscule port de commerce et des cabanons en bois pastel. La vie y est tranquille. Il y a un ou deux hôtels assoupis, ensevelis sous les ficus. Les voyageurs s'y arrêtent avant de reprendre leur route vers Cuba. Les maisons sont en bois et les rues ombragées ont un charme exotique. C'est bourré de coqs en liberté et de chats sauvages, ils font bon ménage. Le paradis sur terre. Ernest s'acoquine avec Charles Thompson, qui possède la plupart des commerces de l'endroit. Au 428 Green Street, le *Sloppy Joe's* devient le QG de l'écrivain. C'est un antre obscur dont le bar est surmonté d'un tableau de Custer tirant ses dernières cartouches. La principale activité de Josie Russell, le patron, est la contrebande de rhum avec Cuba. Ernest est en terrain conquis. Autre chose que les soirées chez la vieille gouine, comment s'appelait-elle déjà ? Winnie, princesse de Polignac.

Grâce à l'avance de Scribner, les Hemingway peuvent emménager dans une villa ravissante sur South Street. Une maison de style colonial espagnol en pierre taillée, sise au cœur d'un jardin luxuriant, une vraie jungle. Elle est entourée de balcons avec des portes-fenêtres en arc de cercle et de grands volets rabattus. Elle appartenait à un capitaine de marine mort de la fièvre jaune. De six heures à midi, Ernest se penche sur sa machine à écrire. Entouré d'une tripotée de chats dont Snowball, polydactyle, cadeau d'un ami de beuverie. Il écrit une histoire d'amour tragique entre un ambulancier américain et une infirmière anglaise. C'est la guerre en Italie, futile et destructrice. Il s'inspire de ce qu'il a vécu. *L'Adieu aux armes*, il a déjà son titre.

– Si Patrick continue à hurler, Pfife, il est certain que je ne pourrai plus écrire pour l'entretenir.

Patrick, leur bébé. Quand l'air est lourd, une brise légère fait trembler les palmes. Cela crée des reflets avec le soleil que cherche à saisir l'enfant.

– Nous allons déplacer la cuisine extérieure à l'intérieur, puis transformer l'annexe en bureau, déclare Pauline, pragmatique. Patrick a mal aux dents, il ne va pas s'arrêter de pleurer. Donc c'est à toi, Papa, de prendre tes dispositions.

L'après-midi, Ernest rejoint Charles Thompson et Eddie Bra Saunders. Ils partent à la pêche au thon ou au marlin. Tout le monde les connaît, on les surnomme « The Mob ». Pour la première fois depuis longtemps, Ernest a l'impression d'être à sa place.

Les premiers à leur rendre visite sont Dos Passos et Katy. Dos est au plus bas, écœuré par l'exécution de Sacco et Vanzetti.

– Ils me les ont tués, tu te rends compte, Hem ? Tout ce que j'écris aujourd'hui me semble de la foutaise, et tout ce qu'écrivent les gens que j'aime me semble de la foutaise.

– Merci, mon pote !

Alors qu'il part à New York récupérer Bumby pour Noël,

Ernest reçoit un télégramme de sa sœur Carol. Leur père est mort. Il s'est tiré une balle dans la tête. Des soucis financiers, des soucis de santé.

– Je m'attends à partir de la même manière, explique Hemingway à Pauline, horrifiée.

Le 21 mai 1927, Charles Lindbergh accomplit l'Exploit, la traversée New York-Paris sur le *Spirit of St Louis.* Il fait la une de tous les journaux. *L'Intransigeant* écrit : « Un cœur d'acier dans un corps d'oiseau. » Des deux côtés de l'Atlantique, c'est la liesse. Quand il rentre aux États-Unis, la première visite de Lindbergh est pour la mère de Nungesser, l'As des as de la Première Guerre mondiale qui a sombré avec Coli au large de Terre-Neuve. Dottie Parker débarque à Paris avec son chien Timothy. Esther Murphy, saphique et dégoûtante, épouse un économiste, John Strachey, tout arrive. Leur témoin est Oswald Mosley, tant qu'à faire, autant scandaliser jusqu'au bout. Rudolf Valentino meurt d'une septicémie et entraîne le suicide d'une vingtaine d'admiratrices. Dos Passos oublie ses prétentions soviétiques et décide d'en faire un livre.

Le 14 septembre, à Nice, Isadora Duncan meurt, étranglée.

– Victime de la complicité trop étroite entre une crapuleuse petite voiture de course et un châle à franges, estime Cocteau.

Et puis un *Dôme*, une *Rotonde*, quoi, il ne manque qu'elle, *La Coupole* ! Le 20 décembre 1928, *La Coupole* s'offre le boulevard Montparnasse, le succès est immédiat. Mosaïques au sol, tonalité Art-déco et forêt de piliers pullulent. Et bientôt, au 31 boulevard Quinet, une façade Art-déco égyptisante, c'est *Le Sphinx*, nouveau bordel de la Rive gauche. Il est décoré par Van Dongen, des scènes lascives de l'Égypte des pharaons couvrent les murs. Les filles sont belles, drôles, en bonne santé, elles ne font qu'un petit nombre de passes par jour et bénéficient des congés payés. Kisling y choisit ses modèles.

Elle est née à Paris, cette impression que le monde devenait plus sombre, songe Scott Fitzgerald. Mais pour qui sonne le glas des années folles ? Spectaculaires, oh oui, elles l'ont été. Effervescentes et tonitruantes. Et maintenant ? Fitzgerald sort de chez *Maxim's* bien éméché, bouscule le jeune Jean Bugatti, saute sur un triporteur qui traînait par là et fait le tour de l'Arc de triomphe en sens contraire. Il ne s'est pas rendu compte qu'il avait oublié Zelda au vestiaire.

À Scott Fitzgerald,
1307 Park Avenue,
Baltimore,
Maryland

Juillet 1934,
Villa America,
Cap d'Antibes

« Pour Gerald et Sara, tant de fêtes... »

Vais-je commencer toutes mes lettres ainsi ? Gerald me sermonne, je te l'avoue, mais cela ne sert à rien. C'est une histoire entre toi et moi, l'histoire d'une trahison. Je dois aller au bout. Au bout de nous. De notre complicité. De notre amour. Que j'imaginais si vrai.

Certes, le danger à trop fréquenter les écrivains est d'être pris comme objet d'observation. « Tu es mon héroïne », combien de fois me l'as-tu répété ? J'étais prévenue. Ai-je été élevée pour cela ? Nous étions trois filles. Nous étions riches, nous étions belles, présentées à la cour d'Angleterre. Nous avions une maison à Cincinnati et une autre à East Hampton. Nous étions millionnaires. Mes parents m'aimaient. Je n'ai jamais été violée, abusée ou frappée. J'ai été aimée par Gerald, mon phare, le soleil de ma vie.

Et toi, Scott. Tu nous aimais tous les deux. Tu voulais être moi. Tu voulais être lui. Tu voulais notre vie. Nous étions votre reflet, à Zelda et à toi, le côté lumineux du négatif. Tu t'es dit qu'à nous fréquenter, on déteindrait sur vous. Cela s'est révélé faux, ça t'a surpris et tu as choisi de voler notre vie, de l'altérer. Oh Scott chéri ! Il y a des phrases que je ne peux accepter : « Et le remords l'envahit, brusquement, le remords de trahir elle-même, de déprécier avec cynisme ce qui avait été dix ans de sa vie. »

Tu réduis en miettes mon existence, tu prétends qu'elle est bâtie sur un mensonge. Il ne s'agit là que de ton propre drame. Ta tragédie est avant tout d'avoir du génie.

Regarde-toi, Scott, regarde Zelda, regarde la manière dont vous élevez votre fille. Je sais que tu l'aimes plus que tout, que tu fais ce que tu peux pour la préserver. Mais c'est un peu tard. Ernest est d'accord avec nous. Il était fou en lisant ton livre. Il estime que tu nous as truqués. C'est une trahison, il me semble, non ?

Tu écris à Gerald : « J'ai été inspiré par Sara et toi et par ce que je ressens pour vous deux et pour votre manière de vivre. Dans la dernière partie, Zelda et moi prenons la relève car nos couples sont identiques. » C'est faux. Je réfute toute ressemblance avec Nicole et Dick Diver. Avec Zelda et Scott. Tu voulais être Gerald, tu voulais que je sois Zelda, cela t'aurait bien arrangé. Souviens-toi de notre conversation, rue Gît-le-Cœur, je t'expliquais que tu ne savais rien de la nature humaine. Tu as beau nous connaître depuis dix ans, tu ne sais toujours rien de nous.

« Les gens montrent toujours la meilleure image d'eux-mêmes, en présence des Murphy », disais-tu. Avec cet ouvrage, tu as montré le pire, Scott. Et pourtant, je t'aime. Comme mon fils,

comme mon frère. Tu me bouleverses. Tes yeux embués de larmes dès que je te contrarie, tes bras qui m'étouffent dès que je te pardonne. Pourquoi ai-je cette impression de gouffre quand je suis avec toi ? Ton enthousiasme m'emporte, ton talent me fascine, ta personnalité me captive. Mais tes pleurs, tes cris, tes soûleries, tes disputes avec Zelda, je n'en peux plus. Je ne veux plus de toi dans ma vie. Je veux que tu disparaisses. Je t'aime, Scott. Pas comme Zelda, mieux qu'elle. Je t'aime avec candeur, je t'aime avec force, je t'aime d'un amour merveilleusement chaste.

Ces jeunes gens tristes que tu décris si bien, c'est vous, Scott et Zelda. Tu guettes le bruit et la violence, tu es un enfant perdu, sans héritage. Tu as fait de Dick un homme seul. Il y a en toi quelque chose de traqué. Ton roman est merveilleusement écrit, c'est le roman de l'échec et de la ruine. Et puis ce titre, Tendre est la nuit, *le poème de Keats.* L'Ode au rossignol *est d'une tristesse, les séductions de la mort, c'est comme ça que tu nous vois, mon chéri ? Un jour, tu m'as dit que toutes les histoires qui naissaient dans ta tête avaient une touche de désastre, c'est vrai.*

Je me souviens de cette soirée ici, Villa America, *il y a quelques années. Tu m'avais dit, « quand je rencontre des hommes qui me plaisent, je veux leur ressembler. J'ai rencontré un couple qui me plaît. Je veux être Gerald Sara, je veux renoncer à tout pour être Gerald Sara. Et toi, tu seras à moi. Et lui aussi ». Tu m'as fait peur. Quelque chose de charnel étincelait dans ton regard. Plus bas, sur un muret, Zelda éclatait d'un rire démoniaque et faisait fuir les geckos.*

Finalement, tu es comme Ernest, incapable de pardonner aux riches d'être riches. Tu mimes le bonheur, mais tu es indifférent à tout. Tout cela n'est qu'une lamentable aventure. Je pense au geste de la main de Dick Diver quand il quitte la plage, sa bénédiction. Le temps presse, Scott, j'aurais tant aimé danser un dernier tango avec toi, le bonheur est impatient. Mais tu n'as jamais cessé de boire. Et notre amour vertueux succombe à ce livre.

À toi, mon amour traître

Sara

1929-1940
Tant de failles

« Parfois, en les voyant, on pense à des personnages
de ballet. On les trouve charmants sans plus.
On ne leur accorde pas plus d'attention qu'à des danseurs.
Mais, quand on connaît toute l'histoire,
ça va beaucoup plus loin. »

1929

Venise – Paris – Montana

Cet été, au cap d'Antibes, Patrick a très mal au ventre. Il maigrit et tousse beaucoup. Il ne joue plus avec son frère et sa sœur. Il ne réclame pas Scottie. Le docteur diagnostique une bronchite. Sara n'est pas convaincue, on rentre à Paris à toute allure.

Cet été, à Venise, Diaghilev rejoint Serge Lifar à l'*Hôtel des Bains*. Il descend sur la plage du Lido et scrute le rivage. Une foule de vieilles aristocrates ont pris possession des tentes sur la grève et s'attendent à ce qu'on vienne leur présenter ses hommages. La princesse Jane di San Faustino arrive toujours de bonne heure et s'installe au pied des escaliers. Elle bridge et pique des crises épouvantables dès que le jeu lui est défavorable. On passe devant elle pour regagner l'hôtel. Et l'on s'incline discrètement en la frôlant. Qui est cette femme noyée dans sa graisse qui caresse amoureusement le dos d'un éphèbe glabre ? Une ancienne danseuse étoile. Tiens, un couple comme on les aime, Adolf de Meyer, photographe de *Vogue*, inventeur du glamour et autres portraits glacés. Sa femme Olga, camée jusqu'à l'os, crie partout qu'elle est la fille naturelle d'Edouard VII. On les surnomme Pédéraste et Médisante. Médisante se remet avec peine de sa romance avec Winnie de Polignac. On compatit. Au loin, la Casati, entièrement ruinée, titube sur le sable.

– Encore soûle, estime la San Faustino, à midi.

La plage est un spectacle permanent.

Diaghilev est fatigué, il a perdu du poids. Avec son œillet à la boutonnière, sa mèche blanche qui contraste sur ses cheveux teints, sa moustache soigneusement taillée, il donne le change. Mais son corps est couvert de plaies, il souffre d'un diabète mal soigné. À moins que cela ne soit sa passion pour le jeune Markevitch, un adolescent de seize ans qui lui a confié, sous le sceau du secret, son amour pour Ravel :

– Je ne suis intéressé ni par le passé ni par le présent, mais par ce qui est éternel.

Et Diaghilev en devient fou ! Il décide de faire son éducation, l'emmène à Londres, à Baden-Baden, à Munich, où ils déjeunent avec Richard Strauss. Diaghilev est gai, si heureux qu'il en pleure. Puis Markevitch part à Vevey et Diaghilev rejoint Venise. Il y arrive épuisé. Serge Lifar s'inquiète, appelle les médecins qui constatent une grande fatigue, des rhumatismes, du surmenage. Le mal empire. Le 12 août, il se met au lit pour ne plus en ressortir. Puis il envoie un télégramme à Kochno :

« Santé pas bonne, quand viens-tu ? »

Le 14 août, il réitère :

« Suis malade, viens tout de suite. »

Le 17 août, Kochno arrive, et Diaghilev l'accueille, soulagé.

– Maintenant que tu es là, tout ira bien.

Coco Chanel et Misia Sert débarquent bruyamment du yacht du duc de Westminster pour embrasser leur ami, elles trouvent un moribond. Le 18 août, Diaghilev sombre dans le coma. Misia lui tient une main, Chanel l'autre. La chambre est baignée de soleil. De chaque côté du lit, Kochno et Lifar, agenouillés. Qui se détestent. Sont russes tous les deux. Qui commence ? L'un se jette sur l'autre. Ils s'étripent sur le cadavre encore chaud de Diaghilev. Un rugissement dans le silence. Un corps à corps, les coups pleuvent. Des chiens enragés. Des gitons meurtris. Et des funérailles à l'église orthodoxe de Venise. Un chœur orthodoxe aux voix profondes. Un service funèbre d'une incroyable gravité. Kochno et Lifar se jaugent. L'un, immobile et raide, jette de temps en temps un air méprisant sur l'autre, excessif et théâtral. À la fin de la messe, le cercueil, croulant sous les fleurs, est déposé sur une barque noir et or. Elle emprunte les canaux de la lagune jusqu'à l'île cimetière de San Michele. Les gondoles glissent sans un bruit sur l'Adriatique, sombres silhouettes effilées sur l'eau trouble, le coucher de soleil est à couper le souffle, la mort silencieuse. Étonnant pour celui qui a inventé le bruit et la fureur, les couleurs et la musique. Sara et Gerald Murphy sont là, dévastés. Chanel, Misia, Jean-Louis de Faucigny-Lucinge et sa belle-mère Catherine d'Erlanger. Toute une cohorte d'admirateurs éplorés, d'anciens amants. Près d'une trentaine dans le sillage de la macabre embarcation. Le prêtre prononce sa dernière bénédiction, le cercueil est descendu dans la fosse. Lifar demande à Picasso de dessiner un mausolée. Ce dernier refuse. Par peur de la morbidité ou parce que le prix proposé est trop bas ? Lifar et Kochno se partagent l'héritage. Sara est inconsolable. Gerald la serre contre lui. Ils sont inquiets sans trop savoir pourquoi. Le café *Florian* est peuplé de fantômes, Venise figée dans la brume. Entre deux *spritz*, on cherche à rallumer la flamme slave.

– Un esprit agile, capable de s'adapter à tout, tellement russe.

– Il ne vivait que pour l'art qu'il plaçait au-dessus de toute valeur humaine !

– Superstitieux en diable, citoyen du monde, il était chez lui partout.

– Un homme du siècle, représentant classique d'une époque instable.

– Il croyait en la religion de la nouveauté…

Le Grand Canal égrène le clapotis des gondoles, les passants s'égarent dans les venelles, ce n'est pas seulement la mort de Diaghilev dont il est question, mais de celle de ce miracle, ce phénomène prodigieux qu'on appelait « les Ballets russes ».

Cet automne, à Paris, une proposition exceptionnelle est faite à Zelda Fitzgerald, une proposition qui ne se reproduira jamais. Sur les conseils de Lioubov Egorova, Julia Sedova, la patronne des ballets de l'opéra de Naples, lui offre un solo dans *Aïda*. Un premier rôle qui peut déboucher sur mille autres. C'est une chance, une aubaine, c'est le début d'une carrière. Zelda est écartelée. Elle sait que Scott déteste l'Italie et n'y fichera pas les pieds. Mais surtout, elle manque de confiance en elle.

– Vas-y, je t'attends à Paris.

Zelda se torture. Est-elle faite pour cette vie seule à Naples ? Exister sur un maigre salaire, dans un logement de piètre qualité ? Saura-t-elle travailler tous les jours, se donner en spectacle le soir ? Tiendra-t-elle le coup ?

– Les Italiens adorent les blondes, poursuit Sedova.

– Oui, les anges de Fra Angelico, ricane Scott.

Alors, Zelda refuse. Par peur de quitter sa vie, sa vie qu'elle brûle par les deux bouts. Elle fait installer de grands miroirs et des barres d'entraînement dans le salon de leur nouvel appartement, au 10 rue Pergolèse.

– Mais comment allons-nous recevoir, mummy ? demande Scottie en rentrant de l'école.

– Personne ne vient jamais chez nous, les gens ne nous aiment pas.

Zelda travaille toute la journée, ses pointes, ses arabesques, ses entrechats et ses cabrioles. Elle évolue dans un monde qui n'appartient qu'à elle, personne ne peut l'atteindre. Elle jeûne, boit des litres d'eau, puis jeûne à nouveau. Elle dépérit. Elle est au bord de l'effondrement. De plus en plus obsédée par Egorova, qu'elle surnomme Love. Elle méprise les lesbiennes, mais elles la fascinent. Esther Murphy lui fait visiter l'atelier de Romaine Brooks, rue Raynouard. Au *Monocle*, boulevard Edgar-Quinet, les femmes surgissent en smoking avec les cheveux lissés en arrière, gominés et très courts. Zelda trouve cela follement excitant. Scott la surveille, la regarde s'épancher, il est prêt à la rattraper dès qu'elle trébuche.

– Je suis insatisfaite sexuellement, mon mari ne couche pas avec moi, explique Zelda à ses nouvelles amies.

Elle se met à l'écriture et publie quelques nouvelles, pas mauvaises, et reprises pour la plupart par Scott.

– Les fleurs me parlent, Goofo.

Scottie prend le meilleur de ses parents, le reste, elle le trouve chez les Murphy auprès de son ami Patrick. Mais, ce jour-là, quand s'ouvre la porte de la rue Gît-le-Cœur, Scottie sent son petit cœur se briser. Gerald est blême.

– Patrick ne peut te recevoir, Scottina, il est au lit avec une forte fièvre.

Scottie aperçoit Sara, qui fait les cent pas dans le salon, la mine défaite, anéantie.

Un autre jour, s'en retournant d'un déjeuner chez les Joyce, Zelda se dispute avec Scott. Scottie, à l'arrière de la voiture, est plongée dans un livre et fait semblant de ne pas entendre. Elle pense à Patrick. Elle n'a aucune nouvelle et s'inquiète. Quand, soudain, l'Aston Martin braque et s'encastre sur le pont de la Concorde. Scott hurle. Zelda a saisi le volant, elle a failli précipiter la voiture dans la Seine.

– Pourquoi, mummy ? demande Scottie en essuyant ses larmes.

Zelda éclate d'un rire nerveux avant de se mettre à sangloter.

– Tu veux nous tuer, ta fille et moi ? Qu'est-ce qui se passe, Zelda ?

– Mais enfin, tu n'as pas vu, il y avait un cheval au beau milieu de la route !

Scott et Scottie se fixent, sidérés. Il y a vraiment un problème. Zelda ne voit pas les mêmes choses que tout le monde. Elle s'étonne. Elle s'amuse. Elle s'agace. Elle pleure. Les crises de nerfs se succèdent.

– Les gens sont étranges, précise-t-elle, ils ont les bras trop longs ou la tête tordue. Les gens se moquent de moi. Les gens me détestent, non ? Pourquoi les gens ont-ils la tête qui pend sur le côté ?

– Daddy, mummy n'est pas drôle du tout, estime la petite fille de huit ans, en embrassant son père avant de se coucher.

Scott hausse les épaules, prend Scottie dans ses bras et la porte jusqu'à son lit. Puis il va boire un verre à Montparnasse, il a l'impression d'avoir perdu son inspiration. Il croise une blonde longiligne et glaciale, tout juste débarquée de New York. La fille est tombée dans les yeux de Man Ray et devient son assistante. Puis sa maîtresse. Lee Miller, tout d'une héroïne, songe Fitzgerald.

Le 27 septembre 1929, Scribner publie *L'Adieu aux armes*. Le succès est immédiat et installe Hemingway parmi les maîtres américains. La critique est unanime. On lit dans le *New York Sun* : « *L'Adieu aux armes* est la plus belle chose qu'Hemingway ait écrite à ce jour. » Le *Chicago Tribune* évoque « le roman le plus intéressant de l'année », le *New York Herald Tribune* écrit « si riche d'idées », le *London Evening Standard* titre « un livre étrange et original » ! Le premier tirage de trente mille exemplaires est vite épuisé. Il est suivi de deux réimpressions en octobre et d'une nouvelle en novembre.

Dos Passos s'est enfin décidé à épouser Katy Smith. Il est en train de terminer son *42e parallèle*, et félicite son ami :

– Cher Hem, tu es le roi du racket de la fiction !

Hemingway remercie Fitzgerald de son mot et de ses compliments. « Ces affreux moments de dépression où l'on se demande si cela vaut quelque chose… »

Un jour d'octobre, les murs se fissurent un peu partout. Mais nulle part autant que chez les Murphy. Un jour d'octobre, Patrick tousse, il a des douleurs intestinales, il est fiévreux. Un jour d'octobre, Patrick crache encore plus que d'habitude. Du sang. Le médecin est à son chevet. Il se nomme Armand-Delille, il vient d'entrer dans la vie des Murphy. Un jour d'octobre, les châteaux Tudor de la 5e Avenue s'effondrent. Les gens crient à la ruine, certains sautent par les fenêtres des gratte-ciel de Wall Street, d'autres se tirent une balle dans la tête, beaucoup se pendent ou s'ouvrent les veines à leur bureau. Ce n'est rien à côté du séisme qui s'abat chez les Murphy. Tuberculose. Patrick est contaminé par le bacille, un poumon est abîmé. L'autre va bien. Pour le moment. Il faut quitter Paris illico et se ruer dans un sanatorium en Suisse. Un traitement par le soleil, la lumière et le grand air, c'est la seule chance de survie du petit garçon.

Gerald et son fils partent aussitôt pour Montana, dans le Valais. Un petit village au bord d'un lac, à mille deux cents mètres d'altitude. Posé sur un plateau ensoleillé, au-dessus des nappes de brouillard, en contrebas du glacier de la Plaine Morte. Patrick vient d'avoir neuf ans. Pour la première fois, la famille est séparée. Honoria est peut-être atteinte, Sara lui fait faire des examens à Paris. Fausse alerte. Et Baoth, Baoth ne quitte pas sa mère, c'est tout. Les Hemingway proposent de le recevoir à Key West, Sara refuse. Elle ne peut vivre sans lui. Dottie Parker débarque à Paris pour prendre des leçons de français. Sara lui demande de l'accompagner en Suisse. Dottie hésite, elle doit travailler à son nouveau roman, elle demande conseil à son meilleur ami, Bob Benchley, qui ne lui répond pas. Alors elle accepte. C'est la décision la plus bête qu'elle ait prise de sa vie, mais certainement la plus gentille.

Et Dottie s'embarque pour la Suisse avec Sara, Vladimir et les deux enfants. Plus trois chiens, onze malles et dix-neuf sacs de voyage. Il y a trois changements de train. Dont un funiculaire qui tournicote de Sierre à Crans. On traverse des vallées grignotées de vignobles, des pentes percées de torrents déchaînés, des forêts de sapins aux essences réputées favoriser la guérison des maladies pulmonaires.

Ils s'installent au deuxième étage du *Palace Hotel*, un paquebot immaculé à flanc de colline, orienté vers le sud et protégé des vents d'ouest. Avec une vue assez morbide, la montagne, noire et menaçante. Un hôtel, non, un sanatorium résidentiel pour les malades et leurs familles. La façade est en gradins, avec un étagement de terrasses pour les bains d'air et de soleil. C'est glacial et sinistre. La plupart des docteurs sont tuberculeux, les infirmières aussi. On désinfecte cinq fois par jour. Partout. Les halls, les chambres, les escaliers. La seule manière de guérir, c'est le repos, le soleil et le froid. L'endroit est ventilé en permanence avec l'air des Alpes, les fenêtres ouvertes, il fait plus chaud dehors que dedans. Pour dîner, on porte du tweed, un anorak, un plaid, plus une écharpe, un bonnet, des gants et des galoches. Quand on sort, on se découvre un peu. Pas un bruit dans l'entrée ou les couloirs. Les sons sont étouffés, les souffrances gelées, les sentiments endormis. Quand Dottie Parker se met à sa machine à écrire, une infirmière frappe à sa porte et la prie d'arrêter ce tac-tac incessant, cela trouble les malades. Les Murphy louent une suite de six pièces attenantes à la chambre de Patrick, qui, lui, doit être isolé. Baoth et Honoria sont terrifiés. Ils ne comprennent plus rien. Pourtant, Sara explique le bacille de Koch, cette saleté. Patrick va-t-il mourir ? Le docteur dit que les tuberculeux doivent dormir dans une chambre sans chauffage. Le docteur dit qu'Honoria et Baoth n'ont pas le droit de voir leur petit frère. Gerald s'installe dans la chambre de Patrick. Baoth et Honoria s'agrippent au balcon et se penchent pour l'apercevoir. Mais ils ne distinguent qu'un lit blanc avec une silhouette recroquevillée. Qui est-ce ?

Gerald ne quitte pas le chevet de Patrick. Il s'occupe de tout, couche son fils, refait son lit, le porte dans ses bras, va chercher une autre couverture, change le bassin. Pour amuser Patrick, il s'est travesti en berger suisse. Il porte une veste brodée d'edelweiss sur une culotte de peau, avec un godet en bandoulière, taillé dans une corne de vache. Parfois, on l'entend pleurer à travers la cloison. Et puis supplier aussi. Prier tout le temps. Quand vient l'heure du traitement, il sait qu'il ne pourra le supporter, il a besoin de toute la force de sa famille. On chante dans la pièce à côté, Baoth et Honoria ont la voix fluette, Vladimir bat la mesure, Dottie et Sara fredonnent en chœur. Des chansons russes, ou bien américaines, des comptines enfantines avec des petits chevaux, des gamins dans un canoé, des bourdons et des canards. Par le balcon, Baoth et Honoria ont aperçu la grande aiguille. La plus grande aiguille que Baoth et Honoria ont jamais vue de leur vie. Sara et Gerald aussi. Longue, épaisse. Introduite sous l'aisselle, elle transperce le flanc de Patrick entre les deux côtes, une injection de gaz de trois cents centimètres cubes, directement dans le poumon infecté. Pour le rétracter, empêcher que l'infection se répande à l'intérieur. On bloque le poumon infecté. On l'enveloppe d'une membrane protectrice qui doit étouffer le bacille. Patrick ne survit que sur un poumon. La peau du garçon est fine et tendue. Bientôt noire, puis jaune. Les larmes silencieuses de Patrick. La souffrance et la peur. Il ne se plaint jamais. Honoria lit *La Dame aux camélias*, Baoth se passionne pour Chopin. Ils entendent les chuchotements de leurs parents, les conversations de Dottie et Vladimir. Ils ont besoin de trouver leurs propres réponses. Ils ne savent pas combien de temps dure l'enfer. Qui le sait ? Gerald est anéanti. À chaque infiltration, il serre la main du petit garçon. Une aiguille tous les quinze jours pendant deux ans peut-être, autant dire indéfiniment. La force de cet enfant malade est impressionnante, sa maturité devant la douleur et l'inéluctable, l'espoir qu'il puise dans le regard de ses parents. Alors, Gerald fait le clown. Gerald est un berger suisse dans les alpages. Gerald a perdu sa biquette. Attention au loup, attention au loup ! Non, ce n'est pas sa biquette, mais une vache qui le charge, Gerald fait le tour du lit en courant. Au moins dix fois. Le petit Patrick n'a pas la force d'applaudir. Mais ses yeux se plissent. Une larme roule sur sa joue diaphane.

Honoria et Baoth ont escaladé le balcon. Collés l'un à l'autre, derrière la vitre, ils aperçoivent leur père un pot de chambre dans une main, un thermomètre dans l'autre. Un chapeau de paille sur la tête, ses bas rouges, sa veste à liserés. Gerald sert les repas de son fils, lui donne ses médicaments, change ses draps, le redresse, l'installe dans la chaise longue, le tire sur la terrasse. Toute l'énergie qu'il mettait à recevoir leurs amis, préparer des cocktails, inventer une plage, est concentrée aujourd'hui sur Patrick. Il ne vit que pour sauver son fils, apercevoir un sourire sur le visage opalin de son garçon. Gerald prépare la chambre pour la nuit. Elle est glacée. Il dort à ses côtés, dans le fauteuil, il lui tient la main. Sara a décoré leur suite avec des coucous suisses qui s'égosillent, des plaids, des peaux de daim, des tapis de mouton. On se croirait chez le grand-père d'Heidi. Elle fait semblant, elle essaie d'apporter de la joie dans leur petite communauté. Personne ne la voit pleurer, mais ses yeux sont marqués. Gerald a installé une table sur le côté du salon, le bar. Il essaie des mélanges de vin chaud, du *glühwein* mêlé à du génépi, un peu de cannelle, un rien de citron vert, on dirait un médicament. Cela a le mérite de chauffer le sang.

Ernestine, la cuisinière, et Clément, le chauffeur, ont rejoint la Suisse avec la Chrysler de Gerald. Ainsi qu'une nouvelle gouvernante, Mamzelle Roussel, qui prend la suite de l'éducation des enfants. L'après-midi est consacré aux animaux, on se promène sur les sentiers enneigés avec le singe Mistigris et tous les chiens. Baoth et Honoria tirent leur luge à la recherche de versants pentus. Le soir, on boit du vin tiédasse avant de se coucher à neuf heures. Ils dorment tous avec leurs anoraks, ils parlent tout bas dans leurs rêves, ils se réveillent à l'aube dans un cauchemar.

« J'ai toujours détesté la montagne, note Sara dans une lettre à Hemingway, je l'ai toujours trouvée triste et sinistre, maintenant je sais pourquoi. »

« Voici une photo de Patrick, écrit Gerald à Scott, une photo prise hier sur la terrasse. J'y tiens énormément. J'aimerais que tu la gardes, je me dis que cela lui portera chance, peut-être. »

Ils ont tous lu Thomas Mann et sa *Montagne magique*, ils connaissent sa haine des sanatoriums, ces boîtes capitalistes qui soutirent l'argent des riches malades pour les enfermer dans une existence ouatée. Mais quel autre choix ont-ils ?

Sur le balcon, dans une flaque de soleil, Patrick est allongé sur une chaise longue. Il agite sa petite main et murmure :

– Mama, mama, je t'aime.

Sara est étranglée par la détresse.

– Quand est-ce qu'on rentre à la maison pour de bon ? demande Baoth.

– Pas maintenant, chéri.

Honoria est persuadée que Patrick va mourir, même si

mama et Dow-dow n'y croient pas. Cela lui donne une force incroyable, elle veut profiter de son frère, elle s'en nourrit. Elle passe des heures sur la terrasse à le scruter. La vérité n'est connue que des enfants. Les adultes ont inventé le mensonge.

– Mama, Pook respire mal. Cela fait du bruit.

Sara et Gerald se précipitent, Sara essaie de se contenir. Gerald tourne la tête pour que personne ne voie les larmes couler.

– Mon fils, oh mon petit garçon ! s'effondre Sara.

– Ça va, mama, s'essouffle Patrick.

– Tu te souviens du phare, mon chéri ? Le phare de la Garoupe, commence Gerald en lui tenant la main. Le chemin du Calvaire, tu te souviens ?

– Oui, Dow-dow.

– Il y a cette chose que je ne t'ai jamais dite.

Baoth et Honoria se rapprochent, ils s'asseyent en tailleur, bien emmitouflés dans leurs anoraks, ils écoutent.

– Il faut monter à pied au milieu des chênes verts, sinon cela ne marche pas. Il faut qu'elles sentent l'effort.

– Qui ça, elles ? demande Honoria.

– Les fées, ma chérie.

– Quelles fées ? murmure Patrick.

– Il faut monter jusqu'au phare à pied par le chemin du Calvaire. Cueillir des fleurs. Un bouquet de coquelicots, de boutons-d'or, de bleuets… S'arrêter devant chaque station et y déposer une fleur. Grimper toujours. Quand on parvient enfin sur le promontoire, il faut contourner le cadran solaire. Entrer dans la chapelle. Il y a des ex-voto sur tous les murs. Il faut les observer jusqu'à s'abîmer les yeux. Et puis, attendre la nuit. Alors, enfin, on peut s'appuyer contre le phare. Souviens-toi, Patrick, mon chéri, il balaye la baie des Anges de sa lueur fantomatique. Les fées sont là. Elles dansent sur son rayon. Le phare leur appartient. Elles l'allument chaque soir. C'est leur royaume.

Personne ne le sait, personne ne peut les voir. À moins d'en connaître le rite, le chemin du Calvaire, les ex-voto, Notre-Dame-des-Amoureux. Les fées dirigent les bateaux dans la nuit. Parce qu'un jour, il y a très longtemps, une petite fée tomba amoureuse d'un marin parti en Amérique du Sud. La fée l'attendit. Toutes les nuits. Elle illumina le phare et s'assit sur le rai de lumière. Dès lors, les fées du monde entier ont pris possession des sémaphores. C'est un secret, nous sommes peu à le connaître. Car nous, Murphy, nous sommes les amis des fées.

– Tes fées, chuchote Patrick, ce sont des anges.

Il ferme les yeux, son visage est exsangue.

– Tu crois ? s'étonne Gerald.

– Ça veut dire que je vais mourir, Dow-dow, si ce sont des anges.

– Ça veut dire que tu vas guérir, mon grand garçon.

– Retourne là-bas, Dow-dow, ordonne Baoth, tu peux retourner là-bas et leur demander de sauver Pook !

Vladimir serre Honoria contre lui. Dottie fuit à l'intérieur cacher ses larmes. Sara, Sara est complètement perdue, elle regarde autour d'elle en se demandant à quoi se raccrocher.

– Et pourquoi il revient pas, le marin ? demande Honoria.

– Peut-être qu'il a la tuberculose, répond Baoth, l'air fermé.

– Il s'est endormi, constate Gerald en regardant Patrick, je vais le rentrer dans sa chambre.

La tête du petit garçon a roulé sur le côté. Ses petits bras pendent le long de la chaise longue. Les jambes fines, les os si légers de Patrick, Gerald soulève son fils et va le coucher dans son lit. Un poids plume.

Le 7 novembre, c'est l'anniversaire de Sara. On donne une fête joyeuse, comme avant. Un gâteau et du champagne. Tout le monde applaudit. Vladimir chante *Kalinka*, Gerald et Sara dansent une polka. Des cadeaux pour chacun. Même aux chiens, au singe. Gerald offre à Honoria un canari, Dicky, et à Baoth, un perroquet, Cocotte. Qui n'aime rien tant que se poser sur l'épaule de Gerald. Et Gerald est terrifié.

– Oh le bel oiseau, oh le gentil petit perroquet ! Tu vas retourner sur l'épaule de Baoth, n'est-ce pas, mon bonhomme ?

Honoria et Baoth ont le droit d'entrer dans la chambre de Patrick pour l'occasion. Sara boit trop de champagne, Gerald l'embrasse, ils sont ivres. Pauvre Gerald, songe Dottie Parker, pauvre Sara ! Qui aurait un jour pensé que l'on puisse affecter à ces deux-là cet adjectif ? Elle songe aux nuits chaudes de la *Villa America*, aux folles soirées du gai Paris, elle jette un coup d'œil dehors, la mort plane sur la crête, une mort insidieuse qui frappera sans prévenir, au moment où les héroïques Murphy s'y attendront le moins.

Le 10 décembre, Harry Crosby, quel chic type !, fait un pacte suicidaire avec sa maîtresse Josephine Rotch Bigelow à l'*Hôtel des Artistes*, à New York. Il lui tire une balle dans la tête, puis retourne l'arme contre lui. « Quelqu'un a fait une bourde », écrit Scott Fitzgerald, l'orgie la plus coûteuse de l'histoire est terminée.

1930-1931

Montana – Prangins – Bad Aussee

Aux quatre coins du monde, ils mènent un combat avec la création. Un duel à mort. Impitoyable. À Key West, à Montana, à New York, à Conway, à Paris, ils sont tous courbés sur leur machine à écrire. Des feuillets volettent, d'autres sont froissés, jetés en boule. Le staccato des touches les berce, les frappes fatales s'enchaînent, envoûtants cliquetis, la sonnette marque la fin de la ligne et le retour du chariot. Étrange bourdonnement. Hemingway enrage, Dottie Parker ricane, Dos Passos secoue la tête, Archie MacLeish peine, Fitzgerald soupire, après tout, ce ne sont que des écrivains.

« Guérissez mon fils unique ! J'ai confiance en vous. Je sais que vous pouvez le prendre chez vous. Que vous pouvez le guérir. » Scott est plongé dans *Tendre est la nuit*. Les mots ne viennent pas facilement, il s'accroche à la réalité qu'il connaît. Il en joue, il jongle avec la vie des Murphy sans aucun doute ni remords, il est dédié à son art.

Dorothy Parker rapporte ses journées à Bob Benchley, coincé au *New Yorker* : « Dis donc, Fred, si on m'avait dit l'an dernier, à cette époque, que je me trouverais aujourd'hui dans un sanatorium en Suisse, je me serais peut-être fait sauter la cervelle comme ce pauvre Crosby. Où serai-je l'hiver prochain, et toi, mon vieux copain ? Peut-être à Sing-Sing dans le couloir de la mort, qui sait ? »

Dottie fume comme un pompier. Elle est incapable de travailler à son recueil de poèmes, fracassée par le courage de Sara et Gerald. Son côté incisif et cynique en prend un sacré coup. Elle a une bonne descente, comme chacun d'eux. Quand elle boit trop, elle ne fait que des bêtises. Catastrophique, Dottie ! Elle insiste pour nettoyer les cages des oiseaux qui volent en éclats. On mettra une heure à récupérer le canari perché en haut des rideaux. Il faut la voir, cette petite bonne femme, à la frange régulière, au chignon serré, debout sur une chaise, avec son balai, en train de chantonner.

– Dicky, Dicky, oh le gentil Dicky, viens voir mummy, Dicky !...

Les enfants sont hilares, ils se tiennent les côtes. Le bien que ça fait, songe Sara.

Ils déménagent bientôt dans un endroit charmant à un kilomètre à peine du *Palace Hotel*. Un chalet de quatre étages, perché sur le versant sud, avec une vue spectaculaire, du Cervin aux aiguilles du Midi. Une route sinueuse passe devant le jardin et conduit aux pistes de Cry d'Er et Bella Lui. Les gens passent à ski devant le chalet *La Bruyère*. Les Murphy recréent en Suisse le royaume inventé de *Villa America*. Sara fait venir les derniers disques d'Amérique et remonte la manivelle de son phonographe toute la journée. On dîne autour de la cheminée qui crépite, fondue et raclette, viande des Grisons et pommes de terre. Les chambres ont des allures de cabanes dans les bois avec des troncs de bouleau en guise de colonnes et des coffres peints pour ranger les vêtements. Baoth et Honoria dorment dans des lits surélevés avec des couettes en plumes d'oie, des oreillers douillets et des bouillottes en plaid écossais. Un poêle brûle dans chaque pièce. Le bois blond se marie à la pierre de Luzerne et au fer forgé. Peaux de bête et fourrures couvrent les canapés et, dans le salon, le fameux coucou rapporté par Gerald de Genève. Sur les murs lambrissés, des trophées de chamois et de bouquetins. C'est un paradis d'une violence merveilleuse. Gerald invente de nouveaux cocktails chaque jour avec des baies, des airelles, du sirop. Vladimir fabrique une luge qui glisse plus vite que toutes les autres et Dottie, sirotant sa liqueur de prunes, raconte le cercle vicieux de l'*Algonquin*, les reparties d'Harpo Marx, l'humour d'Alexander Woollcott. On fait semblant, dans la fumée des cigarettes, les mots d'esprit s'envolent, tout est bien, tout est comme avant. Il ne manque que Zelda et Scott, on les imagine rampant par terre et bombardant tout le monde de boules de neige.

L'équilibre est si fragile, il ne repose sur rien. Gerald et Sara sont à fleur de peau. Un après-midi, mais d'où est-ce parti ? Incroyable, personne ne s'en souvient. Pourtant, ils sont tous là, c'est en février, Patrick se repose dans sa chambre, les autres déjeunent. Vladimir Orlov s'en prend gentiment à Dottie qui ne se remet pas de l'échec de son mariage avec Edwin Parker, Baoth veut sortir de table, il fait un temps superbe, il veut partir skier. Il trépigne, il a douze ans, cela fait plus d'une année qu'il est coincé en Suisse, qu'ils sont tous suspendus à la santé de Patrick. Baoth s'énerve, il ne tient pas en place. Gerald se retourne et lui fiche une gifle magistrale. La cuisinière en laisse tomber le plat de tomates farcies. Mamzelle Roussel pousse un cri strident. Tous les autres sont sidérés. Baoth est interdit. Il conserve sa main sur la joue, comme si elle avait été marquée au fer rouge. Dottie se lève furieuse, jette sa serviette par terre :

– Qu'est-ce qui te prend ? Tu es fou ! Je quitte cette maison, c'est impensable.

Gerald est effondré, il cherche le pardon dans le regard de

sa femme, elle est inflexible, une statue de marbre. On dirait qu'ils sont tous figés dans un endroit qui ne veut pas d'eux. Mais ils s'accrochent, ils restent, c'est la seule manière de sauver Patrick. Sara ouvre ses bras à Baoth qui se niche contre son sein et hoquette doucement.

Non, Dottie ne partira pas, c'est une amie fidèle. Une nouvelle fêlure affaiblit le frêle édifice. Faire renaître la *Villa America*, telle était l'idée de Gerald, c'est raté. On se regarde en chiens de faïence, on se jauge. Qui va exploser le premier ? À qui appartiennent ces larmes ? Gerald va très mal, se ferme. La maladie de Patrick les détruit tous. Et le krach boursier n'arrange rien. Car il faut continuer à vivre avec le cœur brisé et la menace d'une ruine financière. C'est toute l'existence des Murphy qui s'effondre. Ils finissent par vendre la rue Gît-le-Cœur, ils s'interrogent sur la *Villa America*, mais décident de la louer. Ils cèdent le *Picaflor* à un Sud-Américain. Vladimir imagine déjà un nouveau sloop. Tout ce qui compte, c'est de tenir ensemble, jusqu'au bout.

Gerald a cette idée étrange de se faire prendre en photo. Un portrait de lui, avec un chapeau, une gabardine, un portrait de lui selon cinq points de vue, cinq Gerald autour d'une table, comme s'ils allaient se lancer dans une partie de poker infernale. La métaphore d'une identité écartelée. Sara contemple la photographie et murmure :

– On va avoir du mal à se retrouver, Jerry.

– Je sais, Sal.

Gerald se pique de mysticisme et décide de faire une retraite. Seul. Sa femme et ses enfants sont désemparés. Habillé en paysan suisse, avec sa culotte de peau, ses grosses chaussettes à pompon, son gilet d'edelweiss et un immense sac à dos, il gravit le versant nord dans l'immensité blanche. À pied, appuyé sur un grand bâton noueux, il grimpe jusqu'à Notre-Dame-de-

Longeborgne, un monastère encastré dans la falaise des gorges sauvages de la Borgne. Un endroit retiré du monde, où l'on n'entend que le grondement du torrent. Les grottes, couvertes d'ex-voto, sont consacrées à saint Antoine de Padoue et Notre-Dame de la Compassion. Gerald a perdu son âme, il passe plusieurs nuits dans ce paysage grandiose, empreint de ferveur et de piété. Quand il redescend, il sait que jamais plus il ne touchera un pinceau de sa vie. Sa créativité est tarie, la fougue artistique s'est évanouie. Il n'a pas d'explications. Sa fortune a fondu, son fils ne vivra peut-être pas, Gerald Murphy est détruit et, pour la première fois de sa vie, il est incapable de le partager avec Sara.

Et il part. Il laisse derrière lui sa femme, son petit garçon malade, ses deux autres enfants, ses amis interdits, et il part. Sans dire quand il reviendra.

Il va à Bâle consulter le docteur Hans Schmid-Guisan, psychiatre, adepte de Jung, qui essaie de mettre de l'ordre dans l'esprit en morceaux de l'Américain. Gerald passe quinze jours dans un hôtel. Ne voyant personne. Prenant chaque matin le tramway pour aller chez le médecin. Quand il rentre au chalet *La Bruyère*, il ne raconte rien. Sara essaie de l'interroger.

– Oui, j'ai vu ce psy, deux heures par jour pendant deux semaines.

– Cela t'a fait du bien ?

– C'est un effondrement général, Sal, je suis en miettes.

– Jerry, nous devons traverser cela ensemble.

– Je crois que cela n'est pas possible.

La mort rôde alentour dans le Valais suisse.

Alors, Sara rameute les copains. Ils débarquent tous. Cette joyeuse petite bande d'amis fidèles, d'artistes, de peintres et d'écrivains. La souffrance de Gerald leur est intolérable. La fatalité injuste. Les Murphy ont inventé la joie, la gaîté, l'agape et le plaisir. C'est quoi, ce drame ? Quelqu'un s'est trompé en distribuant les cartes, quelle mauvaise farce ! Ils se retrouvent autour de la cheminée, le téléphone n'en finit pas de sonner, Picasso, Linda Porter, Natalia Gontcharova, ils veulent des nouvelles. Les Dos Passos sont arrivés hier avec les Benchley et s'installent à *La Bruyère* pour plusieurs semaines.

– Si Patrick vit à la bonne altitude, il a une chance de vaincre le mal, explique Dos Passos à Fitzgerald, resté à Paris, car Zelda débloque.

– J'arrive pour la chasse, je vous apporte la plus grosse dinde au monde, le four fait quelle taille ? demande Hemingway.

– Je propose une promenade en raquettes jusqu'à Crans, lance Gertrude Benchley, il y a deux kilomètres en empruntant la route des sommets.

Ernest et Pauline s'installent à l'hôtel *Mon Plaisir* avec leur bébé, Bumby est resté avec sa mère à Paris, Hadley est tombée amoureuse d'un journaliste du *Chicago Daily News.*

– Je peux t'emmener tirer une bernache, si tu veux, propose Ernest à Baoth.

– Oh, j'adorerais Papa.

– Debout demain sept heures, départ à huit heures, OK ? Et ensuite, on ira skier.

– Honoria ne sait pas.

– On va lui apprendre.

Pauline fait rôtir des oies et griller des marrons, Katy Dos Passos a rencontré un fermier qui produit le meilleur fromage des alpages et Gertrude Benchley se relaie avec Sara et Gerald au chevet de Patrick. C'est joyeux et sinistre, on rit, on boit, on pleure beaucoup. On installe des branches de houx partout. Une nuit, Hemingway, ivre mort, manque d'y mettre le feu. Cela ne l'empêche pas d'être debout aux aurores pour emmener skier les petits Murphy. On commence par Cry d'Er, la piste la plus facile. Baoth se débrouille très bien mais Honoria a du mal. Gerald les rejoint, il va mieux, il encourage sa fille. Hemingway sort de sa poche une plaque de chocolat suisse et la gamine reprend des forces.

– Descendre une piste, c'est formidable, explique Hemingway aux enfants, le plus dur, c'est la remontée. Regardez bien. On enrobe les skis de peaux de phoque, oui, comme ça, parfait. Ainsi on ne glisse plus et on grimpe, on grimpe, on grimpe. En pas de côté, bravo !

Hemingway est le meilleur des professeurs. Et les enfants, bientôt enchantés de leur séjour helvète. Ah, cette remontée des pistes à pied, fameux exercice physique, mais ils sont jeunes !

C'est une idée d'Hemingway ! Une idée géniale ! Montana, c'est le bout du monde, il n'y a rien. Alors quoi ? Il suffit de le créer, l'endroit où l'on pourra boire jusqu'à plus soif, s'enivrer, chanter, danser sur les tables, Montparnasse et Juan-les-Pins réunis, ici !

– Scott et Zelda doivent arriver, prévoit Dottie, créons un terrain de jeu adéquat.

Gerald et Sara louent un deuxième chalet, rue du Bourg. Ils le baptisent *Harry's Bar*, comme le bar du *Ritz* qui leur manque tant. Un comptoir en arc de cercle, en chêne, avec les bords en laiton. Des miroirs en verre gravé sur les murs, une frise d'étoiles rouges borde le plafond, des rideaux en vichy rouges et blancs autour des fenêtres. Des photos de Montparnasse, *La Rotonde*, *Le Dôme*, *La Coupole*, *Le Select*. Une caisse au bout du comptoir qui chante à chaque encaissement. Une machine à saucisses pend le long du bar. Des paniers de vendangeurs, des trophées de bécasses et de perdreaux tués par Ernest. Casseroles et marmites sont en cuivre, dans un rafraîchissoir au bout du bar, une bouteille de champagne dont le bouchon est prêt à sauter. Et puis des miroirs de sorcière sur les linteaux en bois, un bain-marie en laiton et porcelaine derrière le comptoir et un alambic en cuivre riveté au coin de la porte battante de la cuisine. Les tabourets, les chaises et les tables sont en bambou. Gerald fait faire des allumettes à l'enseigne du *Harry's Bar* de Montana et des agendas en cuir qu'il distribue aux clients. Sara embauche un chef de Lausanne. Cole Porter débarque avec un piano, un orchestre de jazz, qui vient de Munich, s'installe à demeure.

Tous les soirs, c'est la folie furieuse. L'endroit est plein à craquer. Au début, les riverains sont un peu sceptiques, puis ils se précipitent. Les Américains, de drôles de gens, reconnaît-on, mais, pour faire la fête, ce sont les plus grands ! Alors, on fait semblant, semblant d'être heureux, semblant d'avoir retrouvé la joie d'antan, les beaux jours de ces années-là. On goûte la tartiflette, les röstis, la tourte aux noix d'Engadine, on boit du riesling et du Cinzano, on s'imagine même skier sur le glacier. Robert Benchley, accoudé au bar, fait revivre l'*Algonquin* avec Dottie, ces deux-là sont copains comme cochons.

– Je te dis que j'atteindrai Plaine Morte !

Hemingway tape du poing sur la table.

– Je vais avec Papa, je vais avec Papa, assure Baoth, tombé dans le vin chaud.

– Ernest, tu descendrais de n'importe où mais, mon vieux, tu ne vas pas monter là-haut en pas de côté.

– Non, en traîneau.

– Et il descend comment le traîneau, sur des skis ?

– Et pourquoi pas, allez, Dos, bois un coup !

– Mama, mama, je vais skier à Plaine Morte avec Papa.

– Mon Dieu, soupire Sara.

Au fond d'elle-même, elle est soulagée, elle vient de gagner une bataille, celle de la dépression de son mari. Il reste le bacille de son fils, Sara n'abandonne jamais.

Ah le *Harry's Bar*, on n'a pas vu mieux depuis longtemps !

Quand Gerald se met au piano, Sara fredonne, c'est le chant du cygne, elle flirte avec la mort.

– À toi, Cole, hurle Dottie Parker, joue !

Le petit gars de Peru, Indiana, est devenu une star. Debout, un sourire coquin barrant son visage, Cole tape fiévreusement sur son piano, ça swingue, c'est trépidant et convulsif. Et tous de se mettre à chanter en chœur *Somebody Going To Throw A Big Party.*

À partir de mars, Patrick va mieux. Il reste dehors dans sa chaise longue, en plein soleil. Il a des conversations animées avec ses frères et sœur sur les statistiques, un truc qui le passionne. Il lit des ouvrages de mathématiques, des articles spécialisés. Il s'est pris de passion pour les eaux-fortes. Sara a fait venir de New York vernis et acides, plaques de zinc et pointes acérées. Bientôt il se lève et marche doucement devant le chalet.

– Pook peut faire du vélo avec nous, mama ? demande Baoth.

– Pas encore, chéri.

Gerald fait imprimer des cartes postales des eaux-fortes de Patrick qu'il envoie à tous ses amis pour les inviter à Montana. Un week-end, Gerald et Sara s'éclipsent en amoureux à Munich, pour voir *L'Ange bleu* au cinéma, avec cette inconnue épatante. Dottie fait des allées et venues à Paris, à chaque fois, elle ramène un nouveau chien, le dernier s'appelle Robinson.

– Tu ferais mieux de te trouver un nouveau mari, estime Honoria du haut de ses quatorze ans.

Les MacLeish passent en avril, il y a encore un peu de neige, ils sont stupéfaits devant la manière dont skient Baoth et Honoria. Helen Stewart, une infirmière qui s'était occupée de Patrick à sa naissance, demeure quelques mois avec eux. Patrick va beaucoup mieux, il prend même des leçons de patin à glace à la patinoire de Crans avec Honoria.

– Et Scottie, elle arrive quand ? demande-t-il à Scott qui débarque avec une mine de déterré.

– Pour les vacances, Patrick, pour les vacances, mon petit bonhomme.

Le 23 avril 1930, Zelda Fitzgerald est internée à la clinique *Les Rives de Prangins* à Nyon, entre Genève et Lausanne. C'est un endroit ravissant et paisible, un ancien domaine au cœur d'un parc arboré. *Hauterive*, la maison principale à la façade très blanche, domine le site. Tout autour, de charmants pavillons sont disséminés comme dans un hameau. L'entretien du vaste potager est assuré par les malades, il y a un jardin de curé avec des herbes médicinales, une roseraie, et un sentier de promenade qui chemine au milieu d'essences rares. Cette clinique est l'œuvre du docteur Oscar Forel. Disciple de Freud, amoureux de la musique, passionné d'art et de littérature, il est heureux d'accueillir Zelda et promet à Scott de la sortir de là. Zelda balance pêle-mêle une foule d'informations au médecin. Scott est un sale homosexuel qui n'arrive pas à lui procurer du plaisir, car il est fou amoureux d'un autre homme, une ordure celui-là, un pervers, Hemingway ! Scott l'a amenée ici de force, oh elle compte bien s'en échapper ! Le docteur Forel comprend qu'elle est victime d'obsessions fortes. Il diagnostique une schizophrénie aiguë. Zelda accepte d'être soignée par Forel, mais traite son associé Bleuler de fieffé imbécile.

Les débuts sont difficiles. Zelda s'isole, des malades comme des médecins, elle refuse de parler, de se laisser aller, elle s'enferme en elle-même. Oscar Forel donne des nouvelles quotidiennes à Scott qui n'a pas le droit de venir. Un jour, elle tente de s'enfuir. Il faut la retenir de force et l'attacher. Une quadruple entrave, les deux poignets et les deux chevilles sont ligotés au lit. Le docteur en informe Scott, qui remet tout en cause, se pose tant de questions.

– Est-ce ma faute ? demande-t-il au téléphone à Sara.

Il sanglote.

– Non, Zelda a toujours eu en elle cette faculté de se détruire, répond Sara qui est convaincue que Scott a sa part de responsabilité.

Mais à quoi bon l'enfoncer ? Le pauvre est si démuni.

Zelda s'automutile, on la bourre de calmants. Elle écrit à Scott. « Tout est tellement bizarre tu ne me reconnaîtras pas, j'ai perdu mon intégrité. Viens, viens me dire comment j'étais avant, Goofo. »

– Docteur, je suis à Lausanne, elle veut me voir, elle me l'a écrit, puis-je lui faire une petite visite ?

La réponse du médecin est sans appel. Il exige une séparation assez longue. Scott accepte, même si cela le dévaste. Il erre d'hôtel en hôtel. De Glion à Vevey, de Caux à Genève. Il refuse de trop s'éloigner. Il est seul. Il ne peut imposer cela à sa fille, elle en a déjà assez vu.

Scottie demeure à Paris avec sa nouvelle nounou, mademoiselle Serze. Elles sont installées au 32 rue des Marronniers, dans le XVIe arrondissement, tout près de chez Richard et Alice Lee Myers qui veillent sur elle. Scottie est en huitième au cours Dieterlen. Elle apprend des tirades entières de Corneille ou Racine qu'elle récite à son père au téléphone.

– La Suisse est une autre vie, explique Scott. Les noms des hôtels et des villes sont écrits en plates-bandes de fleurs et les réverbères portent des couronnes de verveine et de cytise.

– Tu crois, daddy, que je peux téléphoner à mummy ?

– Non, chérie, mais tu peux lui écrire.

– Tu crois, daddy, que je verrai bientôt Pook ?

– Bientôt, oui. Je viendrai te chercher, nous irons voir ta maman et puis Patrick, et nous resterons là-bas tout l'été.

– Croix de bois, croix de…

– … fer, si je mens je vais en enfer.

– Je t'aime, mon daddy.

– Moi aussi, Scottina.

Le docteur Forel est persuadé que la guérison de Zelda passe par de meilleurs rapports avec son mari. Alors, il soigne Scott en même temps. Il estime que trois cas de schizophrénie sur quatre sont soignables. « À 500 francs la consultation, j'espère que Zelda est dans les trois cas sur quatre », écrit Scott à Gerald. Pour payer l'hospitalisation et son séjour en Suisse, il pisse de la copie et vend ses nouvelles au *Post*. Zelda est plongée dans un sommeil artificiel. On lui administre un suppositoire d'hydrate de chloral et de barbituriques qui l'enfoncent dans une narcose totale. On la réveille pour l'alimenter, on vide sa vessie et ses intestins par lavement. Pendant deux semaines. Au bout desquelles elle se réveille fraîche et dispose, mais couverte d'eczéma. Forel l'hypnotise et se débarrasse de l'eczéma. Cependant les troubles homosexuels réapparaissent. Elle poursuit une jeune malade rousse que l'on est obligé d'éloigner. Zelda passe de l'apathie à la névrose. Les médecins y voient une cause héréditaire, accentuée par le fait qu'elle a épousé un alcoolique. Forel ordonne à Scott d'arrêter de boire, pour sa femme. Or, sans l'alcool, il ne parvient pas à écrire. Entre Montreux et Vevey, il se lie avec Thomas Wolfe, entame une liaison avec une aristocrate anglaise, se soûle, écrit. Pour Pâques, il va récupérer sa fille à Paris et la conduit à Prangins, cela fait revenir l'eczéma de Zelda.

– Mummy, ça va ?

– Je suis énervée, je suis énervée, je suis énervée.

Scott serre la main de sa fille, ils prennent le train pour Montana.

Quelle surprise pour Patrick ! Elle n'a pas le droit de l'embrasser, elle a envie de pleurer. Car il est si frêle, on dirait qu'il va se casser. Comme ces personnages de sucre que l'on trouve parfois en haut des gâteaux dans les vitrines des pâtissiers. Quand il sourit, sa bouche lui mange le visage. Ses yeux d'opaline, ses longs cils blonds et ses mains si fines. Gerald a acheté une carriole et un poney, et les enfants font de longues balades dans la montagne. Patrick est emmitouflé dans la peau du yéti, car il s'agit d'un yéti, Gerald l'a juré. Baoth, assis à côté de Vladimir, tient les rênes, Scottie est collée contre Honoria, face à Patrick. On ne doit pas trop s'approcher de l'enfant, la tuberculose est une maladie contagieuse, tout le monde l'a compris. Mademoiselle Serze ne s'entend pas avec Mamzelle Roussel, mais la guerre des nounous, tout le monde s'en balance. Sara croit à un avenir meilleur, ses enfants ont retrouvé le sourire. Gerald aussi, il passe ses nuits au *Harry's Bar* avec Scott. Il adore l'ambiance enfumée, il passe derrière le comptoir et invente de nouveaux cocktails, le shaker à portée de main, les coupelles de citron et d'olives jamais loin. L'endroit est terriblement en vogue, on s'y précipite depuis Lausanne, Genève, Sion…

– J'ai pondu un travail infernal, estime Scott, rien que de la camelote alimentaire, pour Zelda. J'ai le cœur brisé et j'ai ruiné ma santé de fer.

Il fait claquer son étui en or et allume une Chesterfield.

– Écoute, rétorque Gerald, la seule chose qui compte dans la vie, c'est notre partie inventée. Toutes les choses qui t'arrivent depuis ta naissance, toutes les choses réelles comme la maladie de Zelda, celle de Patrick, toutes ces choses, tu ne peux rien contre elles, alors il faut inventer sa vie.

– Tu veux dire que tu n'acceptes pas le réel ?

– Si, je l'accepte mais, pour le transformer, je dois le recréer. C'est ce que j'ai compris au monastère. Aujourd'hui, cela va beaucoup mieux. Tiens, goûte-moi ça, mon vieux, génépi, vodka, plus un ingrédient incroyable, je te mets au défi !

Scott est bien trop éméché pour deviner quoi que ce soit. Une Française se trémousse, un Italien la serre de près et l'orchestre entonne un fox-trot.

Un autre soir, Scott s'enivre avec un Sud-Américain, un certain Velasquez rencontré à Prangins, où il essaie de guérir son homosexualité. Scott l'a ramené au *Harry's Bar* pour le week-end. Il le présente à Gerald, qui est très mal à l'aise. Le jeune homme est un garçon perdu, il essaie de s'en sortir, il offre à Gerald une croix qui vient de sa mère, afin qu'elle protège Patrick. Gerald refuse.

Cet instant de grâce où l'ivresse est douce, où les idées s'embrouillent, l'inspiration se veut tourbillonnante, et Scott travaille comme un fou à son manuscrit. Cela fait déjà plusieurs années qu'il est dessus, rien de satisfaisant n'en sort. Tout a trait à la vie des Murphy, le moindre événement est répertorié, écrit, changé, déformé, réinventé. Scott se perd. Il change de titre tout le temps. Nick et Nicole Diver, ce couple d'Américains, comme Fitzgerald, comme Gerald, a un énorme problème avec la sexualité.

Quand vient l'été, Patrick va mieux. Les injections de gaz dans le poumon sont suffisamment espacées pour pouvoir partir plusieurs mois en vacances. Toujours en altitude, l'air pur est indispensable à cet enfant. Les Murphy louent une énorme maison aux allures de pavillon de chasse, à Bad Aussee, en Autriche. Au détour d'une petite route de montagne, un torrent, et puis un autre, un versant ombragé, soudain une percée, voici la plaine, des prairies de fleurs sauvages, et puis le lac Altaussee, c'est *Ramgut*. Un chalet imposant, avec une façade de bardeaux taillés en écailles, des balcons ouvragés et des colonnettes sculptées. Des massacres de bouquetins encadrent la porte d'entrée. À l'intérieur, murs et parquets sont en pin vernis. Les meubles sont rustiques, en bois. Canapés en velours, clubs en cuir, tapis anciens et lampes en laiton confèrent une ambiance familière. Il y a des poêles en faïence dans chaque pièce. Mais surtout, des trophées d'animaux partout, des chamois, des ours et des loups.

Un aigle naturalisé, à l'envergure démesurée, pend au plafond. Les enfants sont fascinés, ils s'imaginent gardiens de zoo et accueillent les amis de leurs parents par une visite détaillée de leur ménagerie. La cuisinière, *Frau* July, est aux petits soins pour eux. Patrick fait de la bicyclette au bord du lac avec son frère et sa sœur. Ils portent *dirndl*, *lederhose* et chapeau tyrolien, Sara prend des photos magnifiques, on dirait des cartes postales. Sa force pousse sa famille vers le bonheur, elle l'a décidé, Sara est un roc, la fatalité ne s'abattra pas, Sara ne le permettra jamais. Hoytie arrive avec moult bagages. On ne s'y attendait pas, et cela ne fait plaisir à personne. Vladimir apporte les plans d'un nouveau bateau. C'est une surprise de Gerald pour les enfants. Dès que Patrick ira mieux, on retournera à la *Villa America*. Fernand Léger débarque avec Jeanne. Ils sont émerveillés par le paradis fleuri des Murphy. Comme s'ils avaient posé la *Villa America* au milieu des alpages autrichiens.

Zelda va mieux, Scott a le droit de la faire sortir quelques semaines. Il vient la chercher en voiture avec Scottie et ils partent pour l'Autriche. En route, Scottie s'enrhume, ah ces coupés décapotables aux ailes gonflées ! Zelda soigne sa fille avec dévouement. Scott est bouleversé. Serait-elle apaisée ? Il veut y croire. Si c'est cela, peut-être arrêtera-t-il de boire. La petite est en forme quand ils arrivent enfin à Bad Aussee, dans les cris et la joie. Les Murphy les accueillent avec bonheur, ils sont enfin réunis.

– Je fais des paniers, tu comprends, Sai-ra, explique Zelda. J'ai appris à fabriquer des paniers en osier, toute ma vie j'ai voulu faire des paniers en osier. En fait, Sai-ra, je ne le savais pas. Mais cela repose mon esprit. C'est essentiel. J'apprends beaucoup de choses à Prangins.

Elle est plutôt calme. Elle a beaucoup grossi à cause des

médicaments, la libellule a grillé ses ailes depuis longtemps, mais le paradis c'était il y a des siècles, après tout.

– Je ne rêve que de notre vie de famille, Sai-ra, poursuit-elle. Comme nous étions bien à Paris, tu te souviens ? Nous serons bien à nouveau. Où que cela soit. Je ne veux plus jamais les quitter tous les deux. J'aime le parfum de ma petite fille Scottie, son odeur d'écolière, c'est ma ravissante petite fille, Sai-ra.

– Le docteur estime que cela ira, tant que Zelda évite les conflits, explique Scott.

Il est enchanté. Il cherche à la protéger. Ce souvenir du temps jadis, Paris, la *Villa America*, c'est à portée de main, le nirvana, non ?

Et pourtant une querelle va éclater et perturber les vacances. Mademoiselle Serze a donné son bain à Scottie dans l'eau des petits Murphy. Et Zelda pique une crise de nerfs. L'eau du bain de Patrick, l'eau du bacille, l'eau de la tuberculose. Scottie est en larmes, mademoiselle Serze aussi. Patrick prend Scottie dans ses bras.

– Ne la touche pas, hurle Zelda, rouge écarlate.

– Je ne suis plus malade, je te promets que je ne lui ferai pas de mal, je l'aime.

Mais le mal est fait. Zelda est persuadée que sa fille est contaminée, elle est agitée, se met à pleurer. On mène l'enquête. Oh, la chose est ridicule, Mamzelle Roussel a donné le bain des petits Murphy, Baoth et Honoria, puis Patrick. Elle a vidé l'eau, fait couler le bain de Scottie, elle y a ajouté des sels de bain, et elle est partie vaquer ailleurs. Les sels de bain ont induit en erreur mademoiselle Serze, qui pense que l'eau est sale et Zelda se met à hurler avec une telle violence…

– Je ne savais pas qu'elle aimait autant Scottie, s'étonne Sara, en repoussant ses mèches folles.

– Mais si, affirme Scott, gêné.

Vladimir construit une cage pour le singe Mistigris qui vole tous les encriers et les balance sur les murs.

– Ah, elle nous a fait un beau cadeau, Dottie ! s'exclame Gerald, furieux.

Mistigris le fixe, il montre les dents, c'est terrifiant. Il passe son temps à mordre tout le monde, sauf Sara dont il est amoureux. D'ailleurs, elle le retrouve le soir couché dans son lit, ou bien caché dans le dressing.

– Il attend que je sois endormie pour se glisser à côté de moi, apprend-elle à Scott.

– Est-ce à dire que vous faites chambre à part, Gerald et toi ?

Ada MacLeish apprend aux enfants à jouer au croquet, le meilleur c'est Gerald, il gagne à tous les coups. Il fait bientôt suffisamment chaud pour nager dans le lac voisin. Hoytie emmène Honoria, sa filleule, faire des courses en ville, elle insiste pour conduire la voiture de Sara, emplafonne un Autrichien et le traite de sale Juif. Furieuse, Sara oblige sa sœur à retrouver l'homme et à lui faire de plates excuses. Scott la regarde étrangement, il se met à l'observer de plus en plus près. Cette dingue deviendra Baby Warren, une autre sacrée garce, la sœur de Nicole dans *Tendre est la nuit.*

C'est bientôt la fin des vacances. Un déchirement pour Sara. Car si les Murphy rentrent à Montana, Baoth part au pensionnat, à Rosenheim, une école de haute Bavière très réputée, on y croise l'élite allemande. À douze ans, l'éducation à la maison, c'est fini et, pour un petit garçon qui est passé du paradis à l'enfer, la chose est difficile à avaler. S'il savait, l'enfer, on n'y est pas encore, mais on s'en rapproche. L'Allemagne est prise d'un sursaut de vigueur, ces temps-ci, les Murphy, qui ne s'intéressent guère à la politique, y voient quelque chose de positif. Baoth a besoin d'être poussé, pris en charge, entouré. Et les Murphy ont tant besoin d'ardeur et de vitalité.

À New York, le père de Gerald meurt brusquement. Il se précipite, mais arrive trop tard. Il traverse l'Atlantique au moment de l'enterrement à la cathédrale Saint-Patrick. À la lecture du testament, il apprend que son père leur a légué, à Esther et à lui-même, son magasin de la 5e Avenue, la Mark Cross Company. Mais il en a confié la direction à sa maîtresse, une certaine Lillian Ramsgate. Frank Wiborg, le père de Sara, s'éteint à son tour. Hoytie veut la maison d'East Hampton, *Les Dunes*, elle est prête à la guerre.

Zelda sort enfin de Prangins. Définitivement. Scott décide de rentrer aux États-Unis. Ils embarquent le 19 septembre 1931 sur l'*Aquitania*, le paquebot de leur premier voyage en Europe, en 1921. Dix ans plus tard, que reste-t-il de Scott et de Zelda Fitzgerald ? Un romancier tombé dans l'oubli, une femme aux traits tirés qui fait beaucoup plus que ses trente et un ans. Ce soir, Fitzgerald fête ses trente-quatre ans. Il écrit dans son journal : « Un an à Lausanne. Attente. Des ténèbres à l'espoir. »

1932

New York – Bedford – Rosenheim – Wyoming

Patrick va mieux. Non, Patrick va mal.

– Non, il va mieux, vous dis-je, s'entête Sara. Nous retournons aux États-Unis.

– Il ira peut-être mieux un jour, répond le professeur Théodore Stephani, aux États-Unis ou ailleurs.

Le poumon droit est sain, mais le poumon gauche ne s'arrange guère.

Les Murphy rentrent à New York. Pour s'occuper de ce qu'ils ont fui il y a vingt ans. La Mark Cross Company, tombée dans l'escarcelle d'une pétroleuse, Mrs Ramsgate, maîtresse de feu Patrick Murphy sr.

Ils s'installent à Bedford, un village chic du Connecticut. Ils louent là-bas une maison d'inspiration Tudor, *Duncraggan*, qu'ils transforment en cocon protecteur pour Patrick. Ils aimeraient bien récupérer *Les Dunes*, mais Hoytie, cette peste, a bloqué l'héritage des Wiborg. Ils prennent à Manhattan un appartement, 1, Beekman Place, et font des allers et retours entre les deux. Patrick passe de son lit à sa chaise longue. Il arrive parfois à se promener dans le jardin avec son infirmière. La plupart du temps, il lit et dessine. Sara voit son fils dépérir et son mariage s'effondrer. Ils ont perdu énormément d'argent, la crise de 1929 a rogné leurs économies. Vladimir est resté en

France, il a rencontré une compatriote, Nadejda Alexandrov, ouvreuse à l'*American Theater*, boulevard de Clichy. Elle se dit princesse georgienne, personne n'est en mesure de vérifier si sa famille possède trois chèvres ou une forteresse crénelée. Vladimir et Nadejda s'installent à Saint-Tropez, un petit village de pêcheurs, entre Hyères et Antibes. Grâce à Gerald, ils achètent une maison sur la plage de Pampelonne. Picasso adore le coin, une découverte de son copain Signac, qui vit là-bas depuis des années.

Les Murphy ne pensent pas retrouver l'Europe avant longtemps. Il n'y a plus que la *Villa America* qui les retienne là-bas. Et tant de souvenirs merveilleux. Quand l'insouciance se teintait de folie, quand les miroirs ne reflétaient que l'allégresse.

Honoria est inscrite au couvent du Sacré-Cœur dans le Connecticut. Elle s'y plaît tant qu'elle décide de devenir bonne sœur. Elle possède cette étrange ferveur catholique, c'est une bonne élève. Elle adore les longues robes grèges, assorties de voiles qui volettent sous les portiques du cloître. Elle a tout lu sur sainte Bernadette. Puis sur sainte Rita. Sainte Thérèse et Rose de Lima. À quinze ans, Honoria Murphy est profondément romantique. Consacrer sa vie à Dieu, voilà qui changera celle de ses parents, redonnera le sourire à Dow-dow, guérira P'tit Pook. Quand elle écrit à ses parents qu'elle souhaite dormir sur des planches dont elle remplira les interstices de vaisselle brisée, tessons tournés vers le haut, Sara en laisse tomber sa tasse de thé.

– Il ne manquait plus que ça !

– Car la grâce arrive après la peine, mama, c'est ainsi et pas autrement, explique la jeune fille.

Sara saute dans le premier train pour Greenwich, remercie mille fois la mère supérieure, le bon Dieu et tous ses saints, et repart avec sa gamine illuminée sous le bras.

À treize ans, Baoth vit une expérience similaire. Sous d'autres cieux, le bon Dieu se teinte d'absolutisme. À Rosenheim, ses notes ne sont pas fameuses. Certes, il apprend l'allemand, c'est une bonne chose. Et puis une danse bavaroise, le *Schuplatler* dans laquelle il excelle, et reçoit les compliments du maître de ballet. Mais le souci de Baoth, pauvre marmotte, c'est qu'il doit se lever très tôt. À cinq heures, chaque matin, dans les dortoirs de Rosenheim, les enfants en pyjama, debout devant leur lit, répètent *Heil Hitler* pendant une demi-heure. La main tendue en avant, le menton haut. Il y a inspection du surveillant principal et du directeur lui-même. Puis les enfants ont le droit de s'habiller, se laver et descendre au réfectoire pour le petit déjeuner. Le soir, avant l'extinction des feux, c'est le même cérémonial. *Heil Hitler*, une demi-heure.

– Et on ne se lave jamais les dents, on n'a pas le temps, explique Baoth à ses parents au téléphone.

– « *Heil Hitler* », j'en ai des frissons, sanglote Sara. Mon pauvre petit garçon, il doit être épuisé.

– Non, mama, je suis pas fatigué, je fais beaucoup de sport, mais tu me manques et je sais pas qui est Hitler.

– Je vais le chercher ! s'exclame Gerald en tapant violemment sur la table.

– Je t'accompagne, intervient Scott, venu passer le week-end avec sa famille.

– Et moi, je fais quoi ? demande Zelda, l'œil mort.

– J'ai un merveilleux chat persan, Pook, explique Scottie à Patrick. Il a de grands yeux jaunes et une queue qui fait presque ma taille.

– Mama, mama, je veux aller chez Scottie voir son Félix.

– Oui, mon chéri.

Patrick est allongé sur la terrasse de la maison de Bedford dans une flaque de soleil. Il est plus blanc que jamais et ses yeux vifs contrastent avec son visage moribond. Scottie est inquiète, à douze ans, elle sait faire semblant. Ne jamais montrer à l'autre que l'on est malheureux, car ça n'aide pas à guérir. C'est son papa qui le lui a appris. Et, s'il y a bien une chose que souhaite Scottie, c'est que Patrick se rétablisse, qu'ils grandissent ensemble et qu'ils retournent très vite nager à la Garoupe.

– Il faut que je te dise un secret, murmure Patrick.

– Oui ?

– Ma sœur va devenir Sainte Vierge, je vais guérir, je pourrai me marier avec toi, Scottie, tu promets de m'attendre ?

– Promis, Pook !

Gerald va coucher son garçon qui s'essouffle. Il le prend dans ses bras et le monte dans sa chambre. Le cœur de Sara se serre quand elle les voit ainsi, tous les deux. Ce même regard perdu, ce même teint pâle, cette même âme transie qui pendouille au bout d'un fil ténu.

– J'aime beaucoup notre maison, assure Zelda en se levant. Il faut que vous veniez chez nous. Il y a des eucalyptus noirs près du court de tennis et des cornouillers autour de l'étang, tout noir l'étang, et puis des dalles de marbre au sol, noires, noires et puis, et puis quoi, Goofo ?...

– Et puis des médecins qui raccommodent ton cerveau, Zelda.

– Voilà.

Dès le lendemain, Gerald laisse tomber sa vie. Son conseil d'administration, les réunions prévues, la maîtresse de son père. Il embarque avec Scott dans le premier transatlantique en partance pour l'Allemagne, l'*Europa*. Ils rallient Hambourg de New York en quatre jours. Puis sautent dans un train pour Munich et Rosenheim. Dans cette atmosphère close et vernie, marquetée et capitonnée, ils évoquent la chamade, ce qui fait battre leur cœur. Ils se comprennent tellement. Ils sont faits d'une fragilité similaire, ils éprouvent un amour fou pour Sara, pour leurs enfants, ils souffrent de contradictions identiques. Gerald se confie sans retenue. Il n'a pas peur d'être jugé par Scott, il n'a rien à lui prouver. Il sait que l'autre l'écoute, qu'il l'observe, il devient son personnage. C'est peut-être cela qui va sauver Gerald. Il ne s'agit que d'un livre et c'est déjà toute une vie. Deux hommes, deux beaux garçons au visage fin, à la chevelure un peu rousse, deux amis accoudés à une table recouverte de linge damassé. Un serveur en livrée surveille leurs verres, prêt à les resservir. Les murs en bois laqué sont tapissés de panneaux de verre soufflé de chez Baccarat. Le dîner est exquis, élaboré par un chef français. Scott et Gerald s'enfoncent dans les clubs en cuir, ils allument une cigarette et savourent un whisky de vingt ans d'âge. Deux artistes, un peintre, un écrivain, abîmés par la fatalité. Dire qu'il y a quelques années, ils étaient les types les plus drôles de Paris ! Et le train file, longe des régions aux châteaux ténébreux, des lacs légendaires, il traverse vignes et coteaux, les paysages sont à couper le souffle, éperons rocheux sauvages, gorges échancrées, vallons rebondis, ni Gerald ni Scott ne leur prêtent la moindre attention. Et la bête métallique traverse avec rage l'Allemagne industrieuse.

C'est un ancien château du XIIe siècle, sis sur les contreforts de la Bavière. Il surgit après une forêt d'immenses sapins rouges, dont on dit qu'elle est peuplée d'ours, de loups et de lynx. L'établissement est réputé pour son cadre de travail et son environnement plaisant, au milieu de pâturages et de lacs de montagne. On y éduque les jeunes gens de bonne famille. Majoritairement des Allemands. L'école compte plusieurs dépendances et les élèves y sont répartis en fonction de leur âge. Qu'est-ce qui a pris à Gerald et à Sara d'expédier Baoth là-bas ? Un tant soit peu de discipline, certainement, il en avait manqué. Et puis, Rosenheim se dit impliqué dans le développement des arts. Lors de l'inscription, le directeur avait évoqué l'engagement, le dépassement artistique, l'amitié entre les peuples de l'Europe. Grossière erreur.

Le directeur a tout d'un général prussien, la prestance, la morgue, l'arrogance et la détermination. Il porte un monocle, et un costume sombre et serré. Il est confronté à un échec cinglant, on lui retire un enfant, cela ne lui était jamais arrivé. Il ne s'y attendait pas. Gerald et Scott ne sont pas hommes de conflit. Ils se trouvent face à un personnage rigide et austère qui n'a qu'un seul mot à la bouche : Hitler.

– Nous faisons de votre fils un homme. Baoth ne quittera pas la maison. Il est membre de la *Jungvolk*. Il va bientôt atteindre l'âge où il aura l'immense honneur d'appartenir à la *Hitler Jugend*. Nous avons étudié avec soin vos origines familiales. Tout est en ordre. Pas une goutte de sang juif. C'est un grand honneur que vous fait notre pays, vous devriez me remercier. J'attends vos excuses.

– On peut voir Baoth ? coupe Scott, complètement dépassé.

– Mon ami a raison, faites chercher mon fils et ses malles. Nous partons immédiatement.

– Vous ne comprenez pas, enrage le feld-maréchal. Les Jeunesses hitlériennes ne forment pas que des hommes. C'est de la race des Seigneurs qu'il s'agit !

– Qu'est-ce que les Juifs vous ont fait ? s'étonne Scott. Pourquoi les haïssez-vous ?

– Les Juifs sont de race inférieure, nous ne pouvons nous permettre de perdre notre temps avec eux.

Puis, se tournant vers Gerald :

– Votre fils est parfois récalcitrant, certes, mais nous avons bon espoir de le former. Nous le gardons pendant les vacances d'été naturellement et l'éduquons à des tâches utiles comme le défrichage de la forêt alentour. Nos méthodes militaires forment les esprits aux idées de notre Führer. Des idées saines. Les activités en plein air sont privilégiées, l'initiation au tir…

– Non, non, coupe Scott, Baoth n'aime que le ski et la voile, votre truc est ridicule.

– Qui est ce personnage ? finit par demander le directeur, interloqué.

– Un grand écrivain, qui se balance de votre Führer. Où est mon fils ?

– Le Führer adore les écrivains. Monsieur ?

– Fitzgerald.

– Nous pouvons arranger une rencontre avec un dignitaire.

Gerald, les yeux exorbités, est en train de devenir fou. Car il a très bien compris où souhaitait en venir l'abruti prussien.

– Mon fils, maintenant, ou je vais le chercher moi-même !

– Entendu, se résigne le directeur.

Il donne des ordres au téléphone.

– Sachez, monsieur Murphy, que vous commettez une énorme erreur. Votre fils aurait pu prendre part à l'établissement de l'État totalitaire nazi. C'est parmi les jeunes gens les plus motivés que l'on recrute l'élite de la future Allemagne.

– J'en ai assez entendu.

La porte s'ouvre alors sur Baoth en pleine forme qui tombe dans les bras de son père.

– Dow-dow, Scott, mais… comment va Pook ?

Il est soudain très pâle.

– Très bien, ne t'inquiète pas. Nous ne sommes ici que pour toi, nous rentrons à la maison, chéri.

– *Villa America* ?

– New York pour l'instant.

– Tu n'es pas trop maigre encore, remarque Scott.

– Que croyez-vous ? On les nourrit bien, ils sont notre future armée. Herr von Schirach va être terriblement déçu, il avait remarqué votre garçon.

Gerald et Scott se saisissent de la malle de Baoth et partent sans demander leur reste.

– Attends, Dow-dow.

– Quoi ?

Baoth revient sur ses pas, court dans le vaste couloir lambrissé, se rue dans le bureau du directeur. Ce dernier, surpris, se redresse. Baoth lui tire la langue en émettant des borborygmes vengeurs puis, bien droit, il lève le bras et claque des talons.

– *Heil Hitler !*

– Saletés d'Américains, lâche le directeur en fermant sa porte.

Cet été, pas de *Villa America* pour les Murphy. La chaleur n'est pas recommandée pour les poumons du jeune Patrick. Ils rejoignent les Hemingway dans le Wyoming, chez leurs amis Nordquist qui possèdent un ranch à la frontière du Montana. L'air est pur en ces contrées sauvages. Le *L Bar T Ranch* est au pied des Absaroka Mountains. Les petits Murphy sont tellement excités, et les Rocheuses bien moins terrifiantes que les Alpes. On est au milieu de nulle part, on dort dans des cabanes en rondins, on prend un énorme petit déjeuner le matin, avec de la côte de bœuf, des épis de maïs grillés et de la bière ! Il y a des cow-boys, des chevaux, des parcs à bisons, des lassos, les enfants ne savent plus où donner de la tête. Pauline a un nouveau bébé, Gregory. Baoth et Honoria ne lui accordent même pas un regard, ils sont ravis de retrouver Bumby, venu pour les vacances. Il a dix ans maintenant, c'est un garçon costaud comme son père.

– Hé, Gerald, tu veux essayer ? lance Ernest en pointant le doigt vers les bisons parqués dans l'enclos.

Les ranchers sont en train de marquer un animal au tison, il se débat puis retourne trotter comme si de rien n'était.

– Jamais plus, mon vieux, répond Gerald en tapant dans le dos de son ami.

Les Murphy sont incroyablement adaptables, ils aiment explorer le moment, créer un rêve et le vivre jusqu'au bout. À Antibes, ils sont devenus pêcheurs et nudistes. En Suisse, bergers des alpages. Dans l'Ouest américain, ils se muent en véritables cow-boys et ne sortent plus sans leur Stetson. Ils nouent un bandana autour de leur cou et portent des bottes en daim aux talons biseautés. Sara s'est fait faire une jupe-culotte en peau, elle galope avec ses deux aînés et son mari dans les plaines arides et poussiéreuses, la nature est à couper le souffle.

– On a repéré un ours près de la rivière Shoshone, leur apprend Lawrence Nordquist, le propriétaire du ranch. N'allez pas là-bas sans carabine.

Il a le regard perçant et le visage émacié, il sait de quoi il parle. Dans la grande pièce qui fait office de salon, des trophées de grizzlis, loups, wapitis, mouflons et pumas tapissent les murs.

– Bien entendu que c'est moi qui les ai descendus, affirme-t-il à Patrick, il faut bien que je me défende, non ?

Ernest leur fait visiter Yellowstone, Grand Teton, les sources chaudes colorées aux odeurs nauséabondes, les geysers, les terrasses scintillantes d'eaux dormantes, ils sillonnent la montagne, le désert, les immenses étendues sauvages dans une Chrysler sans suspensions.

– Tu saurais tuer un ours, toi, Papa ? demande Baoth à Hemingway dans la voiture.

– J'en ai tué trois et, le dernier, c'était il y a deux mois.

– Raconte, supplie Honoria.

Elle adore les sensations fortes, elle est toujours en relation étroite avec le Seigneur, il a promis de la protéger jusqu'à la fin de ses jours. Honoria a décidé d'être heureuse. Elle aimerait que ses parents suivent son exemple.

– Mon papa, c'est le plus grand, et le plus fort, intervient Bumby.

– Il faut un cheval, un vieux canasson malade, commence Hemingway.

– Pourquoi malade ?

– Pour le tuer, lui ouvrir le ventre, en dégager les entrailles, ça pue un peu. C'est même assez répugnant. Ensuite, il suffit d'attendre. Derrière un arbre, on reste à l'affût, pendant des heures, parfois toute une nuit, on attend.

– Papa a tué un ours comme ça, assure Bumby en hochant la tête, je le sais.

– Tu attends quoi ? demande Honoria.

– J'attends que l'ours sorte de sa tanière, qu'il s'approche pour manger, c'est malin, un ours. On dit que c'est lourd, mais c'est faux. C'est subtil. Léger. Presque gracile. Souvent, on l'entend à peine. Mais des branches se cassent, les oiseaux s'envolent, les petits animaux s'enfuient et, soudain, on sursaute, il est là. Il se rue sur la charogne.

– Moi, je croyais que les ours n'aimaient que les myrtilles, s'étonne Honoria.

– Dans les histoires pour filles. Non, les ours sont carnivores, *daughter*, surtout les grizzlis. Tu ne le vois pas mais tu sais qu'il est là. Tu sens son souffle sur toi et c'est un peu comme si tu étais déjà en enfer.

– Et alors ?

– Tu tires entre les deux yeux et tu as intérêt à ne pas rater ton coup, sinon c'en est fini de toi, ma jolie.

Dégoûtée, Honoria crache par la fenêtre de la voiture. Hemingway chante à tue-tête *Red River Valley*, Gerald se sent apaisé pour la première fois depuis longtemps, ses enfants vont bien. Demain, c'est le rodéo à Cody, la ville légendaire du Far

West. Sara reste avec Pauline et ses garçons, Patrick ne supporte pas les grandes distances en voiture. Elle confie ses doutes à son amie, sa peine, la peur de perdre son fils et son mari. Elle les associe dorénavant. Patrick, Gerald, les deux faces d'une même médaille.

– L'amour te sauvera, assure Pauline en changeant les langes du bébé.

– Hadley disait la même chose.

– C'est méchant, ce que tu me balances.

– Oh, Pauline, pardon, soupire Sara. Tu sais que je t'ai toujours soutenue face à Hadley, d'ailleurs Ernest m'en veut pour cela. Moi, si pure, qui valide l'adultère.

Sara retire son chapeau et détache ses cheveux. Ils sont à nouveau longs, c'en est fini des garçonnes et des *flappers*, nous sommes en 1932, le monde change.

Pionniers, trappeurs, chasseurs d'ours se donnent rendez-vous à Cody, Wyoming ! Ici, Buffalo Bill a laissé un souvenir cinglant et le Wild West Show, un spectacle qui raconte l'Ouest américain. La légende des cow-boys, la chasse au bison, le Pony-Express, les Indiens, l'attaque de la diligence. Le rodéo, c'est le sport national, et c'est à qui tiendra le plus longtemps sur le cheval sauvage ou le bison.

– Je veux le faire, s'écrie Baoth, je suis très fort, j'ai été dans les Jeunesses hitlériennes !

– Quoi ? s'exclame Hemingway.

– Je t'expliquerai, répond Gerald en s'esclaffant.

Il semble avoir oublié ses angoisses. C'est bien là-dessus que comptait Hemingway. Le soir venu, il s'installe à sa machine et écrit à Scott Fitzgerald : « Tout va pour le mieux, cinq sourires béats, j'ai ressuscité Butch Cassidy et Calamity Jane, ils sont très heureux. »

– Comment s'appelle le cheval de Bill Cody ? Je te l'ai dit hier, Baoth, interroge Hemingway au petit déjeuner.

– Isham, hurle Patrick à qui rien n'échappe.

Baoth et Honoria font le tour des écuries avec Hemingway. Ce matin, ils sont rejoints par leurs parents, on va pêcher la truite. Et à cheval, quelle expédition ! Pauline a confié ses petits garçons à Olive Nordquist, qui garde aussi Patrick. Le pauvre enfant ne fera rien cet été, mais il sera avec sa famille et partagera ses joies. Car ils lui racontent tout dans les moindres détails.

Baoth, Bumby et Honoria montent des poneys, les adultes sont sur de petits chevaux nerveux, ils trottinent sur un sentier étroit dans la montagne pendant des heures. En fin de journée, ils parviennent au bord d'un torrent fougueux et établissent un campement sommaire. Monter les tentes, ramasser du bois mort, faire partir le feu, préparer le dîner à la belle étoile. Gerald croise le regard de Sara, ils pensent à la même chose au même moment. La chasse au trésor sur l'île Sainte-Marguerite quand le monde était encore un jardin d'Éden. Les enfants ne parlaient que de dragons et de pirates, ils étaient terrifiés, Baoth avait dormi dans les bras de sa mère et Patrick avait tenu la main de Gerald toute la nuit.

Le jour s'est éteint. Il fait bientôt noir comme dans un four, on se réchauffe autour de la flambée. Baoth secoue les branches avec un bâton, cela fait des étincelles, la broussaille craque sous les flammèches. Hemingway évoque les pumas et les loups, non, ce n'est pas une plaisanterie, le coin en est bourré, mais le feu les éloignera. On ronge des cuisses de poulet roussies, des haricots grillent dans une casserole, le bruit du vent est rassurant.

– Trop dommage que Pook ne puisse vivre ça, soupire Honoria en se contorsionnant pour entrer dans son sac de couchage.

– Il viendra la prochaine fois, promet Sara, il ira mieux et il viendra.

Elle caresse le front de sa grande fille. Et l'on s'endort vite avec le souvenir des jours heureux.

Au petit matin, le feu s'est éteint, Hemingway est debout dans les eaux glacées jusqu'aux genoux. Ses cuissardes sont étanches. Il lance sa perche, se recule, prend de l'élan et la relance, il remonte le moulinet, la ligne vibre.

– Alors, les marmottes, on émerge ? hurle-t-il.

Les enfants se précipitent sur la berge. Sara prépare le petit déjeuner, les galettes de maïs, le sirop d'érable. Elle semble un peu perdue, elle a froid. Gerald dépose un plaid écossais sur ses épaules, la prend dans ses bras et la serre contre lui. Il pose la main sur sa taille, cet endroit si sensuel, juste au-dessus de la hanche, et souffle « je t'aime » à son oreille, « je t'aime, *pretty* Sal, on va s'en sortir je te le jure ». Elle se sent soudain revigorée, battante, une guerrière. Hemingway expose aux enfants la pêche à la mouche. Il décrit le torrent, la truite, le leurre et le lancer. Les eaux sont bouillonnantes. Il leur colle à chacun une ligne entre les mains et les place par ordre de grandeur, Honoria, Baoth, Bumby. C'est son côté psychorigide. Soudain, un hurlement, Honoria est dans l'eau jusqu'à la taille, un poisson l'entraîne, elle se râpe les genoux sur les cailloux. Hemingway récupère la ligne, s'active avec son épuisette, trop tard, échappé le poiscaille. Honoria est furieuse et court se réchauffer près du feu en maugréant.

– Les filles, c'est tellement nul, chuchote Baoth à Bumby, l'air complice.

– Je t'ai entendu, sale traître !

Baoth se débrouille mieux que sa sœur, Bumby est bien le fils de son père, il y a des truites et des perches pour souper ce soir au *L Bar T Ranch*. Pauline et Olive vident les poissons devant les enfants captivés, puis leur apprennent comment on retire les filets pour les griller dans la cheminée.

– Délicieux, affirme Sara, en recrachant une arête.

Gerald éclate de rire. Un sourire illumine son visage. Elle est toujours là, cette jeune fille d'East Hampton qui attendait que son fiancé débarque à bicyclette. Elle croise son regard. Elle y lit un amour fou. Sara a gagné sa première bataille.

1933

Baltimore – New York – Boston – Bedford

– Je ne veux pas aller à la clinique, Goofo, mon chéri, raconte-moi la *Villa America* et nos belles années.

Zelda est terriblement éprouvée par la mort de son père, le juge Sayre. Ses yeux la démangent, des plaques d'eczéma grignotent son cou. Elle se remet à boire, se querelle avec son mari. Elle entend des voix, a des hallucinations. Hagarde, le visage transformé par un rictus qui ne la quitte plus, elle sanglote. Scott est perdu, il écrit au docteur Forel qui lui conseille la clinique psychiatrique Henry-Phipps, à Baltimore. Zelda est prise en charge par les docteurs Adolf Meyer, un élève de Forel, et Mildred Squires. Meyer est persuadé que la schizophrénie de Zelda est liée à Scott, la seule manière de la guérir est de l'en éloigner.

– C'est vrai, docteur, reconnaît Scott, elle boit l'alcool sur mes lèvres et je chéris ses hallucinations les plus extravagantes.

Sauf que Meyer veut faire interner Scott à son tour, qui refuse, furieux.

Il loue une maison dans le village de Towson, près de Baltimore. Une demeure victorienne, un rien branlante, avec quinze pièces, des balcons filants, une véranda, un jardin d'hiver et un parc de huit hectares. *La Paix* appartient à un certain

Bayard Turnbull qui a des enfants du même âge que Scottie. La petite fille est joyeuse, même si elle ne voit pas beaucoup sa maman. La nouvelle nounou, Mrs Owens, tape aussi les manuscrits de Scott et adore Scottie.

– Mummy est différente, lui explique la petite fille. Avant, elle était si jolie, tu ne l'as pas connue toi, aujourd'hui, elle est fatiguée.

Bien entourée par Isabel Owens et les enfants Turnbull, Scottie ne souffre pas vraiment de la situation.

« Voici une photographie de notre maison, *La Paix*, écrit-elle à Patrick. C'est très chouette et c'est immense, il y a des pelouses, on peut faire de la bicyclette. Tu aimerais beaucoup. Je vais à l'école Calvert. J'ai des amis, un garçon Andrew et une fille Peaches qui vivent à côté. Mais ce n'est pas toi. Comme tu me manques, mon Pook ! »

Que se passe-t-il dans la tête de Zelda ? Elle décide soudain d'écrire un roman et le docteur Squires l'encourage. Scott n'est pas d'accord, mais Zelda abat un travail acharné. En six semaines, l'ouvrage est achevé. Elle le fait parvenir en secret à Maxwell Perkins chez Scribner. Scott s'attendait à le lire et tombe des nues quand il apprend que Perkins l'a déjà entre les mains et qu'il souhaite le publier ! C'est un coup de poignard dans le dos ! Scott a fait de sa femme l'héroïne de ses propres livres et elle l'abat dans le sien. Perkins trouve le récit de Zelda très original, il veut jouer sur sa personnalité fracassée. Le personnage masculin est une caricature terrible. Finalement, Perkins accepte de montrer le manuscrit à Scott, qui n'en revient pas. Et le corrige. Disons qu'il conseille à Zelda de supprimer un tiers de l'ouvrage, justement là où l'héroïne décrit son époux, un alcoolique notoire. Puis il donne son aval pour la publication. Mais le livre ne ressemble plus à rien, il y a trop de coupes. Ce qui était drôle, c'était ce personnage masculin épouvantable. Et la description de l'intimité disloquée du couple. Une jeune fille, Alabama, se marie trop jeune à un romancier alcoolique, elle perd ses illusions, elle le trompe.

Accordez-moi cette valse sort le 7 octobre 1932 chez Scribner. Scott recommande à l'éditeur de ne pas faire trop de publicité et le livre est imprimé sur du papier bon marché. La critique du *New York Times* n'est pas formidable, mais celle du *Philadelphia Public Ledger* est épatante. Les ventes sont inexistantes. L'échec frappe Zelda de plein fouet. Scott en veut au docteur Mildred Squires d'avoir encouragé Zelda dans cette voie.

Elle va de plus en plus mal. La présence de Scottie la met de mauvaise humeur, elle ne supporte plus sa fille, penser à son mariage la révulse. Scott est persuadé que la maladie de Zelda tient à un conflit entre leurs deux ego. Il la harcèle pour qu'elle cesse d'exploiter leur histoire dans ses écrits. Mais tu fais quoi, toi, Scott, dans tes bouquins ? Tu ne la pilles pas, la vie des autres ?

Zelda prend des notes pour un nouveau livre, *Les Biens de César*. Elle souhaite y raconter l'univers du ballet et celui de l'asile. Elle s'intéresse à Nijinski, schizophrène lui aussi. La schizophrénie qui est justement au cœur de *Tendre est la nuit.* Scott ne décolère pas ! Pas question que Zelda lui fauche son sujet ! Elle accepte d'arrêter d'écrire jusqu'à ce qu'il en ait terminé avec *Tendre est la nuit*, c'est la seule concession qu'elle lui accorde.

Il se donne un mal fou pour la détourner de ses ambitions. Il la pousse à s'essayer à la peinture. Il installe un atelier au premier étage de la maison de Towson. Et Zelda fait preuve d'une réelle créativité, il y a de la fraîcheur et de l'imagination dans ses œuvres. Elle est dure à la tâche, se concentre et ne vit plus que pour son art. Scott est rassuré. Pour elle, pour lui. Son beau visage s'est émacié, elle a des tics, sa bouche se tord quand elle parle. Elle a perdu toute trace de beauté, sa peau est tannée par le soleil. Son eczéma la démange, cela laisse des marques rouges, dans le cou, derrière les oreilles.

Les soirées en famille sont sinistres, elle observe sa fille en grognant, tout le monde doit être à ses pieds, c'est l'habitude qu'elle a prise à la clinique où tout tournait autour d'elle. Un jour, elle met le feu à la maison en brûlant des papiers et de vieux vêtements dans une cheminée du second étage. Il y a un trou énorme dans le toit, l'atelier de Zelda et le bureau de Scott sont dévastés, la plupart des tableaux sont réduits en cendres, mais Scott arrive à sauver son manuscrit. Et le journal local titre : « Trésors artistiques détruits chez les Fitzgerald ». Et Zelda recommence à peindre, plus acharnée que jamais.

Son frère se suicide en sautant par la fenêtre de l'asile dans lequel il était interné. Zelda est persuadée que toute sa famille est condamnée.

– C'est héréditaire, c'est héréditaire, braille-t-elle dans toute la maison.

Mrs Turnbull, la voisine, l'observe avec des yeux de merlan frit. Décidément, ces voisins ne sont pas de tout repos. Scott boit de plus en plus, il a des sautes d'humeur terribles, il n'écoute personne.

– Je vais partir, explique Isabel Owens à Scott, vous êtes mesquin et cruel avec elle.

– Je vais partir, explique Isabel Owens à Zelda, vous vous laissez trop diminuer, vous allez y perdre votre âme.

– Tu ne pars pas, s'il te plaît, supplie Scottie, comment veux-tu que je me débrouille toute seule avec eux ?

Et Isabel Owens reste.

Scottie joue sur la véranda avec Andrew Turnbull. Elle suit les cours de Bryn-Mawr à Baltimore. Zelda est désormais inscrite aux Beaux-Arts. Elle décide de travailler pour monter une exposition, ses tentatives artistiques sont encouragées par ses médecins. Elle déraille de plus en plus et entre à Craig House, une clinique privée recommandée par le docteur Forel.

– Pourquoi vos personnages sont-ils si tourmentés ? interroge l'infirmière.

– Ce ne sont pas les personnages que je peins, mais leurs pas ou leur âme, choisissez.

Elle travaille à l'essence même du mouvement chorégraphique. Une vingtaine de tableaux est bientôt prête.

– Je veux un vernissage maintenant, explique-t-elle à Scott.

– Sinon ?

– Sinon, je me remets à écrire, Goofo, attention !

Le poète Cary Ross organise l'exposition dans son studio de Manhattan qui fait la part belle au mouvement Bauhaus. Treize tableaux et quinze dessins sont présentés. Scott prend une chambre à *L'Algonquin* et distribue les catalogues de l'exposition quand il ne descend pas des whiskys chez Tony, sur la 42e Rue.

Maxwell Perkins donne un déjeuner en l'honneur de Zelda, les Hemingway en sont et se répandent en félicitations. Zelda est nerveuse le soir du vernissage. Elle essaie d'être jolie, mais son visage porte les stigmates de la souffrance. Ses cheveux sont abîmés. Ses yeux sont creux et larmoyants. Et pourtant, elle rayonne. Les lumières de la ville s'en mêlent, la démarche chaloupée des femmes, les rires teintés d'ivresse des hommes, et tout le talent de Zelda Fitzgerald !

On n'a jamais rien vu de pareil. C'est gai et tordu, les couleurs se fondent, du noir, du rouge, de l'orangé, mais aussi des teintes éclatantes, douces, enfantines. Elle aurait pu être illustratrice. On est propulsé dans un univers étonnant, mi-féerique mi-maléfique. Des cités extravagantes, emportées dans une danse absurde, Notre-Dame de Paris, vue depuis la rue Gît-le-Cœur, s'envole, s'envole, une sensibilité à l'esthétisme incroyable. Et puis une malice, un clin d'œil dans chaque tableau. Comme si elle criait : « Hé, je ne suis pas encore morte, regardez-moi, je suis brillante. » Elle l'est ! *Brooklyn Bridge*, *Time Square*, *Central Park*, on flotte dans la légende de Zelda. *Les Noces de Cana*, non personne ne les a jamais imaginées ainsi. Ma préférée, s'écrie-t-elle, *La Danse des homards*. Oui, elle aurait pu illustrer Lewis Carroll, enterré John Tenniel. *The Mad Tea Party* intrigue. *The Mad Beach Tea Party*, Sara se souvient, comme on s'était amusés, comme nous étions fous, Sara donnerait tout pour revenir dix ans en arrière.

– Zelda Fitzgerald est loin d'être une gloire fanée, regardez-la, elle mérite toute la lumière, s'écrie Sara en poussant Zelda en avant. Bravo !

– Un *jazz band*, vite, s'écrie Cole Porter.

– Des cocktails, un shaker et que ça saute ! hurle Gerald.

C'est la folie au Village, il était temps ! La plupart des toiles seront vendues ce soir-là. Les Murphy achètent *Acrobates chinois* pour la *Villa America*. Les MacLeish, les Myers, Caresse Crosby, Esther Murphy, Olga Picasso, les Beaumont, les Hemingway… Tous sont venus et félicitent l'héroïne de la soirée, c'est gai, presque fou. L'alcool coule à flots, oui, on peut s'enivrer à nouveau en Amérique, *bye bye* la prohibition !

– Il paraît que Noëlle, la belle-sœur de Gerald, s'est mise à la colle avec Janet Flanner !

– Quoi ?

– Et Solita trouve cela formidable. Ménage à trois !

– On dit qu'elles vivent à moitié nues et font l'amour toute la journée.

La nuit se teinte d'ivresse. Zelda explique l'anarchie de ses rêves, son chaos psychique, ses fantasmes. Son discours se tient, il illustre parfaitement son œuvre. Scott trouve sa femme belle, il la regarde avec les yeux d'avant, on appelle cela « l'amour ». Un seul tableau n'est pas à vendre, et tous se battent pour lui. Un profil de Scott, immense, intitulé *Portrait à la couronne d'épines*. Une folle ressemblance, des cils comme des plumes, des dards transpercent son front pour s'approprier son inconscient, et le bleu froid, quasi vert, des yeux de l'écrivain. L'émotion douloureuse, une teinte rouge sang. La presse est dithyrambique, Zelda Fitzgerald, icône de l'ère du jazz, révolutionne le monde de l'art ! Le *New Yorker* et le *New York Post* font paraître des articles sensationnels, le *Time* qualifie son travail d'« œuvre d'une introvertie brillante ». Quel succès ! Mais pour combien de temps ?

Zelda retourne à la clinique immédiatement après le vernissage, les médecins craignent d'éventuels débordements psychiques. Scott demeure quelques semaines à *L'Algonquin*. Il est déchiré de voir partir sa femme. Lors d'un instant de grâce, il a cru, lui aussi, que tout était redevenu comme avant. Et là, chose étrange, Scott entame une liaison brève et volcanique avec… Dottie Parker. Aussi alcooliques l'un que l'autre, ils doutent de leur travail, ont perdu leur âme sœur et ne croient plus en rien. Et puis, Dottie est inconsolable depuis la mort de Robinson, son fox-terrier.

Sur l'injonction de Scott, les médecins n'autorisent pas Zelda à se remettre à son roman, elle s'enfonce de plus en plus dans la folie. Elle devient apathique, entend des voix dans les tuyauteries, notamment celle de son mari. Elle est internée à Sheppard-Pratt, un nouvel hôpital de Boston, spécialisé dans la guérison de la schizophrénie par le Métrazol, un médicament provoquant des convulsions. Elle a l'impression que sa tête explose, sa bouche s'ouvre, elle hurle, on doit l'attacher pour qu'elle ne se brise pas les os. Elle a droit à des permissions. Scott vient la chercher, elle lui échappe et se jette sous un train, il la récupère in extremis. Puis la ramène. Et cela recommence la semaine suivante, et celle d'après. Il lui écrit tous les jours, elle lui répond. Ils se racontent la vie d'avant. Ils ont oublié qu'elle n'était pas si fantastique que ça. « Je t'aime de tout mon cœur, écrit Scott à Zelda, parce que tu es ma femme à moi et que je ne sais rien d'autre. »

À Bedford, chez les Murphy, Honoria et Baoth apportent à leurs parents la tendresse qui les sauvera. Ils se battent comme des guerriers primitifs pour Patrick. Gerald a installé son fils au milieu de la pelouse.

– Je vais te dessiner le *Weatherbird*, tu vas voir. Tu vas reprendre des forces et, l'été prochain, tu vogueras à nouveau sur les flots.

Il tient un énorme pot de peinture blanche et dessine, à l'échelle, la silhouette d'un voilier fringant sur le gazon. Quand tout est prêt, il prend Patrick dans ses bras et le promène dans le navire.

– Là, tu es sur le pont, mon chéri. Oui, tu peux tenir la barre, c'est ici. Regarde, on descend dans les cabines, il y a même une douche, c'est merveilleux, n'est-ce pas ?

– Je veux retourner à la *Villa America*, Dow-dow.

Hemingway est parti chasser en Afrique avec Pauline. Le safari, sa nouvelle passion. Hemingway est un bon fusil. Il tire des gazelles, des impalas, deux lions, un éléphant. Il croise un guide danois, un certain Bror Blixen, qui emmène chasser le jeune Alfred Vanderbilt. Hemingway chope une saleté de dysenterie, il se vide et perd beaucoup de sang, Pauline est folle d'inquiétude. Cela ne l'empêchera pas d'écrire. Une grande nouvelle, presque un roman, il a déjà le titre : *Les Neiges du Kilimandjaro*.

Printemps 1934
New York

On ne saura jamais vraiment combien de temps il a mis pour l'écrire. Dix ans, peut-être plus. Certainement pas moins. Il a commencé par déchirer ses manuscrits. Puis les a recollés. Il a modifié l'ordre du livre, interverti les chapitres. Il a mis la fin au début et c'était le début de la fin. Nicole et Dick heureux, Nicole et Dick détruits, tant de fêtes et tant de failles. Scott et Zelda, Gerald et Sara.

Et le titre, Keats vraiment ? Les gens ne comprennent rien, et alors ?

C'est son roman favori, il le crie à qui veut l'entendre, celui de l'amour fou et de sa dissolution. Cette fin, ce néant, rien. *« De toute façon, il n'a sûrement pas quitté la région, et il doit s'y trouver encore, dans une ville ou dans une autre. »*

Tout ça pour ça. Tant de fêtes, Sara, tant de fêtes, souviens-toi ! Comme il t'a aimée ! Pas comme Zelda, on n'aime jamais deux fois de la même manière. Il t'a aimée comme la meilleure partie de lui-même, comme une amie et une maîtresse, comme la Vierge et le bon Dieu, la Connaissance et la Vérité. Il t'a aimée comme Gatsby rêve Daisy, comme Dick choisit Nicole. Tu es Nicole, il t'aime encore.

Le 12 avril 1934, paraît *Tendre est la nuit*. L'exemplaire est vendu 2,5 dollars. Nous sommes au plus fort de la Grande Dépression. Le monde est ruiné, les riches et les pauvres. Walker Evans a entrepris sa grande œuvre, les clichés de l'Amérique rurale de ces années-là. Des portraits d'hommes et de femmes au regard fixe. Triste et revanchard. Tant de fêtes, Sara, tant de fêtes dans *Tendre est la nuit*.

Les critiques sont assez bonnes mais certains journalistes sont déçus. Fitzgerald est en compétition avec sa légende. *Tendre est la nuit*, ça fait dix ans qu'on en parle. Dix ans de trop.

– *Gatsby le Magnifique* était un tour de force, explique Scott à la critique, *Tendre est la nuit* est une profession de foi, la mienne ! C'est le roman de la démolition !

« Quand on sort les gens de leur milieu, cela leur tourne la tête, quel que soit le bluff dont ils font preuve » assène Baby Warren à Dick Diver. Le bluff, Scott connaît ça par cœur. Le doute, plus encore. Hemingway est injoignable. Maxwell Perkins assure lui avoir fait parvenir le livre. Aucune nouvelle. Scott est désespéré, il se rue sur sa machine à écrire : « Mon bouquin t'a plu ? Pour l'amour du ciel, Hem, envoie un mot, donne-moi ton avis, quel qu'il soit ! »

Dos Passos écrit : « Un sacré livre, Scott, dont l'ordonnancement et la construction font une impression considérable et qui se termine par un chapitre qu'on citera certainement à l'avenir dans tous les manuels de littérature. La conception même est impressionnante, bravo. »

John O'Hara, à son tour : « C'est en train de devenir mon livre favori. Je suis actuellement incapable de me souvenir d'un livre auquel *Tendre est la nuit* puisse être comparé. »

Et Louis Bromfield : « Ce livre a quelque chose de superbe, il contient des pages inoubliables. »

Archie MacLeish s'exclame :

– Par Dieu, Scott, tu sais écrire, tu écris mieux que jamais. Tu es un magnifique écrivain. Crois-moi !

Thomas Wolfe le diffuse sur tous les toits :

– *Tendre est la nuit* contient ce qu'il y a de meilleur dans son œuvre.

Et John Peale Bishop tape sur l'épaule de Scott dans un bouge de la 42e :

– Tes dons de romancier surpassent ceux de chacun d'entre nous.

Mais d'Hemingway, rien.

À Craig House, où elle est dorénavant soignée, Zelda lit le roman d'une traite, puis elle attrape sa plume. « C'est un livre épatant, Goofo, j'aime ta façon d'écrire, ta prose est si belle, si équilibrée. Oh oui, chéri, c'est un livre magnifique qui pour moi évoque ces groupes noirs d'arbres, qui aspirent ou désespèrent, répandant leurs pétales blancs pour créer un autre printemps dans la vallée.

Comme je voudrais que nous puissions passer juillet au bord de la mer, à nous brunir, à sentir nos cheveux alourdis par l'eau. Nous pourrions nous allonger dans les longs rayons jaune citron du soleil de cinq heures, sur la plage, à Juan-les-Pins, en entendant le son du piano balayé par les vagues vers l'océan. »

Hemingway, parti pêcher au large de Cuba, finit par venir à bout de ce sacré barracuda. Il rentre à Key West, se plonge dans le roman, réfléchit, commence une lettre manuscrite, froisse le papier, se met à sa machine et tape sans s'arrêter :

> « Ah, Scott, je l'ai aimé et je ne l'ai pas aimé. Il commence par cette merveilleuse description de Sara et Gerald. Et puis tu t'es mis à faire joujou avec eux… Dommage. Toi qui écris mieux que n'importe qui et qui as un tel talent, tu devrais, tu

pourrais écrire un beau livre sur Gerald et Sara par exemple, si tu en savais assez long sur eux et ils ne t'en voudraient pas, sauf brièvement, si ton livre était la vérité.

Non, ton livre est bien meilleur que je le dis, mais pas aussi bon que tu aurais pu le faire. Tu as trop triché et tu n'en as pas besoin…

De tous les gens sur terre, ce qu'il te fallait à toi, c'est de la discipline. Au lieu de cela, tu épouses quelqu'un qui est jaloux de ton travail, qui veut rivaliser avec toi et qui te démolit. Oublie ta tragédie personnelle, Scott.

J'aimerais te voir et parler de ces choses avec toi… à jeun. La dernière fois, à New York, tu empestais l'alcool, nous ne sommes arrivés à rien. Tu n'es pas un personnage tragique, Scott. Et moi non plus. Nous ne sommes que des écrivains, nous devons écrire et rien d'autre. Nous sommes tous bousillés depuis le début, et toi en particulier, il faut que tu sois blessé à mort avant que tu puisses écrire. Mais quand cette sacrée blessure t'aura atteint, sers-t'en, mon pote. Et pas pour tricher.

J'ai pensé que Zelda était folle la première fois que je l'ai rencontrée. Et tu as compliqué les choses en l'aimant.

Tu es toqué. Comme Joyce, comme n'importe quel écrivain.

Tu as deux fois plus de talent qu'avant. Tu sais que je n'ai jamais fait grand cas de *Gatsby*. Tout ce qu'il te faut, c'est écrire sincèrement sans te soucier du reste. Continue d'écrire. »

Mais à Sara, Hemingway envoie :

« Scott ne peut inventer de vrais personnages, car il ne connaît rien aux gens, il est bourré de talent, il a souffert sans trop savoir pourquoi, il s'est détruit lui-même, il a détruit

Zelda… Cette puérilité, ces malentendus, ces jérémiades sur la perte de la jeunesse, cette danse de la mort qu'ils ont traînée çà et là, oh ! le gars est incapable de faire un beau livre, de faire un livre splendide. »

La presse anglaise porte Fitzgerald aux nues, le *Times Literary Supplement* chante la qualité du style et la délicatesse des sentiments. La presse américaine se veut prudente, disons qu'elle manque de subtilité. Le premier tirage de sept mille six cents exemplaires est vite épuisé. Il y aura deux nouveaux tirages, l'un de cinq mille soixante-quinze exemplaires et l'autre de deux mille cinq cent vingt. *Tendre est la nuit* vient au dixième rang des best-sellers dans la liste du *Publishers Weekly*.

C'est le livre des instants de grâce et des coups de folie, c'est le gai Paris qu'on adore et le cap d'Antibes légendaire, c'est Sara et Scott, Gerald et Zelda. Mais pourquoi en fais-tu une telle maladie, Sara ? Tu n'étais pas si farouche quand Picasso te représentait toute nue à la Garoupe sur ses tableaux !

Sara ne répond ni aux lettres de Scott ni à ses coups de fil. Elle a besoin de temps, elle réfléchit, elle va lui écrire. Bientôt. Choisir ses mots, calmer sa rage. Repousser l'enfer promis à Dick et Nicole Diver. L'enfer, Sara l'a connu. C'est fini à tout jamais. Patrick va mieux. Patrick va bien. Enfin !

Les Murphy ont à nouveau des projets. C'est fou, ils avaient oublié toutes ces petites choses formidables. Comme inscrire son fils à l'école. Courir les magasins en sa compagnie, renouveler sa garde-robe. Il a quatorze ans et vient de passer les cinq dernières années en pyjama, allongé dans un lit ou une chaise longue. Pour la rentrée, Patrick est inscrit dans l'ancienne école de son frère, Harvey School, à Hawthorne. Un collège chic pour garçons, au milieu d'un campus boisé de près de cinquante hectares. On y étudie par petits groupes, on y fait beaucoup de sport. Les garçons fragiles sont aidés, pris en charge par leurs aînés. C'est à une demi-heure de la maison des Murphy, à Bedford. Patrick ne pense qu'à cela. Les deux frères ont un an d'écart, ils sont très complices. Le côté protecteur de Baoth s'est développé depuis la maladie de son cadet. Il est si heureux. Il va le présenter à tous ses amis, Pook le héros, celui qui a vaincu la mort, grâce à une aiguille plus longue que l'épée d'Ivanhoé ! D'ailleurs, Baoth aussi a des lettres à écrire, il faut qu'il les avertisse, afin qu'ils soient prêts à l'accueillir comme il se doit. Sara regarde ses fils construire leur avenir, elle y croit elle aussi. Cinq années horribles, les Murphy aperçoivent le bout du tunnel, la souffrance est derrière eux. Ils n'ont plus que des soucis d'argent. Et ce n'est pas mortel.

Gerald se bat comme un diable pour garder la Mark Cross Company, dont les pertes sont conséquentes. Il parvient enfin à se débarrasser de l'encombrante Mrs Ramsgate. Mais voici Hoytie qui surgit, menaçante à son tour. Elle attaque sa sœur sur sa part d'héritage des *Dunes*, la maison d'East Hampton. La propriété a été divisée en trois. Mais cela ne suffit pas à Hoytie, elle veut tout. Et tout de suite.

Il est temps de filer au paradis pour se purifier des tourments divers. Changer la donne. Retrouver l'allégresse, la joie, la liesse. *Villa America*, enfin !

Été 1934

Cap d'Antibes – Majorque

Les lanternes japonaises scintillent dans la brise nocturne, comme des étoiles tombées du ciel. La maison baigne dans une douce lueur orangée, l'air est chaud. Le temps s'est arrêté au cap d'Antibes, rien ne change ici, jamais. Sara caresse le tronc du tilleul argenté, les cosmos roses et bleus oscillent, le potager est luxuriant. La baie des Anges, ce miracle prodigieux. Qu'écrit Scott déjà dans *Tendre est la nuit* ? *« Tout était d'une telle perfection. »* Le soir est pailleté de strass, Gerald invente un nouveau cocktail, vodka, pastis, cerise, il saisit les glaçons à pleines mains, quelques feuilles de menthe, il agite son shaker. Sara effleure le front de Patrick, non il n'a pas de fièvre. Honoria apprend à danser le *lindy hop* avec Baoth, les Murphy n'ont besoin de personne, le bonheur est revenu, il se joue gagnant à cinq contre un.

– Sur une musique de Cole Porter, ça fonctionne aussi, Dow-dow, remonte la manivelle, vite, allez viens, Baoth, donne-moi ta main, déhanche-toi !

Le soleil n'est pas encore très haut, pourtant il fait déjà chaud. Ça tape sur la terrasse où ils se prélassent en prenant leur petit déjeuner. Vladimir débarque à moto avec Nadejda. Les enfants l'inspectent de pied en cap. Ils se sentent un peu trahis. C'est quoi, cette gisquette ? Une princesse ? Si c'est une princesse, ça, ils veulent bien être changés en crapauds. Elle est maigre et cagneuse.

– Elle a été violée par les bolcheviques, chuchote Vladimir dès qu'elle a le dos tourné. Et puis son père le grand-duc a sauté par la fenêtre.

– Quelle fenêtre ? demande Baoth en laissant tomber sa tartine dans la confiture de myrtille.

– Celle de son palais de Saint-Pétersbourg. Elle a traversé la Russie à feu et à sang, un vrai cortège de calamités sa vie, son oncle a été fusillé, jeté dans une fosse commune et achevé à coups de pierres et de gourdins.

– Mais elle ne sourit jamais ? insiste Patrick.

– Jamais !

– Attention aux guêpes, chéri, ferme ce pot, ordonne Sara en récupérant la confiture, Ernestine, mais où est-elle ?

– Titine, y a des guêpes !

Comme la mer leur a manqué ! La clarté aveuglante de la plage, le sable brûlant, ils sont équipés de pied en cap pour la Garoupe. Honoria porte un maillot de bain qui laisse entrevoir ses formes naissantes, cela dérange un peu ses frères, ils auraient préféré que rien ne change. Mais alors rien du tout. C'est quoi cette manie de grandir chez les filles ?

– On descend à pied jusqu'à la Garoupe avec P'tit Pook, explique Honoria.

– S'il est fatigué, je le porterai sur mes épaules, déclare Baoth.

– Je ne serai pas fatigué, je suis guéri, assure Patrick, décidé.

– Les pelles, les seaux et les râteaux, à votre âge, les enfants, c'est indispensable ? demande Vladimir.

– Oui ! répondent-ils en chœur.

– Tu vois, Vladimir, s'amuse Gerald en tendant à son ami

un jus de fruits pressés, dorénavant, je suis à la tête d'un gang ! Une bande de jeunes et j'adore ça !

Trois adolescents beaux et radieux, excités comme des puces, prêts à en découdre si leur plage est occupée. Ils ont été élevés ici, c'est leur terre, leur sang, leur guerre !

– Je ne leur donne pas deux jours pour être noirs !

Sara essuie une larme, elle espère qu'ils n'ont rien vu. Gerald s'approche et l'embrasse.

Dix-sept, quinze et quatorze ans. Ils sont vifs, ils s'intéressent à tout, certes, ils ont été un peu traumatisés ces derniers temps, mais ils oublient vite et regardent droit devant. Vers les eaux translucides, les criques découpées, les rivages éblouissants. Gerald a acheté de nouvelles cabines pour la plage, il les fait installer par Joseph, le jardinier. Qui veut du sherry frappé et des sablés au beurre salé ? Qui fait le tour de la presqu'île en canoë ? Baoth plonge dans la baie des Milliardaires, la mer est turquoise, il aperçoit un banc de petits poissons qui frétillent. Le temps de retourner chercher son épuisette à bord, ils ont disparu.

– Pourquoi suis-je toujours le seul à ramer ? s'insurge Gerald.

Il porte un slip de bain moulant qui ne cache rien de son anatomie. Et une calotte pour protéger son crâne qui se dégarnit peu à peu. Le reste de son corps est huilé de près, le bronzage est essentiel.

– Parce que tu es le plus fort, mon Dow-dow, répond Patrick en plissant ses yeux immenses.

Son fils, toute sa vie, Gerald chasse les mauvaises pensées et rame de plus belle.

– Regardez, les enfants, là, derrière les arbres, le château de la Garoupe, vous vous souvenez de cette année où Cole l'avait loué ? On avait organisé une fête déguisée sur la plage, vous étiez si petits, des nains, onze ans déjà.

Les enfants n'ont rien oublié, chaque journée au cap d'Antibes est ancrée dans leur mémoire. On appelle ça « les jours heureux », ça forge une personnalité, ça aide à affronter l'avenir, Gerald et Sara Murphy ont tout réussi avec leurs enfants. Ils ne s'en rendent même pas compte.

Oh ça alors, la plage est bourrée de monde. Il y a au moins quinze personnes. Quatre, non cinq petits groupes. Les Anglais ont débarqué en nombre. Rouges comme des écrevisses, vissés sous leurs parasols rayés, ils observent tout le monde avec des yeux porcins.

– Il y a aussi quelques Belges, déclare Vladimir.

– Comment tu sais ça ? demande Baoth.

– Les Belges ne nagent jamais, ils se promènent d'un bout à l'autre de la baie et rejoignent leur tente où ils jouent aux cartes en soupirant, poursuit Nadejda.

Les enfants la fixent, interloqués, persuadés qu'elle était muette. Parce qu'elle a été violée. Ils n'ont pas bien compris ce qu'il en était exactement, ils ont pensé à la petite sirène, ce conte d'Andersen que Vladimir leur a lu si souvent. Violé, c'est quand on vous vole la voix, non ?

Patrick nage bien, sans être essoufflé, Sara est fière. Mais toujours inquiète.

– Gerald, surveille-le, il va trop loin là…

Elle n'a pas besoin de le lui préciser, il ne quitte pas son fils des yeux. Le voici, tout ébouriffé, Gerald l'enroule dans une serviette et le porte sur son épaule jusqu'à la tente rayée, quel poids plume !

– Les enfants, au rapport !

Sara lève les yeux au ciel, elle brode une nappe, Nadejda la conseille pour les couleurs des fils, elle évoque les tuniques traditionnelles qu'elle portait dans son enfance.

– Il est temps d'arpenter la plage en nombre et de montrer à chacun qui sont les propriétaires. Vous me suivez ? interroge Gerald.

– Oui, Dow-dow !

En file indienne, tous les quatre. Mordorés sous leurs chapeaux de paille. Les mains dans le dos, la tête en avant. On sillonne la grève. On salue les nouveaux arrivants avec tact, et un verre de sherry frappé. On a ce petit mot charmant et condescendant.

– Bonjour, cher ami, vous êtes arrivé il y a longtemps, très bien. C'est la première fois que vous venez ? Mais qui vous a indiqué notre plage ? Non, nous sommes ravis de vous avoir, nous adorons recevoir sur notre plage. Il faut qu'elle vive. Mais bien entendu, revenez demain. Oui, ce sont mes enfants, n'est-ce pas, ils sont magnifiques. Bien élevés, je l'espère. Ce sont eux qui ont inventé la plage. Quoi, on ne vous l'a pas dit ? Chaque galet, chaque algue à main nue, oui ils se sentent un peu propriétaires. Non, revenez demain, bien entendu. Nous sommes enchantés. Oui, Murphy, Honoria, Baoth, Patrick et Gerald Murphy. Ravis, vraiment, nous sommes ravis.

La plupart du temps, les immigrants reviennent et ne bougent plus d'un pouce, recherchant l'approbation de ces Américains flamboyants.

Mais cet après-midi, des inconnus s'installent à l'ombre, dans l'angle gauche des rochers. Deux grosses dames engloutissent des millefeuilles énormes sous un parasol. Elles ont de la crème pâtissière aux commissures des lèvres. Baoth court devant elles, fait une roue digne de Medrano, puis s'essuie ostensiblement la bouche. Avachies dans leurs chaises pliantes, elles l'observent, déroutées. On les dirait posées là dans un enchevêtrement de voiles, ce ne sont que des robes démodées. Elles sont terriblement choquées par le maillot de bain d'Honoria, vraiment près du corps. Même Sara s'en étonne.

– Mais, mama, si je le prends à ma taille, il est tout lâche quand je sors de l'eau, Dow-dow m'a acheté ça au marché, ça s'appelle « une barboteuse », c'est pour les bébés.

– Indécent, oui vraiment, quelle indécence ! déclare la dame au parasol.

– Mais regardez la mère, sa robe tombe sur ses épaules, elle aussi est à moitié nue, il ne faut pas s'étonner, s'étouffe la seconde matrone.

À leurs côtés, un général à l'œil qui plisse tire sur sa cigarette. Il attend l'heure du whist, ce soir, à l'*Hôtel du Cap*. Il a rendez-vous avec trois compatriotes, des militaires qui servaient sous ses ordres lors de la guerre des Boers. Le général songe à sa victoire en lissant sa moustache.

– C'est drôle, estime Gerald en s'allongeant dégoulinant près de sa femme. On se croirait dans *Tendre est la nuit* !

– Quoi ? s'exclame Sara.

– *« Je savais d'avance qu'il y aurait trop de monde sur notre plage cet été. »*

– Qu'est-ce que tu dis ?

– Moi, rien, c'est Nicole Diver.

– Mais tu l'as appris par cœur, Jerry ?

– Je l'ai lu trois fois, Sal, trois fois, je suis…

– Je vais me baigner, lance-t-elle pour couper court à la conversation.

Elle laisse glisser sa robe, mais ne remonte pas les bretelles croisées de son maillot de bain. Il n'est pas plus grand que celui de sa fille.

– Oh ! s'étranglent les Anglaises.

Repus de soleil et de sel, Sara et Gerald paressent sur la terrasse. Elle savoure un thé en dépouillant son courrier. Il y a un télégramme de Dottie. « Bravo pour retour *Villa America*. Suis

Newcastle. Achète moutons. Bedlington terriers. Comment est la Russe ? Comment va Patrick ? »

– Des moutons ? interroge Sara.

Gerald allume une cigarette, pose son livre et regarde sa femme. Dieu qu'elle est jolie, dorée ainsi.

– Les Bedlington terriers ressemblent comme deux gouttes d'eau à des agneaux ! Ils sont assez hauts et charmants avec les enfants.

– Dottie n'a pas d'enfants.

– Elle est fichue d'en faire.

Suit un télégramme d'Hoytie : « Espère te gâcher vacances. Avocat attaque testament père. Te maudis, toi et ta famille de saltimbanques. »

– Salope ! s'exclame Sara en froissant le télégramme.

– Ta sœur a toujours été jalouse, chérie, quoi que tu fasses, quoi que tu dises, elle trouvera une raison pour t'agresser. Elle est seule, pas d'enfants, pas de mari, trois vieilles gouines pour uniques copines qui vont bientôt lui tourner le dos.

– Tiens, une lettre de ta sœur, Esther.

Elle vient de divorcer de John Strachey, il n'a jamais supporté son lesbianisme. Elle vit le grand amour avec Muriel Draper, l'ex-femme du compositeur.

– Mon Dieu, elle se marie !

– Avec Muriel ?

– Mais non, avec Gavin Arthur, le petit-fils du président. Elle écrit : « Nous partageons les mêmes valeurs. »

– Homosexuelles ?

– Politiques !

Et puis cette missive d'Ernest, destinée à Sara, Sara seule, dans laquelle il raconte son dernier safari au Tanganyika.

« Je voudrais envoyer à Patrick un trophée de la part de Bumby. Que préfère-t-il ? Une gazelle ou bien un impala ? Si tu l'accroches face à son lit, cela le fera rêver toute la nuit. Il galopera avec l'animal dans ses songes les plus fous. Je pense qu'un impala c'est mieux, c'est gracieux, agile. Ces fines lignes noires jusqu'en haut des oreilles, c'est magnifique ! Ce sont ces animaux extraordinaires qui peuvent faire des sauts de dix mètres de long. Leurs poumons sont très développés, dis-lui, Sara chérie, cela lui portera bonheur. Je t'aime toujours autant, Papa. »

La force de son ami lui fait un bien fou. Pourtant, elle sait qu'il traverse aussi des moments difficiles. Pauline lui a raconté les périodes noires d'Ernest, violentes, cruelles et imprévisibles, comme lui.

Et puis ces feuilles blanches éparses devant Sara. Ce vélin gravé *Villa America*. Cette plume qui crisse, prends-moi, Sara, vas-y. Elle doit le faire, elle doit lui écrire. Cela fait deux mois maintenant, non trois. Elle enrage. Pas aujourd'hui. Mais pourquoi repousser encore ? Il sait qu'elle est furieuse, tout le monde le lui a répété. Il faut qu'elle s'explique, il faut qu'elle lui dise. Sa colère, son incompréhension. Elle a besoin d'être seule pour lui faire face. Son ami, son amour qui l'a trahie. Elle observe Gerald.

– Si tu allais faire un tour dans ton atelier ?

– Non.

– Pourquoi, Jerry ?

– Je n'ai plus envie de peindre, Sal.

– Patrick va mieux. Tu disais toujours que tant que tu ne connaissais pas la peinture, tu n'étais pas pleinement heureux.

– Je suis pleinement heureux. Tu vas bien, les enfants aussi, je n'ai besoin de rien d'autre. Mais tu as raison, je vais jeter un coup d'œil à mes toiles, j'aimerais en offrir une à Vladimir pour sa maison de Saint-Tropez.

Sara fixe la silhouette longiligne de son mari, il descend l'escalier de pierres irrégulières qui mène à l'atelier.

Et Sara s'y met. À cette lettre. Cette lettre commencée hier, commencée avant-hier, commencée le jour d'avant… Il faut qu'elle lui dise sa rancœur. Son agacement. Oser lui écrire, enfin…

Non, Scott, non !

Comment as-tu pu me faire ça ? Nous faire ça ? Faire de nous les héros de ton livre ? Tu nous as trahis. Tu as bafoué les lieux aimés. À commencer par notre plage. Tu es un monstre qui a vampirisé notre vie, nos soirées. Pourquoi parles-tu de fêtes alors qu'il ne s'agissait que de dîners ? De simples retrouvailles sur cette terrasse ombragée. Nous étions dix, peut-être douze, jamais plus de vingt ! Pieds nus sur les carreaux de marbre, on dansait, souviens-toi. Gerald déteste la foule. Il aime ses amis, pas la frénésie. On était si jeunes. Notre petite bande. Hemingway, Dos Passos, Cole Porter, Picasso…

Et Sara écrit, une page, deux, bientôt trois. Sara envoie la lettre. Sara attend une réponse, qui ne vient jamais. Car ils ne sont pas d'accord, elle n'aime pas la vérité qu'il lui jette à la figure, il refuse la sienne. Elle sait qu'il n'attend qu'une main tendue. Pas encore, Scott, pas encore.

Le grand jour, enfin ! Le *Weatherbird* ! Ils montent dans le roadster Citroën que Gerald vient d'acheter pour la *Villa America*. Un cabriolet traction avant aubergine, habillé de cuir bronze et d'acajou rougeoyant. Il n'y a que quatre places assises, Honoria prend Patrick sur les genoux. Vladimir et Nadejda suivent sur une Royal Enfield flambant neuve.

– Dow-dow, Dow-dow, insiste Honoria.

– Oui, chérie ?

– Tu es sûr qu'elle a été violée par les bolcheviques, Nadejda ? Parce qu'elle parle comme toi et moi.

Gerald regarde Sara et éclate de rire. Les enfants sont furieux, Honoria est écarlate, elle a honte sans savoir pourquoi.

– Ta maman t'expliquera, chérie.

– À moi aussi, j'ai rien compris, insiste Baoth.

– Moi aussi, fait Patrick en s'agrippant au siège avant.

Gerald gare l'automobile au bout du port Vauban. Les enfants se précipitent dans la marina. Baoth donne la main à Patrick, Honoria court plus vite, mais elle se retourne, elle les attend. Ils cavalent sur la jetée. Tout au bout, Vladimir, appuyé sur sa moto, il allume une cigarette, Nadejda vient à leur rencontre.

– Et le tsar, il t'a violée aussi ? demande Honoria quand elle arrive à sa hauteur.

C'est un ketch trapu de trente et un mètres de long. Un deux-mâts, filant onze nœuds et déployant plus de quatre cent cinquante mètres carrés de voilure. C'est un chef-d'œuvre, le vrai chic flottant. En teck du sol au plafond. La coque est noire en acier, bordée de chêne, conçue sur le modèle des clippers américains, le pavois est verni, une frise dorée court sur chaque bord, le nom *Weatherbird* est inscrit en minuscules lettres d'or. Vladimir affirme qu'il est insubmersible. Gerald a dessiné le pavillon, un œil qui cligne, noir, blanc et rouge sur fond jaune. Quatre hommes d'équipage au garde-à-vous attendent le bon vouloir du capitaine Orlov.

– Retirez vos sandales, les enfants, et déposez-les dans ce panier. Enfilez ces sweaters, vous faites partie de l'équipage dorénavant.

Vladimir leur tend à chacun un pull-over marine, à leur taille, sur lequel est brodé, en lettres dorées, *Weatherbird.* C'est Sara qui a choisi le nom. Il fait référence à un morceau de jazz qu'ils adorent tous, un tube de Louis Armstrong composé alors qu'il descendait le Mississippi en bateau à aubes. Armstrong à la trompette, Earl Hines au piano, ça swingue, *baby*, oh oui, ça swingue. C'est toute la frénésie de la danse, le charleston de ces années-là, la célébration de la vie par la musique. Une gageure, non, une promesse !

Une table est dressée sur le pont, entourée de transats pliants à bras coulissants avec des coussins bleu et blanc. Et puis un rouf aux hublots cerclés de cuivre où se réfugier en cas de gros temps. Dans le carré en demi-lune, un gramophone encastré dans la bibliothèque, et un piano droit scellé contre le mur. Derrière le bar, une myriade de bouteilles, tant de fêtes à venir, Sara, tant de fêtes, promet Gerald. Quatre cabines en bois verni sont desservies par une coursive étroite. Celle de Gerald et Sara dispose d'une salle de bains avec une douche, des rideaux et des coussins vert amande, la couleur préférée de Sara. Celle d'Honoria a un dessus-de-lit et des rideaux roses, il y a un petit lavabo intégré. Baoth et Patrick partagent une cabine aux couchettes superposées. La dernière, très spacieuse, est réservée aux invités. On dîne dans le carré, les banquettes peuvent se transformer en couchettes. Et puis, dans la cambuse, les quartiers de l'équipage et de Vladimir.

– On est chez Jules Verne, s'écrie Baoth, très excité.

– C'est le *Nautilus*, confirme Patrick, je peux dormir dans le lit du haut ?

L'équipage est entièrement russe, entraîné et choisi par Vladimir.

– On se croirait dans une pièce de Tchekhov, déclare Gerald.

Il y a des coffres et des malles de voyage partout. C'est à se demander si c'est un navire ou bien leur prochaine maison.

– Et si on abandonnait tout, *pretty* Sal ? suggère Gerald, et si on partait pour des mois, des années, et si ?…

Sara se prend à rêver. Et si on était sûrs que Patrick était guéri, et si la Mark Cross Company fonctionnait seule, et s'ils pouvaient se permettre de voir grandir leurs enfants sans éducation, et si ?... non, Gerald. Elle n'a pas besoin de le préciser, il pense la même chose, au même instant.

– C'est toi qui l'as construit ? demande Honoria, accoudée au bastingage.

Vladimir a passé près de six mois sur les chantiers navals de Normandie, dans le port de Fécamp, avec deux architectes, Chantelot et Lemaistre. Des hommes au caractère fort, qui connaissaient leur métier. Il y en a eu des prises de bec ! Nadejda hoche la tête, elle s'en souvient de ces têtes de cochon. Et de la pluie tout l'hiver. De la maisonnette branlante, attenante au hangar, dans laquelle elle a passé de longs mois, attendant que son homme émerge du carénage.

– J'ai retrouvé ma jeunesse, mon métier, j'étais ingénieur naval à Saint-Pétersbourg, du temps du tsar.

– Celui qui a violé Nadejda ? demande Patrick.

– Non, ces satanés bolcheviques, on t'a expliqué.

– On ne nous a rien expliqué du tout, gronde Honoria, et on veut tout savoir.

Elle serre les poings et fait la moue.

– On commence par l'histoire du navire peut-être ? suggère Sara.

– Merci, souffle Nadejda.

Vladimir raconte le lancement, le 7 février dernier, au beau milieu d'une assistance affairée. De nombreuses personnalités assistaient à la cérémonie. Non, Gerald n'était pas là, Patrick n'allait pas bien à cette époque. Le jeune garçon fait la moue à son tour, sa sœur se serre contre lui et lui embrasse la tempe.

– À peine la clé qui retenait le bateau a-t-elle été retirée d'un solide coup de marteau que la coque s'est mise à glisser, d'abord doucement, puis, soudain, à grande vitesse et au milieu d'une gerbe d'écume impressionnante, le bateau a pris les flots !

– Et alors ?

– Alors, je l'ai barré de Fécamp jusqu'à Antibes. Avec l'aide de ma fiancée. Nous avons longé les côtes françaises, il y a eu quelques passages difficiles, du grain à Ouessant, et puis la pointe du Raz, le cap Finisterre, pas simple. À Gibraltar, quel ouragan ! On a démâté aux abords de Barcelone. Heureusement que nous étions deux ! Sans Nadejda, je n'aurais jamais pu y arriver.

– Tu as des connaissances maritimes ? s'enquiert Sara auprès de Nadejda.

– Je suis russe, Sara, répond-elle en roulant les *r* de sa voix rauque. J'ai survécu aux bolcheviques, bien entendu que je suis capable de barrer un bateau !

Les enfants sont admiratifs, adoptée la Nadejda !

– Tu vois, souffle Honoria dans l'oreille de son frère, c'est les bolcheviques qui violent, c'est pas le tsar, le tsar est un type bien.

– Je sais, le tsar est le copain de Vladimir, assure Patrick.

– Il faudrait juste qu'elle soit plus grosse, elle pourrait être aussi jolie que mama sinon, constate Baoth tout bas.

À la barre, dans le cockpit, Gerald oublie tout. Il se saisit de la taille de sa femme, dévore son cou. Il est fougueux comme un jeune premier et navigue toutes voiles dehors. Direction Port-Cros, puis les calanques de Cassis.

Ils sont nombreux à passer l'été à la *Villa America*. Les Dos Passos et les Léger se partagent *La Bastide* et la *Ferme des Dérangés*. Les Barry, les Picasso… Les uns s'en vont, les autres s'installent. Quand il n'y a plus de place, on descend à l'*Hôtel du Cap*.

– Mes chers amis, s'écrie André Sella, en leur ouvrant les bras, mes chers amis, grâce à vous, depuis dix ans, quel succès !

On se baigne dans les criques déchiquetées du cap Ferrat ou du cap d'Ail. Le temps est caniculaire. Fernand Léger ne sort pas sans sa mallette d'aquarelliste. Sur un croquis, Sara est assise sur le pont, elle porte un chapeau à pois, on la voit de dos, sa robe s'envole, elle la retient en vain. Sur un autre, Gerald, de dos lui aussi, est nu. Il s'étire vers le foc et ne porte qu'une calotte pour protéger son crâne des rayons cuisants du soleil.

– Je suis votre mousse très dévoué, assure Léger en offrant les deux esquisses à Sara, hilare.

Gerald décide de croiser jusqu'à Majorque, une île espagnole sauvage et désertée. La traversée est idyllique. Trois jours de calme et de soleil. Le voilier mouille dans le petit port de Valdemossa. Il y a quelques pêcheurs alentour. Gerald parvient à louer les services d'un paysan pour monter en carriole jusqu'au village, à cinq kilomètres à peine. Il fait terriblement chaud, pas un souffle d'air. La route est sèche et aride, sinueuse, elle grimpe dans la montagne à quatre cents mètres d'altitude. Les chevaux trébuchent sur les cailloux. C'est inquiétant et magnifique. Il n'y a rien, que des serpents, de la caillasse et le soleil, brûlant. Et soudain, au détour d'une terrasse en galets, quelques maisons de pierre, des massifs de cactus et le singulier clocher aux reflets turquoise de la chartreuse. La lumière est blanche, les rues désertes. Le monastère s'ouvre sur une place pavée. Les moines sont très accueillants, personne ne comprend rien à ce qu'ils disent, sauf Nadejda qui parle espagnol. Gerald a raconté George Sand et Chopin aux enfants, il semblerait que les moines aient conservé quelques manuscrits de la romancière française et des lettres du musicien. Ils sont heureux de leur faire partager leurs trésors. Les enfants ne sont pas fascinés, des écrivains, des musiciens, ils connaissent ça par cœur.

– Tu crois, mama, qu'un jour quelqu'un s'intéressera aux manuscrits de Scott ?

– Certainement.

– Et à ceux du papa de Bumby, et à ceux de monsieur Dos Passos ?

– Oh ! je crois, j'espère.

– Tu crois, mama, que Nadejda va se faire violer par le prieur ?

– Honoria !

Sara achète quantité de bocaux à la pharmacie et des piluliers en écaille, Gerald s'emballe pour la liqueur et les alambics. Il s'éclipse pendant quelque temps avec un moine et revient les bras chargés de flacons.

– Pour mes cocktails ! précise-t-il en faisant un clin d'œil à Vladimir.

– J'ai failli être Sainte Vierge, explique Honoria au prieur. Mais mama a refusé, une histoire de milieu social, je n'ai pas tout compris. Pensez-vous violer Nadejda ?

Le prieur ne parle pas anglais, c'est une chance. Il bénit Honoria, elle est bouleversée et lui baise la main. Dans le jardin de la chartreuse, Baoth et Patrick ont repéré un amandier qui ploie sous les fruits. Ils grimpent dans l'arbre et font tomber les amandes en se pendant aux branches. Sara est pétrifiée, elle s'apprête à courir pour faire redescendre Patrick. Gerald la retient par le bras.

– Laisse-le, il agit comme n'importe quel enfant de son âge.

À nouveau, on vogue vers d'autres caps. L'eau est d'une limpidité, un saphir dans lequel on plonge et qui se transforme en une myriade de diamants. Des dauphins virevoltent autour du bateau. On boit du champagne et des cocktails multicolores toute la journée, Gerald est au piano, on se perd dans la contemplation de ce miracle appelé « la Méditerranée ». On jette l'ancre dans un petit port italien, on est bientôt entourés par une bande d'énergumènes qui glapissent : *Mare Nostrum !* Et, sur tous les murs du village, des portraits de Mussolini !

Sara est resplendissante, elle lève son verre au bonheur retrouvé. Son maillot de bain à paillettes scintille dans l'éclat du soleil. Baoth est plein de santé, un sportif avéré. Patrick est vif et perspicace, il a réponse à tout, il lit énormément, bat tout le monde aux échecs, c'est le roi des mots croisés. Honoria ressemble plus que jamais à un tableau de Renoir avec ses lèvres d'un rouge surprenant et ses sourcils bien dessinés. Ses cheveux blonds frisent avec l'air de la mer, elle est couverte de taches de rousseur.

Vladimir apprend aux garçons à barrer le navire, observer le mouvement des voiles, s'installer sous le vent pour le plaisir, régler le foc…

– Ce grand mât fait 21,6 mètres de haut. C'est du pin d'Oregon ! Tu vois, Patrick, il y a douze voiles, ça c'est le grand foc, ça la trinquette, regarde la misaine ici.

– Et ça ? demande Baoth.

– Le hunier, là le foc ballon.

– C'est quoi ce truc ? demande Honoria.

– Un compas, pour nous aider à garder le cap.

– En fait, il faut être une pieuvre pour faire du bateau, conclut Patrick.

– Un peu. Tiens, apprends à faire un nœud d'une seule main !

Les Myers arrivent avec leurs enfants. Sara les installe à *La Bastide*. Elle passe ses journées à papoter avec Alice. Elles évoquent leur progéniture, le retour à New York, les années folles à Montparnasse, tous les copains…

– Il paraît que Dottie a un nouvel amoureux, un certain Alan Campbell, un acteur.

– Oui, magnifique, on l'a rencontré, il est charmant.

– Il a onze ans de moins qu'elle, je crois.

– Quelle chance n'est-ce pas ? constate Alice.

Richard Myers est un très bon pianiste, il enchante les soirées de la *Villa America*. Gerald frappe les martinis. *On the rocks !* Fanny, Dicky et *baby* Boo sont un peu plus jeunes que les petits Murphy, ils ne savent pas nager. Honoria les conduit à la piscine de l'*Eden Roc* où monsieur Jolivet, leur maître nageur préféré, officie toujours. Patrick raconte à Fanny cette nouvelle école, la Harvey School, qu'il va intégrer en septembre, il est tellement excité.

Vladimir les invite tous chez lui pour déjeuner. Le *Weatherbird* fend les flots, on croise au large de Port-Cros, un paradis sauvage. À Saint-Tropez, il n'y a que des pêcheurs et des peintres. Pampelonne est une plage désertique de cinq kilomètres de long. Des pins parasols, la mer à perte de vue. C'est tout. C'est suffisant. La maison de Vladimir et Nadejda est une ancienne cabane de pêcheurs, retapée avec les moyens du bord. Un endroit de plain-pied, noyé dans une lumière bleu et rose, posé sur la grève, tout y est assez rudimentaire. Vladimir et Nadejda y vivent à moitié nus au rythme des saisons. Gerald offre à son ami *Portrait*, un tableau étonnant, un des derniers auxquels il se soit attelé. Gigantesque. Inspiré peut-être par *Gatsby le Magnifique*, on y retrouve l'œil monstrueux du docteur T. J. Eckleburg. Et puis des cils, des sourcils à grande échelle, une bouche pulpeuse, des empreintes de doigts, la trace d'un pied. Vladimir l'accroche immédiatement dans le salon. Et l'œil du tableau plonge dans la mer comme un mirage.

Chez madame Vachon, sous la citadelle de Saint-Tropez, Sara achète pour Honoria des pantalons très larges et deux ou trois robes aux lignes épurées avec les bretelles croisées, des lunettes de soleil en écaille de tortue, et des sandales en lanières tressées.

– Comme toi, mama.

– Comme moi, trésor joli.

Un après-midi, Patrick pêche un poisson monstrueux. Personne ne sait ce que c'est. L'animal se tortille sur le pont. Ah, si Ernest était là ! soupire Sara. Vladimir vote pour un bar, Gerald pour un thon, Richard Myers ne voit pas assez clair. Patrick est un champion ! Son père le prend sur ses épaules et le balade ainsi toute la journée.

– Vive Pook, vive Pook ! crient-ils de concert.

Pour la dernière nuit des Myers, ils vont boire un verre au casino de Juan-les-Pins. Ils emmènent Honoria et Fanny. C'est une première pour les jeunes filles émoustillées. Honoria porte une robe en soie blanche de Madeleine Vionnet qui met son dos en valeur. Dénudé jusqu'en dessous de la taille. Elle joue les mannequins devant ses petits frères avant de partir. Baoth et Patrick n'ont pas de mots. Juste la bouche ouverte. À gober des bigorneaux.

– Tu es magnifique, chérie, mais tu dois porter des bas, assure Sara.

– Pourquoi ? Il fait une de ces chaleurs !

– Parce que l'on n'a pas le droit d'entrer au casino jambes nues, cela m'est arrivé une fois, on m'a refusé l'entrée !

– T'inquiète, Honoria, j'ai mon idée, rassure Baoth.

Il va faucher un crayon de maquillage dans la salle de bains de sa mère et dessine une ligne marron derrière les jambes de sa sœur. Qui le remercie par un baiser sur le nez.

Honoria et Fanny, des beautés juvéniles, rayonnantes. Quand elles émergent de la voiture, tous les regards se tournent vers elles. Deux grandes bringues, et l'insouciance en héritage. Elles pénètrent dans le saint des saints en terrain conquis. Honoria est longue comme son père, elle a le visage de chat de sa mère et porte du rouge à lèvres écarlate.

– On dirait un feu de forêt dans l'arrière-pays, assure le directeur du casino, admiratif.

Gerald, gonflé d'orgueil, un paon, c'en est presque ridicule, tend la main vers sa fille et la fait danser.

– Garde ta paume sur mon épaule ma chérie, sois plus légère, c'est bien, regarde, on dirait que tu danses avec la mer, tu es merveilleuse.

On se croirait dans *La Joyeuse Divorcée*. Honoria en Ginger Rogers, Gerald en Fred Astaire et la musique de Cole Porter, ce monde-là est parfait ! Fanny Myers est resplendissante dans sa robe en soie moirée verte avec un corsage en satin assorti. Elle porte des talons, elle est plus grande que Gerald. Sara éclate de rire. La pauvre Fanny essaie de se tasser, mais il n'en a cure.

– Enfin, Fanny, redresse-toi, je sais bien que je suis plus petit que toi, mais si tu te tiens droite nous serons le plus beau couple de la soirée.

Et la jeune fille se redresse.

Dans quelques semaines, c'est la rentrée des classes. Les Murphy préparent leur retour à New York. En fermant la *Villa America*, Sara frissonne. Un mauvais pressentiment. Comme si c'était la dernière fois qu'elle faisait ces gestes familiers. Accrocher les volets, couvrir les meubles de draps blancs, vérifier que l'eau est coupée. Évoquer le prochain retour avec les domestiques. Mais quand ?

Sara songe à Scott, à ces deux lettres écrites cet été, ces deux lettres auxquelles il n'a pas répondu. C'est une souffrance. Ce froid entre eux la dévaste.

Elle se souvient de la dernière page de *Gatsby* : « *La plupart des villas au bord de l'eau étaient déjà fermées et il n'y avait guère de lumières que celles, indécises et mouvantes, d'un ferry-*

boat de l'autre côté du détroit. Et à mesure que montait la lune, les inutiles villas commençaient à s'effacer... »

S'il était un visionnaire, comme l'assure toujours Gerald, alors l'avenir serait terrible. Sara Murphy chasse cette idée et donne un ultime tour de clé. Ultime.

1935

Baltimore – Key West – Rhode Island – Boston

Gertrude Stein et Alice Toklas prennent le thé à *La Paix* chez les Fitzgerald. Le thé, on a vraiment changé d'époque ! Le soleil de janvier irradie une lumière froide dans le salon d'hiver. Campés dans les fauteuils en rotin, ils se souviennent des étés caniculaires à la *Villa America*, des automnes bouillonnants rue de Fleurus. La littérature toujours, la peinture souvent. Qu'est-ce qu'ils avaient comme talent ! Ils brûlaient la vie par les deux bouts, écrivaient le crépuscule, dessinaient l'aurore. Zelda se balance dans le rocking-chair, elle se balance beaucoup. John O'Hara voit Scott verser du whisky en douce dans sa tasse. Gertrude se saisit de la bouteille et suit son exemple. Puis Alice, puis John à son tour. Il est essentiel que Zelda ne s'aperçoive de rien, c'est une condition *sine qua non* à sa guérison. Elle a une permission de sortie pour la journée. Zelda minaude et feint de s'intéresser à la conversation, elle est dans les vapes, bourrée de calmants. Stein a adoré le bouquin d'O'Hara, *Rendez-vous à Samarra*. Elle souhaitait le féliciter, un beau succès. Mais pas aussi phénoménal que le livre de Gertrude, *Autobiographie d'Alice B. Toklas*. En fait une biographie de Gertrude racontée par Alice, écrite par Gertrude. Pour résumer, Gertrude par Gertrude. Un triomphe, un chef-d'œuvre. Torché en six semaines.

– Gertrude est un génie, il est temps que les Américains s'en rendent compte, estime Alice de sa voix de fausset.

C'est leur premier séjour en Amérique depuis près de trente ans. Elles comptent bien en profiter. Conférences et signatures s'enchaînent dans les librairies, les bibliothèques. Ce soir, à l'université Johns Hopkins, où Gertrude a étudié il y a près de quarante ans. Demain, au Peabody Institute. Entre deux réunions, Gertrude et Alice visitent leurs amis fidèles. Ils ont tous quitté Paris, la France est devenue sinistre, on ne parle que d'Hitler, une vraie calamité, celui-là.

– Il n'aime ni les Juifs ni les homosexuels, on a tout gagné, n'est-ce pas, Alice ?

– Moi aussi, je voulais venir ce soir, mais il faut que je rentre, j'ai rendez-vous avec la lune, explique Zelda.

Il faut vite dévier son idée, sinon elle risque de déraper. Au bout du jardin, Scottie est en grande conversation avec son ami Andrew Turnbull, le fils du voisin. Elle revient en sautillant sur le caillebotis. Pourvu que Zelda ne déraille pas, Scott ne songe plus qu'à protéger sa fille, une guérison semble peu probable, le médecin a été assez catégorique sur le sujet.

– Lune m'en voudra, si je suis en retard.

– Chérie, tu sais que Gertrude adore les artistes, tu devrais lui montrer ta peinture.

– Oh, nous n'avons pas pu venir à votre vernissage, mais on nous en a vanté le triomphe.

– Je vais aller chercher mes œuvres, oui, Goofo, tu as raison.

Gertrude observe cette pauvre Zelda, elle est devenue lourde, la dernière fois elle était maigrissime. Où est l'oiseau de paradis qui voletait de-ci de-là en chantant à tue-tête, avant de plonger tête la première dans le champagne ?

Gertrude apprécie *Les Tulipes* et puis *Roses entrecroisées*. Du moins, elle fait semblant, elle est bien élevée.

– Ce que je préfère, ma chère Zelda, vois-tu, c'est m'endormir dans les musées et me réveiller au milieu des tableaux.

– Tu peux dormir ici, Gertrude, si tu le souhaites. Lune n'y verra pas d'inconvénient.

– C'est gentil, mais mon éditeur a réservé l'hôtel, tu m'excuseras auprès de la lune.

Scottie entre brusquement et embrasse ses vieilles « tantes », elle distribue des cookies à tout le monde et répond aux questions de Gertrude. Bien entendu qu'elle a lu *Rendez-vous à Samarra*. O'Hara évoque son nouveau livre à paraître dans quelques mois, *La Vénus au vison* !

– Quoi ? s'exclame Scott outré. Mais enfin ce n'est pas pour Scottie, n'écoute pas, chérie !

– Et pourquoi ça, daddy ? J'ai vu bien pire, affirme-t-elle en posant sa main sur le bras de son père.

À quatorze ans, Scottie est raisonnable et mature. Elle jette un regard inquiet sur sa mère. Elle a pris tant de distance avec la maladie.

– Scottie s'inquiète pour Patrick, explique Scott.

– Je voudrais mourir, déclare Zelda.

Mais tout le monde s'en fiche, on ne parle que de la rechute du jeune fils des Murphy.

Lors d'une visite de routine, le médecin constate que le poumon malade de Patrick ne s'est pas amélioré. Bien au contraire. Et le deuxième est atteint à son tour. Gerald est anéanti, il ne s'y attendait pas du tout. Sara panique.

– Mais enfin, docteur, nous avons suivi vos recommandations, nous avons fait très attention. Patrick n'a pas semblé faiblir, pas de fièvre, jamais. Et une telle énergie, une vitalité ! Pouvez-vous vérifier à nouveau ? C'est certainement une erreur de lecture.

Mais la radio est explicite et les taches sinistres ressortent sur les organes malades de l'enfant.

Patrick n'intègre pas l'école dont il rêvait. À la place, il entre au Doctors Hospital de New York. Les Murphy déménagent dans un appartement qui jouxte la clinique, 539 East 51st Street, avec une vue plongeante sur l'East River, exactement la même que Patrick aperçoit de sa chambre d'hôpital.

Son père lui apporte sa collection de timbres, le matériel pour ses eaux-fortes, des mots croisés, des études sur les statistiques et les mathématiques. Et c'est reparti pour un combat, une guerre contre cette saleté de bacille. On l'a gagnée une fois, on est bien déterminé à recommencer. Baoth revient de Rhode Island en bateau avec ses amis, il passe sous les fenêtres de l'appartement familial et n'en croit pas ses yeux. Sa mère a tendu un énorme drap sur lequel est inscrit, « Bienvenue à la maison, Baoth chéri ». Honoria débarque en train de Rosemary Hall, son nouveau lycée dans le Connecticut.

– J'ai une mauvaise nouvelle, mes chéris, explique Gerald.

Il a les yeux humides. Sa voix vacille. Sara est derrière lui, assise tout contre son dos, le visage caché dans son mouchoir.

– Les deux poumons sont atteints, Patrick est dans un état terrible.

Gerald a repris le contrôle de la Mark Cross Company, la belle échappatoire. Il jette son énergie dans l'entreprise familiale, essaie de la sauver de la gestion désastreuse de Mrs Ramsgate. Alice Myers est son œil en Europe, elle surveille ce qui se fait de mieux pour l'exporter à New York. Elle a repéré une maison aux idées intéressantes à Paris, Hermès développe une ligne de carrés de soie et des vêtements féminins adaptés aux sports équestres.

– Lola Prusac a une idée par jour. Tu l'as rencontrée à Montparnasse, une copine de Robert et Sonia Delaunay. Sa sœur avait cette librairie, face à la rue Boissonade. Elle lâche Hermès, tu devrais l'attirer ici.

Mais Lola refuse de quitter Paris. Dommage pour la Mark Cross Company qui lance du parfum pour hommes, des sacs de soirée, des bijoux qui concurrencent les joailliers classiques et des bagages raffinés.

Sara sombre dans la dépression. Les médecins affirment que Patrick est condamné et qu'il ne passera pas l'année. Elle refuse de l'entendre. Esther Murphy ne la quitte plus. Ada MacLeish ne sait pas quoi faire pour la sortir de sa torpeur. Gerald est à deux doigts de la faire interner, les médecins évoquent une cure de sommeil.

– C'est terrible, explique Sara par téléphone à Ernest. Nous pensions avoir vaincu le mal, nous sommes désespérés, épuisés.

– Viens, répond Ernest, rejoins-nous à Key West quelques jours, viens prendre des forces ici.

– C'est une merveilleuse idée, concède Gerald, les Dos Passos t'accompagneront.

Dos Passos a une petite santé, il souffre de rhumatismes. Après *Manhattan Transfer* et *42e parallèle*, il travaille sur la dernière partie de sa trilogie, *La Grosse Galette*. Il a besoin de calme pour écrire et Katy s'occupera de Sara avec joie. Gerald loue une maison sur Waddell Avenue, à deux pas de chez les Hemingway. Sara ne sait pas que le pire est à venir. Et qu'après le pire, il y a encore pire. Elle part vidée, en laissant Patrick aux bons soins de Gerald et des médecins.

Key West est une île si gaie, cette végétation luxuriante, toutes ces maisons *conch* aux couleurs pastel, ces couchers de soleil incroyables. Hemingway a mille histoires à raconter sur les naufrages alentour. Il est devenu une célébrité depuis *L'Adieu aux armes*, il adore ça ! Il est pourchassé par une bande de groupies qui le guettent devant chez lui pour lui faire dédicacer ses livres.

Fier comme un paon, il les emmène boire une margarita chez *Sloppy Joe*.

– Des bohémiennes ! explique Pauline en crachant par terre.

Dans l'entrée de leur villa enchanteresse, un énorme buste d'Ernest, ridicule et ostentatoire.

– C'est un bloc de savon ? s'étonne Dos Passos. Je peux me laver les mains ?

Il a le malheur de le coiffer de son panama et se fait remettre en place vertement par le maître des lieux. Tous les jours, on sort en mer sur le *Pilar*, le bateau fait du cabotage entre les îlots épars des Keys. Ernest l'a acheté il y a deux ans. Pilar, c'était le nom de code de Pauline quand il trompait Hadley. Elle se demande souvent qui sera la prochaine. Sara ? Elle sait le désir de son mari pour elle. Et ça l'agace prodigieusement. Mais Sara est une chic fille qui a d'autres chats à fouetter. Pendant quelques jours, elle met de côté ses peines et prend des bains de soleil nue avec Katy Dos Passos, ou bien cuisine avec Pauline. Ernest les emmène à la pêche au marlin, elles éclusent des gins et des cocktails au citron vert chez *Sloppy Joe*, Ernest jure comme un marin saoul et fracasse ses verres sur le comptoir. Il partage avec Dos Passos des conversations interminables sur la politique. Pauline passe les derniers disques de Cole Porter.

– Je suis un'tit gars de Peru, Indiana, mime Hemingway.

– Et ma cousine se nomme Desdemona !

Ils éclatent de rire. On danse sur le balcon filant de la maison, au son de Fats Waller. Dos Passos entraîne Pauline, on change de partenaire, s'il vous plaît. Pas Hemingway, il ne peut détacher ses yeux du visage félin de Sara et presse sa taille contre son ventre. Il est puissant et magnétique, il est la quintessence de l'homme, Sara ne sait plus ce qu'est un homme depuis si longtemps. Ernest est physique et mâle, il ne dort jamais seul, son mariage est en train de sombrer. On se croirait revenus aux jours d'avant, quand ils étaient pauvres et inconnus, ivres du matin au soir, quand les Murphy inventaient le cap d'Antibes, quand les Ballets russes révolutionnaient Paris.

– Tout ce qui compte, explique Ernest à Sara, c'est mon bateau, la pêche, passer mon temps ici, à écrire et boire. Vivre pieds nus, avec les gens que j'aime, aimer une femme comme toi, boire jusqu'à plus soif pour t'oublier.

– Ne m'oublie pas, Ernest, ne m'oublie jamais !

« Patrick va mieux, écrit Gerald, ses joues se sont remplies, et il a de l'appétit. Les infirmières sont folles de lui, il a au moins vingt fiancées, il dessine énormément, ses eaux-fortes me remplissent de bonheur, regarde cette merveille que je t'envoie. »

Sara sourit, c'est un portrait d'elle, avec ses yeux effilés et sa bouche en bouton de fleur. Au dos de la gravure, Patrick a écrit : « Sois forte, *pretty* Sal, je t'aime, mama. »

« Il mange beaucoup de fruits, poursuit Gerald. Il est passionné par les avions depuis peu, il en construit en papier, très perfectionnés, qu'il lance par la fenêtre et regarde voler jusqu'à l'East River. »

À Key West, la maison louée par Sara est sur Waddell Street, une villa victorienne vert pâle à un étage. En bois, ornée de frises, de corniches et de balustres. Un porche couvre toute sa largeur. Depuis le balcon, on aperçoit le joli phare blanc. Sara aime cette ambiance bohème, ces artistes qui ont tout quitté pour vivre ici chichement. La tolérance et la liberté règnent. Elle-même est partie, il y a bientôt quinze ans, et aujourd'hui… Les MacLeish arrivent pour quelques jours. Sara aime parler avec Ada : Patrick et sa maladie, Gerald qui s'éloigne…

– Nous avons toujours eu des problèmes, nous les avons dépassés ensemble. Mais depuis la tuberculose, nous n'y parvenons plus.

– Vous en avez discuté ?
– Oui, mais il y a autre chose, je ne sais pas quoi.
– Quelqu'un d'autre ?
– Non, un mal-être. Il a arrêté de peindre depuis la maladie.

« Patrick va bien, écrit Gerald, nous sommes à East Hampton pour le week-end, les nouvelles sont bonnes, *pretty* Sal, tu peux rester encore un peu si tu le souhaites. »

Hemingway en a marre de Pauline. Tout le monde le voit. Pauline aussi. Il se rapproche de Sara. Il l'a toujours désirée. Il n'aime rien tant que les ménages à trois. Il serre Sara dans un slow langoureux, Archie MacLeish est au piano. Les trophées, grands koudous et cobes de Buffon, jettent un œil vide sur ce couple étrange. Sara n'est pas insensible. Même si l'idée de tromper Gerald est inconcevable. Hemingway revient sur *Tendre est la nuit*, ce bouquin qui n'en finit pas de la hanter.

– Une grande partie est si bonne que cela en est effrayant, chuchote-t-il en caressant son dos.
– La fin est terrifiante, murmure Sara en s'abandonnant.
– C'est cela qui te fait peur ?

La nuit est lourde. Épaisse. Bourrée de moustiques et de chauves-souris. C'est le dernier soir avant le séisme.

Baoth étudie au lycée St George à Middletown, Rhode Island, Massachusetts. À l'est de Newport, sur une colline qui domine l'Atlantique. Purgatory Road, c'est l'adresse exacte. Le pavillon de l'établissement flotte à tout vent. Les élèves appartiennent à une fraternité, les *Dragons*, ils sont la fierté de l'école certes, mais aucun ne l'est autant que Baoth Murphy, l'enfant roi. Flamboyant, athlétique, sportif, beau, adulé par ses amis, respecté par ses professeurs. Adoré par ses frère et sœur, son père, déifié par sa mère. Il prend froid, comme ça, sans raison particulière. Il a mal à la tête. Soudain fiévreux, chose qui ne lui est jamais arrivée. Pas le moindre petit rhume, bras cassé, cheville foulée ou nez qui saigne. Baoth irradie de santé et d'énergie. On le conduit à l'infirmerie. Personne ne s'inquiète, ses parents ne sont pas prévenus.

– Un simple refroidissement, s'étonne le directeur.

– Le garçon s'affaiblit, remarque l'infirmière.

– J'appelle la famille, concède le directeur. Et vous, jeune homme, écrivez une lettre pour les rassurer, je compte sur vous.

« Tout va bien, écrit Baoth à son père, je suis une force de la nature, une tour dressée vers le ciel, bon là, c'est un peu la tour de Pise, mais demain ça ira mieux, Dow-dow, je t'embrasse très fort, dis à mama que je l'aime. »

Ni Sara ni Gerald ne s'inquiètent.

Baoth présente des éruptions cutanées frappantes, on convoque le docteur de Rhode Island qui diagnostique la rougeole. Baoth est confiné à l'infirmerie.

La rougeole, étonnant, songe Gerald. Mais quel est ce frisson qui glace ses épaules ?

– La rougeole, ça alors ! s'exclame Sara au téléphone. Je rentre, Jerry.

– Attends, chérie, voici une lettre de ton fils, je te la lis. Hum, il raconte qu'il est toujours à l'infirmerie, mais qu'il travaille bien et relit *Hamlet*. Non, Sara, ce n'est qu'une maladie infantile.

– Je suis si fière de Baoth, explique Sara à Katy et à Pauline. J'aimerais tant que Patrick ait sa santé de fer.

Ce jour-là, le rapport de l'infirmerie du collège St George est le suivant :

> « 15 février 1935, infirmerie St George, Rhode Island.
> Nom : Baoth Wiborg Murphy.
> Maladie : Rougeole avec des complications à l'oreille.

Température : 38.
Respiration : 24.
Pouls : 84.
Remarques : L'oreille suinte.
Nausées.
Nuit calme, boit du jus d'orange au réveil. »

Au dos du rapport, Baoth a griffonné : « Je suis si heureux que mama soit à Key West, je ne veux pas qu'elle s'inquiète, tout va bien, tout ce que je souhaite c'est que mama se repose, je vous aime tous tellement fort. »

Gerald est inquiet. Rougeole, d'accord, mais cette oreille qui suinte, ce n'est pas normal. Le 20 février, nouveau rapport de l'infirmerie. La fièvre est tombée, Baoth se lève, il va beaucoup mieux. Il devrait réintégrer les cours dans la journée. Gerald était à deux doigts de prendre sa voiture, il se ravise et conseille à Sara de prolonger son séjour d'une semaine. Patrick va de mieux en mieux aussi. Et puis, il ne l'avouera pas, mais Gerald adore être seul aux côtés de son plus jeune fils. Ces deux-là ont une complicité incroyable.

Le 1er mars, Baoth a 41 de fièvre, la rougeole a dégénéré en double mastoïdite. Il est conduit en urgence en ambulance à l'hôpital de Boston. Le directeur de l'école a ordonné le transfert avant même d'en avoir informé les parents.

Gerald appelle Sara. Sa voix tremble. Cette intonation, Sara la connaît, c'est celle des mauvais jours.

– Patrick ?

– Rien de mieux, rien de pire. Mais Baoth est à l'hôpital, au plus mal. Reviens immédiatement, la double mastoïdite a dégénéré en méningite.

Et le monde de Sara Murphy s'écroule pour la deuxième fois.

Il est tard, il n'y a plus d'avions entre l'île et le continent.

On embarque sur le *Pilar*, Hemingway met les pleins gaz, Sara et les MacLeish s'agrippent au bastingage. Ils longent les côtes des Keys, c'est magnifique et effrayant. Hemingway pousse le navire, peu importe qu'il n'y ait plus assez d'essence pour le retour. La nuit est noire d'encre, les lumières au loin scintillent, menaçantes, c'est la Floride. Sara tremble. Il fait une chaleur infernale. Elle est glacée, vomit par-dessus bord. Ada lui tient le bras, Archie MacLeish est hagard.

– Fred Murphy, le frère de Gerald, est mort d'une double mastoïdite, il n'avait pas quarante ans, explique Sara. Une double mastoïdite, personne n'a jamais évoqué de méningite pour Fred. C'est quoi la méningite, c'est mortel ?

Sara vomit à nouveau, elle est brûlante. Son fils, son trésor, le soleil de sa vie. Ada la serre dans ses bras. Sara n'en finit pas de parler, de Fred, de Baoth, de Patrick. Le port de Miami, un taxi, et le premier avion pour Boston.

Gerald est à l'aéroport. Méconnaissable. C'est indescriptible, songe Ada, quel cauchemar ! Il envoie Ada chercher Honoria à Rosemary Hall, pour la ramener à Boston. Archie MacLeish part à New York pour être aux côtés de Patrick.

Cela fait sept ans que les Murphy marchent sur une corde raide avec Patrick. Jamais ils n'auraient imaginé qu'il puisse arriver quelque chose à Baoth, une force de la nature, un teint magnifique, la santé incarnée.

Au Massachusetts General Hospital, la chambre est dans la pénombre, la lumière fait hurler Baoth. Il va mieux, leur dit-on. Il va tellement mal. Ils ne comprennent rien, ils sont sidérés. Comme s'ils avaient pris un coup de massue sur la tête. Une tonne de chagrin. Ils ne veulent même pas savoir, juste survivre, être capables d'ouvrir l'œil, de tendre la main, le toucher, le rassurer. Sait-il seulement ce qui lui arrive ? On leur donne une chambre attenante à celle de Baoth. Ils s'y installent.

S'ensuivent quinze jours d'un suspense monstrueux. Ils pensaient avoir connu l'enfer en Suisse, ils en étaient très loin, l'enfer, c'est maintenant.

Les yeux de Baoth sont incapables de se poser quelque part, ils tournent dans leurs orbites, il vomit à longueur de journée, ses migraines sont terrifiantes. Il est incapable de prononcer une phrase dans sa totalité, ses mots sont fractionnés. Son rythme haché. Gerald et Sara essaient de s'attacher aux pas des médecins. « Méningite », le terme même pulvérise Sara. « Méningite, c'est mortel, docteur ? » Il y a une semaine tout allait bien, il y a dix jours il gambadait partout, il y a un mois il éclatait de rire, méningite spino-cérébrale, docteur, ça veut dire quoi ? Il va s'en sortir ? Je vous en prie. C'était la rougeole, bon Dieu, la rougeole. Pourquoi des complications ? Un enfant malade, cela ne suffit pas, quel prix doivent-ils payer, de quelle malédiction cela relève-t-il ? Sara tient la main de son fils. Il ouvre un œil, esquisse un sourire. Il souffre, il souffre terriblement. Il ne peut plus bouger, sa tête explose, il a envie de hurler, il essaie de dire quelque chose, Sara se penche, amène son oreille près de sa bouche.

– Mama ?

– Oui, mon amour.

– Trop mal, mal, laisse-moi mourir, mama.

– Non, hurle Sara, non !

Elle recule, se prend la tête entre les mains, se cogne contre une chaise. Gerald la rattrape, la serre contre lui, elle lui tape sur le torse, elle s'arrache à lui et s'agenouille au chevet de son fils.

– Respire, Baoth, respire.

Dans le coin de la pièce, Honoria, assise par terre, est recroquevillée sur elle-même. Personne ne fait attention à elle.

Le docteur est plus blême que l'oreiller de Baoth. Parce qu'il n'a pas de réponse. Et Baoth hurle. Sara se bouche les oreilles. Elle n'a plus de larmes, plus de voix.

Baoth hurle.

– Mama, mama, j'ai des couteaux, mama, des couteaux dans la tête, mama, retire les couteaux, t'en prie, les couteaux.

Son corps se tord. Les médecins l'empêchent de se redresser. Il y a des tubes partout. Ses bras sont bleus, reliés à des goutte-à-goutte, ces bouteilles à l'envers, c'est quoi ?

Sara et Gerald guettaient le bruit de la mort. Ils n'ont pas compris qu'elle était silencieuse, insidieuse. Cette horreur. Elle est venue, sournoise, comme ça, elle les transperce. Sa grande épée en plein cœur. Eux, ils s'en fichent bien de mourir, ils veulent bien tout, tout. À qui on demande ça ? Prendre sa place, bon Dieu, c'est tout ce qu'ils veulent, prendre sa place !

– Sauvez mon bébé, sanglote Sara.

On opère l'oreille infectée, on fait des analyses. On comprend ce qui s'est passé, le fluide cérébro-spinal de Baoth a été contaminé par une bactérie. C'est elle qui a provoqué la méningite. On opère à nouveau. Cette fois-ci, on rase le crâne de l'enfant, ses cheveux dorés, ses mèches folles qui lui tombaient sur le front. Ce n'est pas grave, ça repousse. Ses yeux sont révulsés, son corps se tord. Encore.

– Son bras est à l'envers, s'exclame Sara, son bras est à l'envers, regardez, il faut l'aider.

Les infirmières qui ne comprennent rien. Sara les hait. Ces docteurs incapables, planqués derrière leur pseudo-connaissance, elle voudrait les brûler vifs.

– Baoth, mon amour.

Sara n'a plus de mots, plus de voix, plus de larmes. Gerald vomit toute la nuit. Honoria est toujours assise par terre, les mains sur les oreilles. C'est quoi, ce cauchemar ?

C'est la troisième opération, il est plus calme ce matin. Ses yeux sont fixes et regardent le plafond. De la salive coule le long de sa bouche. Sara l'essuie. Honoria se lève. Elle a mal partout. Elle déplie son grand corps de jeune fille. Elle s'avance doucement vers son frère, son double. Au bout du lit, elle l'observe, elle essaie de le reconnaître, elle cherche un signe familier. Elle ne trouve rien. Un corps désincarné, tordu, aux yeux vides. Des bandages, des tubes, des aiguilles. Elle tourne la tête vers ses parents. Ils ne la voient pas. Ils ne se voient pas.

– Vous allez le sauver, docteur, n'est-ce pas ?

Sara est pendue au bras de l'homme en blanc, elle a oublié son nom, c'est le bon Dieu, elle l'aime et elle le hait.

– Sauvez mon fils, monsieur, sauvez mon petit garçon, prenez-moi à la place.

Patrick sait que son frère est au plus mal. Archie MacLeish vient passer chaque après-midi avec lui. Il lui avoue combien c'est sérieux. La maturité de cet enfant est fascinante, Archie prend des leçons à chaque instant. Patrick ouvre grands ses yeux, enregistre les informations, et pose les bonnes questions.

– Comment va mama ? Elle va s'effondrer. Et Dow-dow ? Rappelle-leur qu'Honoria existe, ils sont fichus d'oublier.

Gerald et Sara l'appellent trois fois par jour, lui expliquent qu'ils ne peuvent pas venir tant que Baoth n'est pas tiré d'affaire. Tous les jours, quand la porte s'ouvre, Patrick interroge l'infirmière.

– A-t-on des nouvelles de mes parents, de Baoth ?

– Pas pour l'instant, mon bonhomme.

Qu'est-ce qu'il ne donnerait pas pour voir débarquer son grand frère, lui frotter le haut du crâne avec le poing, ébouriffer ses cheveux en disant :

– Alors P'tit Pook, tu vas en sortir de ton plumard, qu'on aille nager jusqu'à la baie des Milliardaires ?...

S'il le voyait, Patrick ne reconnaîtrait pas Baoth. Son corps magnifique, musclé, fort et doré est aujourd'hui déformé comme le tronc d'un genévrier, maigre et noueux. Il est couvert de marques rouges, son cou est enflé, sa tête, couverte de gaze. Il pique crise sur crise, elles arrivent sans prévenir, des convulsions épouvantables, son bassin se tortille comme un torchon qu'on essore, il se dresse sur les jambes et les bras, on le dirait possédé par le démon, les mouvements sont brusques, et soudain il retombe en sueur sur les draps trempés. Sara court derrière l'infirmière pour les changer, elle fait ça dix fois par jour. Elle chuchote, mais c'est encore trop. Quand il est conscient, le bruit, la lumière font râler Baoth. La douleur a gravé des lignes profondes sur son visage.

– Respire, Baoth, respire, murmure Sara en baisant sa main.

Il sursaute.

Elle ne sait pas s'il l'entend. Elle ne sait pas s'il est vivant. Il vient de bouger là, elle en est certaine. Elle voudrait lui insuffler sa vie, son âme, son sang, son cœur.

Gerald est plaqué contre le mur. Cet enfant dans ce lit, c'est le sien. Soudain une violence meurtrière s'empare de lui, il recule à tâtons. Il sort de la chambre, il sort du couloir, il sort de l'hôpital, il sort du parking, il se retrouve dans la rue et court. Il court vers le parc et, quand il ne peut plus avancer car il est face au fleuve, il se met à rugir, comme un animal. Il rugit, non, il hurle à la mort. Des promeneurs se retournent et puis passent. La douleur est égoïste, elle ne se partage pas.

Son fils, son fils. Quinze ans, presque un homme. Quinze ans, un vrai gamin. Quinze ans de rires, de joies, de plongeons. Quinze ans de fêtes, quinze ans de bonheur. Et la mort. Cette salope. Gerald surveillait Patrick, la mort attaque Baoth. Cache-toi, Honoria, cache-toi. C'était la rougeole, ils ont dit. Et puis une infection de l'oreille. Une infection de l'oreille, ça pourrait même faire rire. Une saleté de bactérie. Ça tue ces trucs-là, on n'imaginerait même pas. Une saleté de bactérie, un enfant enfermé à l'hôpital, une vie qui s'échappe, cette couleur cireuse qui grignote la vie.

– Mon chéri, respire, murmure Sara.

Elle voudrait se coucher sur lui, l'étouffer. S'allonger pour empêcher que la mort ne s'approche trop près. Elle ne peut même pas le serrer dans ses bras. La moindre caresse le fait hurler de douleur. C'est un calvaire. Elle voudrait donner sa vie, là tout de suite, un échange. Mais la mort est une garce, son fils, elle le lui l'arrache, elle le dévore. Il ne ressemble plus à rien, ce corps arqué. Ses bras, ses coudes, comment fait-il cela ? C'est concave et convexe, crochu et voûté. C'est déformé, dévié, faussé. Tout est sens dessus dessous, l'os de la jambe, celui du bras, mais qui a pris possession de cet ange ?

– Respire, Baoth, respire, mon amour, calme-toi.

Changer les draps, encore.

– Honoria, va chercher la dame, il faut…

Un vagissement, cet enfant se redresse et hurle.

– Respire, Baoth, mon chéri.

Cette minuscule bactérie qui se balade dans son sang. Ce truc invisible qui se repaît de son âme. Un choc septique, la bactérie est devenu un million, tous les organes sont atteints. Il se lève, il va se casser en mille morceaux, va chercher l'infirmière, Gerald !

La moelle épinière est atteinte, le cerveau est dévasté, ce corps est bousillé, Baoth l'a abandonné depuis plusieurs jours déjà.

– Mon fils, mon fils, où est-il ? supplie Gerald, mon petit garçon…

– Respire, Baoth, respire.

Elle ne le laissera pas mourir. Elle le sauvera. Et, même s'il n'est pas vraiment pareil, elle se battra pour son intégrité.

– Respire, mon amour.

Elle se retourne vers Gerald. Il est résigné. Elle ne le permet pas. Elle le fixe, si elle pouvait tuer son mari, là, d'un coup de poignard, elle le ferait. Il a abdiqué, comment peut-il ?

– Respire, mon amour.

Elle ne peut détourner ses yeux de ce visage révulsé. Baoth perd connaissance. Il est brûlant de fièvre. Pourquoi les docteurs ne sont-ils pas là, Gerald, pourquoi ?

– Les docteurs ont abandonné, Sara.

Elle sort en trombe et s'élance comme une folle dans les couloirs, soudain elle se souvient que son fils est seul et revient sur ses pas. S'il mourait sans elle, non, il faut qu'elle tienne sa main. Son fils, son amour le plus fou.

Honoria, minuscule, par terre. Une souris. Une musaraigne. Elle voudrait que quelqu'un l'écrase. Elle ne veut pas sortir de ce cauchemar. Elle veut rester jusqu'au bout. Partir avec Baoth, son frère adoré. Ne pas le quitter. Elle s'aplatit dans un coin de cette chambre sinistre. Gerald debout, agrippé au pied du lit, Sara penchée sur le corps monstrueux de son fils. Ils étaient cinq, une famille. Ils sont seuls avec leur souffrance.

– Respire, Baoth, respire.

Il ne bouge plus.

Sara devrait saisir la main de sa fille, de son mari, elle ne peut pas, elle ne peut rien tant qu'elle n'a pas sauvé son fils. Sara prie. Qu'on lui arrache sa vie, Dieu écoute-la, elle t'en conjure. Gerald se rapproche de sa femme, se colle derrière elle, il se serre contre elle, elle le repousse.

– Respire, Baoth, respire, mon amour.

– Sal, c'est…

Gerald l'a vu. Cette âme qui s'envole, ce visage qui se fige, cette couleur beigeasse qui soudain se répand. C'était un enfant, c'est un cadavre. Honoria pleure sans bruit, la tête dans les genoux.

– C'est fini, Sara.

– Respire, Baoth, respire. Sa main est encore chaude, Gerald, regarde, sa main est très chaude.

Sa main est raide. La vie vient de fuir ailleurs, une fumée, un esprit, une inconcevable légèreté.

– Respire, Baoth !

Elle hurle maintenant, elle le serre, son petit garçon. Les pansements autour de sa tête se défont. Il y a du sang séché partout.

– Respire, Baoth.

Honoria se met debout. Elle en veut à sa mère de tout ce boucan. Elle s'approche du lit. C'est son frère aussi. Elle le regarde. C'est lui et ce n'est pas lui. Elle le reconnaît. Mais ce n'est pas lui. Son rire, elle veut entendre son rire. Il est gris. C'est la couleur de la mer à Houlgate. Gris cireux. Son corps est froid.

– Respire, ânonne Sara.

Elle se jette sur lui et tente de lui insuffler de l'air, un bouche-à-bouche sordide.

– Madame Murphy, s'il vous plaît, murmure le médecin.

– Mais tout mon amour, docteur, tout mon amour, où va-t-il aller ? interroge Sara en larmes.

James G. Vermillion, un professeur de pédiatrie, vient de prendre son service. Il aperçoit, au bout du couloir, Gerald plaqué contre le mur. Il est digne, gentil, il essaie de se maîtriser. Il fait un petit signe de tête au médecin, puis se laisse glisser, sanglote entre ses mains.

Baoth a subi cinq opérations du cerveau en dix jours. Il est mort dans des souffrances indicibles à 10 h 30 du matin, le dimanche 17 mars 1935, le jour de la Saint-Patrick.

Le docteur donne un sédatif à Sara. Gerald demande à Honoria de ne pas quitter son chevet.

– Quand elle se réveillera, elle regardera l'horreur en face et elle aura besoin de toi, ma chérie.

– Où vas-tu, Dow-dow ? demande Honoria entre deux sanglots.

– Le dire à Patrick.

Honoria pleure, elle pleure encore et encore, sur la mort de son frère, sur la responsabilité que lui donne son père, sur ce truc que l'on appelle la vie et qui est d'une violence inouïe. Sara dort pendant deux heures. Quand elle se réveille, elle ne dit rien, elle prend sa fille dans ses bras et toutes les deux sanglotent l'une contre l'autre pendant des heures et des heures.

Les Dos Passos et les Hemingway arrivent de Key West. Fitzgerald n'en croit pas ses oreilles. Quelle est cette mauvaise farce ? Scottie s'effondre, Zelda ne comprend pas. Ils tombent tous des nues. Les Picasso, les Benchley, Dottie. Ils écrivent, ils viennent, ils veulent les soutenir, ils sont désemparés, sidérés. La mort a pris Baoth Murphy. Le petit garçon le plus joyeux au monde. Les MacLeish sont effondrés. On aurait pu penser à mille choses, pendant un million d'années, mais à ça, jamais.

L'enterrement a lieu en l'église Saint-Bartholomew de Manhattan. Dans le taxi, Gerald craque, il perd sa retenue. Sara est murée dans sa douleur, la main de sa fille dans la sienne. Ils émergent de la voiture, des zombies. Une démarche mécanique, hypnotique. Et ce cercueil blanc porté par Scott, Ernest, Archie et Vladimir.

Ils sont tous là. Pauline Hemingway, Hadley Richardson, Bumby et ses frères, les Benchley et leurs enfants, Zelda et Scottie, Dottie Parker et son nouveau mari, les Dos Passos, les Picasso et Paulo, les Myers, avec Fanny, Dicky et *baby* Boo, Nadejda, les Beaumont, Ada MacLeish, Maxwell Perkins, Fernand Léger et sa femme, Natalia Gontcharova et Michel Larionov, Stravinski, Kochno, Cole et Linda Porter, Esther et

Noëlle Murphy, Olga Wiborg. Et puis les amis de l'école, sa classe, mais pas seulement. Tous ces garçons entre douze et dix-sept ans dans leur uniforme. Les *Dragons* de Saint George. Il y a les professeurs. Il y a les domestiques, il y a des gens venus de France, Joseph et Ernestine, il y a mademoiselle Roussel et mademoiselle Picard. Et puis Henriette Géron. Il y a Honoria, il y a Patrick dans un fauteuil roulant, il y a Gerald et Sara. Un jour, tout s'arrête et ça ne revient jamais.

– C'est bientôt ton tour, Pook, explique Honoria. N'aie pas peur, je te rejoindrai, on sera tous les trois à nouveau. On sera bien.

– Et Dow-dow et mama, ils vont venir aussi, tu crois ?

– Oui, Pook, ne t'inquiète pas, on sera nous à nouveau, rien que nous.

– J'aimerais vous lire un poème, écrit par Baoth Murphy, déclare Archie MacLeish derrière le lutrin.

Terre peu profonde, tu hérites de ma mort.
Comme nous tous.
Tu vois ce visage jeune…

La voix d'Archie s'étrangle. Son front se pose sur le lutrin. Son visage est noyé de larmes. Il voudrait donner un immense coup de tête, un immense coup à cette saleté que l'on appelle Dieu, il voudrait…

Ô terre peu profonde…

Non, il n'y parvient pas, il retourne s'asseoir, le visage brûlant.

Mais elle, elle peut. Elle a tous les droits. Et quand bien même, elle s'en balance du droit. Elle regarde disparaître le cercueil de son fils, il part vers le crématorium. Sara émerge sur Park Avenue, elle recule, se mesure à cette église byzantine, elle lève le poing vers le clocher et rugit :

– Je te maudis, Dieu, je te maudis, ah comme je te maudis ! Meurs, crève et, avec toi, toutes les croyances !

1936-1937

Asheville – New York – Saranac Lake

Zelda a été transférée à Highland, près d'Asheville, en Caroline du Nord. Une clinique au milieu des bois, qui tient plus du campus universitaire pour jeunes gens fortunés que du sanatorium. Des maisons d'inspiration géorgienne ou coloniale, des chambres aux allures d'appartements. Le directeur, Robert S. Carroll, est marié à une pianiste réputée. Il estime que les maladies mentales sont d'origine toxique. Il a développé un traitement en ce sens. Et cela semble plutôt réussir à Zelda, dont l'état s'améliore de jour en jour. Contrôle diététique et exercices physiques dans le parc portent leurs fruits. Quel soulagement pour Scott, même si toutes ses économies y passent. Il abandonne la maison de Baltimore et loue un pied-à-terre à l'*Oak Hall Hotel* de Tryon, à proximité de l'hôpital. À quinze ans, Scottie est admise à l'institut Ethel Walker de Simsbury, dans le Connecticut. Un pensionnat ultra-chic, dont Gerald Murphy paie la scolarité. Scottie y fait des merveilles, tant du point de vue des cours que des amitiés qu'elle suscite. « Elle est une source continuelle d'amusement et de fierté, écrit la directrice à Scott, nous sommes enchantés de l'avoir parmi nous et vous promettons d'en prendre grand soin. »

– Comme je suis fier de toi, Scottina, la félicite son père au téléphone. Tu es le soleil de ma vie. Pour les vacances, ma chérie, je pensais louer…

– Pour les vacances, daddy, je veux aller voir Pook.

– Bien entendu.

Scott publie *La Fêlure* dans *The Esquire*, trois essais qui dévoilent sa plongée émotionnelle, une confession du naufrage de sa vie sous l'effet de l'alcool. Il y est extrêmement lucide, il revient sur le gaspillage de son talent, la folie de Zelda, les excès des années folles, l'angoisse de la Grande Dépression. Il songe à Gerald et à Sara et s'en veut d'être aussi malheureux. Il n'a pas le droit, Scottie va bien et Zelda n'est plus suicidaire, juste bien fêlée. Si les lecteurs sont bouleversés par la franchise du romancier, ses amis le condamnent tous, vertement. Hemingway, de passage à New York avant de rejoindre les Nordquist dans le Wyoming, s'en plaint à Max Perkins :

– Ces textes me semblent tellement lamentables.

– Oui, c'est embarrassant, j'aurais préféré qu'il s'abstienne, reconnaît l'éditeur.

– C'est veule, honteux !

Il croise Dos Passos sur la 21e Rue en sortant du Scribner Building et manque de le renverser, tout à son agacement.

– Alors, Hem, on dirait un taureau pressé d'entrer dans l'arène !

– Bon Dieu, as-tu lu ce récit que Scott fait de son cafard ? J'ai rendez-vous avec lui maintenant, c'est vraiment la barbe !

– S'il veut se détruire, c'est son droit. Je suis en pleine relecture de *La Grosse Galette*, ce roman me rend dingue.

– Ne laisse pas ce foutu bouquin te démolir, fais comme moi. Depuis que je me suis mis à la pêche, ça va beaucoup mieux.

La Grosse Galette sort quelques mois plus tard, c'est un succès fou ! Le livre connaît quatre réimpressions, il figure dans la liste des meilleures ventes et John Dos Passos fait la couverture du *Times*.

Scott croit en son amitié avec Hemingway. Il sirote un *dry vermouth* sous les lumières bleues du bar de l'*Algonquin* en poireautant.

– Whisky pour moi, *on the rocks*, ordonne Ernest en tapant sur le bar.

Billy, le chat de l'hôtel, émerge de derrière les bouteilles et vient ronronner contre lui.

– Je n'ai plus un sou, déclare Scott, je vis dans un bouge à côté de l'hôpital, Scottie est prise en charge par les Murphy, je…

– Tu sais quoi, Scott ? j'ai une idée, viens à Cuba, je connais deux ou trois gugusses qui seraient ravis de te descendre. *Terminado* la déprime. Et puis Zelda et Scottie toucheront l'assurance, à elles la belle vie ! Moi je te ferai une nécro magnifique ! Nous pourrons extraire ton foie pour le Princeton Museum, ton cœur pour le *Plaza*, tes poumons pour Max Perkins. Tes couilles, je m'en charge, je les emporte au cap d'Antibes et je les jette depuis l'*Eden Roc* dans la Méditerranée. Archie MacLeish t'écrira un beau poème mystique, attends, je peux le faire maintenant si tu veux.

Scott cavale jusqu'à Grand Central, il attrape le dernier train pour Asheville. Il est ivre mort et plus abattu que jamais. Il ne remet pas en cause son admiration pour Hemingway. Ce type est vraiment le plus grand écrivain américain.

C'est dans les Adirondacks que les Murphy ont choisi de se fixer avec Patrick. Saranac Lake, un endroit réputé pour sa thérapie par la vie au grand air. Le Trudeau Institute a été fondé dans les années 1880 par Edward Livingston Trudeau, un ancien malade. Ce n'est pas un hôpital traditionnel. Les malades y louent une maison sur la propriété, les soins sont donnés à domicile, par des infirmières, les visites des médecins sont quotidiennes. Sara s'installe à Steele Camp, dans une clairière autour du lac Flower. Elle dispose de trois maisons victoriennes, à pignons, avec de jolies frises découpées dans le bois et des corniches. La véranda est assez spacieuse pour que Patrick s'y repose à la lumière du soleil. Certains soirs, si le temps le permet, il peut être amené à y dormir. La chambre du garçon est au premier étage. De sa fenêtre, il aperçoit les îles et le hangar à bateaux. Autour, une forêt de pins, sombre et lugubre.

L'endroit est suffisamment proche de New York pour que Gerald et Honoria s'y précipitent le week-end. Honoria étudie à la Spence School de Manhattan, elle a dix-neuf ans. Fanny Myers est avec elle. Les Murphy ont abandonné leur appartement sur l'East River et Gerald loue un pied-à-terre au *New Weston* sur la 52e Rue. Il voyage énormément pour la Mark Cross Company. Il décide de tenir un journal qu'il confie à Patrick, dès qu'il le retrouve.

– Ainsi, explique-t-il à son fils, tu verras que tu es dans chacune de mes pensées, dans chacun de mes actes.

– Merci, mon Dow-dow, toi aussi tu sais, souffle Patrick, plus blême que jamais.

À Saranac Lake, cet hiver, Gerald et Sara fêtent leurs vingt ans de mariage, mais voilà déjà longtemps qu'ils ne parviennent plus à communiquer. Chacun est enraciné dans sa douleur. Sara aimerait entraîner Gerald vers la Science chrétienne qui l'apaise avec ses notions d'éternité, mais Gerald, en bon catholique irlandais, s'en balance carrément. Il pense à des choses simples. Patrick, Honoria, Sara et moi. C'est tout. Le reste n'a pas d'importance, le reste ne l'intéresse pas. Ni les gens, ni les affaires, ni les maisons. Il fait semblant. Sara de même. Semblant d'aller bien, semblant de croire en l'avenir, en leur couple, semblant d'imaginer Patrick guéri… Sara voudrait percer le mystère de Gerald et lui ne peut la mêler à ses questionnements intérieurs. Elle a besoin de lui, il est plus loin que jamais. Le plus souvent, ils sont même séparés physiquement puisque Gerald passe quatre jours par semaine à New York.

À quinze ans, Patrick possède la sagesse des condamnés. Il s'amuse des historiettes de sa grande sœur.

– P'tit Pook, il faut que je te parle de ce garçon que j'ai rencontré à la marina, un ami de Fanny Myers.

Il la trouve tellement jolie. Qui disait qu'elle ressemblait à un Renoir déjà ? Avec ses yeux rieurs, sa peau veloutée, ses joues d'un rose surprenant, Honoria Murphy a des atouts certains.

– Tu comprends, il m'a invitée sur le bateau de son père, il y avait aussi Fanny et une autre amie, je ne sais pas si je l'intéresse ou pas, je me demande...

– Honoria...

– Oui, Pook ?

– Apprends à barrer un voilier et ce garçon te considérera sûrement plus que les autres.

– Je t'aime, tu sais. Baoth me...

– Moi aussi.

La cure d'air frais requiert que le patient passe huit heures par jour à l'extérieur, allongé sur une chaise longue dans la véranda. Les deux poumons de Patrick sont atteints. Les médecins ne laissent pas beaucoup d'espoir aux Murphy. Mais Sara est enragée, elle va sauver son fils. Ce sera long et c'est pour ça qu'elle décide d'acheter une propriété avec huit cottages en bois blanc au bord du Lower St Regis Lake. Elle baptiste l'endroit *Camp Adeline*, du prénom de sa mère. Un cottage pour Sara, Gerald et Patrick, un autre pour Honoria et ses amies, un autre pour les domestiques, et puis des maisons pour les amis, Vladimir, les MacLeish, les Hemingway... Sara fait graver du papier à lettres avec un chalet devant le lac, le numéro de téléphone, le code du télégraphe et le nom de la gare la plus proche. Elle décore les maisons comme si elle allait y vivre jusqu'à la fin de ses jours. Gerald achète un coupé Ford, noir et chromé.

Le 4 juillet 1936, les Dos Passos arrivent, suivis des Myers avec Fanny et ses frères. On se baigne dans le lac, l'eau est encore fraîche. Gerald sort les canoés pour une course jusqu'à la première île. Sara a fait construire un ponton sur le lac pour permettre à Patrick de pêcher de son fauteuil roulant. Ils font un dîner mémorable, l'alcool coule à flots, Richard Myers est venu avec sa guitare, Sara, plus gaie que jamais, danse un fandango sur la table du salon.

– Où sont les castagnettes ?

– Où est Hemingway ?

– Trouvez un Espagnol, Mrs Murphy a besoin d'un cavalier.

– Je suis celui de toute sa vie, déclare Gerald en sautant sur la table.

– Dottie Parker quitte Hollywood pour la Pennsylvanie, assure Katy Dos Passos à Alice Myers.

– Elle emmène son mari ?

– Bien entendu, et toute sa ménagerie !

« Les Adirondacks, c'est tout de même assez sinistre, écrit Dos Passos à Hemingway. Ils font semblant, Gerald n'y croit plus, Honoria non plus. Sara s'est engouffrée dans une spirale infernale, personne ne peut la raisonner, personne n'essaie. Elle a tant de projets, elle est persuadée d'être ici pour des années. »

Gerald voudrait emmener Sara passer un week-end à Paris mais elle refuse de quitter son fils plus d'une heure. Elle est gaie, énergique, cela frise l'hystérie, il sait qu'elle est à deux doigts de s'écrouler. Elle accepte finalement de partir pour la nuit à New York. Gerald promet de la ramener au petit matin.

– Aux aurores, Jerry, n'est-ce pas ?

– Je te le jure, Sal !

Car ce soir, au Musée d'art moderne, on fête la peinture de Fernand Léger. Gerald y est pour beaucoup. Il a payé le voyage de son ami en lui envoyant un mandat de 1 500 francs. Il se met en quatre et lui présente tous les gens importants. Sara retrouve, pour quelques heures, un peu de légèreté. À peine arrivés, le directeur du musée leur saute dessus :

– Une des toiles vous est destinée et offerte par le peintre, à condition que vous la trouviez.

– Il y a près de deux cents toiles, estime Gerald, on est fichus.

– Laisse-moi chercher, Jerry.

– Je sais qu'elle trouvera, assure Fernand Léger qui apparaît au détour d'un pilier.

Sara a remonté ses cheveux en chignon. Elle est toujours très belle malgré les tragédies de la vie. Elle porte une robe de Maggy Rouff, grège, à l'élégance discrète, avec deux clips au cou, des manches boutonnées et la taille froncée. Des gants en soie verte complètent l'ensemble. Elle se promène, erre, regarde, observe. Soudain, en descendant l'escalier, elle agrippe le bras de son mari.

– J'ai trouvé, lance-t-elle en se dirigeant vers quelque chose qui ne ressemble à rien de ce que fait Léger habituellement.

Du brun et du rouge principalement. Des formes tubulaires réminiscentes des pins d'Alep sur la Côte d'Azur. *Composition à un profil*. Fernand Léger acquiesce. Il retourne la toile, derrière est écrit : « Pour Sara et Gerald, avec tout mon amour. » Elle éclate en sanglots.

– Je vous devais bien ça, vous m'avez offert le singe Mistigris, déclare Léger.

– Et alors ? demande Sara à travers ses larmes.

– Pire que tout, il s'exerce à pisser le plus loin possible. Je ne peux même plus garder une femme.

Gerald installe Léger à l'hôtel *Russell*, le temps de l'exposition. Durant dix jours, il lui fait rencontrer les personnalités, il l'emmène aux spectacles en vogue, il le présente à d'éventuels acheteurs. Marie Harriman, sa marchande, est ravie. Les Murphy sont à l'origine de la première vente en se portant acquéreurs de *Nature morte, tête et grande feuille*. L'exposition est un succès. Dix mille visiteurs se pressent en dix jours.

Puis Fernand Léger les rejoint à Saranac Lake. Il vient voir Patrick. Il l'a toujours tendrement aimé. Ils vont passer plusieurs jours face à face. À esquisser le portrait l'un de l'autre. Le dessin de Fernand représente un petit garçon frêle dans un lit qui l'engloutit, il dessine. Sur la table de nuit, toute une pharmacopée, l'enfant est enfoui dans des pull-overs, sous des édredons énormes, une casquette vissée sur la tête. Patrick a quinze ans. Il pèse vingt-six kilos. Lui aussi fait le portrait de Fernand et lui offre deux eaux-fortes. Il a un talent fou, Léger est estomaqué. Des gravures, il fera faire des cartes postales qu'il enverra à ses amis. Avec, mentionné en tout petit : « Tableau de Patrick Murphy. Collection Fernand Léger ».

– Il va beaucoup mieux, explique Sara à Scott au téléphone, il reprend du poids, il a meilleure mine. Bien entendu, viens quand tu veux.

Sara est dans le déni le plus total. Patrick a des transfusions sanguines chaque semaine, il fait de l'anémie.

Un jour, à New York, Gerald emmène sa fille déjeuner au *St. Regis*. Les regards se tournent vers ce couple si harmonieux. La même peau translucide, les mêmes cheveux blond vénitien, ce maintien incroyable et cet air de ne pas appartenir au monde.

– C'est grave, n'est-ce pas, Dow-dow ?

– Il ne s'en remettra pas. Il n'en a plus pour très longtemps.

– Tu me dis ça froidement.

– Pardon, ma chérie, je ne sais plus te protéger.

– Ce n'est pas ta faute.

– C'est la fin. Ta mère refuse de le voir, et pourtant les docteurs lui ont parlé. J'ai très peur. J'ai besoin de toi, chérie.

– Tu m'as déjà dit ça une fois, Dow-dow. Tu m'as confié ma mère, car tu étais incapable de faire face à la réalité avec elle. J'avais Baoth, j'avais Pook, et je croyais à vous deux. Je ne crois plus en rien et on me prend mes frères. Dow-dow, tu es aussi seul que moi, pire, tu es loin de moi.

Hemingway est bouleversé. La mort de Baoth l'a anéanti. Il débarque avec Pauline, Bumby, et Gregory. Ils sont là pour les seize ans de Patrick.

– On va faire une fête pendant trois jours, explique Sara à Pauline Hemingway. Je veux des télégrammes, des cartes, et des gâteaux, je veux un orchestre. Et du champagne, du gin, du whisky. Des ballons d'hélium.

Ernest déballe les cadeaux de Patrick, car le jeune homme n'en a pas la force. Le massacre d'un grand koudou et un trophée de gazelle. Patrick est excité.

– Calme-toi, mon chéri, fait Sara en lui posant la main sur le front.

On les fait accrocher par le garde-chasse, face à lui pour qu'il les voie tout le temps. Juste au-dessus des deux fusils de Baoth, ceux de Rosenheim. Et voici une peau d'ourson pour descente de lit avec la tête qui se relève, menaçante. L'infirmière de nuit hurle quand elle se rend compte sur quoi elle marche.

– Mais c'est une honte !

– Non, un ourson, miss Daniel.

– Qui l'a tué ?

– Mon ami Hemingway, mais tout le monde l'appelle Papa !

– Ben moi, mon garçon, je l'appelle « le viandeur » !

Hemingway est frappé par l'altération de l'état de l'enfant.

Comme tous, il feint la joie de vivre, mais des sanglots roulent dans sa gorge.

– Mon petit gars, tu as vraiment intérêt à y mettre du tien. Car j'ai prévu de t'emmener pêcher le barracuda. Patrick, je compte sur toi !

– Oui, Papa.

Ernest descend dans le salon, il a un mal fou à contrôler ses émotions.

– Bon Dieu, Sara, pourquoi faut-il que cet enfant soit si malade ? Pourquoi ? Il a trois ans de plus que Bumby et pourtant il est deux fois plus mince, léger. Son faible sourire me déchire le cœur.

Sara serre son ami contre elle. Cette grosse brute d'Hemingway gémit comme un enfant. Elle ne l'a jamais vu aussi malheureux. Même à l'enterrement de Baoth. Sara n'a plus de larmes depuis longtemps.

– Tiens, ma beauté, c'est pour toi, annonce Hemingway en partant.

Il lui tend un livre, *Les Vertes Collines d'Afrique.*

– Pour toi avant les autres.

Gerald le parcourt avant de s'endormir. Il y a ce passage où il humilie Fitzgerald : « Le pauvre Scott Fitzgerald et sa vénération romantique des riches. »

– C'est gratuit, cette méchanceté, émet Gerald.

– Ce n'est pas si désobligeant, rétorque Sara.

– On dirait pourtant qu'il lui en veut.

Hemingway a tous les succès, quand l'étoile de Fitzgerald pâlit depuis longtemps. Mais Scott a l'honnêteté morale de se regarder en face dans *La Fêlure.* Quand Hemingway le fera enfin, cela sera trop tard.

L'hiver est là, et avec lui la neige et son silence assourdissant. Gerald fait de longues balades à pied dans les bois avec Ada

MacLeish. Ils ont l'impression d'attendre l'apocalypse. Elle est en route. Patrick s'alimente de moins en moins. Il a toujours de la fièvre.

« Patrick va mieux, il est souriant, oui, il se renforce », écrit Sara à ses amis. Son fils est condamné. Sara ne peut concevoir l'idée d'être incapable de le sauver. Cela l'éloigne de Gerald qui connaît la vérité. Chacun est isolé dans son chagrin. Honoria va de l'un à l'autre sans comprendre. Ou comprenant trop bien. Elle est seule, elle est seule pour le restant de sa vie.

Ernestine Leray, la Titine d'Antibes, arrive avec Vladimir, Nadejda et un sac d'oranges bien juteuses.

– C'sont des oranges d' ton jardin, mon p'tit bonhomme.

Patrick est incapable d'en manger une, il ne peut même pas en boire le jus. Sa gorge est bouillante.

Il ne manque qu'une personne. Elle surgit enfin pour les vacances, son père le lui a promis. On aurait dit qu'il l'attendait. Il est à bout de forces. Scottie. Enfin.

Elle se précipite dans sa chambre. À quinze ans, c'est une ravissante jeune fille. Fine, avec des yeux verts comme son père et une bouche minuscule, celle de Zelda. Elle a les pommettes hautes, le nez court, tout en elle est gracieux. Ses mouvements sont ceux d'une danseuse, elle est gaie, même si au fond d'elle-même elle est dévastée. Elle s'assied sur le lit.

– Tiens, tu ne hurles pas ?

– De quoi ?

– La peau d'ours par terre.

– Je m'en fous bien de ton ourson, Pook, c'est toi que je veux. Alors, tu fais quoi là ? Tu devrais être en train de m'emmener danser et tu es au fond de ton lit.

– J'aimerais bien, tu es si jolie.

– Tu vas t'en sortir.

– Attends, il faut... Attends, appelle l'infirmière dans le couloir.

Miss Daniel entre avec le masque à oxygène. Et puis ressort à nouveau, on lui a ordonné de ne pas les déranger.

– Comment veux-tu que je t'emmène danser avec ce truc qui me suit partout ?

Elle rit.

– Tu viens me dire au revoir, Scottie, tu le sais, moi aussi. On n'ira pas au bal ensemble, on ne se mariera pas.

Elle est interloquée, cette brusquerie, elle ne sait pas comment réagir. Elle se penche vers lui pour l'embrasser.

– Non, je suis contagieux.

– Je m'en fiche, Pook.

– Ne dis pas de bêtises, Scottie, et arrête de pleurer. Que ferait ton père sans toi ?

– J'ai cru bêtement que mon premier baiser, ce serait toi qui me le donnerais.

– Tu as déjà embrassé un garçon ?

– Non.

– On t'a demandé ?

– Oui, bien entendu, mon voisin Andrew Turnbull.

– Et alors ?

– J'ai dit que mon cœur était à toi.

– Ferme les yeux. Mon baiser, je le dépose sur tes lèvres. Et ce frisson qui chatouille ton dos, c'est mon amour, tout mon amour pour toi. Bien entendu que je t'aurais épousée. Tiens, regarde là, sur le bureau.

– Quoi ?

– Sous les livres de mathématiques, regarde.

Elle soulève les ouvrages et découvre des portraits. Elle, lui, ensemble. Ce sont des eaux-fortes.

– C'est nous deux. Ne m'oublie pas.

– Jamais, Pook, mon petit chéri.

– Je suis fatigué, Scottie, il faut que tu t'en ailles.
– Non, je…
– Appelle l'infirmière, j'ai besoin d'oxygène, je suis fatigué.
– Pook, Patrick.
– Oui, souffle-t-il.
Elle sort de la chambre, dégringole l'escalier, de grosses larmes roulent sur ses joues, elle regarde son père droit dans les yeux.
– Partons, mon daddy, je t'en prie.
Scott serre Gerald dans ses bras. Il embrasse Sara, suit sa fille vers la voiture.

Dorénavant, Patrick est sous oxygène. La plupart du temps, il respire à travers un masque. Il ne mange plus, il ne dessine plus. Gerald ne rentre pas à New York. Il s'accroche à des sourires, une main qui caresse la sienne, un murmure, Dow-dow, mon Dow-dow. « Tout va bien, écrit Sara à Hemingway, tout va pour le mieux du monde dans le meilleur des mondes, Patrick est en train de guérir. » L'infirmière Morris succède à l'infirmière Daniel. Le docteur Brown laisse la place au docteur Hayes. Le docteur Wilson contrôle le nez et la gorge. À la Spence School, Honoria s'effondre dans les bras de Fanny Myers.
– Je dois partir, je dois les retrouver.
On est au milieu de la semaine. Honoria appelle sa mère et la prévient qu'elle arrive.
– Ton frère va bien, chérie.
Honoria pense à ce déjeuner avec son père.
– J'ai dix-neuf ans, je décide, je veux être aux côtés de mon frère jusqu'à la fin.
– Il n'y aura pas de fin, ton frère va guérir. Enfin, j'envoie un mot à Mrs Osborne pour qu'elle te laisse partir.
Gerald vient chercher sa fille à la gare, elle est accompagnée par Fanny Myers. Honoria se précipite dans la chambre de

Patrick. Elle pensait avoir tout vu, mais elle avait tort. Patrick est gracile, perdu au milieu de son lit. Il est aussi blanc que ses draps et ne peut prononcer une phrase sans reprendre son souffle, grâce à l'oxygène.

Le 30 janvier 1937, Patrick sombre dans le coma. Honoria est assise sur son lit, Fanny plus loin, sur une chaise. Sara et Gerald lui tiennent chacun la main. Ils l'entendent respirer avec difficulté. Soudain, il arrête. C'est fini.

– On est là, mon amour, chuchote Sara, en lui épongeant le front.

Patrick Murphy est mort. Il avait seize ans.

À ce moment, la sonnette de la porte sonne. Honoria descend comme une somnambule. C'est Dos Passos et sa femme Katy.

– Nous voulons être avec vous.

C'est la seule chose qu'ils peuvent faire, être avec eux. C'est tout.

« Patrick est mort paisiblement ce matin », dit le télégramme.

Le 31 janvier 1937, ils reçoivent une lettre de Scott, sans doute la plus belle lettre qu'ils recevront jamais.

« Le télégramme est arrivé aujourd'hui. J'ai passé l'après-midi à me souvenir des jours heureux du temps jadis. Un autre lien vous rattachant à la terre est brisé. Avec une cruauté si insensée qu'on a du mal à dire lequel de ces deux coups a été conçu avec le plus de méchanceté. J'entends le silence où vous demeurez maintenant après sept années de lutte. Et il faudrait les mots de Lincoln à sa mère, qui avait perdu quatre fils à la guerre, pour vous écrire quelque chose d'approprié. La coupe d'or est brisée, assurément, mais elle était en or. Rien ne peut plus jamais vous enlever ces garçons désormais. »

Le 1er février 1937, Patrick est incinéré et ses cendres rejoignent celles de son frère à East Hampton.

Cette année, Scottie Fitzgerald reçoit son diplôme, elle est élue la jeune fille la plus appréciée de sa classe. Elle pleure à chaudes larmes sur son ami Patrick qui aurait été si fier d'elle.

« Je pense à lui, écrit Katy Dos Passos, je pense à mon Patrick qui barrait le *Weatherbird*, c'est tellement cruel. »

« Je ne peux vous aider dans ce désastre, nous sommes anéantis », ajoute John Dos Passos.

« Et si c'était Bumby qui était mort, je n'accepterais pas une lettre, pas un mot, pas un regard d'aucun de mes amis, et si c'était Bumby qui était mort, je me tuerais à mon tour », envoie Hemingway.

« Oh, mes amis, mes pauvres amis, nous sommes plongés dans la tristesse la plus totale, nous vous aimons si fort. Mourir si jeune. Mais pourquoi, quelle injustice ! » télégraphie Picasso.

– S'il y avait bien quelqu'un qui rayonnait de santé, c'était lui, pourquoi, mais pourquoi ? sanglote Ada MacLeish.

– Vous avez le courage et la noblesse, estime Archie MacLeish.

« J'ai presque peur de vous écrire, comme je vous admire, vous êtes si courageux, il n'y a rien à dire, rien à espérer », note Cole Porter.

« Ils l'ont attaqué, ces millions d'ennemis, ils l'ont attaqué car il était fils de la lumière », écrit Philip Barry.

Gerald regarde sa femme parcourir les télégrammes.

– Te souviens-tu, Sara, la *Villa America*, le tilleul sous lequel tu t'asseyais ? Tu nous guettais, quand on rentrait de la plage. Sal chérie, te souviens-tu de ces étés merveilleux ?

– Je pars à Key West, Jerry.

– Quoi ?

– Je pars rejoindre Ernest. J'ai besoin de chaleur humaine quelque temps, et ce n'est pas toi qui vas me la donner. Tu le sais. Je le sais.

Il ne répond pas, il se tourne vers la photo sur la commode, trois enfants dorés, la plage de la Garoupe. Ils portent des chapeaux de paille trop grands pour eux et des râteaux. Ils ont un rire éclatant. Soudain, un passage de *Tendre est la nuit* lui revient. *« Dans toutes les boîtes que j'ouvrirai, je trouverai les cendres de mes enfants. »*

Il prend une feuille de papier, trempe sa plume dans l'encrier, il écrit à son ami le plus fidèle, Scott.

Sara ferme la porte derrière elle.

1938-1940

Hollywood – New York – Asheville – East Hampton – Rockville

Il descend Hollywood Boulevard d'un pas hésitant. Il longe le *Musso & Frank Grill*, ce restaurant que Sheila aime tant, puis pénètre, l'air de rien, chez Stanley Rose. Le libraire lève les yeux par-dessus ses lunettes cerclées d'écaille. L'homme qui lui fait face est mal en point, le visage creux, les cernes marqués. Il semble chercher quelque chose sur les tables, puis dans les rayons. Comme si sa vie en dépendait. Il sort deux ou trois ouvrages, puis les remet en place. Il prend même l'escabeau pour atteindre un rayonnage supérieur. Il furète, mais n'a pas l'air de trouver. Il a le teint hâve, il est peut-être malade. Stanley Rose adore son métier, il doit conseiller ce pauvre garçon.

– Je peux vous aider, monsieur ?

L'homme sursaute, comme pris en flagrant délit. Il repousse en arrière une mèche de cheveux ternes, et répond brusquement :

– Vous avez *Tendre est la nuit* ?

– Pardon ?

– *Tendre est la nuit.*

– Ah non.

– *Gatsby* ?

– Quoi ?

– *Gatsby le Magnifique.*

– Ah non.

– *Les Heureux et les Damnés*, *L'Envers du paradis*, *La Fêlure* ?

– Non, monsieur, je ne crois pas, c'est de qui ?

– De moi, Scott Fitzgerald.

– Pardon, je suis désolé, mais... je croyais que vous étiez mort depuis deux ou trois ans déjà.

Ils ont vendu la *Villa America*, le *Weatherbird*, *Camp Adeline*. Ils errent aux alentours de New York avec Honoria. Ils s'arrêtent quelque temps dans le comté de Rockland qui domine l'Hudson, ils y restaurent une maison de pierre avec des tourelles, puis s'en débarrassent. Retournent à Manhattan. Gerald se consacre à la Mark Cross Company qu'il avait fuie il y a près de vingt ans. Les vieux amis ne sont jamais loin, les Dos Passos, les MacLeish, Dottie Parker, Cole Porter. Picasso écrit souvent à Sara : « Je suis très seul. » Elle ne répond pas. Elle ne porte plus que du noir, pas pour marquer son deuil, non, mais les vêtements ne l'intéressent plus. Quand Gerald lui offre un vison bleu, elle le remercie d'un tendre sourire et lui suggère d'aller le rendre.

La folie de Zelda a dégénéré en ferveur religieuse. Elle prie toute la journée, à genoux. Elle écrit des tracts religieux qu'elle fait imprimer, puis les distribue aux malades. Elle pèse quarante kilos et dégringole la pente à toute vitesse. Elle est victime d'hallucinations, elle parle avec Dieu, Marie, Joseph et tous les saints. Le docteur Carroll commence à douter de sa méthode. Scott est attaqué par ses créanciers de toute part. Traîné en justice pour non-paiement par divers hôpitaux. Il est hanté par la réussite d'Hemingway qui lui tourne le dos. Il pisse de la copie à Hollywood et loge dans un gourbi infâme sur North Laurel Avenue.

Ernest est abattu. Il voit tout en noir. Il n'aime plus Pauline et ne sait comment s'en débarrasser. Il a des pensées suicidaires et songe à se faire interner. « Je suis devenu aussi sinistre qu'un crétin, écrit-il à Sara. Confronté à l'impuissance, l'incapacité d'écrire, l'insomnie, la seule chose qui me sauve, c'est de me dire que je suis capable de me faire sauter la cervelle. Je ne me suis jamais senti aussi mal, plus mal que Scott ne l'a jamais été, je ressens ce foutu vide, ce néant gigantesque, je ne peux plus baiser, me battre, écrire, je ne pense qu'à la mort. Reviens, Sara, j'ai besoin de toi. »

« Mon mari aussi », répond-elle, par retour de courrier.

Au sommet de sa carrière, Cole Porter est victime d'un accident dont il ne se remettra jamais. Au *Piping Rock Club* de Long Island, ce gentleman si délicat tombe de cheval et se fait de telles fractures que les médecins décident de lui couper la jambe. Linda Porter les menace d'affreux procès qui les laisseraient sur la paille, fait valoir ses relations auprès de personnalités politiques ou mafieuses, et les médecins cèdent. Au prix d'une trentaine d'opérations, toutes plus douloureuses les unes que les autres, Cole Porter, le fringant petit gars de Peru en Indiana, celui-là même qui règne en maître sur Broadway, conserve sa jambe mais ne peut plus marcher. Épatant, soupire-t-il.

Archie MacLeish est nommé bibliothécaire du Congrès par Franklin Roosevelt en mai 1939. Il refuse, cela l'empêchera d'écrire, cela nuira à son œuvre. Mais le président insiste, Archie finit par accepter.

– Oh Jerry, un télégramme de Scott. « Arrive demain New York, vol cinq heures, dîner ? » Il va sûrement voir Zelda au Highland Hospital.

Gerald récupère son ami à l'aéroport. Il est frappé par son air épuisé, comme revenu de tout. Où est le charmant jeune homme qui inventa l'ère du jazz ?

– T'as plus de chauffeur, vieux frère ?

– Les temps changent, Scott.

Ils dînent rapidement au *Plaza*, dans la salle lambrissée de l'Oak Room. Scott doit attraper le dernier train pour Asheville, il n'a pas vu Zelda depuis deux mois, il évoque ses difficultés financières. Il écrit des scénarios pour les studios à Hollywood, la Metro-Goldwyn-Mayer paye sacrément mal. *Autant en emporte le vent*, quel désastre ! Sur le tournage, tout le monde se détestait, les acteurs comme les techniciens, Vivien Leigh est une de ces pimbêches ! Cukor a été remplacé par Fleming, Laurence Olivier venait donner son avis, personne n'était jamais d'accord, Scott a failli jeter l'éponge cinquante fois. Sara l'encourage à continuer, Gerald lui prête de l'argent. Que Scott empoche avec reconnaissance et une certaine amertume.

– Soûl à vingt ans, brisé à trente, mort à quarante, la voilà ma vie !

– Zelda te manque, elle t'aurait aidé, elle nous manque à tous. Ton courage, Scott, ton cran sont un exemple pour nous, assure son ami.

– Comment tu peux me dire ça, toi ? Sara et toi, vous avez tout perdu et vous êtes toujours là pour moi, pauvre minable, bon à errer en peignoir de bain derrière une machine à écrire qui s'enraye…

Il écrase sa cigarette en soupirant, lève les yeux au ciel et regarde sans les voir les fresques des châteaux bavarois au-dessus du bar.

– Comment va Zelda ? interroge Sara en posant sa main sur le bras de son ami.

– Elle ne peut rien pour elle-même, pour Scottie ou même pour moi. Elle est frappée par la fatalité, comme nous tous.

Ils l'accompagnent jusqu'à Grand Central, il saute dans la voiture des secondes. En l'embrassant, Sara défaille. Gerald la rattrape, elle s'écroule dans les bras de Scott.

– La vie est un désastre, tu ne méritais pas ça, Sara, pas toi, ma jolie.

– Le monde n'est pas un endroit très sympathique, concède-t-elle en se reprenant.

– La perte des illusions donne de telles couleurs que, finalement, on n'a nul souci que les choses soient vraies. À bientôt, mes chers amis, lance-t-il en agitant le bras.

Les Murphy attendent que le train ait disparu, puis repartent dans la nuit noire en se tenant par la main.

Ernest a oublié ses idées sombres, il est happé par la guerre civile en Espagne et participe à une levée de fonds avec Dos Passos pour la cause républicaine. Il file bientôt sur place, couvrir le conflit pour le *North American Newspaper Alliance*. Il embarque sur un paquebot avec Dottie Parker et Alan Campbell. À l'hôtel *Florida* de Madrid, il retrouve Martha Gellhorn, une fille de Saint-Louis, ravissante, blonde, journaliste et correspondante pour le magazine *Collier's*. Elle n'a pas froid aux yeux, il adore ça. Elle vient d'entrer dans sa vie, pour longtemps.

Les Murphy s'étourdissent en sortant beaucoup avec les Myers, les MacLeish, les Barry. Un soir, ils dînent avec Cole et Linda Porter au *Waldorf Astoria*. Honoria est là aussi. C'est merveilleux, délicieux, on boit du champagne, on rit tellement, on plaisante. Pour un peu, on oserait chanter, la vie est belle. Honoria prend des cours de théâtre chez Madame Darius Milhaud, elle a une audition le lendemain avec Orson Welles, pour un rôle dans *Henry IV*. Philip Barry, qui triomphe avec *Philadelphia Story*, a juré de l'aider. Les Ballets russes de Monte-

Carlo aimeraient lancer un spectacle en Amérique, Gerald souhaiterait que Cole y réfléchisse. Il promet. Il est épuisé, Linda dit : « On rentre » et fait signe à deux hommes qui soulèvent la chaise de Cole et l'installent dans le fauteuil roulant que l'on avait remisé au vestiaire.

Ernest quitte Pauline, il rejoint Martha à La Havane. Elle vient d'acheter une ferme qu'elle rénove, la *Finca Vigía*. Une ruine dotée d'une tour de guet et d'un terrain de six hectares. Martha fait le vide autour d'Hemingway. Les Dos Passos et les MacLeish la trouvent imbuvable, les Murphy ne la rencontreront jamais.

À Hollywood, Scott vit très modestement. Il fait attention à ce qu'il dépense. Il a tout perdu, même ses beaux vêtements, et lave sa chemise tous les soirs. Jamais plus il ne sera ce qu'il a été. Il se demande bien pour quoi continuer. Pour Scottie, qui n'a que lui. À dix-neuf ans, la jeune fille mène de brillantes études à Vassar, l'école chic de Poughkeepsie. Et ça coûte une fortune. Il écrit à Gerald pour lui faire part de son désespoir. « Je suis au lit depuis deux mois, éreinté, je travaille, Gerald, je travaille. Peux-tu m'avancer 360 dollars pour l'école de Scottie ce mois-ci ? » Gerald envoie un chèque qui couvre les frais de Scottie à Vassar jusqu'à la fin de sa scolarité, c'est-à-dire deux ans. Scott répond immédiatement : « Tu nous sauves, Scottie et moi, malgré notre peu de mérite. Dans la vraie nuit de l'âme, il est éternellement trois heures du matin, jour après jour. »

Les Murphy n'ont plus les moyens d'entretenir la maison familiale des *Dunes* à East Hampton. Sara décide de vendre la propriété par petits morceaux et s'installe dans les communs. *Swan Cove* est une demeure ravissante en stuc, rose pâle, avec un jardin d'hiver et des plantes tropicales envahissantes. La terrasse est en damier, comme à la *Villa America*, il y a des statues d'inspiration classique dans les massifs et une allée de pommiers du Japon qui serpente jusqu'à la mer. Sara accroche des lanternes japonaises dans les arbres et fait curer l'étang derrière la maison. Des cygnes y nichent, la maison porte bien son nom. Une oasis de gaîté et de bonheur où tout est factice, comme les statues de plâtre. Plus le temps passe, plus Gerald et Sara ressentent la perte de leurs garçons.

– On se croirait dans un palais arabe, s'étonne Katy Dos Passos quand elle découvre l'endroit.

– Je m'entraîne à la danse des sept voiles, avoue Sara. Non, pas moi, Honoria !

– Mama, arrête !

Le 21 novembre 1940, Hemingway épouse Martha Gellhorn. *Pour qui sonne le glas* vient de paraître, c'est un succès phénoménal ! Le premier tirage de soixante-quinze mille exemplaires est épuisé en quelques jours.

Lors d'une soirée donnée par Robert Benchley au *Jardin d'Allah*, Scott croise Sheila Graham, qui tient la rubrique mondaine du *North American Newspaper Alliance*, « Hollywood today ». Elle ressemble comme deux gouttes d'eau à Zelda jeune. Il a l'impression d'être face à sa jeunesse. Il tombe amoureux de sa femme pour la seconde fois. Scottie accepte de la rencontrer si son père l'introduit auprès de son idole, Fred Astaire. Scott emmène Sheila à New York, il souhaite la présenter aux Murphy. Sara n'en a pas la force. C'est l'anniversaire de la mort de Patrick. Mais Gerald accepte. Scott est si heureux. Ils prennent un verre au *New Weston* avec Honoria. Sheila boit du Coca-Cola. Quelques jours plus tard, Gerald reçoit cette lettre. « Merci, merci d'avoir accepté. Je savais que je pouvais compter sur toi. Tu es mon ami, tu ne m'as jamais trahi, tu as toujours été là pour moi, Gerald, merci du fond du cœur. »

Un soir, ivre mort dans un rade de La Havane, Hemingway se répand auprès de Dos Passos.

– Oui, j'aime beaucoup Gerald, son goût impeccable, ses cuirs fabuleux, ses voitures chromées, oui, je l'aime bien Gerald, mais toute ma vie je n'ai voulu qu'une femme, Sara ! Et je sais que, pour des raisons qui me dépassent, elle ne le quittera jamais. Alors, j'ai épousé Martha. Et après, il y en aura une autre, et encore une autre, jusqu'à ce que je m'ennuie tellement que je me fasse sauter la cervelle comme mon père, ce bon vieux Clarence, bang !

Fin août, Scott Fitzgerald reçoit ses droits d'auteur. Ventes totales de son dernier livre : quarante exemplaires. Montant dû à l'auteur : 13 dollars. Complètement à sec, il essaie de terminer au plus vite son nouveau roman, *Le Dernier Nabab*, inspiré d'Irving Thalberg, disparu trois ans plus tôt. Il ne lève pas la tête de sa machine, travaille du matin au soir. Il est très pâle, sa tuberculose le rattrape. Il est pris de vertiges. Sheila le force à quitter son appartement de North Laurel pour emménager chez elle, 1 443 North Hayworth Avenue, Hollywood.

Le 28 novembre, il est pris d'un spasme cardiaque et s'effondre au drugstore *Schwab*. Sheila le met au lit, le docteur prescrit le repos. Il écrit à Scottie : « Tu as pour parents deux superbes mauvais exemples. Contente-toi de faire tout ce que nous n'avons pas fait et tu n'auras rien à craindre. »

Le 20 décembre, il subit une deuxième attaque cardiaque. Paniquée, Sheila le force à oublier son roman pour quelques semaines. Il promet.

Le 21 décembre est un samedi, une journée ensoleillée. Il se lève tard, enfile un pantalon et un pull-over, il attend la visite du docteur Nelson qui vient lui faire un électrocardiogramme. « Le roman progresse, écrit-il à Gerald, mais je suis furieux de cette petite maladie qui me ralentit. » Il déjeune d'un sandwich, parcourt le journal, s'effraie de l'alliance entre Hitler et Mussolini, l'apprend à Sheila qui déteste ce genre de nouvelles, elle écoute un disque de Beethoven et lit une histoire de la musique que Scott a choisie pour elle. Soudain, il bondit de son fauteuil, s'agrippe au manteau de la cheminée, puis s'écroule. Elle essaie de glisser quelques gouttes de brandy entre ses mâchoires serrées. Les pompiers arrivent avec de l'oxygène. Scott Fitzgerald meurt à cinq heures, il a quarante-quatre ans.

Au moment de sa mort, il possède 706 dollars exactement. Dont 613,25 couvriront les frais d'obsèques.

Scott est inhumé le 27 décembre 1940 au cimetière de l'Union à Rockville, Maryland. La promotion 1917 de Princeton envoie des roses jaunes, des freesias, des pois de senteur, des glaïeuls et des gardénias. Zelda n'a pas la force d'assister à l'enterrement. Elle s'est démenée pour que Scott soit enseveli là où il le souhaitait, elle est anéantie, submergée par des émotions bien trop fortes pour elle. Elle demeure à Highland dont elle ne sortira plus. Les Turnbull sont là avec Andrew. Gerald et Sara Murphy, bien sûr. De New York, arrive un vieux camarade des jours de folie que personne ne connaît. C'est drôle, songe Gerald, on dirait l'homme aux yeux de hibou qui débarque précipitamment aux funérailles de Gatsby.

Debout sous la pluie, dans le crépuscule, il y a Scottie, dix-neuf ans. Longue, blonde, raide. Elle ne verse pas une larme. Elle a demandé à Sheila Graham de s'abstenir. Les gens commenteront son indifférence et l'absence de sa mère. Elle part avec les Murphy et s'effondre dans les bras de Gerald.

– Nous avons perdu deux fils, murmure Sara à son oreille, mais nous venons de gagner une deuxième fille.

– Tiens, il y avait ça sur le bureau de daddy, Sheila Graham me les a remises.

Des notes, un poème qu'il a dû écrire après la mort de Patrick et n'a jamais osé remettre à Sara, une lettre de Gerald à Scott sur laquelle est griffonné : « Pour Sara, après moi. »

Les notices nécrologiques sont condescendantes. Hemingway ne vient pas, n'écrit pas. Des années plus tard, dans *Paris est une fête*, il fera de Scott un portrait déplorable, le traitant de fanfaron et d'impuissant.

Dans les cafés de Montparnasse, en cette fin d'année 1940, les soldats allemands s'envoient des bières à tire-larigot en tapant sur les fesses rebondies de gamines pas farouches. Bientôt, ils se feront éjecter par les Alliés. Et les filles seront tondues. En août 1944, les Américains débarquent sur les plages de Saint-Tropez. Opération Anvil Dragoon. On ne peut pas dire qu'ils y aillent avec le dos de la cuiller. Allez savoir pourquoi ils rasent la maison de Vladimir à Pampelonne et mettent le feu à *Portrait*, cette toile de Gerald, offerte un soir d'été, autour d'une coupe de champagne.

Et Sara ouvre la lettre remise par Scottie.

À Scott Fitzgerald
Oak Hall Hotel
Tryon
North Carolina

Camp Adeline
Saranac Lake
New York
6 mars 1937

Scott, mon ami, mon frère,

Ta lettre après la mort de Patrick. Ta lettre après la mort de Baoth. Ton amitié, ta tendresse, ton amour, toutes ces années. Mes enfants disparus. Ta force, oui, ta force qui m'aide tant. Et puis Tendre est la nuit. *Qui nous sauve Sara et moi. Ne surtout pas se quitter comme Dick et Nicole Diver.*

Je suis Dick Diver, Sara est Nicole. Tu sais tout de nous, Scott. Tu as travesti tes personnages en les teintant de Zelda et Scott, puis tu as décrit le désastre de notre couple. La réalité de notre vie a brisé la magie et les illusions. La vérité nous a frappés de plein fouet. Nous avions créé un magnifique tableau cubiste, avec une lumière romantique, ça s'appelait la Villa America. *Tu en as deviné les failles, tu as écrit sa réplique :* Tendre est la nuit.

Comme Dick Diver, je voulais être quelqu'un de bien, de bon, de sage. Il me semble que toi seul sais ce qu'ont pu être mes sentiments ces jours-ci, ce qu'ils sont toujours. Je suis Dick, du début à la fin, avec mes contradictions, mes secrets, mes non-dits. Comme Dick, je veux plaire aux gens, je veux les amuser, mon excitation est contagieuse, mais elle effraie Sara, car elle sait qu'après vient la mélancolie. Et la vulnérabilité.

Son courage, tout ce qu'elle a accompli pour Patrick et Baoth, rendent insupportablement poignantes les tragédies qui nous affectent. Je l'aime tant. À ma façon, qui n'est pas charnelle. Comme une amie, comme ma femme, mais pas comme ma maîtresse. Et tu es pareil. Tout passe par l'esprit, dans ce que nous imaginons autour des femmes de notre vie. Toi et moi, nous nous ressemblons tellement, deux grands imbéciles venus d'une lointaine contrée d'Irlande, et la fragilité qui va avec.

Toutes ces années, j'ai fait semblant. J'ai essayé d'être quelqu'un que je ne suis pas. Je me suis levé chaque matin avec une réalité qui n'était pas la mienne. Huit années de pension m'ont transformé. J'ai détesté mon père pour m'y avoir envoyé, j'ai détesté sa froideur, j'ai détesté les maîtresses trouvées dans son lit à Atlantic City, j'ai détesté qu'il tue mon chien Pitz, j'ai détesté cet homme pendant vingt ans et puis je l'ai oublié. Je n'ai aucune confiance en moi, je suis habité par quelque chose de différent que je dois cacher.

Une faiblesse, je refuse de m'y laisser aller. Ces envies que j'ai pu avoir. L'interdiction de les ressentir.

La première fois, j'avais quinze ans. J'ai compris qu'une autre personne habitait mon corps et qu'elle n'en avait pas le droit. J'ai compris que je ne devais jamais exposer cette partie de moi, sinon cela serait une véritable catastrophe. Près de trente ans plus tard, voilà où j'en suis. Prisonnier de la conformité, de mon amour pour ma femme, de la mémoire de mes enfants perdus.

Cet attrait pour mon propre sexe, je ne peux le vivre. Et je ne peux le faire disparaître. Cette homosexualité qui me ronge, dont j'ose enfin écrire le nom, et à laquelle je ne sacrifierai jamais.

Zelda savait. Un jour, elle me l'a jeté à la figure. Et toi aussi, tu le savais. Zelda et Scott, Scott et Zelda, Zelda a deviné et Scott l'a écrit. Tendre est la nuit *est notre histoire, du début jusqu'à la fin. Nous avons inventé la* Villa America *et la Garoupe, nous avons dessiné une vie rêvée. Mais derrière, il y avait tant de failles. Je n'étais jamais certain que les gens m'aimaient. Je les voyais adorer Sara. Picasso, Hemingway, toi-même, vous étiez tous fous d'elle. L'effet qu'elle produisait sur toi, les échos, les réverbérations qui émanaient d'elle et que tu as su si bien restituer.*

Cette manière bien à elle de se tourner soudain vers toi et de dire « Hé Scott ». Et soudain, tu entres dans la confidence de son cœur et personne d'autre que toi n'y trouve autant d'ardeur. Je me suis souvent demandé ce qui me restait.

Et si elle m'avait quitté pour toi ? Et si j'avais suivi mes instincts en faveur des hommes ? Penses-tu que nos vies aient été différentes ? Penses-tu que nous aurions pu sauver Baoth et Patrick ?

Nous en avions parlé un soir, tu te souviens, Scott ? au Harry's Bar *de Montana. Seule la partie de nos vies que nous inventons, la part d'irréalité, peut participer à ce qui est beau. La vie est intervenue à présent pour brouiller, blesser, détruire. J'ai toujours craint le moment où notre jeunesse et notre inventivité seraient attaquées par notre seul point faible, nos enfants, leur santé, leur avenir. Comme c'est laid et ravageur, tranquillement impitoyable. La vie nous isole dans une tragédie nébuleuse. Nos illusions étaient bruyantes, folles, notre agonie n'en aura été que plus lente. Et tu écris : « Voici que survient l'horreur comme l'orage », oui, Scott, oui.*

Il y a en Sara quelque chose d'infiniment touchant que toi seul as pu saisir, au-delà de l'effet qu'elle a sur les hommes, au-delà de son aura sur les enfants, il y a cette tristesse. Ce besoin d'être nourrie par ceux qui l'aiment. Elle aurait pu t'aimer, mais tu me ressemblais trop. Et tu m'aimais trop pour me trahir. Tu es un homme droit, Scott Fitzgerald, le plus honnête que j'ai jamais rencontré. Il y a un peu plus d'un mois, juste après la mort de Patrick, elle est partie à Key West retrouver Ernest. J'étais furieux, seul. Elle vient de rentrer. Hier. Je n'ai rien demandé. Elle n'a rien dit. Elle n'a pas demandé non plus pourquoi je ne la touchais plus depuis longtemps.

Je ne la quitterai jamais. Tendre est la nuit *m'a révélé ce qu'était la vie sans elle, cette fin, mon Dieu, cette fin, Scott. Sara et moi ne faisons qu'un. Voilà ma vérité, j'aime ma femme et mes enfants plus que tout. C'est quelque chose d'être frappé deux fois par la foudre au même endroit. Le bateau coule, est remis à flot puis repart, mais pas dans la même direction. Il n'y a qu'un port, Sara.*

Un jour, je te laisserai le soin de lui remettre cette lettre.

Tendre est la nuit, *Scott, il y a de la magie là-dedans. Tout est vrai.*

Ton ami à jamais, Gerald

Il était une fois un prince et une princesse, ils avaient trois enfants délicieux. Ils vivaient dans un château, au bord de la mer. Ils étaient beaux et heureux, ils avaient quelque chose en plus, une magnificence intérieure, ils rendaient merveilleuse la vie de ceux qui les approchaient. Sara possédait le génie de l'éphémère, elle était le charme incarné, elle insufflait la magie à ses amis et révélait leur talent créatif. Ils l'ont tous représentée, décrite, aimée. Gerald, l'élégance de l'âme, le raffinement des manières, un peintre qui a choisi de se saborder. Un jour, bien plus tard, on dira qu'il a inspiré un mouvement moderniste, le pop art. Un autre jour, il sera mort alors, mais ses tableaux seront accrochés dans les plus grands musées au monde, entre les chefs-d'œuvre de Picasso et de Fernand Léger.

Il était une fois un jeune homme brillant et talentueux, il avait un talent fou, son premier livre, *L'Envers du paradis*, était devenu la bible des romantiques. C'était un héros byronien, un lieutenant yankee désenchanté, il possédait la beauté des condamnés. Il voulait mourir sur une route escarpée, au volant d'une petite voiture crapuleuse. Son dernier roman aurait été un chef-d'œuvre. Sa femme était damnée, une merveilleuse damnée, au profil de camée, à la maigreur de lévrier, elle portait des robes étincelantes. Ils rampaient sous les tables, ils fracassaient les verres en cristal de Bohême, ils voulaient scier les garçons de café en deux, ils buvaient, bon Dieu comme ils buvaient, on les aimait pour ça aussi !

Il était une fois un grand fauve qui inventa une légende d'exil, de pêche en haute mer et de corrida. Il connut une vie sentimentale agitée, épousa des femmes incroyables. Et puis, au soir de sa vie, juste avant de faire joujou avec un fusil de chasse, il rendit hommage à la première d'entre elles, décrivant avec une tendresse infinie leur amour, dans un livre posthume, *Paris est une fête*. C'était le plus grand écrivain américain…, dit-on.

Il y avait des yachts, des Rolls Royce, des criques éblouissantes, des diamants gros comme le *Ritz*. Il y avait des Amilcar, des Isotta, des Hispano-Suiza, il y avait des jarretières en diamants, des talons d'or et des sautoirs en perles fines. Il y avait du caviar, du Clacquesin, des cocktails incroyables, les hommes étaient chics, les filles avaient la nuque rasée, des plumes d'autruche et des fume-cigarettes télescopiques. On croisait le maharadjah d'Indore à Monte-Carlo, Joséphine Baker jouait les vedettes dans les jardins du casino, Jean-Gabriel Domergue et Van Dongen se mesuraient au backgammon. L'insouciance et la folie s'échappaient des ballets de Diaghilev. On restait des heures au soleil. C'était l'ère du jazz et du gin, les derniers feux des étoiles mortes, on dansait jusqu'à l'aurore, on vivait à perdre haleine, on appelait ça « les années folles », la plus grande bringue de l'Histoire !

Et la plage de la Garoupe. L'ombre odorante des pins. Ce jaune citron intense des mimosas. Se laisser conduire en voiture ouverte. L'air saturé de soleil. Ils sont pieds nus, les cheveux collés et la peau salée, shorts blancs et maillots de bain rayés. Ils se nomment Sara, Gerald, Scott, Zelda, Ernest, Hadley, Pauline, Baoth, Patrick, Bumby, Honoria, Scottie... Leur faculté d'être heureux est exceptionnelle. Ils saisissent la splendeur de l'instant. Ils pouffent de ce bonheur qu'ils ont inventé. Cette lumière rose et bleu du cap d'Antibes au crépuscule. Ça a une sacrée gueule tout de même !

BIBLIOGRAPHIE

John E. Bolt, Zelfira Tregulova, Nathalie Rosticher Giordana, *Serge Diaghilev et les Ballets russes*, Skira, 2009.

Cecil Beaton, *Ballet*, Wingate, 1951.

Cecil Beaton, *Cinquante ans d'élégance et d'art de vivre*, Séguier, 2017.

Cecil Beaton, *The Wandering Years 1922-1939*, Sapere Books, 2018.

A. Scott Berg, *Max Perkins, un éditeur de génie*, Michel Lafon, 2016.

Matthew J. Bruccoli, *F. Scott Fitzgerald*, La Petite Vermillon, 2001.

Aymar du Chatenet, *Nadia Léger, la vie extraordinaire d'une femme de l'ombre*, Imav Éditions, 2019.

Gérard de Cortanze, *Le Roman de Hemingway*, Le Rocher, 2011.

Thierry Coudert, *Café Society. Mondains, mécènes et artistes, 1920-1960*, Flammarion, 2010.

Thierry Coudert, *Les Scrapbooks du baron de Cabrol et le Café Society*, Flammarion, 2016.

Maurice Culot, *Montparnasse du rêve*, AAM Éditions, 2019.

Francis Dorléans, *Snob Society*, Flammarion, 2009.

John Dos Passos, *La Belle Vie*, Gallimard, « L'Imaginaire », 2017.

John Dos Passos, *La Grosse Galette*, Folio Gallimard, 2019.

John Dos Passos, *Manhattan Transfer*, Folio Gallimard, 1973.

Jean-Louis de Faucigny-Lucinge, *Un gentilhomme cosmopolite*, Perrin, 1990.

Scott et Scottie Fitzgerald, *Lots of Love, Correspondance 1936-40*, Bernard Pascuito, 2008.

Scott Fitzgerald, *Fragments du paradis*, Le Livre de Poche, 2011.

Scott Fitzgerald, *Gatsby le Magnifique*, Le Livre de Poche, 1978.

Scott Fitzgerald, *Je me tuerais pour vous*, Le Livre de Poche, 2018.

Scott Fitzgerald, *La Fêlure*, Folio Gallimard, 2016.

Scott Fitzgerald, *Le Dernier Nabab*, Folio Gallimard, 1988.

Scott Fitzgerald, *L'Effondrement*, Rivages Poche, 2013.

Scott Fitzgerald, *Les Heureux et les Damnés*, Folio Gallimard, 1984.

Scott Fitzgerald, *Lettres à Zelda*, Gallimard, 1985.

Scott Fitzgerald, *Tendre est la nuit*, Éditions Rencontre, 1965.

Scott Fitzgerald, *Tendre est la nuit*, Le Livre de Poche, 1992.

Scott Fitzgerald, *Tender is the Night*, Arcturus Publishing, 2019.

Scott Fitzgerald, *Un livre à soi*, Les Belles Lettres, 2011.

Zelda Fitzgerald, *Accordez-moi cette valse*, Pavillons poche, 2008.

Janet Flanner, *Paris was Yesterday 1925-1939*, Virago, 2003.

André de Fouquières, *Cinquante ans de panache*, Pierre Horay-Flore, 1951.

Nick Foulkes, *High Society. The History of America's Upper Class*, Assouline, 2008.

Nick Foulkes, *Bals, Legendary Costume Bals of the Twentieth Century*, Assouline, 2011.

Mireille Havet, *Journal 1918-1919*, Claire Paulhan, 2003.

Ernest Hemingway, *Au-delà du fleuve et sous les arbres*, Folio Gallimard, 2011.

Ernest Hemingway, *En avoir ou pas*, Gallimard, 1945.

Ernest Hemingway, *L'Adieu aux armes*, Gallimard, 1945.

Ernest Hemingway, *Le Jardin d'Éden*, Folio Gallimard, 2017.

Ernest Hemingway, *Les Neiges du Kilimandjaro*, Folio Gallimard, 1972.

Ernest Hemingway, *Le soleil se lève aussi*, Folio Gallimard, 2011.

Ernest Hemingway, *Le Vieil Homme et la Mer*, Folio Gallimard, 1977.

Ernest Hemingway, *Les Vertes Collines d'Afrique*, Folio Gallimard, 2004.

Ernest Hemingway, *Pour qui sonne le glas*, Folio Gallimard, 2017.

Ernest Hemingway, *Paradis perdu*, Le Livre de Poche, 1971.

Ernest Hemingway, *Paris est une fête*, Folio Gallimard, 2011.

Alexandre Jevakhoff, *Les Russes blancs*, Taillandier, 2007.

Philippe Jullian, *Dictionnaire du snobisme*, Bartillat, 2006.

Jérôme Kagan, *Eugène McCown démon des années folles*, Séguier, 2019.

Liliane Kerjan, *Fitzgerald le désenchanté*, Albin Michel, 2013.

Caroline von Krockow, *La Rose blanche*, Prisma éditions, 2019.

Liza Klaussmann, *Villa America*, Back Bay Books, Little, Brown & Cy, 2015.

Gilles Leroy, *Alabama Song*, Mercure de France, 2007.

Serge Lifar, *Serge Diaghilev*, Gollancz, 1945.

Mary S. Lovell, *The Riviera Set. 1920-1960, the Golden Years of Glamour and Excess*, Little Brown, 2016.

Camille Mancy, *Les Traversées de Dorothy Parker*, Prisma, 2020.

Paula McLain, *Madame Hemingway*, Buchet Chastel, 2012.

Stéphane Maltère, *Scott et Zelda Fitzgerald*, Folio Gallimard, 2019.

Klaus Mann, *Point de rencontre à l'infini*, Libretto, 2019.

Victor Margueritte, *La Garçonne*, Payot, 2013.

Elsa Maxwell, *J'ai reçu le monde entier*, Club du Livre du Mois, 1955.

James R. Mellow, *Hemingway*, Le Rocher, 1995.

Valérie Mendes, Amy de La Haye, *La Mode au* XX*e siècle*, Thames & Hudson, 1999.

Agnès Michaux, *Zelda*, Flammarion, 2005.
Richard Millet, *Dictionnaire amoureux de la Méditerranée*, Plon, 2015.
Abbé Mugnier, *Journal (1879-1939)*, Mercure de France, 1990.
Honoria Murphy et Richard N. Billings, *Sara et Gerald*, Owl Book, 1982.
John O'Hara, *La Fille sur le coffre à bagages*, Bernard Pascuito, 2007.
John O'Hara, *L'enfer commence avec elle*, Éditions de l'Olivier, 2020.
John O'Hara, *Rendez-vous à Samarra*, Bernard Pascuito, 2008.
John O'Hara, *Une lueur de paradis*, Bernard Pascuito, 2006.
Ottiero Ottieri, *Les Divins Mondains*, Autrement, 2010.
Paris, années folles, Parigramme, 2018.
Linda Patterson Miller, *Letters from the Lost Generation*, Rutgers University Press, 1991.
Baron de Redé, *Souvenirs et portraits*, Lacurne, 2017.
Olivier Renault, *Montparnasse entre bohème et années folles*, Parigramme, 2018.
Noël Riley Fitch, *Sylvia Beach and the Lost Generation*, Norton & Cy, 1983.
Deborah Rothschild, *Making it new*, UC Press / Williams College Museum of Art, 2007.
Dominique de Saint-Pern, *Les Amants du Soleil noir*, Grasset, 2005.
Dominique de Saint-Pern, *L'Extravagante Dorothy Parker*, Grasset, 1994.
Whitney Scharer, *L'Âge de la lumière*, Éditions de l'Observatoire, 2019.
Maud Simonnot, *La Nuit pour adresse*, Gallimard, 2017.
Kendal Taylor, *Zelda et Scott Fitzgerald*, Autrement, 2012.
Calvin Tomkins, *Tendre était la vie*, La Petite Vermillon, 2001.
Amanda Vails, *Everybody was so Young*, Broadway Books, 1998.
Elsie de Wolfe, *The House in Good Taste*, Dover Publications, 2018.

Presse et Internet

Art Net, « The Magical Murphys », par Alexandra Anderson-Spivy, 8 juillet 2007.

La Griotte, « Les premiers estivants sur la côte, de Gerald à Gatsby », 18 avril 2013.

L'en-je lacanien, n° 17, « Zelda Fitzgerald, la flapper », février 2011 par Michel Coddens.

Le Nouveau Magazine littéraire, n° 28, dossier coordonné par Alexis Brocas et Aurélie Marcireau, avril 2020.

Libération, « Riviera an 1 », par Maria Malagardis, 3 juillet 2010.

Libération, n° 11887, « Sara et Gerald Murphy, la Riviera sans retour », par Maria Malagardis, 23 août 2019.

The New Yorker, « Living Well is the Best Revenge », par Calvin Tomkins, 28 juillet 1962.

Town and Country, « Splendor of Gerald and Sara Murphy », par Jeffrey Slonim, 30 septembre 2016.

Films

De-Lovely, Irwin Winkler, 2004.

Gatsby le Magnifique, Herbert Brenon, 1926.

Gatsby le Magnifique, Jack Clayton, 1974.

Gatsby le Magnifique, Baz Luhrmann, 2013.

La Joyeuse Divorcée, Mark Sandrich, 1934.

La Vénus au vison, Daniel Mann, 1960.

Le Dernier Nabab, Elia Kazan, 1976.

Tendre est la nuit, Henry King, 1962.

Podcasts

France Bleue, *Le Livre qui vaut le détour : Scott Fitzgerald, je me tuerais pour vous*, juin 2017.

France Culture, *La Grande Table d'été : l'Amérique de Scott Fitzgerald*, avril 2017.

France Culture, *Fictions : Entre trois et quatre de Francis Scott Fitzgerald*, janvier 2018.

France Culture, *Avignon-fictions : « le Magnifique » ou Gatsby de Francis Scott Fitzgerald à Avignon*, juillet 2018.

France Culture, *La Compagnie des œuvres : Scott Fitzgerald, l'enchanteur désenchanté*, avril 2018.

France Culture, *La Compagnie des œuvres : les années folles : la vie réinventée*, janvier 2020.

REMERCIEMENTS

À mes amies de cœur, Theresa Révay, Isabelle Camus, Émilie Boullet-Lacoste.

À mon cousin Jacques Duthoo, grand spécialiste et amoureux de ces belles automobiles qui traversent mes livres.

À Nicolas d'Estienne d'Orves, qui m'a encouragée quand j'étais perdue et m'a appris à me lever à cinq heures le matin.

À Yolande Blazeix Sella, la mémoire de l'*Hôtel du Cap*.

À Virginie Troussier, ma voileuse préférée.

Au seul Scott de ma vie.

À la plus belle Joy de ma vie.

À mes parents, Catherine et Bertrand de Cournon, présents tous deux, chacun à leur manière.

À mon éditrice, Maëlle Guillaud, ma force, mon pilier, ma vérité, Maëlle, quoi…

À mon tendre amour, François Fournier, martyrisé pendant l'écriture de cet ouvrage.

Et puis, à ma grand-mère, Christiane Duthoo, à sa villa toute rose du Pintadou, à la plage de la Garoupe, à ses parasols vert et blanc, à ses matelas trop durs, au cap d'Antibes de mon enfance heureuse.

DU MÊME AUTEUR

Aux Éditions Albin Michel

LA SPLENDEUR DES CHARTERIS, 2011.
LE DIABLE DE RADCLIFFE HALL, 2012.
LE SECRET DE RITA H., 2013.
LE BAL DU SIÈCLE, 2015.
PAMELA, 2017.
LES SŒURS LIVANOS, 2018.
JACKIE ET LEE, 2020.

Chez d'autres éditeurs

LA SCANDALEUSE HISTOIRE DE PENNY PARKER-JONES, Ramsay, 2008.
LA PANTHÈRE, LE FABULEUX ROMAN DE JEANNE TOUSSAINT, JOAILLIÈRE DES ROIS, JC Lattès, 2010.

Composition : IGS-CP
Impression : CPI Bussière en avril 2021
Éditions Albin Michel
22, rue Huyghens, 75014 Paris
www.albin-michel.fr

ISBN : 978-2-226-45908-4
N° d'édition : 24354/01 – N° d'impression : 2055780
Dépôt légal : mai 2021
Imprimé en France